浪漫主义批评的建立

——李长之的文学与文化批评

於 璐 著

东南大学出版社
SOUTHEAST UNIVERSITY PRESS
·南京·

图书在版编目（CIP）数据
浪漫主义批评的建立：李长之的文学与文化批评 / 於璐著. -- 南京：东南大学出版社，2024. 12.
ISBN 978-7-5766-1789-4
Ⅰ. I207. 22
中国国家版本馆 CIP 数据核字第 2024NT5190 号

浪漫主义批评的建立——李长之的文学与文化批评
Langman Zhuyi Piping De Jianli — Lichangzhi De Wenxue Yu Wenhua Piping

著　　者：於　璐
出版发行：东南大学出版社
社　　址：南京四牌楼 2 号　邮编：210096
网　　址：http://www. seupress. com
出 版 人：白云飞
经　　销：全国各地新华书店
印　　刷：南京京新印刷有限公司
开　　本：700 mm×1 000 mm　1/16
印　　张：18
字　　数：352 千字
版　　次：2024 年 12 月第 1 版
印　　次：2024 年 12 月第 1 次印刷
书　　号：ISBN 978-7-5766-1789-4
定　　价：58. 00 元

本社图书若有印装质量问题，请直接与营销部联系。电话（传真）：025－83791830。
责任编辑：刘庆楚　　责任校对：子雪莲　　封面设计：毕　真　　责任印制：周荣虎

目　录

绪　言

李长之(1910—1978)是中国现代著名的批评家,其研究领域涉及哲学、文学、艺术、文化等诸多方面。李长之自25岁时起就陆续出版多部著作,如《鲁迅批判》,这是中国现代文学批评史上较早的一部研究鲁迅的专著,奠定了其在现代文学批评史上的地位;《中国画论体系及其批评》是中国绘画理论和西方美学理论的一次重要的体系性质的对话;《道教徒的诗人李白及其痛苦》是李白研究中的重要著作;《北欧文学》至今仍是人们了解北欧文学最好的入门读物之一;《西洋哲学史》则是我国台湾地区一直沿用到20世纪70年代的大学教材。在批评界,李长之对文史哲各领域均有涉猎,文章刊发于全国各类人文报刊。熟悉20世纪三四十年代期刊的学者,对李长之这一名字应该并不陌生。然而,正是这样一位在批评界相当活跃的批评家,却在现代文学史和文学研究中并未得到充分的关注和研究,甚至其批评实践在当时的批评界也未引起较大反响。这一现象是值得深思的。这并不意味着李长之是一块璞玉,而研究者们缺乏锐利的眼光。笔者认为,造成这一现象的原因是多方面的,一方面是因为李长之的批评理念与当时的时代潮流保持着距离,并未进入文化论争的中心场;另一方面,自1958年被划为"右派"后,李长之的名字渐渐消失在人们的视野中。直到20世纪70年代,司马长风的《中国新文学史》才再次将李长之纳入研究视野,并肯定了李长之在中国现代文学批评史上的地位。2006年,《李长之文集》(十卷本)由河北教育出版社出版,较为完整地收录了李长之的重要著作和评论集。随着文学史的纳入和文集的出版,近年来关于李长之的研究也渐渐多了起来。不过,笔者认为,李长之未被得到重视的最重要原因是以往的研究者对其批评理念的形成,尤其是思想资源背景缺乏深刻的认识,因而不能透过李长之颇具创造性和主观性的分析和结论而看到其背后隐藏的深层动因。当我们面对李长之激情四射的论述和创造性极强的分析时,应细致分析这一批评特色所形成的内部原因和深层理念，以及其具有的独特价值。

近年来，李长之的鲁迅研究、传记研究、文化观念、批评理念、批评方法、古典文学研究、编刊生涯、书评等纷纷被纳入研究视野。李长之批评理念和实践中注重感情的倾向尤其成为学界讨论的热点。北京师范大学文艺学学科黄健的博士论文《京派文学批评研究》，提出李长之的批评特色是重塑情感文化。北京师范大学文艺学学科梁刚的博士论文《理想人格的追寻——论批评家李长之》分析了李长之的诗学思想"感情的型"，并认为李长之在20世纪三四十年代的传记批评中侧重传主的浪漫气质、精神境界与生命状态。学者张蕴艳的《李长之学术——心路历程》，认为李长之笔下"浪漫"的本义，实为德国古典的人文精神。总体来看，在论及李长之的批评理念和批评实践时，不少研究者会提及李长之浪漫的批评风格，以及李长之对浪漫人格和浪漫精神的重视。但是，研究者们往往将浪漫风格认为是李长之自身情感倾向和"感情的批评主义"这一批评理念的外在表现，而并没有深入分析李长之浪漫主义思想的形成及其在批评中的贯穿。

在论及李长之的"浪漫"时，也有一些学者会将李长之浪漫主义思想的来源追溯到李长之对歌德早期浪漫主义精神的重视，以及对德国"狂飙突进"运动的推崇。不过，他们仅仅注意到李长之自身知识谱系和情感倾向影响了对浪漫主义思想的接受，而并没有将李长之浪漫主义理念的提出和运用放在更为广阔的时代背景和社会背景之下来考察。从纵向上来看，李长之的批评理念很大程度上是接续了郭沫若的早期浪漫主义思想，在中国的浪漫主义发展之路上发挥着承前启后的作用；从横向上来看，李长之的批评实践大多是在20世纪三四十年代，这一时期左翼文艺理论成为时代潮流，而民族危机进一步加深，李长之的浪漫主义理念如何与时代背景发生关系，这是需要进一步探讨的。

笔者发现，李长之在运用浪漫主义进行文学批评时，选择的批评对象很多并没有受过西方浪漫主义思想的影响，尤其是对古典文学和古代人物进行阐释的时候。李长之往往对浪漫主义理念进行了一些变形，存在着一些对批评对象的"误读"。针对这种外来理论应用于中国批评语境而造成的误读，引发了一些学者的不满。钱锺书在《七缀集》中表示，中国可能没有西方意义上的浪漫诗，用浪漫主义思想去解读似有不妥。〔1〕不过，笔者认为，李长之运用浪漫主

〔1〕 钱锺书：《中国诗与中国画》，见钱锺书：《七缀集》，生活·读书·新知三联书店2002年版，第16-17页。

义对中国传统文学和文化的“误读”,一定程度上是一种布鲁姆所谓的“创造性误读”,这能够有助于发现在中国传统批评语境下被遮蔽的东西。关于李长之如何运用浪漫主义去进行“创造性误读”,目前学术界尚未有相关讨论,这正是本书所要重点关注和研究的问题。

近年来,已有一些研究者论及李长之对现代批评的启示或意义,大多是从审美关怀、文化思想和批评理念的角度论述的。笔者则试图从如何对待中西资源的层面去研究李长之批评的意义。面对20世纪80年代以来大量进入中国批评语境的西方理论和各种文化言论似有滥用的趋势,李长之的批评实践在如何有效将西方理论资源应用于中国本土文学的批评方面,能够给批评界提供一些借鉴和教训。

在对李长之的批评进行研究以前,我们必须打破这一成见——即不存在浪漫主义的批评方法。事实上,浪漫主义作为一种思想潮流,不仅是创作理论,也体现为批评方法。布鲁姆、文德勒、巴赫金等学者都被认为是浪漫主义批评家。〔1〕李长之的批评正突出体现了浪漫主义的理念。进一步地,通过对李长之批评的研究,能够辐射到对整个浪漫主义在中国的传播和接受过程的观察。浪漫主义在中国的接受及其意义一直是学者关心的话题。李欧梵1970年完成的博士论文《中国现代作家的浪漫一代》,即是对五四时期作家的浪漫心态的研究。但是,也有不少学者并不看好中国的浪漫主义的发展和作用。梁实秋在《现代中国文学之浪漫的趋势》一文中认为浪漫主义是无节制的、混乱的〔2〕,宇文所安在《什么是世界诗歌?》中认为对浪漫主义处于接受影响地位的中国新诗,与其辉煌的传统诗歌比较,总是给人以单薄、空落的印象〔3〕。夏志清在《中国现代小说史》中则认为早期浪漫主义只能看做是一种既关怀社会疾苦,同时又不忘自怜自叹的人道主义。〔4〕本书将以浪漫主义在中国的整体发展为背景,来审视李长之的批评在浪漫主义的中国接受史上的重要意义。

---

〔1〕托多洛夫认为,巴赫金本人的哲学含有一层非常清晰的浪漫主义色彩,“巴赫金所做的是要恢复纯粹的浪漫派传统”。[法]茨维坦·托多洛夫:《批评的批评——教育小说》,生活·读书·新知三联书店2002年版,第82页。

〔2〕梁实秋:《现代中国文学之浪漫的趋势》,《梁实秋文集(第一卷)》,鹭江出版社2002年版。

〔3〕[美]宇文所安:《什么是世界诗歌?》,《新诗评论》(2006年第1辑),北京大学出版社2006年版。

〔4〕[美]夏志清:《中国现代小说史》,复旦大学出版社2005年版,第13-14页。

但不得不承认的是，正如宇文所安所说，单向的跨文化交流中，接受影响的文化总是处于次等地位，仿佛总是“落在时代的后边”〔1〕。李长之对于浪漫主义的接受存在着一定的局限性，他没有像柯勒律治那样指出想象力的重要性，也没有像布莱克那样去探究人类心灵为善和为恶的无比能力，更没有像华兹华斯那样向我们证实无所不在的神的存在。〔2〕这一方面与李长之的学力有关，另一方面与中国语境的影响有关。目前，学界仍缺乏对李长之浪漫主义思想的接受程度的探讨。

概言之，笔者希望通过对李长之浪漫主义批评的研究，考察李长之是如何建立起自身的浪漫主义理论，进而以浪漫主义的创造性力量介入对中国文学和中国文化的审视，从而实现了对中国传统中诗性的再发掘，以及对中国民族文化理想的构建。本书的上篇首先从李长之对浪漫主义的理解入手，探寻浪漫主义在中国发生的变形。其次，分别从文学批评和文化理念的角度，考察李长之浪漫主义批评理念的体现以及其对中国文坛的价值和启示。进一步地，笔者希望通过对李长之的批评实践的研究，打开一扇更为广阔的研究天地，即浪漫主义在整个20世纪中国的接受历程。

---

〔1〕［美］宇文所安：《什么是世界诗歌？》，《新诗评论》（2006年第1辑），北京大学出版社2006年版。

〔2〕这是夏志清对中国早期浪漫主义者的评价，笔者认为同样适用于李长之。参见［美］夏志清：《中国现代小说史》，复旦大学出版社2005年版，第13页。

上篇

李长之的浪漫主义批评

第一章　李长之的浪漫主义批评理念的形成

尽管在李长之的批评理念中，混杂着多种现代话语：古典主义、人文主义、浪漫主义、新人文主义、中国儒家传统等等，但其中浪漫主义占据较为重要的位置。他的浪漫主义精神资源，主要来自德国浪漫主义，兼收英法浪漫主义。李长之可以说是现代学人中为数不多对浪漫主义有较深理解并自觉运用的学者之一，其批评实践中体现出的较多浪漫主义的特征，使得李长之的批评在中国现代文学批评史上展示出独特的面貌。值得注意的是，李长之所理解和运用的浪漫主义已经过了个体化的变形。正如叶维廉在分析西方思想对中国现代学人的影响时指出，由于中国学人思想中存在着传统的因子，会影响他们对西方思想资源的吸收。[1] 李长之对浪漫主义的情感成分的吸收，对诸如想象力、神性、无限等浪漫主义核心理念的拒绝，无不与中国传统文化有关。因此，以西方浪漫主义理念的标准来衡量李长之的浪漫主义体系之价值高低并无意义，我们可以换一角度，即李长之是如何去理解和应用西方浪漫主义的，考虑在西方语境中产生的浪漫主义是如何在李长之这里与传统发生际遇的，产生了何种“中国式”的或“李长之式”的浪漫主义，又给中国文坛带来何种价值。事实上，李长之的目的是借助这样的浪漫主义精神资源，在中国文化中去寻找他认为应该具有的浪漫精神，而正是在这样的再发掘的路途中，从新的角度重新彰显中国文化和文学的独特价值。

---

〔1〕［美］叶维廉：《历史整体性与中国现代文学研究之省思》，见叶维廉：《中国诗学》，生活·读书·新知三联书店1992年版，第196页。

第一节　在中国语境下探讨浪漫主义的可能性

浪漫主义自20世纪被引介入中国以来，对中国文学和文化产生了深远影响，尤其是20世纪初在中国兴起的浪漫主义文化，为众多学者所重视：梁实秋认为“五四”是一场“浪漫的混乱”——虽是质疑，但却从反面印证了浪漫主义对“五四”新文化运动的广泛影响。李欧梵则对中国“五四”作家的浪漫一代进行了深入剖析和研究。张灏也曾指出：“就思想而言，五四实在是一个矛盾的时代：表面上它是一个强调科学、推崇理性的时代，而实际上它却是一个热血沸腾、情绪激荡的时代；表面上五四是以西方启蒙运动重知主义为楷模，而骨子里却带有强烈的浪漫主义色彩。”〔1〕而以郭沫若、郁达夫为代表的早期创造社为文学提供的富于浪漫主义的作品更是开启了文学中“自我”和“情感”的新时代。徐志摩诗歌中英法浪漫主义的色彩，冯至诗歌中弥漫的德国浪漫主义情调，为早期中国新诗增添了多元化发展方向。浪漫主义不仅为艺术实践提供养分，也成为文化建设、国家民族发展的功利手段——40年代以陈铨为代表的“战国策”派诸学人以德国浪漫主义为精神资源，试图实现文化重建。而在当代文学时期，浪漫主义则进一步以变形的方式与民族、政治、革命相结合，如“革命现实主义”与“革命浪漫主义”相结合的创作方式的提倡；贺敬之与郭小川诗歌中体现出的集体浪漫主义激情；80年代海子、骆一禾的诗歌在某种程度上是对浪漫主义形而上层面的回归。由此可见，浪漫主义与中国的文学和文化机遇，形成多元化的化合反应，正如陈晓明所指出的，早期浪漫主义并未为后来现实主义的创作潮流所替代，而是潜藏于中国文学脉络中，体现出不同的文学现象。〔2〕

然而，正是因为中国现代特殊的社会历史背景及传统文化的影响，来自西方的浪漫主义理念在中国或多或少经过了变形或改造，变成了“中国式的浪漫主义”。若从本质主义的角度考察，我们就会发现想象力、神性、无限这些浪漫主义的核心理念并未在中国得到很好的展现。即使是“情感”这类为中国浪漫主义文学大力提倡的理念，也与西方浪漫主义中的“情感”有所差异。不同于

---

〔1〕 张灏：《五四运动的批判与肯定》，见张灏：《幽暗意识与民主传统》，新星出版社2006年版，第183页。

〔2〕 陈晓明：《曲折与急变的道路——二十世纪中国文学理论与批评的历史变异》，《当代作家评论》2014年第1期。

西方浪漫主义思想，浪漫主义也并未作为较为系统性的理论在中国被大量应用和广泛传播，正因为如此，浪漫主义在中国的合法性便遭到质疑：在中国语境下能否使用“浪漫主义”这一概念？是否仅有“浪漫”而没有“主义”？

既然浪漫主义在中国的确有不容忽视的影响力，但中国的浪漫主义又因自身的传统渗透而与西方意义上的浪漫主义存在着差异，那么，或许我们可以跳出对中国语境下“浪漫主义”这一概念的本质化理解，避免与西方浪漫主义对比时产生困难，而采用历史主义的研究方法，将浪漫主义与历史语境相结合，考察创作行为与创作语境之间的相互作用，主体与镜像的关系等方面，比如，浪漫主义的主张与当时文坛主流的关系是什么？浪漫主义的提出与当时的历史背景是什么关系？浪漫主义在中国是如何被塑造为写实主义的对立命题的（在西方语境中，浪漫主义与现实主义并不对立）？那些所谓的中国的浪漫主义者如郭沫若、郁达夫、徐志摩是如何被塑造的？参照系是什么？……也就是说，如果我们以历史主义的方式来考察李长之的思想，便可不必纠结于他所使用的究竟是不是真正意义上的（或者说是西方意义上的）浪漫主义，而从他浪漫主义思想的形成、与历史语境的相互作用、与其他文学主张之间的关系入手进行研究。如，可以考察西方浪漫主义在进入李长之的思想后发生了何种变形？为什么会出现这种变形？李长之是在什么情境下提倡浪漫主义的，要达到何种目的？李长之的浪漫主义批评理念与当时文坛主流的左翼批评观有什么关系？李长之的浪漫主义理念给中国文坛带来了什么？通过这一系列问题的研究，我们可以将研究的重点从内部本质联系转向外部的历史文化语境的压力和推动方面，浪漫主义由此而成为具有中国现实语境和思想基础的浪漫主义，甚至某种程度上成为个人意义上的，它与西方语境下生成的浪漫主义显然存在着差异，我们不必以西方浪漫主义来衡量中国是否存在所谓真正意义上的浪漫主义。鉴于浪漫主义在中国产生的不容置疑的影响，我们所要关注的是，这一现代话语是如何构成的？又给中国文化和文学带来何种影响？这才是我们研究浪漫主义在中国之发展形态的深刻价值和长远意义，也是李长之研究能为中国文学批评史带来的重要启示。

第二节　浪漫主义批评理念形成的精神资源与时代背景

李长之之所以会采用浪漫主义精神资源去进行中国文学和文化的研究，与其整体的浪漫主义思想之形成有关。李长之对浪漫主义格外倾心的原因在于李长之所接受的教育资源和李长之自身的文化理想。

一、教育背景

李长之在北京大学读预科的时候，就跟随杨丙辰学习德文，阅读和翻译了很多德文著作。在清华大学从生物系转到哲学系以后，又潜心研究德国哲学，对德国文学和哲学的兴趣为其对浪漫主义的接受奠定了思想基础。以赛亚·伯林将西方浪漫主义的根源追溯至18世纪末的德国，认为这场运动的重要理念和思想基础产生于德国，并扩散到英、法等国。[1] 在浪漫主义运动以前，德国文学在世界上基本处于落后地位，浪漫主义运动可谓德国文化史的一次重大转折，并产生了深远影响。深谙德国文学和哲学的李长之，对浪漫主义能够了解并倾慕之。文学上，他尤为推崇狂飙突进时期的代表人物歌德（尤其是歌德的早期思想）和席勒，译有《歌德童话集》、席勒的《强盗》和《威廉·退尔》等；在哲学上，他推崇康德（其毕业论文即为《康德哲学之心理学的考察》）、费希特等，并尝试翻译康德的《判断力批判》[2]，而康德、费希特亦被认为是德国浪漫主义思想的先驱。[3] 德文的学习能够让他更好地接触原作，阅读原版的浪漫主义作品。在德国浪漫主义作品翻译量有限的时代，他成为现代学人中为数不多的对德国浪漫主义有较为深刻的认识的学者之一。然而，尽管李长之阅读了一定的德文书籍，但在20世纪三四十年代的中国，西方书籍的输入还很有限，李长之能够接触到的外文书籍数量并不多。李长之毕竟不是德文系的学生，有限的德文把握和运用能力限制了他对德文书籍的阅读和理解。而且，李长之并没有留学过德国，对德国文化没有进一步的现实认识。1937年时，李长之本来已经办好申请去德国留学的手续，出境时却接到通知，需承认“满洲国”，并改从东北绕道出国。李长之愤然拒绝，此次的留德之行也就此流产。现实体验的缺乏和文化传播中不可避免的扭曲使得李长之对德国文化存在一定的自我想象，限制了他对德国文化的吸收。而对比同受德国浪漫主义资源影响的郭沫

---

〔1〕［英］以赛亚·伯林：《浪漫主义的根源》，吕梁等译，译林出版社2011年版，第13页。

〔2〕1946年1—2月间，李长之从事康德《判断力批判》的翻译工作。据李长之的女婿于天池、女儿李书在《〈李长之文集〉出版题记》中指出，该书由于是抗战时期的出版物而散佚，因此失收于《李长之文集》。

〔3〕详细论述请参见［英］以赛亚·伯林：《浪漫主义的根源》，吕梁等译，译林出版社2011年版，第72-95页。

若,因为他在日本期间十年潜心学习德文,再加上当时日本浪漫主义文学之流行,对德国浪漫主义极为推崇,可接触的原版资料很多,因此,郭沫若对诸如泛神论、无限、想象力等德国浪漫主义核心理念的理解比李长之深刻。[1]

因此,可以说,李长之的德文修习和哲学系的专业背景给李长之接受浪漫主义思想奠定了基础。但鉴于留德经历的缺乏和国内相关德文著作原版数量及译著水平的受限,李长之对浪漫主义的进一步深入理解受到了限制,在文化接受上,有片面化、表面化的倾向,这在他的文学批评和文化理念中有明显体现。

二、 文化理想

在德国多元文化中,李长之独独青睐于浪漫主义,是与其文化责任感有关。在李长之看来,长期以来,中国写实主义的风气使得人的精神变得功利、浅智、缺乏生气,文学也急功近利或浅近可鄙。而德国浪漫主义对情感的张扬、对自我表现力的强调、对生命深度的体验,是中国文化中所缺少的。李长之认为这样的浪漫主义精神是曾存在于中国文化传统中,却被埋没了的,如今要重新发掘出来,并以这种精神来促进国家的强盛和民族的崛起,这是李长之提倡浪漫主义的社会背景。

从文化理想角度看,李长之意图将浪漫主义精神作为实现“中国的文艺复兴”的重要思想资源。这一文化理想是自反思“五四”的基础上逐步形成的。在《迎中国的文艺复兴》中,李长之指出,“五四”对于西方文化和中国文化都没有深刻的了解。因此,李长之试图做出超越“五四”的努力,在德国浪漫主义精神资源的观照下,重新审视和阐释中国的文化传统,以浪漫精神来统领中国的精神谱系,发现中国文化的内生力,从中国文化本身去找到重生之光,从而实现“中国的文艺复兴”。

第三节 浪漫主义批评理念形成的文化传统

李长之认识到了国人对浪漫主义的误解:“国人对浪漫的误解……以披发

[1] 李长之的批评理念中很少涉及神性、无限、想象力等核心理念,而这些核心理念在郭沫若的作品如《女神》中表现得极为明显。

行吟为浪漫，以酗酒妇人为浪漫，以不贞为浪漫，宜乎国人很缺少浪漫精神了。"[1]因此，李长之以浪漫主义文学创作在中国的昙花一现而惋惜，试图为浪漫主义正名，在编刊生涯中积极译介关于德国浪漫主义的著作，宣扬浪漫主义文化并在文学批评和文化批评中运用浪漫主义思想对中国传统进行重新审视。李长之在主编的天津《益世报》文学副刊《发刊词》中写道："我们鼓吹浪漫气息，作家要从短浅的理智里解放其感情！太小，太狭，太低，太薄弱的局面，我们要冲开！新的诗人要勤快，勇猛，忠实；他必须独立，而不受支配于读者、编辑、舆论和商人！"[2]在批评实践中，李长之运用浪漫主义理念对中国文化、文学的价值进行了重新发掘，将人物和传统文化浪漫化，塑造了一个个中国的浪漫主义者和重新阐释了一部部浪漫主义文学作品。

要探讨李长之批评中对浪漫主义的应用，必须先探讨李长之是如何理解浪漫主义的？我们看到，作为浸染着中国传统成长起来的知识分子，李长之在理解浪漫主义时不可避免地受到了传统的影响。中国固有的传统在促进李长之对浪漫主义中与本土资源相似的元素（如情感等理念）的吸收的同时，也会对浪漫主义中的一些具有独特西方思想背景的东西（如神性、无限等理念）形成排拒。

一、 中国传统促进浪漫主义情感元素的吸收

"情感"是浪漫主义的重要特色，而情感地位的重要性也被李长之多次提及。在编刊生涯中，他在天津《益世报》副刊的发刊词中表示说要振兴青少年的情感。而在论及德国文化和哲学时，也尤为推崇其浓烈的情感。即便是其编写的《德国的古典精神》[按：收入的人物是温克尔曼、康德、歌德、席勒、宏保尔特（洪堡）、薛德林（荷尔德林）]一书中，李长之在剖析所选取的代表人物时，关注的仍是其情感的一面。如他表示"温克尔曼岂但是人间的，感官的，简直是情绪的！……正是这种情绪的、感官的特色，表现于他的工作上"[3]。正是由于其"浓重的情绪，感官……和原始的、壮旺、淳朴的精神"[4]，才被歌德誉为诗人。在介绍康德时，李长之则选择了其具有较多主观抒情成分的前期作品

[1] 李长之：《迎中国的文艺复兴》，《李长之文集》第一卷，河北教育出版社2006年版，第23页。

[2] 李长之：《天津〈益世报〉文学副刊发刊辞》，《李长之文集》第三卷，河北教育出版社2006年版，第132页。

[3] 李长之：《德国的古典精神》，《李长之文集》第十卷，河北教育出版社2006年版，第178页。

[4] 李长之：《德国的古典精神》，《李长之文集》第十卷，河北教育出版社2006年版，第179页。

《关于优美感与壮美感的考察》,并对此篇中的抒情成分和文学意味大加赞扬。早期歌德以情感调和理智的举动,席勒富有生命力的情感表现,洪堡对情感的调和,荷尔德林在情感上的狂热等,李长之都着重书写。他极力推崇德国文化中的“神秘性、彻底性、狂热性”的情感,并认为“这是任何民族比不上的。……我们需要从那里得到一种坚实而有活力的文化姿态!”〔1〕在批评实践中,李长之更是将“情感”作为衡量艺术水平的标准。他将《红楼梦》推为堪称“中国浪漫主义的最高峰”〔2〕的伟大杰作,将曹雪芹看做“是诗国里的英雄”〔3〕,“因为他有天才,又有纯挚丰富的感情”〔4〕,《红楼梦》是浸润了作者情感的伟大著作。

李长之认为司马迁是一个诗人,很大程度上是因为“他的情感像准备爆发着的火山一样,时时会喷放出来”〔5〕。“情感者,才是司马迁的本质。他的书是赞叹,是感慨,是苦闷,是情感的宣泄,总之是抒情的而已!不唯抒自己的情,而且代抒一般人的情。这就是他之伟大处。”〔6〕而《史记》因为是基于情感而创作的,“他之作《史记》……几乎没有一篇不是基于一种感情而去着手了的”〔7〕。因此,《史记》是一部诗作,“不了解情感生活的人,不能读司马迁的书”〔8〕。李长之在论及鲁迅时指出:“倘若诗人的意义,是指在从事于文艺者之性格上偏于主观的,情绪的,而离庸常人所应付的实生活相远的话,则无疑地,鲁迅在文艺上乃是一个诗人。”〔9〕由此可见,李长之认为“纯挚丰富的感情”是诗人之为诗人的根本依据,也是“诗国”存在的根本基础。在这里,我们

---

〔1〕 李长之:《德国的古典精神》,《李长之文集》第十卷,河北教育出版社2006年版,第253-254页。

〔2〕 李长之:《评李辰冬〈红楼梦研究〉》,见李长之、李辰冬:《李长之 李辰冬点评红楼梦》,团结出版社2006年版,第133页。

〔3〕 李长之:《〈红楼梦〉批判》,见李长之、李辰冬:《李长之 李辰冬点评红楼梦》,团结出版社2006年版,第8页。

〔4〕 李长之:《〈红楼梦〉批判》,见李长之、李辰冬:《李长之 李辰冬点评红楼梦》,团结出版社2006年版,第8页。

〔5〕 李长之:《司马迁之人格与风格》,《李长之文集》第六卷,河北教育出版社2006年版,第262页。

〔6〕 李长之:《司马迁之人格与风格》,《李长之文集》第六卷,河北教育出版社2006年版,第262页。

〔7〕 李长之:《司马迁之人格与风格》,《李长之文集》第六卷,河北教育出版社2006年版,第262页。

〔8〕 李长之:《司马迁之人格与风格》,《李长之文集》第六卷,河北教育出版社2006年版,第262页。

〔9〕 李长之:《鲁迅批判》,《李长之文集》第二卷,河北教育出版社2006年版,第136页。

可以清楚地看到,李长之对情感的关注,是与“诗”这一概念相联系的。的确,情感是浪漫诗的重要元素。在浪漫派看来,“诗的王国最终是……(根据)情感、想象、幻想和爱。……诺瓦利斯认为,情感本身才是人的全部生存赖以建立的基础。人必须通过活生生的个体的灵性去感受世界……诗与情感结为姐妹,诗不过是人类心灵所具有的行动方式。没有情感,也就没有诗”〔1〕。华兹华斯也表示:“诗歌是强烈情感的自然流溢。”〔2〕可以说,情感是诗得以存在的根本基础。李长之正是在把握住“情感是诗的本质”这一重要理念的前提下,将把丰富情感投射于作品中的曹雪芹、鲁迅、司马迁看作是“诗人”,在人格与风格的相互映射的角度进行评价。

若探讨西方浪漫主义理念中对“情感”强调的思想来源,则可追溯至其神学背景。浪漫主义兴起于工业文明和科学理性使传统宗教失去了神圣光环的时代。为了为被理性泛滥和欲望压抑的人类灵魂寻找一条上升的出路,浪漫主义者试图建造一个新的“宗教”,其“情感”理论的核心来自施莱尔马赫的神学观点。施莱尔马赫在《论宗教》一书中认为,自然神论类型的理论知识和康德哲学类型的道德服从的自然神学,都预定了主体与客体之间的分裂,“但是这种差异必须在同一性原则的力量下得到克服。这种同一性呈现于我们之间”〔3〕。“同一性”原则取自斯宾诺莎的思想,它的意思是“上帝是一切事物的创造性的根据”,“上帝……在任何事物的深层次中”〔4〕。施莱尔马赫用以指称这种“同一性”的经验的词是“情感”(feeling),“情感是超越于主体与客体之上的宇宙对我们存在的深层结构的影响。……是对宇宙的直觉……把这种直觉写为‘神化’(divination)……对神的直接认知”〔5〕。可以看到,施莱尔马赫神学中的“情感”不应该被理解为“情绪”,“它是在连续不断的情感、情绪、思想、意愿、经验中的流动,都是与主观的情感不同的……不是个人的主观情

---

〔1〕 刘小枫:《诗化哲学——德国浪漫美学传统》,山东文艺出版社1986年版,第53页。

〔2〕 [英]华兹华斯:《抒情歌谣集一八〇〇年版序言》,见伍蠡甫主编《西方文论选》(下),上海译文出版社1988年版,第16页。

〔3〕 [美]保罗·蒂利希:《基督教思想史——从其犹太和希腊发端到存在主义》,东方出版社2008年版,第346页。

〔4〕 [美]保罗·蒂利希:《基督教思想史——从其犹太和希腊发端到存在主义》,东方出版社2008年版,第344页。

〔5〕 [美]保罗·蒂利希:《基督教思想史——从其犹太和希腊发端到存在主义》,东方出版社2008年版,第346页。

感”〔1〕。而最根本的情感在于“爱”,“无限在我们之中的关键是爱,但不是在agape(神爱),即基督教的爱的概念这个意义上的爱,而是在柏拉图的eros(情爱)意义上的爱,这种爱把我们与善、真、美联系在一起,它使我们超越有限而达到无限”〔2〕。由此可见,浪漫主义观念中的“情感”是使得我们“超越有限而达到无限”的经验,并不是个人的主观情感。而李长之所强调的情感在更多情况下指的是个人的主观情感,也可以指“情绪”。李长之将“情感”和“情绪”混用,他指出鲁迅作为诗人是因为是“情绪的”,司马迁和曹雪芹被当做是诗人是因为是“情感的”,也就是说,“情绪”和“情感”在李长之那里其实为同一事物,即个人的情感,与浪漫主义所强调的“情感”并不完全是一回事。李长之将情感的等同为浪漫的,是因为他对浪漫主义思想背后的基督教神学基础缺乏深刻的认识,未对不同类型的情感加以区分。这一方面归因于李长之学力之不足,另一方面也是由于中国自身传统中基督教意识之缺乏,阻碍了李长之对浪漫主义神学背景的接受。此外,李长之忽略浪漫主义理念中的神学背景,也可能是李长之考虑到受众的接受程度以利于传播。

那么,值得思考的是,李长之在面对浪漫主义的“情感”这一理念时,是什么历史因素促成了他对于“情感”的强调?李长之选择“情感”这一理念来展开论述,与中国的文化语境相关。余英时指出:“19世纪晚期和20世纪早期的中国知识分子,会真正响应的只有在他们自己的传统里产生回响的那些西方价值与理念。”〔3〕从屈原的“发愤以抒情”到陆机的“诗缘情而绮靡”,从王阳明的“心学”到汤显祖的“至情说”,中国文化一直有“重情”“尚情”的传统。因此,李长之对浪漫主义诗学理念中情感性的鼓吹很大程度上也是在中国传统中“产生回响的西方价值与理念”。李长之试图为情感理念找到中国语境的根源,将中国浪漫主义的根源追溯至王阳明的心学,认为由心学的流行而引起的在文学和社会上的影响堪称“中国的狂飙突进运动”,并将汤显祖的《牡丹亭》推为“中国的狂飙突进运动”的代表作,将汤显祖比作狂飙时期的歌德。〔4〕其

〔1〕[美]保罗·蒂利希:《基督教思想史——从其犹太和希腊发端到存在主义》,东方出版社2008年版,第347页。

〔2〕[美]保罗·蒂利希:《基督教思想史——从其犹太和希腊发端到存在主义》,东方出版社2008年版,第350页。

〔3〕余英时:《文艺复兴乎?启蒙运动乎?——一个史学家对五四运动的反思》,见余英时:《重寻胡适历程:胡适生平与思想的再认识》,广西师范大学出版社2004年版,第257页。

〔4〕参见李长之:《十六世纪末的中国之狂飙运动——汤显祖及其牡丹亭》,《李长之文集》第三卷,河北教育出版社2006年版,第351-358页。

次，从历史因素角度看，李长之在反思社会现状时表示："没有信念，没有理想，没有过分的情感，而且情感快缩到变态的地步了，这是目前中国的青年的精神。现实，虚无，甚而宿命，对于自己的自信，对于民族的自信，对于人类前途的自信，可说薄弱到极处。"[1]情感的浓烈是与理想的追求、与对国家未来的期望联在一起的。没有情感，就会降低民族未来理想实现的可能。提倡浓烈的情感，以拯救当前虚无、现实的萎缩的青年精神，是李长之所期望的。而且，李长之看到了德国狂飙时期情感高扬所产生的巨大力量，推崇狂飙时期歌德的精神，认为具有强盛的生命力，并积极探寻中国文化传统中的情感因素，以期找到与德国狂飙突进精神的共通点。正是因为看到了狂飙运动中情感的力量，所以李长之认为当前德国之强大与这样的精神相关，中国要振兴也要提倡这种精神。

不过，值得注意的是，李长之所采用的浪漫主义意义上的"情感"和中国抒情传统中的"情感"只是表面上的相似。这是以往研究中经常容易混淆的问题，也体现出李长之对浪漫主义的理解较为深入。李长之在这里所运用的"情感"是指激情——emotion，并不同于表达人与人或人与物之间关系的 affection 以及表达个人志趣的性情。在浪漫主义看来，"诗是激情的语言"[2]，"激情和兴致所独有的产物的那些特殊的诗或段落，等同于'纯诗'或'最富有诗意的诗'或'真正的诗'"[3]。李长之正是在"激情"这个维度上，在批评中大量运用"情感"理念进行批评的，也构成了其批评风格的特色。李长之在批评中对批评对象情感方面的关注和其充满激情的批评语言，已经得到学界的不少关注。但是，由于对李长之的"情感"理念的深层思想资源缺乏深刻认识，对李长之批评中的情感特色的分析也多浮于表面，也并不能明确辨析出李长之的"情感"理念与通常意义上对情感的理解之区别，因而降低了李长之批评实践的价值。因此，面对"李长之的情感批评特色古已有之"诸如此类的质疑，对李长之所理解和运用的"情感"理念进行细致辨析是必要的。

李长之对浪漫主义"情感"理念的理解和运用的重要价值还体现在对以

[1] 李长之：《论人类命运之二重性》，《李长之文集》第三卷，河北教育出版社 2006 年版，第 77 页。

[2] [美]M. H. 艾布拉姆斯：《镜与灯——浪漫主义文论及批评传统》，北京大学出版社 1989 年版，第 139 页。

[3] [美]M. H. 艾布拉姆斯：《镜与灯——浪漫主义文论及批评传统》，北京大学出版社 1989 年版，第 128 页。

"浪漫"为"罗曼史"(Romance)这一普遍观念的修正。"Romance"一词原指中世纪传奇,多写骑士与少妇的爱情、贵妇与情人的恋爱史等等。因此,一般人对"情感"的理解往往是 affection,而不是 feeling,多与私生活的不检点、滥情有关。郭沫若在文艺上对浪漫主义的倡导和在生活中放荡不羁的浪漫表现被混为一谈,以亲身经历加深了人们对"浪漫"的理解,但又进一步将人们对浪漫主义的理解引向歧路。甚至李欧梵在《中国现代作家的浪漫一代》的书中阐述浪漫主义对五四作家的影响时,强调浪漫主义思潮与作家内在精神气质的契合,其浪漫化生活态度在作品中的反映等等。雅克·巴尊曾提醒人们注意区分作为个性意义上的浪漫和作为历史运动的浪漫主义。[1] 在中国,作为个性意义上的浪漫观念流行得更为广泛和迅速,这一现象导致了对浪漫主义的曲解加深,造成了中国现当代文学创作上所表现出的滥情主义,这也是浪漫主义长期在中国遭到诟病的重要原因之一。李长之对浪漫主义的理解可谓是对这一倾向的纠偏。他在分析中国缺乏浪漫精神的原因时指出:"浪漫主义是这一时代所不能容的,所以那唯一标榜浪漫主义的创造社,不久也就从文学革命到革命文学,他们自己也不承认了。浪漫并不是坏意思,正如爱不是坏意思一样,但在中国都遭了误解。……国人对浪漫的误解和这差不多,以披发行吟为浪漫,以酗酒妇人为浪漫,以不贞为浪漫,宜乎国人很缺少浪漫精神了。"[2]"有着世界文学思潮的巨流中之一小流的意味的中国新文学,自五四到现在还在同一阶段里,就是写实的倾向。浪漫的作品,我们几乎没有,以文学研究会和创造社的对立看,创造社的小说勉强可以代表浪漫,可是充满了的还是个人生活上的穷与愁,其理想的色彩,主观的色彩,热情的色彩,可说没有得到什么发展。郭沫若多少在诗里有了些浪漫的气息,然而时候没有多久,大多数作家也并不能承认这是正路,他自己更以为与新获得的信念相冲突,所以终于厌弃了。"[3]李长之指出,正是由于国人对浪漫的误解,浪漫精神很少为国人所拥有,即便有以郭沫若为代表的创造社在大力倡导浪漫主义,也由于不符合时代潮流和不被理解为"正路",终于也摒弃了这一理念。李长之正是要为浪漫主义正名,突出了个体意义上的情感(feeling)的重要性,尽管在李长之三十年代末至四十年代的文化理念中会将情感提倡与国家、民族建设相联系,但总体仍是个体精神层面的,而并

〔1〕[美]雅克·巴尊:《古典的,浪漫的,现代的》,侯蓓译,江苏教育出版社 2005 年版,第 6 页。
〔2〕李长之:《迎中国的文艺复兴》,《李长之文集》第一卷,河北教育出版社 2006 年版,第 22-23 页。
〔3〕李长之:《论人类命运之二重性》,《李长之文集》第三卷,河北教育出版社 2006 年版,第 76 页。

非集体意义上的情感。

李长之是认识到浪漫主义对情感过分强调所带来的负面影响的，也指出“养育于资本主义社会下的浪漫主义，并不是全然无缺的，……倘若重在人的情志，精神的缘故，而忽略了理智的发展，这无疑是颓废”[1]。针对浪漫主义在中国趋向滥情主义这一弊端，李长之提出要用“理智节制情感”。我们看到，在20世纪二三十年代，“新月派”诗人也在大力倡导“理智节制情感”，推崇格律诗。新月派的重要代表人物梁实秋，在美国师从过新人文主义的代表人物白璧德。白璧德批判卢梭的浪漫主义，提出节制与调和的理念。这一思想为梁实秋所接受。梁实秋早期为浪漫主义者，留美回国后转变为古典主义的推崇者，并对浪漫主义进行清算。[2] 新人文主义反对不加节制的浪漫，要求以古典精神中的理智来加以节制与调和，达到和谐的状态。李长之与梁实秋交往甚密，加上儒家“哀而不伤，乐而不淫”传统的影响，也强调了理智的约束作用。但是，李长之与梁实秋在对待浪漫主义的态度的基本立场上并不一致。梁实秋反对浪漫主义，而要求将情感纳入理智的轨道中。而李长之则是要以浪漫为底色，以理智适当加以限制，使其控制到健康的状态下。他指出，情感要“适度而不是过分，健康而不是病态”[3]。健康的精神就是“在情感的浓挚坦率，然而又纳之于深澈远大的理智之中”[4]。实质上，李长之的观点是为了纠正中国现代“浪漫”文学的弊端，使其能够以更恰当、更健康的状态发展。

因此，我们看到，尽管李长之的“情感”这一概念并未涉及浪漫主义与之相关的核心概念——无限、想象力、爱、神性等，但毕竟实现了对中国误以为“浪漫”仅是“罗曼史”这一误解的纠偏，并且提出以理智来将情感控制在健康状态下的方法，以此来解决浪漫主义对情感的过分强调而可能导致的弊端。

二、 中国固有传统排拒浪漫主义神学理念

夏志清在分析中国新文学早期浪漫主义时曾指出：“在这个文学运动中，没有像山姆·柯立基那样的人来指出想象力之重要；没有华茨华斯（华兹华斯）来向我们证实无处不在的神的存在；没有威廉·布雷克去探寻人类心灵为

---

〔1〕 李长之：《鲁迅批判》，《李长之文集》第二卷，河北教育出版社2006年版，第20页。

〔2〕 参见梁实秋：《现代中国文学之浪漫的趋势》，见《梁实秋文集》第一卷，鹭江出版社2002年版。

〔3〕 李长之：《孔子的故事》，见《李长之文集》第一卷，河北教育出版社2006年版，第198页。

〔4〕 李长之：《从孔子到孟轲》，见《李长之文集》第一卷，河北教育出版社2006年版，第257页。

善与为恶的无比能力。早期中国现代文学的浪漫作品是非常现世的,很少有在心理上或哲理上对人生作有深度的探讨。"[1]对无限、想象力的追求是浪漫主义的核心理念,对德国浪漫主义有所研究的人或多或少都对此有一定的理解,但理解的程度和准确性则要依靠学识和思辩力。李长之也关注到了德国浪漫主义对于无限的追求之重视。然而,李长之对"无限"的理解更多停留于表象的理解,如冲开一切形式的限制,实现自我的无限扩大等等,而并没有理解到浪漫主义的"无限"理念背后所蕴含的深厚的神学背景和哲学基础。在早期文艺复兴时期居罗马天主教的红衣主教高位的尼古拉·库萨提出有限与无限的一致性,在有限中出现无限,无限又超越于任何有限之物,"这种有限与无限的关系原则是浪漫主义的首要原则,任何别的东西都是依赖于它的"[2]。浪漫主义产生于工业化及科学理性对宗教信仰的破坏时期,为了重新回到对人的灵性的重视,浪漫主义试图发展一种"新的宗教",以达到宗教关怀的目的。浪漫主义实际上是用审美直觉代替宗教,艺术即是宗教本身。"谢林在其美学时期的观点中认为,艺术是整个历史中的伟大奇迹、独特的奇迹。它必须只是一次性地出现在世界上,以说服我们相信终极者上帝所呈现的奇迹"[3]。"无限是在一切的有限之中,则在有限之中意识到无限的是直觉"[4]。浪漫主义对于想象力的强调、冲破一切固有形式的姿态和"反讽"理念的提出等,都与其对无限的向往有关,企图以"诗"作为有限驶向无限的中介,去解决信仰失落的现代人对人性灵魂的超越性,以及对灵性的形而上的焦虑。叶维廉指出中国的早期的作家排拒了由认识论出发作哲学思索的浪漫主义,很可能是道家所提倡的天道自然、自然而然的宇宙观和美学思想在一定程度上帮助中国作家避开了形而上的追索和自我焦虑。[5] 李长之在谈到中国古代的美学思想时,认为古人有一种深厚雄健的形而上学的基础,"古人……觉得宇宙是一个伦理的间架……宇宙是动的,是生生不已的,生活于其间的人便也是'自强不息'的了。宇宙的创

[1] [美]夏志清:《中国现代小说史》,复旦大学出版社2005年版,第13页。

[2] [美]保罗·蒂利希:《基督教思想史——从其犹太和希腊发端到存在主义》,东方出版社2008年版,第331页。

[3] [美]保罗·蒂利希:《基督教思想史——从其犹太和希腊发端到存在主义》,东方出版社2008年版,第335页。

[4] [美]保罗·蒂利希:《基督教思想史——从其犹太和希腊发端到存在主义》,东方出版社2008年版,第334页。

[5] [美]叶维廉:《中国诗学》,生活·读书·新知三联书店1992年版,第196页。

造,就是他的创造……他自己生命的扩张,就是宇宙生命的扩张”[1]。这种“天地与我并生,万物与我为一”的状态,正缓解了缺乏宗教意识的中国人对无限性和超越性的追求的焦虑。

综上所述,相对于“中国二三十年代的作家所强调的仅仅是浪漫主义的情感成分,而常常以滥情主义的极端形式出现,而对浪漫主义的中枢运思行为——想象,几乎毫无所知”[2],李长之显然比大多数学人对浪漫主义的理解要深刻一些。尽管由于中国尚情传统使然,李长之接受的主要是以“情感”理念为基础的浪漫主义,而非由认识论出发作哲学思索的浪漫主义,但李长之能够深刻认识到浪漫主义的对情感过度张扬的弊端,因此,李长之强调要以理智来引导情感,避免陷入滥情主义的泥淖之中。其次,尽管李长之并未从神学基础的哲学思索角度去思考想象力、无限等理念在浪漫主义中的重要性,但他是明白这些理念在浪漫主义中的重要地位的,他采取的方式是从中国文化传统中去理解这些元素,从而将根植于西方思想文化背景的浪漫主义理念得到一种可接受的中国式的理解,如他将想象力认同于中国传统中的“尚奇”精神以及诗歌中所追求的一般意义上的想象力。再如,他将浪漫主义对“无限”的追求等同于道家对“无我”境界的追求。这一改造过程掺杂了李长之的曲解和误读,但这又何尝不是一种积极意义上的误读——即布鲁姆所谓的“创造性误读”。布鲁姆指出,人们在阅读文学经典时,常常以自己的想象参与了再创造的活动,而阅读文本的时空变化和个人的审美体验势必会影响对原文的“正确”理解,从而导致了“创造性误读”(creatively misreading)。[3] 李长之实际上是对西方的浪漫主义进行了“创造性误读”,这集中体现于他的文学批评和文化批评的运用中。李长之运用改造过的浪漫主义理念对中国文学和中国文化进行了创造性的理解和发挥,提出了有节制的异见或新解。这种自觉的、合理的误读在一定程度上是批评者思想和审美理念的有效延伸,能够转化生成一种新的文学价值或美学价值。我们看到,在浪漫主义的视野下,李长之对鲁迅和《红楼梦》提出独特见解,开启新的研究视角,发掘出中国传统中的“诗性”元素,在批评史上具有独特贡献。这种对浪漫主义艺术层面的关注和“诗性”的发掘主要是1938年以前李长之文学批评的侧重点。然而,1938年以后,随着民族危机的进

---

[1] 李长之:《迎中国的文艺复兴》,《李长之文集》第一卷,河北教育出版社2006年版,第67页。
[2] [美]叶维廉:《中国诗学》,生活·读书·新知三联书店1992年版,第196页。
[3] [美]哈罗德·布鲁姆:《西方正典》,江宁康译,译林出版社2005年版,第3页。

一步加深，企图以中国本位的文学建设来实现国家、民族复兴的潮流开始兴起，李长之试图发掘中国传统中健康的浪漫主义精神，以实现中国的文艺复兴。李长之热切的国族关怀是值得赞扬的，但是，李长之并未意识到，尽管浪漫主义有追求无限的超越性和艺术至上的形而上层面的精神拔高效果，但是，浪漫主义也暗藏着魔性的向下的力量。“浪漫主义有两个时期……施莱尔马赫和早期的谢林完全属于第一时期的浪漫主义，而后期的谢林和克尔凯郭尔则属于第二时期的浪漫主义。……19 世纪 20 年代就发生了从第一时期到第二时期的转折。……在第二时期一些别的东西出现了，深层的方面，即无限的方面不仅一直达到神，而且下降到魔性当中。……否定因素变成浪漫主义中的魔性因素。它揭露出人的灵魂中许多魔性一样的、深层次的内涵”[1]。这种力量一旦与现实、国家、民族意识相结合，则会产生集体浪漫主义，原属于个体意义上的自我之扩张、对无限的追求，便都变为集体的行为，这将产生极大的破坏力，暗藏着演变为法西斯主义的危险。这种对浪漫主义“魔性”一面认识上的缺失并非仅是李长之一人的问题，更是整个浪漫主义在中国的接受和发展的问题。

研究李长之对浪漫主义在文学批评和文化批评上的运用，能够更好地帮助我们理解浪漫主义为中国的艺术、美学带来的诗学意义，也能够提醒我们警惕国家浪漫主义的危险性。李长之作为浪漫主义在中国的接受和发展的链条中的重要一环，其在文学批评和文化理念中对浪漫主义的理解和应用，更好地帮助我们理解浪漫主义为中国文艺带来的诗学意义，也能够借此机会重新审视浪漫主义在中国的发展形态。

〔1〕［美］保罗·蒂利希：《基督教思想史——从其犹太和希腊发端到存在主义》，东方出版社 2008 年版，第 339 页。

第二章 诗性的再发掘：李长之的文学批评

李长之运用浪漫主义的思想为发掘新的文学价值而进行的较为纯粹的文学、艺术层面的批评实践，集中体现于1938年以前的文学批评中（按：在1938年以后，李长之更倾向于将浪漫主义与现实、民族、国家相联系，其文学批评更多为文化理念服务）。浪漫主义思想资源的介入为李长之的文学批评带来一大特征，即将批评对象的诗化，司马迁、李白、陶渊明、鲁迅、曹雪芹等人物被他认为是“浪漫主义诗人”，而他们的作品则是伟大的“诗国”。“诗”是浪漫主义的重要艺术理念之一，是浪漫主义借以建立理想王国的手段，是有限通向无限的中介。当“艺术君临一切”的时候，“诗”的王国便诞生了。“诗”的概念之泛化是浪漫主义思想的重要体现。“每一种依靠语言来产生效果的艺术和科学，只要人们是把它们作为艺术，为着它们自身的缘故来从事，只要它们达到最高的顶峰，都表现为诗……而且每一种并不是在语言的辞藻中嬉戏玩耍的艺术和科学，也都有一个看不见的精神，这个精神就是诗”[1]，“任何一种艺术、任何一种科学，如果达到完善境界的话，最终都将融合在诗的花朵中”[2]。在浪漫主义这里，一切的艺术表现都被纳入“诗”，从而闪烁出“诗性”光芒。李长之正是运用浪漫主义的艺术理念对中国文学进行再阐释，试图发掘出被历史现实所遮蔽的诗性价值。

本章主要选择李长之的鲁迅研究、《红楼梦》研究和新诗研究这三个方面来进行讨论，因为三者在李长之的文学批评中能够突出体现浪漫主义光照下所

---

〔1〕［德］施勒格尔：《谈诗》，见［德］施勒格尔：《浪漫派风格——施勒格尔批评文集》，李伯杰译，华夏出版社2005年版，第187页。

〔2〕［德］施勒格尔：《论文学》，见施勒格尔：《浪漫派风格——施勒格尔批评文集》，李伯杰译，华夏出版社2005年版，第261页。

闪现的诗性价值。诚然，由于存在理论先入的局限性，李长之的论述中不可避免地也会出现过度阐释的问题。但是，我们不应就此否定李长之的文学批评价值，正如我们不应该简单否定以西方理论来对中国本土文学进行阐释的这一批评方式的价值和意义一样。文学批评并没有固定的标准，多元的批评视角将会发现不同的艺术价值。李长之采用浪漫主义的批评视角，发掘出了被传统批评方法所遮蔽或忽略的独特文学价值，在鲁迅研究史和《红楼梦》研究史中尤为具有开创性意义，为后续研究提供了具有重要启示价值的观点。然而，李长之这一研究的重要性并未被学界所真正认识。在承认李长之批评实践的局限性的前提下，我们应该认真分析李长之是如何将批评对象浪漫主义化的，以及这一批评方法所带来的新的文学价值。站在中西文化资源的交汇点上，对李长之的文学批评的研究将为我们提供宝贵的经验借鉴。

第一节　李长之的《鲁迅批判》与“诗人”鲁迅

李长之的《鲁迅批判》被认为是较早成体系的研究鲁迅的学术专著，以其独特的学术价值和独立的批判精神在鲁迅研究史上占据重要地位。然而，这本著作在奠定了李长之现代批评家地位的同时，更多带来的是磨难。在出版前即遭到删改（去除了鲁迅的书信和照片），出版之后，《鲁迅批判》屡遭批判和查禁。国民党统治时期，它被视为“左派”读物予以排斥；日伪时期，则被列为禁书。[1] 1957 年，李长之被划为“右派”，《鲁迅批判》成为“黑书”被封存于图书馆，不得借阅。“文革”以后的相当长一段时期内，《鲁迅批判》并未再版，直到 2003 年才得以重新出版。[2] 《鲁迅批判》很长时间内被斥为学术异端，而当今，《鲁迅批判》的价值被越来越多的学者所肯定。

我们要考察《鲁迅批判》为鲁迅研究史带来何种新突破，必须先观察《鲁迅批判》出版前学界对鲁迅的研究情况。在 1927 年以前，以成仿吾为代表的创造社对鲁迅的几乎全盘否定和《现代评论》派的陈西滢的攻击，是比较突出的有

---

〔1〕 李长之在《鲁迅批判》三版题记中透露：“北平沦陷后，有一个杂志上曾发表过敌人所查禁的书单，这书却也即是其中之一。”

〔2〕 2003 年 1 月，《鲁迅批判》被收入“大家小书”书系，由北京出版社出版。

代表性的一方面。1927年茅盾的《鲁迅论》发表，肯定了鲁迅作品的社会意义和思想价值。[1] 1928年，创造社、太阳社对鲁迅进行攻击。1933年瞿秋白《〈鲁迅杂感选集〉序言》的面世，维护了鲁迅的形象。[2] 1935年以前的鲁迅研究大多是从不同政治立场角度进行的评价，尤其是鲁迅加入"左联"以后，"左联"更加积极地推崇鲁迅思想立场的转变和社会意义。1935年5月29日起，李长之的《鲁迅批判》中的部分文章（3月开始写，7月写完）陆续在天津《益世报》"文学副刊"和《国闻周报》上发表，引起文坛注目。1936年1月，李长之的《鲁迅批判》出版。值得注意的是，1936年在鲁迅研究史上是一个独特的年份。1936年10月，鲁迅逝世。此时正值左翼和其他派别争夺鲁迅的阐释权最为激烈的时候。鲁迅逝世后，"左派"文人组织了一系列纪念鲁迅的活动，利用鲁迅在青年中的巨大影响力和在文坛的威望，借着民族危亡的关键时刻，试图将鲁迅塑造为"民族英雄"获得民族认同，渗透进无产阶级思想。在"左联"极力利用民族危机宣传和塑造他们所需要的鲁迅形象之时，自由知识分子、国民党"右派"文人也纷纷参与对鲁迅的"盖棺定论"。这场针对鲁迅的论争表面上是文学批评或文化批评层面的，实质上却是两种不同文化势力和政治派别间对文化话语权的争夺。不过，很明显，"左翼"所塑造的"民族英雄""革命战士"的正面的鲁迅形象，在内政混乱、国难当头的时刻，更能唤起全国的认同。于是，鲁迅的形象渐渐被人为地"神化"了。李长之的《鲁迅批判》正是在"左翼"对鲁迅的社会学意义的张扬和自由知识分子对鲁迅价值的怀疑的历史背景中面世的，他关于鲁迅身上具有诗人本质和战士身份的二重性的观点颇为中肯和独特。

李长之的《鲁迅批判》无疑是将"民族魂"的旗帜掀开了一角，让我们看到了一个被遮蔽的真实的鲁迅。李长之所指出的鲁迅身上的诗人特性，正是被"左派"文人批为是鲁迅身上的局限性，并在"神化"鲁迅的过程中极力遮蔽的。后来，鲁迅被进一步推为"新中国的圣人"[3]，"是中国文化的主将，他不但是中国伟大的文学家，而且是伟大的思想家和伟大的革命家。……是文化战线

---

〔1〕 方璧（茅盾的笔名）：《鲁迅论》，《小说月报》1927年第18卷第11期，第40-51页。

〔2〕 瞿秋白：《〈鲁迅杂感选集〉序言》，见中国社会科学院文学研究室编《1913—1983鲁迅研究学术论著资料汇编》（一），中国文联出版公司1985年版，第818页。

〔3〕 毛泽东：《鲁迅论——在"陕公"纪念大会上演辞》，见中国社会科学院文学研究室编《1913—1983鲁迅研究学术论著资料汇编》（二），中国文联出版公司1986年版，第889-890页。

上……空前的民族英雄”[1]。这一定位进一步将国族情怀和政治思想在鲁迅身上实现融合,这构成了当代语境中鲁迅研究的经典阐释。但是,不得不注意的是,“神化”鲁迅的后果就是使得作为真实的个体意义上的鲁迅被排挤出大众视野,而空留下作为“民族英雄”“革命战士”的集体意义上的鲁迅,鲁迅形象逐渐褪化为一个文化符号,更多具有社会、政治意义而缺乏文学意义。

然而,相对于鲁迅的社会意义和政治意义,李长之重点关注到的是文艺审美层面,关注到鲁迅的个体精神与文学创作之间的联系。由此,李长之将鲁迅认定为一个诗人,其创作中体现出独特的情感特征。而这种情感,不仅具有个人感受上的抒情的特殊性价值,而且具有人性层面的普适性价值。从这个角度考察,才能更好地从创作中去探索鲁迅的创作对于中国文学乃至人类的永恒意义,也更能发掘鲁迅高于一般作家的独特价值。这一研究思路在20世纪30年代特殊的时代形势下并未得到热烈相应。然而,此后,在海外,夏济安、李欧梵等学者纷纷从文学和精神品格的角度试图还原被意识形态遮蔽的个体化鲁迅。在国内,几乎到上世纪90年代这一研究思路才引起强烈反响。而李长之早在30年代便将鲁迅从集体声音的喧嚣中拖拽出来,让鲁迅自己发出个体的声音,还原一个真实的鲁迅,李长之在浪漫主义的意义上对鲁迅的“情感”一面进行独特阐释,打开了鲁迅研究的另一条思路,挖掘出传统研究方法下鲁迅被遮蔽的特质,在鲁迅研究史上具有开创性意义。

一、“诗人”鲁迅之发现

在漫天“思想界的权威”之赞誉和“刻薄毒舌”之骂名之中,李长之却冷静指出——鲁迅在本质上是一个诗人和战士。对于“思想界的权威”的尊称,李长之表示:“可是说真的,鲁迅在思想上,不够一个思想家。”[2]这一论断与其学术背景有关。李长之在清华大学期间潜心研究德国哲学,认为具有完整理论体系和抽象思辨能力的康德、费希特等人才能被认为是思想家,而这是鲁迅所缺乏的,“他没有一个思想家所应有的清晰以及在理论上建设的能力”[3],“他是没有深邃的哲学脑筋,他所盘桓于心目中的,并没有幽远的问题。他似乎没

[1] 毛泽东:《新民主主义论》,见中国社会科学院文学研究室编《1913—1983鲁迅研究学术论著资料汇编》(三),中国文联出版公司1987年版,第32页。

[2] 李长之:《鲁迅批判》,《李长之文集》第二卷,河北教育出版社2006年版,第36页。

[3] 李长之:《鲁迅批判》,《李长之文集》第二卷,河北教育出版社2006年版,第88页。

有那样的趣味,以及那样的能力。……他缺少一种组织能力"[1]。李长之认为"鲁迅并不能算是一个思想家"这一观点在当时和后来都遭到强烈批判和质疑,因为这颠覆了当时人们对鲁迅"思想界的权威"的尊称,也颠覆了左翼和新中国后"红色鲁迅"之塑造。实际上,李长之的这一看似偏颇的观点更多程度上是一种纠偏,当时的鲁迅研究太过重视鲁迅的思想层面和社会意义,而忽略了鲁迅首先是一个文学家。他指出"鲁迅并不能算是一个思想家"的革命性意义,在于使得鲁迅研究得以摆脱社会学的研究套路,纠正了过于重视鲁迅的思想层面和社会意义而忽略其文学价值的弊端,从而得以从文学艺术本身去探寻鲁迅的价值。李长之指出,在思想上,鲁迅止于是一个对旧制度旧文明施以猛烈的攻击的战士,而在艺术上,鲁迅乃是一个诗人。诗人和战士构成了鲁迅的本质。温儒敏中肯地表示:"如果并不简单地认为'思想家'与'诗人'或'战士'有高下之分,而注意到这主要是对性格、气质及其贡献所长的分析,那么李长之的看法是有其道理的。"[2]认为"思想家"的价值高于"诗人"或"战士",本身也是"神化"鲁迅的一种体现。李长之跳出"神化"的思维怪圈,从作家人格与创作之间的契合与映射来进行分析,展现其艺术价值,这是"左翼"鲁迅研究者所不可比拟的优点。

李长之在1950年鲁迅逝世十四周年时写《〈鲁迅批判〉的自我批判》,反省《鲁迅批判》受了浪漫主义思想的影响:"艺术至上,过重天才,过重技巧,缺乏党性,缺乏阶级观点,缺乏战斗性,……总之,着眼于艺术,超过于着眼于政治,就是那根本毛病所派生的"[3]。其实,李长之在特殊政治环境下所自我反省的这本书的"根本毛病",恰恰是此书的独到视角和价值体现。李长之在浪漫主义的视野下,摒弃政治视角,对鲁迅进行艺术上的观照,从而发现了作为"诗人"的鲁迅的价值。在李长之看来,鲁迅是带有一种浓重的浪漫色彩的,尤其是早年,"因为他抑物质而崇精神,排社会而崇个人,天才"[4]。尽管由于时代形势的需求,鲁迅接受了其他思想,但作为"诗人"的本质,却一直未曾泯灭。

李长之指出:"倘若诗人的意义,是指在从事于文艺者之性格上偏于主观的,情绪的,而离庸常人所应付的实生活相远的话,则无疑地,鲁迅在文艺上乃

[1] 李长之:《鲁迅批判》,《李长之文集》第二卷,河北教育出版社2006年版,第103页。

[2] 温儒敏:《李长之的〈鲁迅批判〉及其传记批评》,《鲁迅研究月刊》1993年第4期。

[3] 李长之:《〈鲁迅批判〉的自我批判——为鲁迅先生逝世十四周年纪念作》,《光明日报》学园副刊第六期,1950年10月20日。

[4] 李长之:《鲁迅批判》,《李长之文集》第二卷,河北教育出版社2006年版,第113页。

是一个诗人。"[1]偏于主观情绪的性格并远离实生活的状态,体现于文本中便是抒情,"大凡他抒情的文章特别好"[2]。文学武曾评论说:"李长之的这种见解对中国现代文学的研究具有重要的美学意义,我们往往注重从社会学、历史学的角度去研究作品,而对文学内部的一些艺术规律较少关注,尤其是从文体学的角度研究更为薄弱和欠缺。事实上,中国现代抒情小说作为一支独异的文学脉络曾产生过重要的影响,它的首创者就是鲁迅,后来又为废名、沈从文、萧红、艾芜、孙犁等人所继承,李长之是最早关注鲁迅小说抒情性特色的学者之一,这方面的贡献是不应该被遗忘的。"[3]《鲁迅批判》在评价鲁迅作品时,多关注到鲁迅的情感特质在作品中的渗透及其贡献。一谈到情感,一般人会理解为情绪、感觉或两性之爱,但值得注意的是,这里所指的抒情并不是简单地指个体的感受或感觉。李长之将鲁迅认作是一个诗人,并非是以吟风弄月的雅士作比,他认为鲁迅的灵魂深处并无此消闲、优美和从容,"他所有的,乃是一种强烈的情感,和一种粗暴的力"[4],具有与陀思妥耶夫斯基的作品类似的因素。这种"强烈的情感"和"粗暴的力",正是鲁迅之为诗人的原因。李长之能够从这样的角度理解感情,与其受到的浪漫主义思想的影响有关。英国浪漫主义诗人华兹华斯明确指出:"诗是强烈情感的自然流露。它起源于在平静中回忆起来的情感。诗人沉思这种情感直到一种反应使平静逐渐消逝,就有一种与诗人所沉思的情感相似的情感逐渐发生,确实存在于诗人的心中。一篇成功的诗作一般都从这种情形开始,而且在相似的情形下向前展开。"[5]情感是诗的本质体现,也是诗人之为诗人的重要因素。在这里,浪漫主义意义上的情感,不仅仅是感受、感觉,更是内心的激情,它的发生是与诗人的内在本质相关的。既是主观个体的情感,又是一般人能够理解或感受到的,只是作为诗人能够更加敏锐地捕捉到并敏捷地表达出来。鲁迅的"抒情"正是在此意义上的情感,是具有共性潜质的个性化表达,并不是粗暴的集体声音的代言。李长之以这一角度切入鲁迅研究,便将鲁迅从集体意义上的发声拉回到鲁迅个体本身。

---

[1] 李长之:《鲁迅批判》,《李长之文集》第二卷,河北教育出版社2006年版,第88页。

[2] 李长之:《鲁迅批判》,《李长之文集》第二卷,河北教育出版社2006年版,第37页。

[3] 文学武:《〈鲁迅批判〉与中国现代独立学术品格——写在李长之〈鲁迅批判〉出版70周年之际》,《文艺理论研究》2005年第4期。

[4] 李长之:《鲁迅批判》,《李长之文集》第二卷,河北教育出版社2006年版,第88页。

[5] [英]华兹华斯:《〈抒情歌谣集〉一八〇〇年版序言》,见伍蠡甫主编《西方文论选》(下卷),上海译文出版社1988年版,第16页。

李长之认为最好的文学作品,能够实现一种可沟通于各方面的根本的感情,“是抽去了对象,又可溶入任何的对象的。它已是不受时代的限制的了,如果文学的表现到了这种境界时,便有了永久性”[1]。从这一批评理念入手,较之一般人关注到鲁迅文章对现实、社会的犀利攻击,李长之更关注到更具永久价值的审美方面。李长之以“含蓄、凝练、深长的意味”和“丰盈充沛的感情”的评价标准,认为《孔乙己》《风波》《故乡》《阿Q正传》《社戏》《祝福》《伤逝》和《离婚》这八篇具有永久价值的完整艺术,那“诗意的、情绪的笔,统统活活泼泼地渲染到纸上了”[2]。这诗意的、情绪的传达出的是“最热烈,最愤慨,最激昂,而同情心到了极点的感情”[3]。

这一观念集中体现在对《阿Q正传》艺术价值的阐释上。关于阿Q的形象,一直是学界讨论的热点话题。在20世纪二三十年代,阿Q的形象一再被文化或政治势力利用而进行意识形态化的阐释。[4] 然而,李长之却在《〈阿Q正传〉之艺术价值的新估》一节中表示:“在往常我读《阿Q正传》时,注意的是鲁迅对于一般的国民性的攻击。……可是我现在注意的,却不是这些了,因为这不是作者所主要的要宣示的。”[5]李长之关注到的是鲁迅在文中冷冰冰的奚落的外表下渗透的“最大的同情”,“别人尽管以为他的东西泼辣刻毒,但我以为这正是浓重的人道主义的别一面目,和热泪的一涌而出,只不过隔一层纸”[6]。“鲁迅对于阿Q,其同情的成分,远过于讽刺”[7]。鲁迅让《阿Q正传》里的一般人对阿Q没有同情,正隐藏了他自己对阿Q的无限同情。在李长之看来,阿Q天真、可爱,然而,社会对阿Q是那么残酷、冰冷,因而阿Q只能以精神胜利法来作为唯一的安慰,“这是多末大可哀悯的事,却并不是可笑”[8],阿Q更像是陀思妥耶夫斯基小说里的“被损害和侮辱了的人物”。当时,左翼尽力阐释鲁迅受无产阶级思想而经历的转变,将鲁迅思想道路阐释为“从个性

---

[1] 李长之:《我对于文艺批评的要求和主张》,《现代》1933年第3卷第4期。

[2] 李长之:《鲁迅批判》,《李长之文集》第二卷,河北教育出版社2006年版,第40页。

[3] 李长之:《鲁迅批判》,《李长之文集》第二卷,河北教育出版社2006年版,第47页。

[4] 1928年前后太阳社、创造社与鲁迅论争,认为鲁迅所批判的阿Q身上的封建性已经不合时宜,而现阶段农民已经觉醒,“中国农民的革命性已经充分的表现了出来,他们反抗地主,参加革命”,抨击鲁迅不具有无产阶级的思想。详见钱杏邨:《死去了的阿Q时代》,《太阳月刊》1928年3月号。

[5] 李长之:《鲁迅批判》,《李长之文集》第二卷,河北教育出版社2006年版,第51页。

[6] 李长之:《鲁迅批判》,《李长之文集》第二卷,河北教育出版社2006年版,第52页。

[7] 李长之:《鲁迅批判》,《李长之文集》第二卷,河北教育出版社2006年版,第48页。

[8] 李长之:《鲁迅批判》,《李长之文集》第二卷,河北教育出版社2006年版,第48页。

主义到集体主义，从进化论进到阶级论”，“从绅士阶级的逆子贰臣到无产阶级和劳动群众的友人，以至于战士”[1]，而将尼采、陀思妥耶夫斯基等其他思想资源看作鲁迅转变前“唯心主义”的思想成分体现而加以批判。而李长之则明确指出鲁迅的《阿Q正传》很像陀思妥耶夫斯基的作品，探索到了人在灵魂深处的相同而且相通的所在，因而具有普遍价值和永恒价值，是堪比世界文学经典之处。在鲁迅冷冰冰的、犀利的、讽刺的笔墨下，裹挟着对活生生的人物的情感，有批判之愤慨，也有同情之理解。

然而，我们不得不问的是，既然鲁迅有着“最热烈，最愤慨，最激昂，而同情心到了极点的感情”，那又是如何以表面上的冷静姿态表现出来而并没成为情感的过度宣泄呢？李长之认为，浓烈的情感以从容的笔墨抒发出来，要做到这一点需要与现实生活保持一点距离，“因为，这点距离的所在，正是审美的领域的所在”[2]，也正是鲁迅作品“诗性”的体现。这点与现实生活距离的存在，一方面来自于鲁迅对文学之独立性的体悟。李长之认为，鲁迅对文学和实用的关系很清楚——“自然也有人以为文学于革命是有伟力的。但我个人总觉得怀疑，文学总是一种余裕的产物，可以表示一民族的文化，倒是真的”[3]。“鲁迅不是没有奚落阿Q的意思，鲁迅也不一定初意在抒发他的同情心，更不必意识到他这篇东西之隆重的艺术的与社会的意义，然而这是无碍的，而且恰恰如此，这篇东西的永久价值才确立了”[4]。正是因为鲁迅并没有以先验的理念来覆盖全文，因而得以真实地抒发作者的情感，这“永久价值”就在于“真”，在于“是一篇有生命的东西，一个活人所写的一个活人的东西”[5]。“有生命的东西”，是采用“体验式的同情”所写出的浸润着作者的情感的作品，它是作者痛人物之所痛、叹人物之所叹而写出的，具有强烈的参与感。作品的伟大之处便是浸润了作者的情感。在李长之看来，鲁迅之所以能够写出如此“真”的东西，是因为“它是没夹杂着任何动机，任何企图，任何顾忌。作者没受任何限制，却只是从从容容地在完成他的创作，因此，这篇东西是绝对有纯粹艺术价值的东

[1] 瞿秋白：《〈鲁迅杂感选集〉序言》，见中国社会科学院文学研究室编《1913—1983鲁迅研究学术论著资料汇编》(一)，中国文联出版公司1985年版，第818页。

[2] 李长之：《鲁迅批判》，《李长之文集》第二卷，河北教育出版社2006年版，第47页。

[3] 鲁迅：《革命时代的文学》，《鲁迅全集》第3卷，人民文学出版社2005年版，第442页。

[4] 李长之：《鲁迅批判》，《李长之文集》第二卷，河北教育出版社2006年版，第47页。

[5] 李长之：《鲁迅批判》，《李长之文集》第二卷，河北教育出版社2006年版，第47页。

西"[1]。"所谓的纯艺术,并不会说它毫没有别的作用,乃是说它的作用乃是放在创作欲之后的,并且它的形式,是完整的艺术的,与其说它纯艺术,或者不如说'非纯作用'"[2]。20世纪30年代的中国文学界,对文学与时代的关系有过热烈的争论,不少知识分子是明白文学的自由性与独立性的,但由于时代形势的需求和中国文人传统的社会责任感,使得他们常常将文学当做是解救苦难、揭露社会弊端、宣扬新观念和掀起新革命的工具,尤其是左翼倡导文艺应当为无产阶级思想的宣传服务。文学的工具化特性凸显,而艺术价值则遭到或多或少的损害。而李长之却在文学日益工具化的时代大力倡导"纯粹的艺术价值"的重要意义。他认为,文学是一种特殊的精神活动,它不属于知识的领域,也不属于伦理的领域,更不属于实用的领域,"它属于的乃是第四个领域,亦即所谓纯粹直观的领域"[3]。"艺术的凭借是物质的,艺术的反映是时代的,然而这与创作之主观的意识的过程不必有关。事实告诉我们,在创作时一有意识地顾忌到许多,必不会有伟大的艺术"[4]。李长之不同意左翼理论家茅盾的文学观,认为茅盾"专从表现现实与否,以批评文艺的,最容易把青年导入这个虚伪的一途"[5],并表示"倘若偏重,我宁偏重美而不偏重善"[6],"艺术作品者正是居于审美的领域的,是超乎利害世界的"[7]。"纯粹艺术价值"的实现要求作者在写作时摒除功利心的影响(按:因为功利目的往往会刻意在作品和人物身上灌输某种预设理念而扭曲了艺术表达),从而可以超越历史的束缚而探求到人类生存本身。李长之从这样的角度去分析《阿Q正传》,能够避免阿Q被贴上某种意识形态论标签去任意阐释的弊端,而是还原一个多面的、复杂的、立体的圆形人物,打开了广阔的阐释空间。20世纪80年代以后,在中国文学界逐渐摆脱了庸俗社会学的影响后,阿Q形象的丰富性和超越时代的普遍意义便展现出来了。由此可见,李长之的研究思路颇具有前瞻性和开创性,而

---

〔1〕 李长之:《鲁迅批判》,《李长之文集》第二卷,河北教育出版社2006年版,第47-48页。

〔2〕 李长之:《鲁迅批判》,《李长之文集》第二卷,河北教育出版社2006年版,第37页。

〔3〕 李长之:《正确的文学观念之树立》,《李长之文集》第三卷,河北教育出版社2006年版,第314页。

〔4〕 李长之:《批评家为什么要批评》,《李长之文集》第三卷,河北教育出版社2006年版,第28页。

〔5〕 李长之:《论新诗的前途》,《李长之文集》第三卷,河北教育出版社2006年版,第91页。

〔6〕 李长之:《我对于"美学和文艺批评的关系"的看法》,《李长之文集》第三卷,河北教育出版社2006年版,第10页。

〔7〕 李长之:《我对于"美学和文艺批评的关系"的看法》,《李长之文集》第三卷,河北教育出版社2006年版,第7页。

《阿 Q 正传》的永恒价值也在此。

同样地,在《故乡》中,李长之关注的并不是对闰土的麻木和愚昧的批判,而是关注鲁迅在作品中所传达出的对中国土地上农民的同情心和面对现实的无力感,“这是诗人的抒情,整篇文字,是在情绪里,对农民,是在悯怜着,对自己,却在虚无,而且在伤感着”[1],“(诗人)有一种能力,能从自己心中唤起热情,这种热情与现实事件所激起的很不一样……他由于经常这样实践,就获得一种能力,能更敏捷地表达自己的思想和感情,特别是那样的一些思想和感情,它们的发生并非由于直接的外在刺激,而是出于他的选择,或者是他的心灵的构造”[2]。鲁迅的伤感并非直接由于外在的刺激,并不是吟花弄月的感伤,而是由于其内在性格的选择而促成的激情的另一种体现——将浓烈的情感从容运作于抒情的笔端。

以这样的标准,李长之认为鲁迅有为数不多的此类作品,但尽管不多,已经证明鲁迅有这样的艺术能力,是有望成为一个伟大的艺术家的。李长之摒弃了从思想性、社会性进行解读的模式,而从鲁迅的艺术感受力入手进行阐释。20世纪二三十年代写生活之苦的乡土小说可以说是自鲁迅开始的,但李长之认为后来的乡土小说“总多少加入了点理智,社会的意义容或是有了,艺术的价值却是被剥夺了”[3]。理智的内容即是有预设的意识形态或观念,以后的乡土小说多以揭露农民生活困苦以批判社会黑暗,或写农民之愚昧,因有预设之目的而往往不惜用了曲笔,离艺术的真便远了。“实际生活中的人们是处于热情的实际紧压之下,而诗人则在自己心中只是创造了或自以为创造了这些热情的影子”[4]。“艺术得任感情”,作品因浸润作者的情感而得以生动而深刻,人物因浸润作者的情感而得以具有艺术的真实。李长之所突出强调正是鲁迅作品中为数不多的“艺术的真实”,而正是由于鲁迅浓烈的感情灌注和深切的关怀,从而得以拥有永恒的文学价值——“每一篇都触到人生的深处的一面”[5]。

另一方面,审美领域的存在也是由鲁迅的诗人性格决定的。在李长之看

---

〔1〕 李长之:《鲁迅批判》,《李长之文集》第二卷,河北教育出版社 2006 年版,第 54 页。

〔2〕 [英]华兹华斯:《〈抒情歌谣集〉一八〇〇年版序言》,见伍蠡甫主编《西方文论选》(下卷),上海译文出版社 1988 年版,第 11 页。

〔3〕 李长之:《鲁迅批判》,《李长之文集》第二卷,河北教育出版社 2006 年版,第 54 页。

〔4〕 [英]华兹华斯:《〈抒情歌谣集〉一八〇〇年版序言》,见伍蠡甫主编《西方文论选》(下卷),上海译文出版社 1988 年版,第 11 页。

〔5〕 李长之:《鲁迅批判》,《李长之文集》第二卷,河北教育出版社 2006 年版,第 61 页。

来，鲁迅的性格是“内倾”的，鲁迅“不爱‘群’，而爱孤独，不喜事，而喜驰骋于思索情绪的生活”[1]，是离庸常人的现实生活相远的。鲁迅自己也表示“我在群集里面，是向来坐不久的”[2]。李长之观察到鲁迅十分留意各种报纸，因为诗人“内倾”的性格使他无法从实生活里体验，只能间接从报纸上接触。这样的性格使得鲁迅在创作中与实生活的体验保持了距离，有隔岸观火般的冷静，这也使得鲁迅能够更好地超越现实、超越时代而观察到更为广阔和深刻的问题。这体现于鲁迅文章中所表现出的一种“寂寞的哀愁”。李长之以大段引文引入了《怎么写（夜记之一）》的一小部分（按：引用的是“记得还是去年……打熬”这部分），这段引文表达出作者独自在深夜的精神思索，“这是多末美，而近于诗的呢”，“这一段是极佳的抒情文字”[3]。“寂寞的哀愁”，实际上是来源于对现实的思索和感受，是个人在远离实生活以后隔岸观火般的洞察而产生的，体现着鲁迅作为转折时期知识分子精神的困扰。这一“寂寞的哀愁”并不同于周作人、林语堂对个人性情的表达，而是对社会的切切希求之无望后退回到个人的世界里。鲁迅在《呐喊》自序中提到这“寂寞的哀感”的来源：“凡有一人的主张，得了赞和，是促其前进的，得了反对，是促其奋斗的，独有叫喊于生人中，而生人无反应，既非赞同，也无反对，如置身毫无边际的荒野，无可措手的了，这是怎样的哀愁呵，我于是以我所感到者为寂寞。这寂寞又一天一天的长大起来，如大毒蛇，缠住了我的灵魂了。……只是我自己的寂寞是不可不驱除的，因为这于我太痛苦。我于是用了种种法，来麻醉自己的灵魂，使我沉于国民中，使我回到古代去。”[4]准确地说，鲁迅的“寂寞的哀愁”是来自对社会和未来的深刻思考。他徘徊于“希望”和“绝望”之间认识到民族未来的无望，但在现阶段的国内外形势下，社会责任感又促使他希望能够为社会寻一个光明的出路，给予人民希望，并不愿意将这样的消极情绪明确地流露出去，但落笔时又常常觉得是在骗人，于是处于无可诉说的矛盾状态——“当我沉默着的时候，我觉得充实，我将开口，同时感到空虚”[5]。李长之喜爱鲁迅书写个人回忆的《朝花夕拾》，所见的是安详与平和，然而，李长之也认识到，在这温柔的抒情背后，是作者的痛苦。鲁迅表示：“一个人做到只剩了回忆的时候，生涯大概总要算是

〔1〕 李长之：《鲁迅批判》，《李长之文集》第二卷，河北教育出版社 2006 年版，第 41 页。
〔2〕 鲁迅：《致许广平》，《鲁迅全集》第 11 卷，人民文学出版社 2005 年版，第 469 页。
〔3〕 李长之：《鲁迅批判》，《李长之文集》第二卷，河北教育出版社 2006 年版，第 79 页。
〔4〕 鲁迅：《呐喊·自序》，《鲁迅全集》第 1 卷，人民文学出版社 2005 年版，第 439-440 页。
〔5〕 鲁迅：《野草·题辞》，《鲁迅全集》第 2 卷，人民文学出版社 2005 年版，第 163 页。

无聊了吧，但有时竟会连回忆也没有。”[1]正是因为鲁迅对于时艰的深切感受的痛苦，又不得宣泄，因而回返到自己的世界里去躲用以安定自己，“‘目前是这末离奇，心里是这末芜杂’，只有这才是这些散文背后的一字一句的骨髓”[2]。描写个人生活的琐事、躲进阁楼中抄旧书、在会堂里抄古碑，其实都是一种对社会、未来倦怠的表现。鲁迅个人对时艰的敏感事实上并未得到评论者乃至后继者的充分赏识，尤其是在左翼批评视野中，鲁迅的寂寞和痛苦被认为是未彻底转变思想时所体现出的局限性，而李长之则充分肯定了“寂寞的哀感”的人文价值和体现于作品中的艺术价值。即便是鲁迅“听将令”而作出呐喊的姿态，但内心深处并未摆脱“寂寞的哀感”。这些情绪便突出地表现在鲁迅的抒情文字中，成为具有独特美感的艺术。

“寂寞的哀感”这一情绪在鲁迅后期的创作中显得越发明显，李长之发现在鲁迅精神进展的最后阶段，批判性的杂文中都出现了一些困乏，这“困乏”想必也是来源于这“寂寞的哀愁”。这与鲁迅内心的虚无有关。李长之指出：“倘若以专门的学究气的思想论，他根底上，是一个虚无主义者，他常说不能确知道对不对，对于正路如何走，他也有些渺茫。”[3]鲁迅并没有明确的信念，这既是缺陷却也是优势。正因为虚无，不会因信念而蒙蔽了对时艰的洞察，因而能够体会到“绝望之为虚妄，正与希望相同”[4]，这使他超出同时代作家的对民族未来变革的乐观假设，并未“听将令”式地表现为一个光明的战士，而体现出思想的深刻性，“因为真切，所以这往往是他的作品在艺术上最成功的一点，也是在读者方面最获得同情的一点”[5]。这“寂寞的哀感”又何尝不是一种痛苦的激情，而《野草》正是这样一部“虚无”的作品。李长之发现了《野草》中孤寂、愁苦的气息，寂寞和空虚的色彩，看到了鲁迅的哲学思索。“就中国一般的作家论，是大抵没有甚深的哲学思索的……所以求一种略为深刻的意味深长些的作品就很少，根源不深，这实在是中国一般的作品令人感到单薄的根由。鲁迅这篇文字之有一种特殊意义者，却就在它多少有一点哲学的思索的端绪故。”[6]《野草》中暗藏着鲁迅对人生、对时代的思索和热情，却以诗意的抒情

---

〔1〕 鲁迅：《朝花夕拾·小引》，《鲁迅全集》第2卷，人民文学出版社1973年版，第339页。
〔2〕 李长之：《鲁迅批判》，《李长之文集》第二卷，河北教育出版社2006年版，第74页。
〔3〕 李长之：《鲁迅批判》，《李长之文集》第二卷，河北教育出版社2006年版，第103页。
〔4〕 鲁迅：《希望》，《鲁迅全集》第2卷，人民文学出版社2005年版，第182页。
〔5〕 李长之：《鲁迅批判》，《李长之文集》第二卷，河北教育出版社2006年版，第95页。
〔6〕 李长之：《鲁迅批判》，《李长之文集》第二卷，河北教育出版社2006年版，第73页。

流露于弊端，是痛苦的激情的另一种体现。

然而，与一般意义上将《野草》看做散文诗不同的是，李长之认为《野草》不能算是诗，“因为诗的性质是重在主观的，情绪的，从自我出发的，纯粹的审美的……它（《野草》）还重在攻击愚妄者，重在礼赞战斗，讽刺的气息胜于抒情的气息，理智的色彩几等于情绪的色彩”〔1〕，《野草》并不具有纯粹的艺术价值，不能成为真正意义上的“诗”。因此，李长之将《野草》归入杂感文中，认为虽名为诗，其实不过是凝炼的杂感。20世纪二三十年代鲁迅的杂文作为一种独特的文学现象引起广泛争议。梁实秋、陈西滢、林语堂等自由知识分子曾竭力贬低鲁迅杂文的价值，而左翼理论家如茅盾、瞿秋白、冯雪峰等人则高度评价鲁迅的杂文。瞿秋白在其著名的论文《〈鲁迅杂感选集〉序言》中表示：“鲁迅的杂感其实是一种社会论文，战斗的阜利通（feuilleton）。谁要是想一想这将近二十年的情形，他就可以懂得这种文体发生的原因，作家的幽默才能，就帮助他用艺术的形式来表现他的政治立场，他的深刻的对于社会的观察，他的热烈的对于民众斗争的同情。不但这样，这里反映着五四以来中国的思想斗争的历史。杂感这种问题，将要因为鲁迅而变成文艺性的论文（阜利通——feuilleton）的代名词。”〔2〕这样的评价在鲁迅研究史上长期被认为是经典阐释。较之一般人重视杂感的现实批判性和论战效果不同的是，李长之更关注到杂感的美学价值，并认为鲁迅杂感的美学特色是与其个性紧密相关的。李长之认识到，“他缺少一种组织的能力……思想上没有建立”，“他没有深邃的哲学脑筋”，“他根底上，是一个虚无主义者”〔3〕。李长之并不简单地将这些批判为鲁迅的局限处，而是从个性气质对文章风格的贡献短长的角度来看待问题，他认为所有这一切，在鲁迅作一个战士上，是毫无窒碍的，而且方便着的。——“因为他不深邃，恰恰可以触着目前切急的问题；因为他虚无，恰恰可以发挥他那反抗性，而一无顾忌；因为一偏，他往往给时代思想以补充或纠正；因为无组织，对于匆忙的人士，普通的读者，倒是一种简而易晓的效能”〔4〕。鲁迅的虚无、偏激、无组织，对于杂感创作，正是方便着的。“一个人的作品，在某一方面最多的，就往

〔1〕 李长之：《鲁迅批判》，《李长之文集》第二卷，河北教育出版社2006年版，第73页。

〔2〕 瞿秋白：《〈鲁迅杂感选集〉序言》，见中国社会科学院文学研究室编《1913—1983鲁迅研究学术论著资料汇编》（一），中国文联出版公司1985年版，第819页。

〔3〕 李长之：《鲁迅批判》，《李长之文集》第二卷，河北教育出版社2006年版，第73页。

〔4〕 李长之：《鲁迅批判》，《李长之文集》第二卷，河北教育出版社2006年版，第103页。

往证明是一个人的天才的所在"[1]。鲁迅的杂感正是鲁迅个性天才的体现,"是他在文字技巧上最显本领的所在,同时是他在思想情绪上最表现着那真实的面目的所在"[2]。因此,鲁迅的杂感文对中国现代文学影响深远,20世纪30年代出现杂文创作的繁荣时期,出现了瞿秋白、茅盾、唐弢、徐懋庸、聂绀弩等一批左翼杂文家,将杂文作为反对文化围剿的匕首和投枪。在多难的战争时期,40年代的杂文创作量尤其大,但都大多着眼于现实批判,而较少有鲁迅那样的深层次的文化批判与思想批判以及艺术个性,基本未有"超越"鲁迅的杂文创作。后来的"鲁迅风"杂文创作多得其形而未得其神,正是因为鲁迅的杂文特征乃是由鲁迅独特个性在文章中激荡而成的。李长之关注到的鲁迅杂感的长处在于激情,在于常有所激动,思想的敏捷和论述的深刻,加上寂寞的哀感、浓烈的热情,文章就越发可爱了。杂感虽然不是具有"纯粹艺术价值"意义上的"诗",但却是"强烈情感的自然流溢"意义上的浪漫"诗",这也是李长之将鲁迅看作是诗人的重要依据之一。李长之认为鲁迅的情感盛于理智方面,"他的过度发挥其情感的结果,令人不禁想到他的为人在某一方面颇有病态"[3]。鲁迅为人方面的多疑、刻薄、敏感常遭到自由知识分子的批判,借以否定鲁迅的价值,但李长之却从文学意义的角度指出作者的人格对于创作的独特价值,指出:"以一个创作家论,病态并不能算坏。而且在一种更广泛、更深刻的意义上,一切的创作家,都是病态的。……但正因为他病态,所以才比普通人感到的锐利,爆发的也才浓烈,于是给通常人在实生活里以一种警醒、鼓舞、推动和鞭策。这是一般的诗人的真价值,而鲁迅正是的。"[4]在浪漫主义看来,"诗人和别人不同的地方,主要是在诗人没有外界直接的刺激也能比别人更敏捷地思考和感受,并且又比别人更有能力把他内心中那样产生的这些思想和情感表现出来"[5]。鲁迅在此意义上,正是一个浪漫主义的诗人。从这个角度看,鲁迅对情感的过度发挥、强烈的攻击性乃至横暴,正体现了浪漫主义诗人的本质。事实上,鲁迅早年的思想中确实体现出浪漫主

[1] 李长之:《鲁迅批判》,《李长之文集》第二卷,河北教育出版社2006年版,第67页。
[2] 李长之:《鲁迅批判》,《李长之文集》第二卷,河北教育出版社2006年版,第67页。
[3] 李长之:《鲁迅批判》,《李长之文集》第二卷,河北教育出版社2006年版,第94页。
[4] 李长之:《鲁迅批判》,《李长之文集》第二卷,河北教育出版社2006年版,第94页。
[5] [英]华兹华斯:《〈抒情歌谣集〉一八〇〇年版序言》,见伍蠡甫主编《西方文论选》(下卷),上海译文出版社1988年版,第15页。

义的痕迹[1]。李长之在《鲁迅批判》后记中指出:"养育于资本主义社会下的浪漫主义,并不是全然无缺的,倘若因为重在人的缘故,而弃置了对于大自然的利用,这无疑是堕落;倘若重在人的情志、精神的缘故,而忽略了理智的发展,这无疑是颓废;倘若因为重在个性的缘故,而只允许一部分人的自由,同时却把多数人的自由给剥夺,这无疑是横暴;所有这些,统统可说是弊端。鲁迅这时的思想,却是很容易走入这一途的。"[2]正是因为认识到浪漫主义思想的弊端,李长之提出了浪漫主义思想的改善之道,其一便是以理智来引导情感使得浪漫主义发挥出更积极、健康的作用。这也是为什么李长之会批评鲁迅有些杂感文的失败在于"他执笔于情感太盛之际,遂无一含蓄"[3],这也回答了为何他会欣赏鲁迅那些将浓烈的情感运于含蓄的笔下的从容创作。

不过,李长之以抒情与否作为判断标准,在发掘鲁迅作品独特美学价值的同时,也会在理解上出现一些偏颇。如李长之在谈到鲁迅在文艺上的失败之作时表示,《头发的故事》《一件小事》《端午节》《在酒楼上》《肥皂》《弟兄》,"写得特别坏,坏到不可原谅的地步"[4]。这是李长之抒情标准所体现出的偏见。如《在酒楼上》体现出自我灵魂的对话与相互驳难,对话性强而少抒情性,李长之并未认识到作品的内在对话性,反而批评是"利用一个人的独白,述说一个人的经历,结果就往往落单调"[5]。再如《肥皂》是一篇讽刺力作,却被李长之认为是"故意陈列复古派的罪过,条款固然不差,却不能活泼起来"[6],"讽刺太过,太露骨,变成了浅薄"[7],李长之的偏见使其无法欣赏讽刺性强的作品。然而,从另一角度看,这些偏见是从鲁迅的精神气质对文章贡献短长的方面得出的,偏见恰恰体现出了李长之的独特分析角度。李长之指出,这些失败的文章,根本原因在于鲁迅坚韧、固执、多疑的性格,不适合写城市,而更适合写农村生活以发挥他那"受奚落的哀感,寂寞和荒凉"。因此,"在鲁迅写农民时所有的文字的优长,是从容,幽默,带着抒情的笔调,转写都市的小市民,却就只剩下沉闷,松弱,

---

[1] 鲁迅的《摩罗诗力说》《文化偏执论》被认为具有浪漫主义倾向。参见刘正忠:《摩罗,志怪,民俗:鲁迅诗学的非理性视域》,《清华学报》(台湾)2009年第39卷第3期;陈晓明:《曲折与急变的道路——二十世纪中国文学理论与批评的历史变异》,《当代作家评论》2014年第1期。

[2] 李长之:《鲁迅批判》,《李长之文集》第二卷,河北教育出版社2006年版,第113页。

[3] 李长之:《鲁迅批判》,《李长之文集》第二卷,河北教育出版社2006年版,第84页。

[4] 李长之:《鲁迅批判》,《李长之文集》第二卷,河北教育出版社2006年版,第62页。

[5] 李长之:《鲁迅批判》,《李长之文集》第二卷,河北教育出版社2006年版,第62页。

[6] 李长之:《鲁迅批判》,《李长之文集》第二卷,河北教育出版社2006年版,第63页。

[7] 李长之:《鲁迅批判》,《李长之文集》第二卷,河北教育出版社2006年版,第64页。

和驳杂了"[1]。可见,李长之在评价鲁迅的作品时,并不是着重关注到作品的现实意义和社会效果,而是更多从作者的精神气质与文章之间的相互映射来考察,作品是诗人情志的体现,能够让鲁迅的诗人气质得以自由发挥的便是完整的优秀作品,否则,便会因理念的灌注而用了曲笔,损害了艺术价值。因此,李长之所欣赏的鲁迅的作品,在一定意义上,可以认为是诗人鲁迅的诗作。

二、 诗人本质与战士社会身份之间的复杂关系

在左翼理论家对鲁迅思想性和社会意义的褒扬和自由知识分子对鲁迅价值的怀疑的争论中,李长之洞察到鲁迅身上存在着诗人本质和战士身份共存的二重性特征,并强调二者之间相互作用的复杂关系。这种二重性特征为当时的评论者乃至在一定时期内的后继者所忽略,近年来才成为鲁迅研究中的热点问题。

诗人的性格使得鲁迅的作品中抒情的文字往往特别好,然而,这样具有美学价值的文字却不常有,因为鲁迅对文学有别的信念,"热情驱使他,对于社会的关怀逼进他,使他常忘了自己的寂寞,而单是挺身而出、作战士去了"[2]。鲁迅后来不创作小说而从事杂文的"最大的缘故似乎在他创作的认识、与革命的信念的冲突"[3]。鲁迅在《呐喊》自序中表示:"既然是呐喊,则当然须听将令的了,所以我往往不恤用了曲笔。……这样说来,我的小说和艺术的距离之远,也就可想而知了。"[4]鲁迅是明白地知道自己的创作受了时代限制而与艺术较远的。鲁迅所体会到的艺术与实用的冲突,正是处于转折期的大多数知识分子所感受到的。他们明白艺术创作在于自由,在于"无目的的合目的性",然而,时局的艰辛和传统的文人责任感使得他们放弃了对艺术独立价值的坚持,而投入更为切实的社会战斗中去。然而,到了认同文学的实用性,但又不能忘怀于艺术的独立性时,便产生了冲突,"恐怕鲁迅也陷于这样的苦闷……也是鲁迅此后少有创作的最大的根由"[5]。鲁迅的确有艺术上的创作才能,只是战士身份的驱使使得他没有机会充分发展他的诗人个性,这不得不说是中国现代文学上的一大遗憾。

李长之强调鲁迅并不是一个思想家而仅止于是一个战士,有针对左翼而论的意味。战士身份乃是鲁迅的本质之一,与政治立场并无直接关联。在李长之

---

〔1〕 李长之:《鲁迅批判》,《李长之文集》第二卷,河北教育出版社2006年版,第63页。
〔2〕 李长之:《鲁迅批判》,《李长之文集》第二卷,河北教育出版社2006年版,第79页。
〔3〕 李长之:《鲁迅批判》,《李长之文集》第二卷,河北教育出版社2006年版,第39页。
〔4〕 鲁迅:《呐喊·自序》,《鲁迅全集》第1卷,人民文学出版社2005年版,第441页。
〔5〕 李长之:《鲁迅批判》,《李长之文集》第二卷,河北教育出版社2006年版,第40页。

看来，鲁迅乃是以文学为武器来抨击社会，是一个有着战斗姿态的战士，但并不是左翼所塑造的那种为革命信念而战的战士。他从诗人的本质入手，认为“明目张胆而提倡革命文学，为革命文学而造作那类题材，这是革命家的事，是宣传家的事。不是诗人的事”〔1〕。而鲁迅作为一个诗人，是“不知不觉，而作了时代的代表的”〔2〕。李长之指出：“在他也许是因为寂寞了，偏有那些愁惨的可怜的动物的生活，浮在心头，然而他这取材，却无疑地作为此后文学运动的一种先声，在他不意识地中间，他已反映了时代的要求了，他已呼吸着时代的气息了。”〔3〕他对于取材，并无革命文学、平民文学或普洛文学的企图，“他却只是有着一些偏不能忘怀的感印，他要写出来以驱散寂寞”〔4〕。鲁迅其实自己也曾表示：“在我自己，本以为现在是已经并非一个切迫而不能已于言的人了，但或者也还未能忘怀于当日自己的寂寞的悲哀罢，所以有时候仍不免呐喊几声，聊以慰藉那在寂寞里奔驰的猛士，使他不惮于前驱。”〔5〕在当时左翼极力将鲁迅对革命文学的关注认为是自觉的选择的时期，将鲁迅的精神历程认为是“从进化论到阶级论”的自觉过程，李长之这一论断是极具颠覆性意义的，一语道破了左翼是利用鲁迅所体现出的符合于时代的批判性来塑造“革命战士”的鲁迅形象的。作为诗人的鲁迅对于劳苦大众的关注和对现实的强烈攻击性、批判性恰恰适应了革命文学所需要的潮流，因而被“神化”为具有革命思想的无畏战士。李长之的这一见解在当时可谓是惊人之语，对今天“去意识形态化”后的鲁迅研究亦有重要启示意义。

尽管鲁迅作了时代的战士，但他身上的诗人本质并未消失，诗人的思维常常跳出来怀疑战士身份的意义。鲁迅作为诗人的“粗疏、枯燥、荒凉、黑暗、脆弱、多疑、善怒”〔6〕，体现出了人的灵魂深处的追问和对时艰的感受。他理解到“希望之于虚妄等同绝望”，而他又明白在黑暗混乱的时代应当给予青年希望，“至于自己，却也不愿将自以为苦的寂寞，再来传染给也如我那年青时候似的正做着好梦的青年”〔7〕，但他的虚无又在怀疑战斗和光明的意义而无从给

〔1〕 李长之：《鲁迅批判》，《李长之文集》第二卷，河北教育出版社 2006 年版，第 38 页。
〔2〕 李长之：《鲁迅批判》，《李长之文集》第二卷，河北教育出版社 2006 年版，第 38 页。
〔3〕 李长之：《鲁迅批判》，《李长之文集》第二卷，河北教育出版社 2006 年版，第 38 页。
〔4〕 李长之：《鲁迅批判》，《李长之文集》第二卷，河北教育出版社 2006 年版，第 38 页。
〔5〕 李长之：《鲁迅批判》，《李长之文集》第二卷，河北教育出版社 2006 年版，第 7 页。
〔6〕 李长之：《鲁迅批判》，《李长之文集》第二卷，河北教育出版社 2006 年版，第 101 页。
〔7〕 鲁迅：《呐喊 · 自序》，《鲁迅全集》第 1 卷，人民文学出版社 2005 年版，第 7 页。

予希望，李长之敏锐感受到了鲁迅内心的痛苦，捕捉到了其"寂寞的哀愁"。诗人鲁迅在生命的最后六年(加入左联后)尤为感受到战士身份的压制。鲁迅被左翼宣传为光明的战士，坚持他对"黄金世界"有向往。"光明"使得真实的鲁迅"消失"了，蜕化为一个作为勇往直前的革命斗士的文化符号，而倘若鲁迅回到个人化的状态，他会感到对于未来的无望的"黑暗又会吞并我"[1]。鲁迅在光明的光环和黑暗的意识间感到巨大的痛苦，而左翼却极力回避他的黑暗意识并将他推向光明的境地。在鲁迅生前，他尚且用笔墨委婉挣扎，暗示着自己个体化的一面。而在他死后，左翼将鲁迅彻底塑造成一个光明的文化符号，作为诗人的鲁迅被遮蔽在"民族魂"的旗帜下。这使得在相当长的时期内对鲁迅晚年思想的研究出现误区，鲁迅被认为是接受了无产阶级的理论后实现了思想上的转变，摒弃了此前的个人主义的观念。这其实是"红色鲁迅"的"神化"运动所造成的曲解。近年来，鲁迅研究逐渐发现了鲁迅晚年思想的复杂性，挖掘出了其灵魂深处的痛苦，海外学者夏济安较早认为"把鲁迅看做一个报晓的天使，实在是误解了这个中国现代史中较有深度的人，而且是一个病态的人，他确曾吹起喇叭，但他吹出的曲调却是阴郁而且带讽刺，既包含着希望，也表达着绝望，是天堂的仙乐和地狱的哀歌之混和"[2]。这也成为当今鲁迅研究中的热点之一。

鲁迅曾表示承认自己是左翼的一员，但又不否认其个人主义的出发点。被左翼批为是鲁迅早年思想局限处的个人主义，在李长之看来却正是鲁迅浪漫诗人本质的体现。"浪漫主义的特色是重在人的，重在情志的(也就是精神的)，并且重在个性的。……他(鲁迅)是带一种浓重的浪漫思想"[3]。李长之明确指出鲁迅思想中"小资产阶级的根性很利害(厉害)"，这是由诗人性格决定的，"大凡生活上内倾的，很容易走入个人主义"[4]。李长之更是认为这种小资产阶级根性是有价值的，认为"这一切无碍于他是一个永久的诗人，和一个时代的战士"[5]，"倒是正因为他那样，才作了这时代里的战士，完成了这一时代里的使命"[6]。画室(冯雪峰的笔名)曾在《革命与知识阶级》中指出革命中有两种知识阶级，一种是毅然投入新的，一种是既承受新的，又反顾旧的，同时又在怀

[1] 鲁迅:《影的告别》,《鲁迅全集》第2卷,人民文学出版社2005年版,第4页。
[2] 夏济安:《鲁迅作品的黑暗面》,《夏济安选集》,辽宁教育出版社2001年版,第22-23页。
[3] 李长之:《鲁迅批判》,《李长之文集》第二卷,河北教育出版社2006年版,第113页。
[4] 李长之:《鲁迅批判》,《李长之文集》第二卷,河北教育出版社2006年版,第99页。
[5] 李长之:《鲁迅批判》,《李长之文集》第二卷,河北教育出版社2006年版,第101页。
[6] 李长之:《鲁迅批判》,《李长之文集》第二卷,河北教育出版社2006年版,第99页。

疑自己,鲁迅乃是后一型。革命让鲁迅尽量地在艺术上表现内心生活的冲突痛苦,在历史上留一个过渡的两种思想交接的艺术痕迹。李长之同意冯雪峰的观点,认为鲁迅的诗人性格使得其作品中留下了过渡时代挣扎的痕迹,往往可以给激进、乐观的时代思想以补充或纠正。李长之敏锐地洞察到鲁迅的个人主义特征并未因加入左联而消失,反而在鲁迅的内心激起更大的矛盾和冲突,尤其是受到左翼内部的排挤时期。这是诗人的本质决定的,并不会随立场的变化或思想觉悟的程度而变化。这一见解的重要性在于不仅直接动摇了左翼所认为的鲁迅接受了马列思想而自觉摒弃先前"小资产阶级思想"的看法,而且从更深层次上否定了"神化"鲁迅的基础,还原了一个真实的鲁迅。而正是这个真实的鲁迅,使得鲁迅具有了独特的时代价值和永久价值。

综上所述,在浪漫主义的视野中,李长之敏锐地观察到鲁迅身上诗人本质和战士身份二重性的复杂关系,战士身份的要求限制了鲁迅对作品诗性的美学上的追求,诗人本质却又常常怀疑战士身份的意义,因而鲁迅常感到精神上的痛苦。不过,诗人本质在一定意义上又方便着战斗姿态的发挥,而且还能展现出在历史过渡时期知识分子的精神上的困境,使得鲁迅的战士身份具有了独特的时代价值。总之,"撇开功利不谈,诗人的鲁迅,是有他的永久价值的,战士的鲁迅,也有他的时代的价值"[1]。李长之的《鲁迅批判》可谓是在污蔑声和"神化"运动中为真实的鲁迅所作的有力一辩,在一定程度上说出了鲁迅未明确道出的自己,还原了被光明的文化符号所吞没的鲁迅的"影子"。这可能也是为何不愿别人为他写传的鲁迅晚年却对当时仅是初入文坛的李长之的作家论提供帮助[2]。虽未

---

〔1〕 李长之:《鲁迅批判》,《李长之文集》第二卷,河北教育出版社 2006 年版,第 104 页。

〔2〕 鲁迅在 1936 年 5 月 8 日给李霁野的信中说:"我是不写自传也不热心于别人给我作传的,因为一生太平凡,倘使这样的也可作传,那么,中国一下子可以有四万万部传记,真将塞破图书馆。"(参见鲁迅:《致李霁野》360508,《鲁迅全集》第 14 卷,人民文学出版社 2005 年版,第 95 页。)鲁迅为李长之的作家论寄去了两封信和一张照片,并帮忙订正其中的著作时日,还鼓励李长之不要被舆论所左右。在 1935 年 7 月 27 日给李长之的回信中,鲁迅写道:"长之先生:惠函敬悉。但我并不同意于先生的谦虚的提议,因为我对于自己的传记以及批评之类,不大热心,而且回忆和商量起来,也觉得乏味。文章,是总不免有错误或偏见的,即使叫我自己做起对自己的批评来,大约也不免有错误,何况经历全不相同的别人。但我以为这其实还比小心翼翼,再三改得稳当了的好。"(参见鲁迅:《致李长之》350727,《鲁迅全集》第 13 卷,人民文学出版社 2005 年版,第 509 页。)在同年 9 月 12 日给李长之的回信中,鲁迅又向李长之提供了自己的画集及译著的书目和出版时间,并说:"因为忙于自己的译书和偷懒,久未看上海的杂志,只听见人说先生也是'第三种人'里的一个。上海习惯,凡在或一类刊物上投稿,是要被看作一伙的。不过这也无关紧要,后来大家会由作品和事实上明白起来。"(参见鲁迅:《致李长之》350912,《鲁迅全集》第 13 卷,人民文学出版社 2005 年版,第 546-547 页。按:茅盾在《"很明白的事"》开头将李长之列入"第三种人",直呼其为"'第三种'批评家"。参见茅盾:《"很明白的事"》,《太白》(半月刊)第二卷第十一期。

表示赞同或否定,但从其热心的态度可以看出鲁迅对李长之的《鲁迅批判》的重视。

然而,《鲁迅批判》的存在无疑是"神化"鲁迅过程中的绊脚石。因此,《鲁迅批判》不断遭到批判和删改。该书在准备出版时即遭到出版社的删改,去除了鲁迅的书信和照片。在1950年鲁迅逝世十四周年时,对《鲁迅批判》又掀起了一场检讨与批判。[1] 而到了1976年有书局找李长之接洽再版《鲁迅批判》事宜时建议改掉"批判"二字为"批评"或"分析"[2],想必担心"圣人"的鲁迅若被"批判"会引起轩然大波。殊不知李长之的"批判"二字乃是取自康德"批判"的"分析评论"之意,倔强的李长之坚持不改名字,出版事宜遂流产。然而,尽管不断遭到删改和批判,但在20世纪80年代以来"去意识形态化"后的鲁迅研究界,《鲁迅批判》的价值日益凸显,终于获得了它应有的地位。在1935年初版的序中,李长之表示:"我的用意是简单的,只是在尽力之所能,写出我一点自信和负责的观察,像科学上的研究似的,报告一个求真的结果而已,我信这是批评者的唯一的态度。"[3]正因为抱着求真的态度,并不因外界舆论和鲁迅在世与否而作违心之论,因此在1943年再版时李长之坚持只字不改。这是批评家的可贵精神。《鲁迅批判》尽力试图为我们展现在各种标签的覆盖下的真实的鲁迅,唱响了新时期鲁迅研究"回到鲁迅本身来"的先锋号,在鲁迅研究史上保留了一条宝贵的研究脉络,鲁迅的永恒价值和伟大之处才得以真正彰显。

第二节　李长之的《红楼梦》研究与德国浪漫主义精神资源

1933年,李长之在《清华周刊》第三十九卷第一期和第七期上发表了《红楼梦批判》。这是继王国维以后,进一步运用西方的美学观念和文艺理论系统地探讨《红楼梦》艺术价值的专著,在红学研究史上具有重要意义。但是,由于

---

〔1〕 参见李长之:《〈鲁迅批判〉的自我批判——为鲁迅先生逝世十四周年纪念作》(发表于1950年10月20日《光明日报》学园副刊第六期);李蕤:《保卫鲁迅先生——李长之的《〈鲁迅批判〉的自我批判》读后感》(发表于1950年10月31日《光明日报》学园第九期);李长之:《关于〈保卫鲁迅先生〉——答李蕤先生》(发表于1950年11月14日《光明日报》学园第十一期)。

〔2〕 参见纪维周:《李长之为〈鲁迅批判〉遭罪》,《北京日报》2004年8月2日。

〔3〕 李长之:《鲁迅批判》,《李长之文集》第二卷,河北教育出版社2006年版,第5页。

《红楼梦批判》大部分没有写完[1]，又未结集出版，关注的人很少。直到2006年团结出版社将李长之的《红楼梦批判》，连同《水浒传与红楼梦》《评王国维〈红楼梦评论〉》《评李辰冬〈红楼梦研究〉》[2]三篇文章一起集结出版[3]，于天池和李书为此书作序，并在《红楼梦学刊》上发表名为《李长之〈红楼梦批判〉和李长之对于〈红楼梦〉的研究》的文章[4]，同年，李长之《红楼梦批判》被收入《红楼梦研究稀见资料汇编》[5]，这部著作才重新被纳入研究视野。本节研究的范围除了李长之的《红楼梦批判》和以上三篇专门论述《红楼梦》的文章以外，还有涉及《红楼梦》的其他一些文章，比如《现实主义和中国现实主义的形成》《论人类命运之二重性及文艺上两大巨潮之根本的考察》等。

就目前的研究情况看，李长之的《红楼梦》研究并未得到应有的重视。除了一些散见于研究《红楼梦》相关文章里的论述，很少有专门评析李长之的《红楼梦》研究的文章。在2013年第1辑的《红楼梦学刊》上，罗伟文发表了名为《李长之的〈红楼梦批判〉和德国古典美学》的文章，分析了李长之的《红楼梦批判》与其德国古典美学思想资源的关系，重新认识和发掘了李长之的《红楼梦》研究在学术史上的意义。不过，就笔者看来，李长之在其《红楼梦》研究中更多体现出浪漫主义思想的影响，而以浪漫主义去观照《红楼梦》更能够发现《红楼梦》中理想成分的独特价值。

---

[1] 目前能够看到的文本只是作者准备写的“全文的一小半”。原文发表在《清华周刊》第三十九卷第一期、第七期上，在第七期文章结束处，作者标明“未完”。按照作者的写作计划，“在论文学的技巧下，还有两个小题目，阐说《红楼梦》的悲剧意义；和论文学的技巧相并列的还有三个大题目，一论《红楼梦》之内容，也就是论作者思想和情绪，一论《红楼梦》的社会史的分析，一是总结论”。因为“在北平文化机关的‘装箱’空气中，我的文章材料也寄到远处了，因而暂结”。详见李长之在《红楼梦批判(续)》最后写的暂跋，发表于《清华周刊》第三十九卷第七期。

[2] 《水浒传与红楼梦》是1944年李长之在中央大学文学系一次学术座谈会上发表的讲演，后载于重庆《中国文艺》第一卷第一期(1944年)，又载《白黑评论》第一卷第一期(1947年6月)。《评李辰冬〈红楼梦研究〉》收入《梦雨集》，商务印书馆1945年版。

[3] 此书名为《李长之 李辰冬点评红楼梦》(团结出版社2006年版)，是李长之和李辰冬的红楼梦研究著作的合集。收入的李辰冬的文章为《红楼梦在艺术上的价值》《红楼梦的世界》《红楼梦重要任务的分析》和《红楼梦辩证的再认识》，可以看出，这些文章都重视到了《红楼梦》的小说艺术价值。团结出版社此次选择李长之和李辰冬的《红楼梦》研究进行结集出版，想必是出于对“小说评论派”在红学研究史上的重要意义的重视。

[4] 于天池、李书：《李长之〈红楼梦批判〉和李长之对于〈红楼梦〉的研究》，《红楼梦学刊》2006年第2辑。

[5] 详见中国艺术研究院红楼梦研究所、人民文学出版社编辑部编：《红楼梦研究稀见资料汇编》，人民文学出版社2006年版，第447页。

一、《红楼梦》的基调——浪漫主义精神的巨著

对于《红楼梦》的基调，李长之定义为饱含着浪漫主义精神的著作。他在1957年第3期的《文艺报》上发表的《现实主义和中国现实主义的形成》一文中指出："《红楼梦》是浪漫主义和现实主义结合的巨著。就浪漫主义精神说，它是《牡丹亭》的继承；就现实主义精神来说，它是《金瓶梅》的发展。……在《牡丹亭》中所缺少的现实的认真描写，在《金瓶梅》中所缺少的理想成分和积极力量，《红楼梦》都给弥补起来了。《红楼梦》的伟大在此，而它的伟大关系到它的继承处也在此。"〔1〕《牡丹亭》被李长之认为是中国浪漫主义的代表作，它的作者汤显祖被认为是中国"狂飙突进"运动的代表性创作家。〔2〕通过对中国的"狂飙突进"运动的"追认"〔3〕，李长之为浪漫主义这一外来的而非中国原生的理论资源，找到用于中国语境的合理性，并将浪漫主义思想贯穿其《红楼梦》研究之中。

综合李长之的《红楼梦》研究论著，可以看到其中体现出一大关键元素——"凭了感情"，这是李长之对作者写作态度的定位，也是对书中人物塑造的评价。

李长之在《红楼梦批判》的一开篇，便指出曹雪芹是"伟大的天才"，"曹雪芹才是感情的人，他的伟大就在他的感情"〔4〕。曹雪芹拥有的伟大成就，正是浸润了他情感的著作《红楼梦》。在李长之看来，深刻的人生体验，丰富的生活内容，才能够将情感浸润于作品当中，令人感动。而考证派和索隐派的研究方式并未能真正理解这位天才，不能发掘出《红楼梦》的真正艺术价值。李长之批评"红学"研究的一大趋势："从不信是自传到太信是自传，俞平伯的《红楼梦辨》成于胡适《红楼梦考证》的次年，便是太信为自传的了，地点问题就非

---

〔1〕 李长之：《现实主义和中国现实主义的形成》，《文艺报》1957年第3期。后收入《李长之文集》第三卷，河北教育出版社2006年版。

〔2〕 在《十六世纪末的中国之狂飙运动——汤显祖及其牡丹亭》一文中，李长之将中国的浪漫主义的思想渊源追溯至由16世纪末王阳明的心学影响而掀起的一股高扬个性和推崇情感的思潮，并认为这一思潮可以堪比18世纪末的德国文坛的"狂飙运动"。参见李长之：《十六世纪末的中国之狂飙运动——汤显祖及其牡丹亭》，《李长之文集》第三卷，河北教育出版社2006年版，第351-358页。

〔3〕 钱锺书在《中国诗与中国画》中谈到新传统在代替旧传统的时候，引入柏格森的"事后追认先驱"的概念，认为新风气在强调自己的创新性的同时，也为了表示自己大有来头，向古代找一个传统作为渊源所自。参见钱锺书：《七缀集》，生活·读书·新知三联书店2002年版，第3页。

〔4〕 李长之：《〈红楼梦〉批判》，见李长之、李辰冬：《李长之 李辰冬点评红楼梦》，团结出版社2006年版，第7页。

常拘泥。"[1]李长之在认同"书的成就,是与作者所最关切的背境(背景)有种切合"[2]的同时,更强调曹雪芹"依然有想象力充分活动的余地"[3]。然而,中国人"在精神的被损害里受着束缚"[4],往往落入史学研究的套路,不能从"创造力"的角度去理解曹雪芹,"翻阅中国人自己作的《中国文学史》,对于曹雪芹,却仍然很冷淡。同人谈起来,如果把《红楼梦》与世界上别国的名著并论,也依然有不自然的感觉"[5]。李长之明确指出想象力和创造力才是《红楼梦》真正的价值所在,也是《红楼梦》能够跻身世界名著之列的重要原因所在,这是站在世界文学的高度来看待《红楼梦》的意义,提升了《红楼梦》的艺术价值。

二、《红楼梦》中的创造力与想象力

创造力和想象力的一大体现就在于曹雪芹的"诗国"。开篇处,李长之便将曹雪芹的小说世界比附为"诗国",将曹雪芹比附作"诗人"。他认为:"曹雪芹是一个事业上的失败者,却正是诗国里的英雄。"[6]"曹雪芹不但是诗人,而且是画家。"[7]曹雪芹并非通常意义上的专事诗歌创作的诗人,却被李长之认为是"诗人",这一理念与浪漫主义思想中"诗"的泛化有关。弗里德里希·施勒格尔表示:"浪漫诗是渐进的总汇诗。它的使命不仅是要把诗的所有被割裂的体裁重新统一起来,使诗同哲学和修辞学产生接触……赋予生活和社会以诗意……它包括了凡是有诗意的一切,最大的达到把许多体系囊括于自身中的那个艺术体系。"[8]浪漫派所指涉的"诗""并非单纯的诗的艺术作品,而是指作

[1] 俞平伯在《〈红楼梦〉底地点问题》一文中探讨《红楼梦》地点在南方还是在北方的问题,并附有与顾颉刚探讨的书信。参见俞平伯:《红楼梦辨》,商务印书馆2010年版。

[2] 李长之:《〈红楼梦〉批判》,见李长之、李辰冬:《李长之 李辰冬点评红楼梦》,团结出版社2006年版,第12页。

[3] 李长之:《〈红楼梦〉批判》,见李长之、李辰冬:《李长之 李辰冬点评红楼梦》,团结出版社2006年版,第12页。

[4] 李长之:《〈红楼梦〉批判》,见李长之、李辰冬:《李长之 李辰冬点评红楼梦》,团结出版社2006年版,第6页。

[5] 李长之:《〈红楼梦〉批判》,见李长之、李辰冬:《李长之 李辰冬点评红楼梦》,团结出版社2006年版,第6页。

[6] 李长之:《〈红楼梦〉批判》,见李长之、李辰冬:《李长之 李辰冬点评红楼梦》,团结出版社2006年版,第8页。

[7] 李长之:《〈红楼梦〉批判》,见李长之、李辰冬:《李长之 李辰冬点评红楼梦》,团结出版社2006年版,第9页。

[8] [德]施勒格尔:《断片集——〈雅典娜神殿〉断片集》,见[德]施勒格尔:《浪漫派风格——施勒格尔批评文集》,李伯杰译,华夏出版社2005年版,第71页。

为理想的生活的世界”[1]。这个世界是一个永恒的、统一的、诗意化的世界。浪漫派以诗来对抗对立和分裂,以诗为中介去解决有限和无限的矛盾,“浪漫化的过程……(是)使有限的东西重归无限”[2]。因此,“诗”在浪漫主义那里,是一种生活态度、一种情感方式、一种哲学追求,而不仅仅是一种文学体裁。“在人性的理想状态中,只会有诗存在;这就是说,届时所有艺术和科学将合为一体,而在我们的状态中,只有真正的诗才是理想的人及总汇性的艺术家”[3]。李长之洞见到了《红楼梦》中的诗性元素,认为《红楼梦》是曹雪芹构造的一个“诗”的王国。

我们要分析李长之如何看待《红楼梦》这一“诗国”,必须先探讨李长之在何种意义上运用“诗”这一概念。李长之将曹雪芹看作“是诗国里的英雄”[4],“因为他有天才,又有纯挚丰富的感情”[5]。曹雪芹的伟大成就,“便是由他美妙的感情所浸灌滋润的著作”[6]。由此可见,李长之看到了“诗”对于情感的强调,“纯挚丰富的感情”是诗人之为诗人的根本依据,也是“诗国”存在的根本基础。在他的其他批评文章中,我们也看到他对于“诗”的概念的理解,以此来印证上述观点。在论及鲁迅时,李长之指出:“倘若诗人的意义,是指在从事于文艺者之性格上偏于主观的,情绪的,而离庸常人所应付的实生活相远的话,则无疑地,鲁迅在文艺上乃是一个诗人。”[7]再比如,在评价司马迁时,李长之认为“然而在说过一切之后,司马迁却仍是一个抒情诗人”[8]的主要原因在于“只是感情才是司马迁的本质”[9]。

---

[1] 刘小枫:《诗化哲学——德国浪漫美学传统》,山东文艺出版社1986年版,第30页。

[2] [德]诺瓦利斯:《断片》,见[德]海塞(Haisse)编:《文艺理论读本》,1976年德文版,第61页。转引自刘小枫:《诗化哲学——德国浪漫美学传统》,山东文艺出版社1986年版,第33页。

[3] [德]施勒格尔:《谈诗》,见[德]施勒格尔:《浪漫派风格——施勒格尔批评文集》,李伯杰译,华夏出版社2005年版,第197页。

[4] 李长之:《〈红楼梦〉批判》,见李长之、李辰冬:《李长之 李辰冬点评红楼梦》,团结出版社2006年版,第8页。

[5] 李长之:《〈红楼梦〉批判》,见李长之、李辰冬:《李长之 李辰冬点评红楼梦》,团结出版社2006年版,第8页。

[6] 李长之:《〈红楼梦〉批判》,见李长之、李辰冬:《李长之 李辰冬点评红楼梦》,团结出版社2006年版,第8页。

[7] 李长之:《鲁迅批判》,《李长之文集》第二卷,河北教育出版社,2006年,第136页。

[8] 李长之:《司马迁之人格和风格》,《李长之文集》第六卷,河北教育出版社2006年版,第438页。

[9] 李长之:《司马迁之人格和风格》,《李长之文集》第六卷,河北教育出版社2006年版,第438页。

情感是浪漫派“诗”的概念中的重要元素。在浪漫派看来，“诗的王国最终是……(根据)情感、想象、幻想和爱。……诺瓦利斯认为，情感本身才是人的全部生存赖以建立的基础，人必须通过活生生的个体的灵性去感受世界，而不是通过理性逻辑去分析认知世界。诗与情感结为姐妹，诗不过是人的心灵所具有的行动方式。没有情感，也就没有诗”〔1〕。华兹华斯也表示：“诗歌是强烈情感的自然流溢。”〔2〕可以说，情感是诗得以存在的根本基础。前文我们已分析得出，浪漫主义对情感的理解更多的是“激情”，而并不是通常意义上所理解的感受、性情或对人对物的感情。李长之正是在“诗是激情的语言”〔3〕这个层面上，把握住了“情感是诗的本质”这一重要理念的前提，将情感丰富并将情感投射于作品的曹雪芹认为是“诗人”。因为在浪漫主义看来，“生就的诗人与一般人的不同之处，尤其在于他具有与生俱来的强烈情感，极易动情”〔4〕。

既然明确了李长之是在“情感是诗的本质”这一维度上运用“诗”的概念的，我们便可以分析李长之是如何看待“诗国”的。李长之认为，“诗国”于曹雪芹、于文学都有重要意义。李长之在《评李辰冬〈红楼梦研究〉》一文中指出：“《红楼梦》的著者是有两个世界的，一个是形上的，这就是贾宝玉还没走入红尘的世界，一是现世的，这就是荣华富贵，一场空幻的世界。这两个世界的关系如何，是《红楼梦》的哲学。”〔5〕这两个世界的关系就是：“人生是必须由形上界而至现实界，又复归形上界的，用《红楼梦》的话说，是必须到红尘走一番，然后各自销案”〔6〕。在《〈水浒传〉与〈红楼梦〉》中，李长之又强调了《红楼梦》中存在两个世界，“贾宝玉是大荒山上的一块补天石，林黛玉是一株仙草，大都不是红尘中的人物”〔7〕。由此可见，李长之所认为“两个世界”实际上是“形而

---

〔1〕 刘小枫：《诗化哲学——德国浪漫美学传统》，山东文艺出版社 1986 年版，第 53 页。

〔2〕 [英]华兹华斯：《〈抒情歌谣集〉一八〇〇年版序言》，见伍蠡甫主编《西方文论选》(下)，上海译文出版社 1988 年版，第 16 页。

〔3〕 [美]M. H. 艾布拉姆斯：《镜与灯——浪漫主义文论及批评传统》，北京大学出版社 1989 年版，第 139 页。

〔4〕 [美]M. H. 艾布拉姆斯：《镜与灯——浪漫主义文论及批评传统》，北京大学出版社 1989 年版，第 158 页。

〔5〕 李长之：《评李辰冬〈红楼梦研究〉》，见李长之、李辰冬：《李长之 李辰冬点评红楼梦》，团结出版社 2006 年版，第 133 页。

〔6〕 李长之：《评李辰冬〈红楼梦研究〉》，见李长之、李辰冬：《李长之 李辰冬点评红楼梦》，团结出版社 2006 年版，第 133 页。

〔7〕 李长之：《〈水浒传〉与〈红楼梦〉》，见李长之、李辰冬：《李长之 李辰冬点评红楼梦》，团结出版社 2006 年版，第 115 页。

上界"与"现实界",或者用《红楼梦》里的说法,即"天上"与"人间"。由天上入人间,又复归天上,是《红楼梦》的人生态度,也是曹雪芹的人生态度。李长之并未明确指出这"两个世界"究竟是怎样的,也未细细探讨两个世界之间的关系,但已隐约透露出对于《红楼梦》中理想成分的关注和重视。李长之指出,尽管"遇合,繁华,他都曾有过,然而又没有了"〔1〕,即"荣华富贵,一场空幻",然而,曹雪芹能够"从生活中打出去,透入人生而超越人生"〔2〕,像李后主,"他诗国里的所有……却永久夺不了去的"〔3〕。夺去的是现实,夺不去的是理想,"诗国"就是曹雪芹所营造的"透入人生而超越人生"的理想世界。

关于《红楼梦》中存在理想世界的问题,由于对比之鲜明,读者多少能够意识到它的存在,然而,"长期以来的史学研究,忽视了对理想世界的关注"〔4〕,不过,也有一些红学大家郑重讨论过这一问题。俞平伯在1922年的《红楼梦辨》中与顾颉刚探讨《红楼梦》的地点问题时已经发现诸多矛盾和困难,除非推翻设定的前提,即"《红楼梦》所叙述的各处,确有地底存在,大观园也决不是空中楼阁"〔5〕。尽管俞平伯觉得"理由不十分充足",认为"无奈现在又推翻不了(按:《红楼梦》地点存在)这个根本观念",但其怀疑态度为此后的研究开辟了新的思路。在1954年写就的《大观园的地点问题》一文中,俞平伯明确指出大观园包含着相当的理想成分,是用笔墨渲染而幻出的一个蜃楼乐园、空中楼阁。余英时认为,俞平伯的说法在红学史上具有库恩(Thomas S. Kuhn)所谓"典范"的意义〔6〕,"可惜他所处

---

〔1〕 李长之:《〈红楼梦〉批判》,见李长之、李辰冬:《李长之 李辰冬点评红楼梦》,团结出版社2006年版,第9页。

〔2〕 李长之:《〈红楼梦〉批判》,见李长之、李辰冬:《李长之 李辰冬点评红楼梦》,团结出版社2006年版,第9页。

〔3〕 李长之:《〈红楼梦〉批判》,见李长之、李辰冬:《李长之 李辰冬点评红楼梦》,团结出版社2006年版,第8页。

〔4〕 余英时:《红楼梦的两个世界》,上海社会科学院出版社2006年版,第34页。

〔5〕 俞平伯在《大观园的地点问题》一文中表示:"大观园所在……以理想而论,空中楼阁,亦即无所谓南北,当然不完全是空的,我不过说包含相当的理想成分罢了,如十八回贾元春诗云,'天上人间诸景备,芳园应赐大观名',显明表出想象的世界,否则园子纵好,何能备天上人间的诸景呢,而且京中的巨室豪门,附带的园林每每不大,事实上亦很明白的。……反正大观园在当时事实上确有过一个影儿,我们可以这样说。作者把这一点点的影踪,扩大了多少倍,用笔墨渲染,幻出一个天上人间的蜃楼乐园来。"

〔6〕 余英时在《近代红学的发展与红学革命——一个学术史的分析》一文中引入库恩的方法论来谈"红学"的"危机"和"典范"的问题。"典范"取其狭义即为一门科学在常态情形下所共同遵奉的楷模(examples or shared examples)。所谓"危机"是指新的科学事实之不断出现会使得特定"典范"下解决难题的方法论失灵,而终至发生"技术上的崩溃"(technical breakdown)。余英时指出,考证派"红学"面临内在危机,而可能建立的新典范是把红学研究的重心放在《红楼梦》这部小说的创造意图和内在结构的有机关系上。参见余英时:《近代红学的发展与红学革命——一个学术史的分析》,见余英时:《文史传统与文化重建》,生活·读书·新知三联书店2004年版。

的环境使他不能对他这个革命性的新观点加以充分的发挥”[1]。1972年宋淇发表《论大观园》,“这可以说是第一篇郑重讨论《红楼梦》理想世界的文字”[2]。宋淇指出:“毫无疑问地,作者利用大观园来迁就他创造的企图,包括他的理想,并衬托主要人物的性格。配合故事主线和主体的发展……不论大观园在曹雪芹笔下,如何生动,如何精雕细琢,终究是空中楼阁、纸上园林。”[3]“(按:大观园)是保护女儿们的堡垒,只存在于理想中,并没有现实的依据”[4]。余英时于1973年发表《红楼梦的两个世界》,在肯定俞平伯、宋淇的研究成果的基础上,进一步指出,曹雪芹在《红楼梦》里创造了理想世界和现实世界两个鲜明而对比的世界。李长之并未明确分析“两个世界”究竟为何,余英时则明确指出大观园的世界和大观园以外的世界,而“大观园便是太虚幻境的人间投影”,这是在贾宝玉心中唯一有意义的世界,“大观园外面的世界只代表肮脏和堕落”[5],“这两个世界是贯穿全书的一条最重要的线索”[6]。就现实世界与理想世界的关系问题,余英时进行了深入分析,“理想世界和现实世界是分不开的”,理想世界建立在肮脏的现实基础之上,并在发展过程中,不断受现实世界的冲击。与李长之认为的“由形上界至现实界,又复归形上界”不同,余英时指出理想世界从现实世界来,又复归现实世界,而这才是《红楼梦》的悲剧意义所在。

然而,余英时也并未讲清楚理想世界和现实世界究竟是怎样的,仅以“清”与“浊”、“情”与“淫”、“假”与“真”等模糊字眼作说明。事实上,李长之早已提醒我们,《红楼梦》是一部“浪漫主义与现实主义结合的巨著”。《红楼梦》之超越于一般的写实小说,就在于其浪漫主义因素,“《红楼梦》乃是中国浪漫主义的最高峰”[7]。曹雪芹的理想世界与浪漫主义所要构造的“诗的王国”,又是何其相似。首先,曹雪芹所构造的大观园的理想世界,是与庸常人所应付

〔1〕 余英时:《红楼梦的两个世界》,上海社会科学院出版社2006年版,第34页。

〔2〕 余英时:《红楼梦的两个世界》,上海社会科学院出版社2006年版,第34页。

〔3〕 宋淇:《论大观园》,见宋淇:《红楼梦识要——宋淇红学论集》,中国书店2000年版,第13-14页。

〔4〕 宋淇:《论大观园》,见宋淇:《红楼梦识要——宋淇红学论集》,中国书店2000年版,第18页。

〔5〕 余英时:《红楼梦的两个世界》,上海社会科学院出版社2006年版,第38页。

〔6〕 余英时:《红楼梦的两个世界》,上海社会科学院出版社2006年版,第34页。

〔7〕 李长之:《评李辰冬〈红楼梦研究〉》,见李长之、李辰冬:《李长之 李辰冬点评红楼梦》,团结出版社2006年版,第133页。

的实生活相远的世界。超越庸常生活,创造一种诗意的生活方式,探寻“现实生活如何化为诗和艺术”[1],也是浪漫主义的理想。其次,李长之指出,这两个世界,一个为“形上的”,未入红尘时的天上世界,即无限的、永恒的世界;另一个是“现世的”,却是“一个空幻的世界”,因为“那红尘中却有些乐事,但不能永远依恃。……瞬息间则又乐极悲生,人非物换,究竟是到头一梦,万境皆空”[2],即有限的世界。李长之点出《红楼梦》的哲学就在于处理这两个世界的关系,实际上即为有限与无限的问题,而这亦是浪漫主义的核心思想。由于科学发展和工业文明的兴起,宗教的神圣性被摧毁,人只顾及物质生产和享受,摒弃对灵性的思考,有限失去了通向无限的途径。浪漫主义提出要创造一种“新宗教”,以诗为中介,使得人可以从有限的、不完美的现实接近无限的、完美的理想,以实现有限和无限的同一,来为人的生存和世界的意义寻找一个支点。曹雪芹感慨于繁华易逝,人与世界之有限,唯有通过构造大观园这样的理想世界,才能使得有限生命获得永恒的超越。李长之强调的“透过人生而超越人生”,不正是浪漫主义“超越有限达到无限”的理想吗?再次,从《红楼梦》的悲剧意义上看,大观园“这个理想的现实依据是非常之脆弱的。同一切的理想一样,它早晚有幻灭的一天”[3]。宋淇认为“《红楼梦》的悲剧感……来自大观园理想的幻灭”[4]。余英时也认为理想世界从现实世界的基础上来,最后又回到现实世界去,“这是《红楼梦》的悲剧的中心意义,也是曹雪芹所见到的人间世的最大的悲剧”[5]。曹雪芹在《红楼梦》中构建的“诗国”终究是幻灭的,这不仅是《红楼梦》的悲剧,更是人类生存的悲剧!浪漫主义一方面以理念化形式构造着所谓“诗意世界”,避免被具体的、琐碎的庸俗生活所湮没,另一方面,人必须生活于现实之中,过于远离具体化的、现实的生活会使得人生变得抽象化,甚而产生虚无感,如“空中楼阁”。后期的浪漫派纷纷转向

---

〔1〕[丹麦]勃兰兑斯:《十九世纪文学主流》(第二分册·德国浪漫派),人民文学出版社 1980 年版,第 64 页。

〔2〕曹雪芹、高鹗:《红楼梦》(以庚辰本为底本,一百二十回本),人民文学出版社 2005 年版,第 3 页。(按:李长之不像当时的新红学家那样以版本为尚,也和王国维一样,采用一百二十回本,详见李长之在《〈红楼梦〉批判》中所举《红楼梦》书中例子,有八十回以后的内容。李长之:《〈红楼梦〉批判》,见李长之、李辰冬:《李长之 李辰冬点评红楼梦》,团结出版社 2006 年版。)

〔3〕宋淇:《论大观园》,见宋淇:《红楼梦识要——宋淇红学论集》,中国书店 2000 年版,第 24 页。

〔4〕宋淇:《论大观园》,见宋淇:《红楼梦识要——宋淇红学论集》,中国书店 2000 年版,第 24 页。

〔5〕余英时:《红楼梦的两个世界》,上海社会科学院出版社 2006 年版,第 49 页。

了天主教,以回归宗教的方式来解决有限与无限之间的矛盾,也宣告了浪漫主义理想的幻灭。

创造力和想象力的又一体现就在于曹雪芹的"理想人物"。在探讨《红楼梦》的人物塑造时,李长之提出一个重要看法:小说应塑造理想人物。李长之指出,曹雪芹"认为书中的主要人物,应该是理想的","在一般的小说,未必有理想,在《红楼梦》却确是有理想的,他书中理想的人物,便由作者赋予了一种美丽的灵魂"[1]。学者罗伟文认为,李长之将理想作为批评的艺术标准,并将这一概念追溯至德国古典美学,认为这里的"理想"就是指典型,"理想的实质就是普遍性与特殊性的统一","他强调的理想人物应具有作者赋予的灵魂,指的是典型人物身上富有鲜明的特征性"[2]。不过,纵观李长之的《红楼梦》研究总况,可以看到,李长之更多地是从浪漫主义思想的角度来阐述"理想人物"这一理念的。

罗伟文认为李长之确立以理想作为标准审视的批评理念的重要意义之一,在于"有效地阐释小说这类写实型文学在人物塑造上的追求,更准确地把握了按西方写实型小说崇尚典型的发展趋势"[3]。崇尚典型是写实型小说的重要特征,即罗伟文是在默认李长之将《红楼梦》当作写实小说来研究的基础上,提出"理想"即为"典型"的。不过,在李长之看来,首先,《红楼梦》并不是绝对的写实主义,"他(按:曹雪芹)有写实的手腕,但只是手腕而已,不是著者的基本精神"[4]。《红楼梦》和一般的写实小说并不一样,因为《红楼梦》有"理想成分和积极力量","乃是中国浪漫主义的最高峰"[5]。其次,李长之认为《红楼梦》能够与西方名著相提并论的重要原因之一在于擅长写人的精神和情感。试看,"宝玉那样任感情,那样把感情施得过分,我们就可以看出,简直像俄国人的性格,加上这种狂癫的生理的依据,就很像朵斯退益斯基(陀思妥耶夫斯

---

〔1〕 李长之:《〈红楼梦〉批判》,见李长之、李辰冬:《李长之 李辰冬点评红楼梦》,团结出版社2006年版,第20页。

〔2〕 罗伟文:《李长之的〈红楼梦批判〉和德国古典美学》,《红楼梦学刊》2013年第1辑。

〔3〕 罗伟文:《李长之的〈红楼梦批判〉和德国古典美学》,《红楼梦学刊》2013年第1辑。

〔4〕 李长之:《评李辰冬〈红楼梦研究〉》,见李长之、李辰冬:《李长之 李辰冬点评红楼梦》,团结出版社2006年版,第133页。

〔5〕 李长之:《评李辰冬〈红楼梦研究〉》,见李长之、李辰冬:《李长之 李辰冬点评红楼梦》,团结出版社2006年版,第133页。

基)小说中的人物了"[1]。而且,他以是否能够展示出人的精神为评判标准,来反驳那些认为高鹗续书不如原著的观点,他"觉得高鹗更能写人精神方面","曹雪芹像托尔斯泰,高鹗像朵斯退益斯基"[2]。因此,李长之将《红楼梦》的创作基调认为是具有浪漫主义精神的,其伟大之处在于擅长写人的精神和情感。所以,单纯用写实型文学注重的"典型"来阐释李长之的"理想人物"的做法值得商榷。

罗伟文认为论及人物塑造时,"李长之没有就理想问题进行明确的阐述"[3],但综合李长之对《红楼梦》的整体论述,我们可以摸索出他的观点。李长之在《红楼梦批判》中多次指出,理想人物应该是有灵魂的,"在《红楼梦》却确是有理想的,他书中理想的人物,便由作者赋予一种美丽的灵魂"[4]。"因为见他是主张书中的人物必须有理想的色彩,我们也就晓得他书中的人物并不是行尸走肉,乃是有着灵魂的,而那理想的所在,也就值得我们加以探索"[5]。"假设自然界的创造是有两种,一种是只给形象的,一种却是更赋予了生命的……只有后一种才是完成的创造……而在赋予了生命的创造中,那高下优劣自然也有着差等:这就与所赋予的生命之美恶相应。《红楼梦》作者的创造,完全是成功的创造了的,他所创造的人物中有美丽的灵魂"[6]。那么,我们不禁要追问,《红楼梦》的作者究竟要创造什么样的美丽灵魂呢?李长之指出,"那些人物是作者所理想,所赞成的呢……我认为贾宝玉,贾母,林黛玉三人的意见,是最可以代表作者的意见的"[7]。宝玉不爱"左传国策公羊穀梁汉唐等文","最心爱,最熟悉的书,便是西厢记,牡丹亭一类了",是因为"宝玉本来是

---

〔1〕 李长之:《〈红楼梦〉批判》,见李长之、李辰冬:《李长之 李辰冬点评红楼梦》,团结出版社2006年版,第67页。

〔2〕 李长之:《〈红楼梦〉批判》,见李长之、李辰冬:《李长之 李辰冬点评红楼梦》,团结出版社2006年版,第30页。

〔3〕 罗伟文:《李长之的〈红楼梦批判〉和德国古典美学》,《红楼梦学刊》2013年第1辑。

〔4〕 李长之:《〈红楼梦〉批判》,见李长之、李辰冬:《李长之 李辰冬点评红楼梦》,团结出版社2006年版,第20页。

〔5〕 李长之:《〈红楼梦〉批判》,见李长之、李辰冬:《李长之 李辰冬点评红楼梦》,团结出版社2006年版,第22页。

〔6〕 李长之:《〈红楼梦〉批判》,见李长之、李辰冬:《李长之 李辰冬点评红楼梦》,团结出版社2006年版,第69-70页。

〔7〕 李长之:《〈红楼梦〉批判》,见李长之、李辰冬:《李长之 李辰冬点评红楼梦》,团结出版社2006年版,第14页。

感情的,不喜欢的也就不能够”〔1〕。《西厢记》《牡丹亭》一类的书都是“主情”“尚情”的,“我们必需忘不了凭了感情这句话,因为这是书中主人唯一的特性,当然也就是作者的性格的反映”〔2〕。因此,“凭了感情”的人物就是有生命的灵魂,就是所谓的“理想人物”,而并不是罗伟文所认为的“普通性和特殊性统一的人物”。在《评李辰冬〈红楼梦研究〉》中,李长之更是明确指出贾宝玉并非世界上的真实人物,他的身上有作者的理想在,“这理想就是情感高于一切,反对一切功利主义”〔3〕。

《红楼梦》中的“情”为很多研究者所关注,“清代末叶以前,誉之者或称《红楼梦》为‘艳情’之作,毁之者则或斥其为‘淫书’”〔4〕。但李长之将“情”郑重提升到理想的高度,可谓是有独特的眼光。“情感高于一切”的人,即可称为“情痴情种”。在《红楼梦》第二回中曹雪芹借贾雨村之口论及世间有三种人,“若大仁者,则应运而生,大恶者,则应动而生。……大仁者,修治天下;大恶者,扰乱天下。清明灵秀,天地之正气,仁者之所秉也;残忍乖僻,天地之邪气,恶者之所秉也”〔5〕。而还有一种人,是由“清明灵秀之气”和“残忍乖僻之气”相遇激荡而成,“在上则不能成仁人君子;下亦不能称大凶大恶。置之于万万人之中,其聪俊灵秀之气,则在万万人之上;其乖僻邪谬,不近人情之态,又在万万人之下”〔6〕。贾雨村认为,贾宝玉即是这一类人物,“虽然淘气异常,但其聪明乖觉处,百个不及他一个”〔7〕,既有灵秀之气,又有乖僻之气,其灵秀之气比一般人高,其乖僻之气比一般人更甚。这类人的共同点在于天资优异,不甘为庸人,与浪漫主义诗人有相通之处。“灵秀之气”和“乖僻之气”实为一体,即为“才华”或“创造力”。这一“才华”并不仅指创作文学体裁中的诗的才能,更是

〔1〕 李长之:《〈红楼梦〉批判》,见李长之、李辰冬:《李长之 李辰冬点评红楼梦》,团结出版社2006年版,第14页。

〔2〕 李长之:《〈红楼梦〉批判》,见李长之、李辰冬:《李长之 李辰冬点评红楼梦》,团结出版社2006年版,第15页。

〔3〕 李长之:《评李辰冬〈红楼梦研究〉》,见李长之、李辰冬:《李长之 李辰冬点评红楼梦》,团结出版社2006年版,第133页。

〔4〕 余英时:《近代红学的发展与红学革命——一个学术史的分析》,见余英时:《文史传统与文化重建》,生活·读书·新知三联书店2004年版,第293页。

〔5〕 曹雪芹、高鹗:《红楼梦》(以庚辰本为底本,一百二十回本),人民文学出版社2005年版,第28-29页。

〔6〕 曹雪芹、高鹗:《红楼梦》(以庚辰本为底本,一百二十回本),人民文学出版社2005年版,第29页。

〔7〕 曹雪芹、高鹗:《红楼梦》(以庚辰本为底本,一百二十回本),人民文学出版社2005年版,第28页。

指对于一种新的生活态度或处世方式的创造,即浪漫主义所谓的"诗"。这样一种"诗"赋予人的时候,"若生于公侯富贵之家,则为情痴情种;若生于诗书清贫之族,则为逸世高人;纵再偶生于薄祚寒门,断不能为走卒健仆,甘遭庸人驱制驾驭,必为奇优名倡"〔1〕。"情痴情种"即是诗在"生于公侯富贵之家"的贾宝玉身上的体现,内蕴"诗性",外显"情痴"。而在庸众眼中,这类人身上的诗性却是一种"乖僻邪谬之气",如贾政就认定宝玉"将来酒色之徒耳"〔2〕,冷子兴也认为是"色鬼无疑"〔3〕了。贾雨村驳斥道,这类人身上的诗性"若非多读书识事,加以致知格物之功,悟道参禅之力,不能知也"〔4〕,必是有思想、有素养、有学识的人,才能够理解这类人。"如前代之许由、陶潜、阮籍、嵇康、刘玲、王谢二族、顾虎头、陈后主、唐明皇、宋徽宗、刘庭芝、温飞卿、米南宫、石曼卿、柳耆卿、秦少游,近日之倪云林、唐伯虎、祝枝山,再如李龟年、黄幡绰、敬新磨、卓文君、红拂、薛涛、崔莺、朝云之流,此皆易地则同之人也"〔5〕。曹雪芹在这里实质上是借贾雨村之口梳理了中国文化中的诗性脉络。曹雪芹所着力刻画的贾宝玉等人"亦是这一派人物",其身上寄托着作者的理想,即"诗性"。以诗的方式生活,以诗的态度思考,"在心灵中排除外部现实,用诗意的憧憬创造出诗与哲学的体系"〔6〕,这也是《红楼梦》的独特魅力所在,它蕴含着人们对于诗意的追求。这也使得《红楼梦》在整个中国文学史、文化史乃至人类生存现状的思考上都具有独特价值。李长之以敏锐的眼光抓住了曹雪芹意图在其作品中蕴含"诗"的理想,这理想突出体现在"情感高于一切,反对一切功利主义"的贾宝玉的身上,并高度赞扬:"我们见他(按:曹雪芹)对于诗的认识那么正确,我们才承认《红楼梦》这部大著作乃是中国唯一的出自有文学素养的作者之手的小说"〔7〕,"乃

〔1〕 曹雪芹、高鹗:《红楼梦》(以庚辰本为底本,一百二十回本),人民文学出版社2005年版,第29-30页。

〔2〕 曹雪芹、高鹗:《红楼梦》(以庚辰本为底本,一百二十回本),人民文学出版社2005年版,第28页。

〔3〕 曹雪芹、高鹗:《红楼梦》(以庚辰本为底本,一百二十回本),人民文学出版社2005年版,第28页。

〔4〕 曹雪芹、高鹗:《红楼梦》(以庚辰本为底本,一百二十回本),人民文学出版社2005年版,第28页。

〔5〕 曹雪芹、高鹗:《红楼梦》(以庚辰本为底本,一百二十回本),人民文学出版社2005年版,第30页。

〔6〕 [丹麦]勃兰兑斯:《十九世纪文学主流》(第二分册·德国浪漫派),人民文学出版社1980年版,第233页。

〔7〕 李长之:《〈红楼梦〉批判》,见李长之、李辰冬:《李长之 李辰冬点评红楼梦》,团结出版社2006年版,第24页。

是中国浪漫主义的最高峰”。不过，遗憾的是，李长之仅关注到了“情痴情种”这一“诗”的外在表现，并未深层挖掘“诗”的本质和根源。尽管如此，他对于《红楼梦》中诗性元素的关注开辟了一种新的研究角度，以探求《红楼梦》中的理想成分于文学、于艺术甚而于人生的独特魅力。

就“诗国”和理想人物的关系而言，在曹雪芹所创建的“诗国”或理想世界里，住着的都是“诗人”或者理想人物。按常理来说，大观园建好后，贾母、贾政、凤姐等人应按资格首先入住，然而，曹雪芹却煞费苦心地编制理由让他们“无缘”入住，而让宝玉、黛玉、宝钗等小儿女们入住。宋淇指出，“大观园是一个把女儿们和外面世界隔绝的一所园子”〔1〕，“大观园是女人的堡垒，除了宝玉以外，其他男人一律不能入内”〔2〕。宋淇指出大观园这个理想世界里的人是女儿们，但他仍未说明白为何得是“女儿们”住在里头呢？为什么宝玉是男孩子却可以进入呢？事实上，即便是“女人的堡垒”，入住的女孩子也是经过曹雪芹精心挑选的。黛玉之“谩言红袖啼痕重，更有情痴抱恨长”，痴情与诗才自不必说；袭人则是“有些痴处：伏侍贾母时，心中眼中只有一个贾母；今跟了宝玉，心中眼中又只有一个宝玉”〔3〕；就连最通现实世界世俗气的宝钗，也“古怪着呢……从来不要这些花儿粉儿的”〔4〕；而香菱虽然是一介婢女，但学会了写诗，也可谓有才华之人。宝玉作为唯一的男孩子可以进入是因为他属于前文论述的兼具“灵秀之气”和“乖僻之气”的人。由此可见，曹雪芹让他的诗国里住着的都是具有诗人气质的人，他们以其创造力或才华，建造和维护着这个诗的世界。然而，这个理想终究是脆弱的，大观园里的人最终得走出这个永恒的诗性世界，而回归到现实世界中去，理想人物终究要落入庸众之中。人渴望“诗意地栖居”，却往往只能在琐碎、庸俗的有限生活里浮沉，这难道不是“曹雪芹所见到的人间世的最大的悲剧”〔5〕吗？

---

〔1〕 宋淇：《论大观园》，见宋淇：《红楼梦识要——宋淇红学论集》，中国书店2000年版，第18页。

〔2〕 宋淇：《论大观园》，见宋淇：《红楼梦识要——宋淇红学论集》，中国书店2000年版，第20页。

〔3〕 曹雪芹、高鹗：《红楼梦》（以庚辰本为底本，一百二十回本），人民文学出版社2005年版，第52页。

〔4〕 曹雪芹、高鹗：《红楼梦》（以庚辰本为底本，一百二十回本），人民文学出版社2005年版，第105页。

〔5〕 余英时：《红楼梦的两个世界》，上海社会科学院出版社2006年版，第49页。

三、 李长之《红楼梦》研究在红学史上的意义

自 1921 年胡适发表《红楼梦考证》——“红学”成为一门严肃的专门性学问以来，一直存在着索隐派、考证派和小说评论派的此消彼长。余英时认为，考证的红学发展到今天已显然面临重大的危机。“近代新红学的最中心的理论是以《红楼梦》为作者曹雪芹的自叙传。……自传说至少受到三种不同的挑战：第一种是出乎索隐派的复活；第二种是起于‘封建社会的阶级斗争论’；第三种则来自对于《红楼梦》本身所包含的‘理想性’的认识”〔1〕。前两种挑战都不足以建立起新的“典范”，只有在第三种挑战的指导下，“红学”研究才有可能从“山穷水尽疑无路”的困途，转到“柳暗花明又一村”的境界。

余英时强调，“这个可能建立的新典范是把红学研究的重心放在《红楼梦》这部小说的创造意图和内在结构的有机关系上”〔2〕。新典范是从“自传说”红学内部孕育出来的一个最合理的革命性的出路，“必然要以近代红学的历史考证为起点，否则将不免于捕风捉影之讥”〔3〕。李长之承认“书的成就，是与作者所最关切的背境（背景）有种切合”，他尊重了“自传说”的考证成绩，但又认为“依然有想象力充分活动的余地”，从而“突破‘自传说’的牢笼而进入作者的精神天地或理想世界”〔4〕，超越了历史考证的红学传统，打下了新“典范”的地基。

我们看到，李长之的《红楼梦》研究具有新“典范”的两个特点——“第一，它强调《红楼梦》是一部小说，因此特别重视其中所包涵的理想性与虚构性……第二，新典范假设作者的本意基本上隐藏在小说的内在结构之中，而尤其强调二者之间的有机性”〔5〕。具体而言，第一，李长之在开篇一再强调曹雪芹是“中国唯一的大作家”，《红楼梦》是“唯一的大著作”，是在文学价值上可

---

〔1〕 余英时：《近代红学的发展与红学革命——一个学术史的分析》，见余英时：《文史传统与文化重建》，生活·读书·新知三联书店 2004 年版，第 282 页。

〔2〕 余英时：《近代红学的发展与红学革命——一个学术史的分析》，见余英时：《文史传统与文化重建》，生活·读书·新知三联书店 2004 年版，第 297 页。

〔3〕 余英时：《近代红学的发展与红学革命——一个学术史的分析》，见余英时：《文史传统与文化重建》，生活·读书·新知三联书店 2004 年版，第 314 页。

〔4〕 余英时：《近代红学的发展与红学革命——一个学术史的分析》，见余英时：《文史传统与文化重建》，生活·读书·新知三联书店 2004 年版，第 313 页。

〔5〕 余英时：《近代红学的发展与红学革命——一个学术史的分析》，见余英时：《文史传统与文化重建》，生活·读书·新知三联书店 2004 年版，第 297 页。

以和世界名著相提并论的小说。他批评考证派和索隐派的史学研究套路束缚了中国人的精神，“不以为中国大作品的作家也有美妙的情绪和思想”，不能理解曹雪芹这位天才，也不能给《红楼梦》以恰当的文学史定位。此外，李长之对《红楼梦》中的理想成分予以关注，重点分析了曹雪芹的“诗国”及其塑造的“理想人物”。第二，李长之强调要从作品本身去发掘作者贯穿其中的思想。他指出，“唯一可考见作家的精神的，乃是他的作品”〔1〕。如在论述作者对文学的态度时，李长之指出要凭着可靠的材料找出作者的意见。再比如，李长之牢牢抓住“凭了感情”这一贯穿全书的作者的思想，揭示了作者本意和小说结构之间的有机性。

由此可见，李长之的《红楼梦》研究具有红学革命的意义，“百余年来红学研究的主流里却从来没有真正取得小说的地位，相反地，它一直是被当做一个历史文件来处理的”〔2〕。“在新‘典范’引导之下的《红楼梦》研究是属于广义的文学批评的范围，而不复为史学的界限所囿”〔3〕。王国维可谓是最早从文学的角度去分析《红楼梦》的，但“此后考证派红学既兴，王国维的《评论》遂成绝响，此尤为红学史上极值得惋惜的事”〔4〕。事实上，王国维开创的研究思路并未完全“绝响”，李长之在考证派大行其道的20世纪30年代，郑重指出，“从咬文嚼字的考据，到事实上的考据，然而现在却应该作内容的欣赏了。王国维的评论，固然很可珍贵，究竟因为是作于未确定为作者自传以前，而且不能算什末详尽。可是，既然开了端绪，我们就更该认真作一下了”〔5〕。李长之凭着“正常的味觉”〔6〕，从作者态度、文学技巧等多方面探讨《红楼梦》的文学价值，深入《红楼梦》中的理想世界或精神天地。即便是在1954年以后，整个“红学”研究转入“斗争说”的政治阐释时，李长之仍为《红楼梦》文学价值的研究作

〔1〕 李长之：《〈红楼梦〉批判》，见李长之、李辰冬：《李长之 李辰冬点评红楼梦》，团结出版社2006年版，第7页。

〔2〕 余英时：《近代红学的发展与红学革命——一个学术史的分析》，见余英时：《文史传统与文化重建》，生活·读书·新知三联书店2004年版，第298页。

〔3〕 余英时：《近代红学的发展与红学革命——一个学术史的分析》，见余英时：《文史传统与文化重建》，生活·读书·新知三联书店2004年版，第313页。

〔4〕 余英时：《近代红学的发展与红学革命——一个学术史的分析》，见余英时：《文史传统与文化重建》，生活·读书·新知三联书店2004年版，第314页。

〔5〕 李长之：《〈红楼梦〉批判》，见李长之、李辰冬：《李长之 李辰冬点评红楼梦》，团结出版社2006年版，第12页。

〔6〕 李长之：《〈红楼梦〉批判》，见李长之、李辰冬：《李长之 李辰冬点评红楼梦》，团结出版社2006年版，第12页。

着努力。他于1957年发表《现实主义和中国现实主义的形成》,明确指出《红楼梦》的伟大之处在于是"浪漫主义和现实主义结合的巨著"[1]。此前他于1944年参加中央大学文学系一次文学座谈会作《水浒传与红楼梦》的演讲时表示:"《水浒》是首史诗,而《红楼梦》是抒情诗……是单抒个人的感情!"[2]他一直坚持将《红楼梦》当作小说本身来研究,发掘其美学价值。因此,李长之《红楼梦》研究所作出的努力可谓是红学从史学研究到文学批评的转变过程中的不可或缺之一环,具有重要的学术史意义。

从更深一层说,自王国维较早做出用西方文艺理论来阐释《红楼梦》艺术特色的努力,为《红楼梦》开拓研究视野提供了新途径,李长之延续王国维的研究传统,在指出王国维生搬硬套的弊病之后[3],进一步回归作品本身,以浪漫主义精神资源进行观照,在激荡中获得新解。尤其是在分析《红楼梦》中的理想成分时,李长之从浪漫主义角度进行分析,挖掘出《红楼梦》中的诗性元素,展现出《红楼梦》在文学史、文化史上的独特魅力。尽管李长之在对浪漫主义相关理念的把握和运用上尚有欠缺之处,但他毕竟打开了"解其中味"的大门,让后来者能够继续沿着这条研究之路走得更远,去深入理解那"满纸荒唐言"的真正价值,真正去理解被云"痴"的作者曹雪芹实为可与歌德、卢梭、普希金等人齐名的"天才"。

第三节 新诗的浪漫主义脉络之重建

新诗发展至20世纪30年代,已在早期白话诗的基础上,对诗歌的本质、诗体形式、表达技巧、材料内容等方面进行了进一步的探讨和实践。李长之自20世纪20年代开始创作诗歌,其关于诗学主张及诗歌评论大多写于20世纪30

[1] 李长之:《现实主义和中国现实主义的形成》,《文艺报》1957年第3期。后收入《李长之文集》第三卷,河北教育出版社2006年版。

[2] 李长之:《〈水浒传〉与〈红楼梦〉》,见李长之、李辰冬:《李长之 李辰冬点评红楼梦》,团结出版社2006年版,第114页。

[3] 李长之在评论王国维的《红楼梦评论》时表示:"关于作批评,我尤其不赞成王国维的硬扣的态度。了解一个作品,须设身处地,跳入作者的世界,才能知道真相。……他(按:王国维)走的不是文艺批评的正路,他没把作者所特有的情绪抓到,他所抓到的乃是他心目中的叔本华哲学,而不是《红楼梦》。"(详见李长之:《评王国维〈红楼梦评论〉》,见李长之、李辰冬:《李长之 李辰冬点评红楼梦》,团结出版社2006年版,第122-123页。)

年代,而在这一时期,新诗发展进入以普罗诗派、中国诗歌会等为代表的现实主义诗歌创作与以新月诗派、象征诗派、现代诗派为代表的关注诗歌自身的创作实践两大潮流并立、对峙的局面。自20世纪20年代中期以后,浪漫主义不再是诗坛的主力军,诗人纷纷否定自己是浪漫主义者,甚至连浪漫主义的有力倡导者郭沫若也于1926年发表的《革命与文学》上判定欧洲“浪漫主义的文学早已成为反革命的文学”[1]。不难发现,李长之关于诗歌本质的认识、诗人主体的强调、自由形式的建议都与创造社的早期诗歌主张,尤其是郭沫若的诗学理念颇为相似。李长之关于浪漫主义诗歌的构想很大程度上是在30年代对浪漫主义诗歌的批判和否定中提出的,接续上早期创造社的浪漫主义诗歌创作传统,并从早期白话诗实践的历史局限中抽身出来,结合十几年来的新诗创作实践,对浪漫主义诗歌创作提出了更为细致、可行的建议。

总的来说,李长之认可的新诗创作实践以来的三大成绩在于“新诗本质的认识,写诗的人的专门,诗的体裁的形成”[2]。在浪漫主义思想的背景中,李长之构建起以“诗的本质是情感”为核心,以诗人主体确立为重点,并以此结合形式、材料等方面探讨的诗歌理论。尽管这一系列关于新诗建设的构想并不具有较强的系统性和理论性(多在批评其他诗人的文章中顺带提出),但仍能够厘清李长之对于未来新诗发展方向的期望——试图重建以郭沫若等人为代表的创造社所开拓出的浪漫主义诗歌脉络。

一、 对新诗情感的深入认识

在李长之的诗学理念中,一个根本性的观点便是:“诗的本质是情感”[3]。在《论新诗的前途》中,李长之提出了对新诗建设的期望:“从根本上看,我认为有三样应当确定的东西:一是诗的本质必须是情感的,二是诗的精神必须是韵律的,三是诗的形式必须是自由的”[4]。而其中最根本、最核心的是第一点,后两点均是以第一点为基础的。

以胡适等人为代表的早期白话诗创作,提倡“散文化”和“平民化”创作,力图摆脱旧诗的题材与形式的限制,强调“诗的经验主义”,用新诗的自由形式和现代词汇去表现更为广阔的人生、社会经验。然而,理性色彩的重视和对现实的白描

[1] 郭沫若:《革命与文学》,张澄寰编《郭沫若论创作》,上海文艺出版社1983年版,第35页。
[2] 李长之:《论新诗的前途》,《李长之文集》第三卷,河北教育出版社2006年版,第91页。
[3] 李长之:《现代中国新诗坛的厄运》,《李长之文集》第四卷,河北教育出版社2006年版,第102页。
[4] 李长之:《论新诗的前途》,《李长之文集》第三卷,河北教育出版社2006年版,第91页。

式刻画,模糊了诗和散文的界限,也损害了诗歌的美感。因此,新诗本质的探讨便成为确定新诗合法性的重要问题之一。郭沫若强调"诗的本质专在抒情"[1],"诗的文字便是情绪本身的表现"[2],"我想我们的诗只要是我们心中的诗意诗境底纯真的表现,命泉中流出来的 Strain(按:郭沫若译为"曲调"),心琴上弹出来的 Melody(按:郭沫若译为"旋律"),生底颤动,灵底喊叫;那便是真诗,好诗,便是我们人类底欢乐底源泉,陶醉底美酿,慰安底天国"[3]。对情感的突出强调是浪漫派的重要诗学观。华兹华斯在《抒情歌谣集一八〇〇年版序言》中指出:"诗歌是强烈情感的自然流溢。"[4]值得注意的是,浪漫主义所提倡的"情感"往往指称的是一种特殊形式——"激情"(passion)。浪漫主义"有这么一种倾向,它把原来人们认为是激情和兴致所独有的产物的那些特殊的诗或段落,等同于'纯诗'或'最富有诗意的诗'"[5]。郭沫若的《女神》正是以这样的激情冲击了现代诗坛,确立起一种新的情感表达的范式。尽管郭沫若诗歌中的激情有回应"五四"除旧布新的热潮的一面,但这"激情"的根本来源乃是浪漫主义精神,为中国新诗带来了独特的异质元素。

然而,到了 20 世纪 20 年代中后期以后,"激情"却很少成为诗歌关注的重点,新月诗派开始强调"理智节制情感",象征诗派则强调"暗示"与"朦胧",从强调诗歌的情感表达功能转向追求自我感觉的表现功能,现代诗派则致力于以现代技巧和辞藻进行诗歌创作实践。面对这样的诗坛局面,李长之痛心于诗歌中"激情"的消退,"现代中国诗人所患的毛病是感情上的贫血。这是根本原因,这是现代中国诗人和真正的诗行捉迷藏的缘故"[6]。在李长之看来,中国新诗的作者中,只有郭沫若是具有这种"激情"的,而徐志摩的诗歌虽重"抒情",但缺乏"热情"。他表示:"郭沫若多少在诗里有了些浪漫的气息,然而时候没有多久,大多数作家也并不能承认这是正格,他自己更

[1] 郭沫若:《论诗三札》,见郭沫若:《文艺论集》,人民出版社 1979 年版,第 215 页。

[2] 郭沫若:《论诗三札》,见郭沫若:《文艺论集》,人民出版社 1979 年版,第 215 页。

[3] 宗白华、田汉、郭沫若:《三叶集》,《郭沫若全集》(文学编第 15 卷),人民文学出版社 1990 年版,第 13 页。

[4] [英]华兹华斯:《抒情歌谣集一八〇〇年版序言》,见伍蠡甫主编:《西方文论选(下)》,上海译文出版社 1988 年版,第 16 页。

[5] [美]M. H. 艾布拉姆斯:《镜与灯——浪漫主义文论及批评传统》,北京大学出版社 1989 年版,第 128 页。

[6] 李长之:《现代中国新诗坛的厄运》,《李长之文集》第四卷,河北教育出版社 2006 年版,第 97 页。

以为与新获得的信念相冲突，所以终于厌弃了"〔1〕。他重新强调起"激情"对于诗歌创作的重要性，"（按：我们需要）浓烈的情感……深厚的情感……持久的情感"〔2〕。

那么，如何培养这样一种"激情"呢？李长之反思："中国的诗人，是没有歌德那样的生命力的，是没有歌德那样的实生活的体验的，是没有歌德那样浓烈的感情的。"〔3〕因此，他首先认定，"情绪是养的"〔4〕，"诗人乃是求培养伟大的情绪的"〔5〕。浪漫主义强调艺术的内生性，从诗人自身有机生长出来情感。这样的情感必须是"忠实"的，"诚然只是真的情感也不一定有好诗，然而没有真的情感却决不是好诗"〔6〕。培养"真的感情"的办法便是直面人生，增加人生体验，才能激发热情，展现"心胸间摇荡着不安定的灵魂"〔7〕。不过，光有"真的情感"还不够，因为"真的情感"也有高下之分，"情绪的伟大和藐小，深刻和浅薄，才是诗人和非诗人更根本的不同所在"〔8〕。关键是要获得"一种来源很深厚很细长的生命力"〔9〕，这与诗人的人格是密切相关的，因此，现代诗人需要培养的是信仰和理想，只有这样，才能从内在迸发出对世界的热情。对信仰和理想的强调，是浪漫主义精神的重要体现。在浪漫主义看来，人类及其新世界中不变的原则并不是古典主义所认为的理性，而是信念，"作为一个浪漫主义者，他的任务是通过寻找他自身以外的足够宽广、能够包容她所有行为的实体来调和自己内部的矛盾。……信仰是一种智力和情感的需要"〔10〕。将信仰和理想存于诗人内心，并内化为诗人的人格，再外化为诗歌，这样的情感表达方式"要点乃在，在某一个方向，也就是就某一方向而言，你却必须发挥到充分

---

〔1〕 李长之：《论人类命运之二重性及文艺上两大思潮之根本的考察》，《李长之文集》第三卷，河北教育出版社 2006 年版，第 76 页。

〔2〕 李长之：《现代中国新诗坛的厄运》，《李长之文集》第四卷，河北教育出版社 2006 年版，第 97 页。

〔3〕 李长之：《歌德之认识》，《李长之文集》第四卷，河北教育出版社 2006 年版，第 33 页。

〔4〕 李长之：《林庚的诗集〈夜〉》，《李长之文集》第四卷，河北教育出版社 2006 年版，第 37 页。

〔5〕 李长之：《林庚的诗集〈夜〉》，《李长之文集》第四卷，河北教育出版社 2006 年版，第 37 页。

〔6〕 李长之：《现代中国新诗坛的厄运》，《李长之文集》第四卷，河北教育出版社 2006 年版，第 97 页。

〔7〕 李长之：《〈落日颂〉（书评）》，《李长之文集》第四卷，河北教育出版社 2006 年版，第 25 页。

〔8〕 李长之：《林庚的诗集〈夜〉》，《李长之文集》第四卷，河北教育出版社 2006 年版，第 37 页。

〔9〕 李长之：《现代中国新诗坛的厄运》，《李长之文集》第四卷，河北教育出版社 2006 年版，第 98 页。

〔10〕 ［美］雅克·巴尊：《古典的，浪漫的，现代的》，侯蓓译，江苏教育出版社 2005 年版，第 50 页。

处”〔1〕,这一方向便是信仰和理想。于是,“激情”便产生了,它来自“希望加上实现希望的力量”〔2〕。

二、 诗人主体的进一步确立

在创造社的诗歌理念中,“自我表现”的诗人主体形象出现,即“诗人是情感的宠儿,哲学家是理智底干家子”〔3〕。而这一诗人形象出现的意义,正如姜涛所指出的:“在情感/理智、抒情/刻画的区分中,内在的丰富感性(情感)成为这一主体的根本所在,《女神》中‘自我表现’的诗人,就是这一人格类型的代表……《女神》的文学史价值,也在于呈现出一个标准的诗人形象……对一个奠基于特殊的内在感性(主观性)上的诗人形象的塑造,对新诗合法性的确立而言,这一点同样至关重要。”〔4〕郭沫若“把中国新诗从‘摹仿自然’的阶段,推向‘表现自我’阶段,一种新的诗歌美学观开始建立起来”〔5〕。“中国新诗到郭沫若才真正塑造了主体形象,才真正具有审美意识的主体性,中国新诗才真正跃进到现代化的行列”〔6〕。A. W. 施莱格尔表示:“使用‘表现’一词显然是表示:内在的东西似乎是在某种外力作用下被挤压而出的”〔7〕。这种诗歌美学观是浪漫主义所开创的。艾布拉姆斯认为浪漫主义所提倡的,正是“艺术的表现说”。“按照这种思维方式,艺术家本身变成了创造艺术品并制定其判断标准的主要因素”〔8〕。浪漫主义的诗歌观强调诗人主体的作用,诗人的情感、意志、精神的外化便是诗。李长之接纳了这一美学观念,在对文学的概念进行定义时认为:“我们在定义中,用了表现一词,而不用传达,这是有意义的。……这意义包含有一种自我,有一种个性,而且有一种不得不。不过这种不得不,乃是自发的,由内至外的,却并非外来的。……受命自外,并非自发,更

〔1〕 李长之:《〈零乱章〉(书评)》,《李长之文集》第四卷,河北教育出版社2006年版,第91页。

〔2〕 [美]雅克·巴尊:《古典的,浪漫的,现代的》,侯蓓译,江苏教育出版社2005年版,第50页。

〔3〕 宗白华、田汉、郭沫若:《三叶集》,《郭沫若全集》(文学编·第15卷),人民文学出版社1990年版,第23页。

〔4〕 姜涛:《“新诗集”与中国新诗的发生》,北京大学出版社2005年版,第240页。

〔5〕 龙泉明:《中国新诗流变论》,人民文学出版社1999年版,第150页。

〔6〕 龙泉明:《中国新诗流变论》,人民文学出版社1999年版,第152页。

〔7〕 [德]A. W. 施莱格尔:《关于文学艺术作品研究的讲义》(1801—1804),《十八、十九世纪的德国文学遗产》卷十七,第91页。转引自[美]M. H. 艾布拉姆斯:《镜与灯——浪漫主义文论及批评传统》,北京大学出版社1989年版,第70页。

〔8〕 [美]M. H. 艾布拉姆斯:《镜与灯——浪漫主义文论及批评传统》,北京大学出版社1989年版,第25页。

不是真正的文艺创作了。"[1]

正是因为诗歌是诗人主体的自我表现,因此李长之将新诗的关注重点从内容材料、外在形式转移到诗人主体上,继创造社以后再次提高了诗人主体的地位。诗人之为诗人的素养,便成为新诗成就的关键。因此,李长之在评判现代诗坛的不良发展倾向时指出,20 世纪 30 年代诗坛内容的空虚、表现的糊涂、形式的束缚,归根到底在于未认识到新诗的着力点应在诗人自身,尤其是诗人情感的自我表现。[2]

值得注意的是,抒情主体的确立对后来的诗歌创作影响深远。但是,像郭沫若诗歌中纯粹自我式的抒情方式后来并不多见。诗歌主体地位的降低,一方面是新诗内部发展的必然结果,早期新诗正处于试验期,诗人主体的确立的确有利于新诗合法性的地位的巩固,但新诗的发展还需要关注到技巧、形式、内容等诸多方面。另一方面是由于时代潮流的驱使,使得文人将目光转向社会生活。在这样一个时局动荡、社会形势复杂的年代,"现代中国要强烈而紧急地去表现,乃至于去塑造社会现实,如此发展到极端,它甚至无需作家、艺术家主体的个人性的中介,而是与社会现实构成直接的互动"[3]。此外,当时人们对浪漫主义有一定的误解,认为浪漫主义诗歌只关注诗人主体自身而不关注现实内容。例如:梁启超认为浪漫派"总要凭主观的想象力描出些新境界新人物,要令读者跳出现实界的圈子外……结果全落空想,和现在的实生活渺不相涉了"[4]。茅盾则认为"浪漫主义重主观的想象,所以一切描写都是从脑子里搜索出来的"[5]。

在坚持诗歌本质的基础上,李长之纠正了人们对浪漫主义重个体不重现实的误解。李长之反对茅盾"专从表现现实与否"作为标准的文学观,认为这样"最容易把青年导入这个虚伪的一途"[6],这虽然代表着时代潮流,但是"以真正文艺理论及文学建设论,我认为他这办法极其不妥。我们要真的文艺,真的

---

〔1〕 李长之:《正确的文学观念之确立》,《李长之文集》第三卷,河北教育出版社 2006 年版,第 315 页。

〔2〕 参见李长之:《现代中国新诗坛的厄运》,《李长之文集》第四卷,河北教育出版社 2006 年版。

〔3〕 陈晓明:《曲折与激变的道路——二十世纪中国文学理论与批评的历史变异》,《当代作家评论》2014 年第 1 期。

〔4〕 梁启超:《梁启超文选》,中国广播电视出版社 1992 年版,第 411 页。

〔5〕 茅盾:《西洋文学通论》,复旦大学出版社 2004 年版,第 110—111 页。

〔6〕 李长之:《论新诗的前途》,《李长之文集》第三卷,河北教育出版社 2006 年版,第 91 页。

文艺只有情感的"[1]。相反,浪漫主义诗歌能够包含更多的内容,"既以情感为诗的本质,情感便不限于感到大众,不限于感到民族国家,不限于有感于十字街头了,这乃是对诗的内容的第二层解放。……内容决不该有限制。只要是情感上感到的,就可以入诗"[2]。正是因为诗歌是诗人主体情感的外化,因此,丰富的人生体验便成了创作的灵感来源。李长之强调,诗人可以描写现实或景物,但是必须是从感情出发的,否则就是无病呻吟或仅是浅薄的同情。李长之批评了在左翼理论影响下的现实主义诗歌创作视野之狭隘——刚从传统诗歌的风花雪月、香草美人的内容限制中解放出来,又受到农村破产、劳苦大众的限制。李长之认为在诗人主体地位得到维护的情况下,只要是诗人能够以情感体验到的,都可以入诗,"现在正需要这种没有限制的诗"[3]。李长之进一步指出,浪漫主义诗歌表现现实的方式与现实主义诗歌不同的是:"艺术家的创造过程,尤其是辩证法的,他必须看清了外物,而经过自己情绪的渲染,因而外物就不是如实的外物了,但是在达到鉴赏者的眼前时,却仍是在真切的如实的外物之印象中,而窥出了作者的命意所归宿。"[4]诗人主体成为现实与诗歌表现的必需中介。在这一点上,李长之接续上了创造社的开创性浪漫主义传统,即"标志着中国新诗由'以物观物'向'以心观物'的转移"[5]。"大体上说,浪漫主义批评家认为,与一般的描述相比,诗歌的不同之处在于它表现了充满诗人情感的世界,而不是描绘了普遍性和典型性"[6]。"一首诗的本质和主体,是诗人心灵的属性和活动;如果以外部世界的某些方面作为诗的本质和主体,也必经诗人心灵的心理活动由事实而变为诗"[7]。从这个意义上说,现实便成为具有诗性的现实,它浸润了作者的感情,根本于诗人主体地位的确立。只有这样,新诗以其表现个体自我的功能与现代散文、小说区别开来,成为独立的文类,只有这样,新诗才能奠定其合法地位而获得独特性。

总之,"诗的本质是情感,只要表现在情感上深厚、浓烈、真挚、伟大,这才

---

〔1〕 李长之:《论新诗的前途》,《李长之文集》第三卷,河北教育出版社2006年版,第91页。

〔2〕 李长之:《现代中国新诗坛的厄运》,《李长之文集》第四卷,河北教育出版社2006年版,第96页。

〔3〕 李长之:《王锦弟〈异乡集〉》,《李长之文集》第四卷,河北教育出版社2006年版,第145页。

〔4〕 李长之:《林庚的诗集〈夜〉》,《李长之文集》第四卷,河北教育出版社2006年版,第41页。

〔5〕 龙泉明:《中国新诗流变论》,人民文学出版社1999年版,第152页。

〔6〕 李长之:《林庚的诗集〈夜〉》,《李长之文集》第四卷,河北教育出版社2006年版,第41页。

〔7〕 [美]M. H. 艾布拉姆斯:《镜与灯——浪漫主义文论及批评传统》,北京大学出版社1989年版,第25页。

是一切"[1],这是李长之诗歌理论的中心内容,也是对郭沫若早期诗学观点的回应,深入阐释了新诗的本质——"诗的本质是情感"的,进一步强调了诗人主体在诗歌创作中的重要性,并提出目前新诗发展限制的解决办法。在浪漫主义诗歌被否弃的30年代,李长之执着地进行着新诗的浪漫主义脉络之重建,其诗学意义虽被时代潮流所遮蔽,但从新诗发展的长远来看,必将彰显其应有的美学价值。

综上,经过本章的分析,我们可以清晰地看到李长之因采用浪漫主义视角而迥异于传统批评方法的关注点,从而发掘出新的文学价值。具体而言,正是由于浪漫主义思想的介入,李长之才能够超越时代潮流的局限性,关注到鲁迅的个体的挣扎、彷徨和痛苦,关注到鲁迅的激情在散文、小说、杂文中的不同体现以及所展示出的独特文学艺术价值,而不是仅仅高扬鲁迅的社会意义和思想意义。在对《红楼梦》的研究中,李长之借助浪漫主义的批评视野,对《红楼梦》的理想性和虚构性给予了充分关注,并牢牢抓住"凭了感情"这一贯穿全书的作者的思想,揭示了作者本意和小说结构之间的有机性,迥异于索隐派和考证派的红学传统,而接续上王国维所开创的红学研究方式,可谓是红学从史学研究到文学批评的转变过程中的不可或缺之一环。李长之对中国新诗的批评尽管因缺乏系统性的理论建构而深度不足,但从他的诸多批评文字中可以辨析出重建中国现代浪漫主义诗歌发展之路的抱负。他的主张和观点多是对郭沫若早期诗学理念的回应,他是中国浪漫主义新诗发展道路上的重要提倡者,努力为中国新诗保留着多元化发展的可能性。

经过分析,我们也可以看到李长之的批评中所体现出的浪漫主义这一现代话语在中国文学中的建构过程。李长之运用浪漫主义思想资源对中国文学进行了"创造性的误读",将批评对象"浪漫主义化",提出了合理的、有节制的异见或新解。这一批评方式创造性地发掘出中国文学的新价值。但是,在"误读"的过程中,李长之缺乏对批评对象已有研究成果的全面认识,存在主观臆测的弊病,对以浪漫主义理念灌注进批评对象的切合度也缺乏深入细致的分析和严肃认真的态度,引来不少质疑声,也影响了对李长之批评实践真正价值的认识。因此,从李长之这个个案,我们可以看到一个批评家在面对西方理论资

---

〔1〕 李长之:《现代中国新诗坛的厄运》,《李长之文集》第四卷,河北教育出版社2006年版,第102页。

源和中国本土文学时必然会遭遇的困境。妥善处理这两者的关系,从而在给中国文学带来更为广阔的批评视野的同时,也避免落入生搬硬套或过度阐释之窠臼,也是当今中国批评界需要思考的问题。在此,李长之的意义便是提供了宝贵的经验借鉴和教训。

第三章 “浪漫主义的文艺复兴”：李长之的文化批评

在中国旧文化被冲击而新文化尚未建立之际，现代学人纷纷提出文化建设的构想。李长之在《迎中国的文艺复兴》一书的自序中也提出自己对于文化建设的理想：“未来的中国文化是一个真正的文艺复兴。”〔1〕

就目前学界对这一文化理想的研究情况看，仍有以下问题需要进一步认识：首先，学界在谈到这一文化理想时，往往就《迎中国的文艺复兴》一书而论，并未联系到李长之其他一些谈文化建设的论文而作整体观。若不考察这一点，将对李长之文化理想的理解有失偏颇。

其次，当前学界在对李长之进行研究时，往往将李长之的文化观与其批评实践分开，并未就两者之间的关系进行讨论。李长之的“传记批评”尤具特色，受到郜元宝、温儒敏等学者的推崇。李长之以传记的形式对人物进行批评，著有《司马迁之人格与风格》《鲁迅批判》《道教徒的诗人李白及其痛苦》《韩愈传》《孔子的故事》《陶渊明论传》等传记，从整体上把握作者人格、思想经历与其创作之间的关系。事实上，李长之选择这一独特的批评视角，是与其文化理想密切相关的。必须认识此关系，才能全面、准确地把握李长之的批评价值。

再次，学界在分析这一文化理想时，并未充分关注到李长之的思想背景。李长之早年求学时，熟读过大量德文书籍，深受德国浪漫主义的影响，在文化理想中体现出诸多浪漫主义影响的痕迹。李长之曾指出中国的文艺复兴所要实现的“是一个伟大的浪漫性质的时代”〔2〕。同时，李长之又深受中国儒家传统

〔1〕 李长之：《迎中国的文艺复兴》，《李长之文集》第一卷，河北教育出版社2006年版，第4页。

〔2〕 李长之：《论人类命运之二重性及文艺上两大思潮之根本的考察》，《李长之文集》第三卷，河北教育出版社2006年版，第78页。

教育的熏染,具有深厚的民族文化情结。然而,我们要提出的问题是:浪漫主义这一外来的思想资源是如何与“中国的文艺复兴”这一文化建设规划发生作用的?在这样的文化理想中与中国传统文化如何际遇?又能给中国文化带来什么?通过对李长之的研究,我们可以窥见西方思想资源与中国文化传统在现代中国学者思想中的交锋,进而认识到这一文化规划在文学史上的真正价值。这也是笔者重新剖析李长之的文艺复兴的理想的目的所在。

第一节　李长之的文化理想之形成

李长之认为“五四”并不能算是“文艺复兴”,中国需要实现“真正的文艺复兴”。他所谓的“中国的文艺复兴”就是要在西方文化视野中对自身的文化传统进行再认识,从而发现中国文化的“内生之光”。这种从本土“有机生长”出来的文化运动,将具有源远流长的生命力。关于“五四”运动的性质,中国思想史上有所谓的“文艺复兴”和“启蒙运动”之争。这其实代表了两种文化建设规划和文化发展方向。

在李长之看来,“五四”“有破坏而无建设,有现实而无理想,有清浅的理智而无深厚的情感”〔1〕,只能算是启蒙运动。20 世纪 30 年代中后期陈伯达、艾思奇、何干之等人开展的“新启蒙运动”,因以弘扬“五四”启蒙精神为旗帜,又被称为“新五四运动”或“第二次新文化运动”。〔2〕

一、“文艺复兴”与“启蒙运动”之争

与李长之一样,中国近现代思想史上有很多学者将“五四运动”比附为欧洲的“文艺复兴”。胡适较早将新文化运动称为“文艺复兴”,并在此后美国和我国台湾的数次演讲中推崇“The Chinese Renaissance”这一名称。此外,1918 年傅斯年、罗家伦创办的《新潮》杂志英文名即为“The Renaissance”,1920 年梁启超访问欧洲回国,认为清朝以后的中国形势和文艺复兴之后的欧洲形势相

〔1〕 李长之:《迎中国的文艺复兴》,《李长之文集》第一卷,河北教育出版社 2006 年版,第 23 页。

〔2〕 不过,李长之的结论与 30 年代的新启蒙运动并无关联,目的也不同。学者王彬彬指出,“新启蒙运动”并不是真正接续五四启蒙传统的文化建设,而是在继承“五四精神”的旗号下,清算和否定“五四”,本意在于借着救亡宣传,传播“左翼”思想。(参见王彬彬:《“新启蒙运动”与“左翼”思想在中国的传播》,《河北学刊》2009 年第 4 期)

似,试图推行"东方精神文明"。中国学者将新文化运动比附为欧洲的文艺复兴多是在文化的再生或再发现这个意义上的。然而,"五四"激进的反传统精神和"全盘西化"的文化态度,其实并没有使得中国的文化得到真正的再生。希望通过欧洲文化的引进以重新评估中国文化的理想,很大程度上实现的只是对西方文化观念的机械移植和对中国传统文化的否弃。

尽管李长之对"文艺复兴规划"的修正版本,在当时并未得到热烈回响,但后来很多学者却对他的观点产生共鸣。1948 年顾毓琇撰写《中国的文艺复兴》一书,认同李长之的观点,认为中国的文艺复兴任务到今天还未完成,要发掘传统文化中的创造活力,并就新诗、小说、戏剧、美术等方面提出建设意见,"整理旧文艺,但更需要创造新文艺"[1]。此后顾毓琇多次在海外及台湾呼吁"中国的文艺复兴"。叶维廉在多篇文章中重点强调李长之《迎中国的文艺复兴》一书中观点的重要性,他赞同李长之对"五四"时期思想形态的论断,认为"五四运动很难称得上是中国的'文艺复兴'"[2]。他引用李长之的观点表示:"当时的知识分子既未复兴传统的中国文化,对西方传统也未有根本的、深刻的建立。他们所做的,不过是用一二十年的时间重演了西方二百多年的文化变迁"[3]。李振声在庆应大学进修期间特地找来这本《迎中国的文艺复兴》阅读,并表示"读完之后,我觉得我们前几年盛极一时的文化讨论思潮,其对'五四'的理解,对中西文化的理解,基本上没有超过李长之的研路范围……迄今为止,对李长之的生疏,不能不说仍是中国思想学术史中的一种缺失"[4]。余英时也指出李长之观点的独到性:"对于中国和欧洲的文学与哲学传统同样熟悉的李长之评论五四作为一种文化运动,提出了别开生面的观察。"[5]他高度赞扬李长之明确地指出了"五四"是一种文化外借运动。周策纵也赞同"五四"并非"文艺复兴"的论断:"从某种意义上说,欧洲文艺复兴是古文明影响的再生……但'五四运动'却远非一场复辟运动。相反的是'五四运动'的目的在于将一种现代文明移植入一个古老的国家,同时伴随着对古文明的严厉批判。认

[1] 顾毓琇:《中国的文艺复兴》,科学出版社 2011 年版,第 28 页。

[2] [美]叶维廉:《历史整体性与中国现代文学研究之省思》,见叶维廉:《中国诗学》,生活·读书·新知三联书店 1992 年版,第 200 页。

[3] [美]叶维廉:《历史整体性与中国现代文学研究之省思》,见叶维廉:《中国诗学》,生活·读书·新知三联书店 1992 年版,第 200 页。

[4] 李振声:《敬畏历史　尊重历史》,《读书》1995 年 7 月。

[5] [美]余英时:《文艺复兴乎?启蒙运动乎?——一个史学家对五四运动的反思》,见余英时:《重寻五四历程——胡适生平与思想再认识》,广西师范大学出版社 2004 年版,第 256 页。

同这一观点就与‘五四运动’是一场文艺复兴运动的结论大相径庭。关于用现代方法研究中国文化遗产即类似于欧洲文艺复兴的某一特点的假想更是半点真实性也没有。……至于‘整理国故’或许可以看作‘五四运动’的一个后期发展。从某种程度上看,这是极端保守派用以阻碍西学的借口。中国古文化及经典与古希腊文化有着本质的不同。科学和民主并非古代中国的特征。认为‘五四运动’意味着古中国文明的复活,这一观点是错误的。”〔1〕由此可见,在对胡适的“中国的文艺复兴之父”标签的反思之下,很多学者尤其是海外学者对李长之的“文艺复兴规划”的修正版本作出了肯定的回应。

当我们面对这一系列“中国的文艺复兴”的文化规划时,必须谨慎思考:全面了解西方文化以把握其精髓的愿望是否可以做到?如何判断何为西方文化精髓?这种文化精髓与中国语境际遇时会发生何种变形?在西方文化视野下重估中国传统文化,再生的真的是中国传统本身吗?这样的再发掘又能为中国文化带来何种新元素?因此,重新回到李长之那里对于我们认识这一脉络的真正价值而言就非常有必要了。

二、《迎中国的文艺复兴》与文化国防

出版于1946年的《迎中国的文艺复兴》可谓李长之的文化理想之雏形及建设提纲。该书除“自序”外,收入的22篇论文(包括附录7篇),大多作于1938年—1944年间。李长之的其他一些关于文化建设的论文〔2〕,也大都作于抗战时期或抗战结束后不久。李长之时任重庆中央大学教师,同时还担任着国民政府教育部的研究员,自觉到文化建设责任重大。李长之在《迎中国的文艺复兴》一书的自序中表示写作此书的目的在于探讨如何进行文化国防,“文化国防是目的,国防文化是手段”〔3〕,希望以文化建设的方式来与国家、民族、战争形成互动关系。不过,与国家、民族意识紧密结合的民族文化理想,在李长之1938年以前的文章中,并没有得到明显体现。这一转变是近代以来民族文

〔1〕［美］周策纵:《五四运动史》,岳麓书社1999年版,第478-479页。

〔2〕如论及中国传统精神的论文《秦汉之际的人们之精神生活及其美学》(1941年)、《从孔子到孟轲》(1943年)、《孟子之生平及其时代》(1944年)、《传统精神与传统偏见》(1946年)等,关于战争的文章《战争与时间观念》(1947年),以及关于文化思潮思考的文章《保卫“五四”、发扬“五四”与超越“五四”——“五四”时代两个平凡的口号是“要科学”、“要民主”》(1947年),《我之“唯物史观”观》(1941年)等。

〔3〕李长之:《迎中国的文艺复兴》,《李长之文集》第一卷,河北教育出版社2006年版,第4页。

学运动潮流不断强化的结果。

自洋务运动以来，中国开始了向西方学习的过程。从“中体西用”到“维新变法”，再到“五四”时期“全盘西化”的主张之出现，民族自信力一直不断被削弱，这种倾向是极为危险的。李长之在 1941 年出版的《波兰兴亡鉴》一书中指出，民族自信力的丧失是波兰灭亡的主要原因。[1] 早在民族危机恶化以前，一些现代学人便致力于发掘中国传统精髓以振兴民族精神：游欧归国的梁启超提倡“复兴东方精神文明”，胡适提出“整理国故”，“学衡派”呼吁“昌明国粹，融化新知”。随着民族危机的逐渐恶化，回到中国文化本位的呼声越来越大。1935 年 1 月，上海的何炳松、黄文山等十教授发表《中国本位文化建设宣言》[2]。1940 年 4 月，林同济、何永佶、陈铨等人在昆明创办《战国策》，对民族文化进行深刻反思，试图借鉴德国狂飙突进运动的文学，构建新的民族文学思想体系。以熊十力、冯友兰等为代表的“现代新儒学”则努力挖掘中国民族文化的现代意义。

李长之的民族文化理想正是在这股民族文学运动潮流的推动下提出的。他高度赞扬十教授的文化宣言，认为是中国另一个文化运动的代表。在李长之看来，文化建设的最终目的是要实现“文化国防”，增强民族自觉意识，迎接真正的国民文学的出现。要实现“文化国防”，最根本的是要从民族的文化或精神出发找到一种“永久的文化价值”。这一理念的形成是缘于对“五四”运动的反思。李长之谈论的“五四”运动并不仅是 1919 年 5 月 4 日的历史运动，而是“指自中国接触了西洋文化所孕育的一段文化历程，‘五四’不过是这历程中的一个指标”[3]。胡适将这一文化运动称为“中国的文艺复兴”。他在 The Chinese Renaissance（中文名为《中国的文艺复兴》）[4] 中指出：“这场运动是既了解他们自己的文化遗产，又力图用现代新的、历史地批判与探索方法去研究他们的文化遗产的人领导的。在这个意义上，它又是一场人文主义运动。……

[1] 李长之：《波兰兴亡鉴》，《李长之文集》第十卷，河北教育出版社 2006 年版，第 144-145 页。

[2] 1935 年 1 月 10 日，王新命、何炳松、武堉干、孙寒冰、黄文山、陶希圣、章益、陈高佣、萨孟武、樊仲云等 10 名教授联名在《文化建设》月刊上发表《中国本位的文化建设宣言》，倡导“中国本位的文化建设”，对西洋文化要“吸收其所当吸收，而不应以全承受的态度，连渣滓都吸收过来”。这引发了当时中国思想文化界的一场关于“中国文化出路到底是中国本位还是全盘西化”的大论战。

[3] 李长之：《迎中国的文艺复兴》，《李长之文集》第一卷，河北教育出版社 2006 年版，第 16 页。

[4] 此书为胡适 1933 年 7 月在芝加哥大学比较宗教学系“哈斯克讲座”所作的讲演集，原题为“Cultural Trends in Present-day China”（《当代中国的文化趋向》）。

被堪称是预示着并指向一个古老民族和古老文明的新生的运动。"[1]然而,李长之指出外国学者"把胡适誉为中国文艺复兴之父……不能不说是有点张冠李戴了"[2]。他认为"五四"运动还不能算是"文艺复兴",因为"五四"对于西方古典文化和中国古典文化都没有深刻的了解——"五四"仅是一个文化外借运动,"五四是一个移植的文化运动……像插在瓶里的花一样,是折来的,而不是根深蒂固地自本土的丰富的营养的"[3]。余英时对李长之的这一论断给予高度评价,指出"就我所知,没有人如此强调,且这么严肃地陈述这一浅显的事实……这一浅显的事实根本动摇了在五四与文艺复兴或启蒙运动之间建立比附的基础"[4],因此,李长之才能得以重新从"五四"本身去审视"五四"。

李长之指出"中国的文艺复兴"的真正实现之路,是在充分了解西方文化精髓的基础上,从中国文化本身去寻找重生之光。李泽厚为新文化运动未能实现"转换性的创造"感到惋惜,他指出真正的传统是已经积淀在人们的行为模式、思想方法、情感态度中的文化心理结构,单纯抛弃已无用,"只有从传统中去发现自己、认识自己从而改换自己"[5],在当下意识到自身的历史性,来突破旧传统的束缚,吸取西方文化资源精髓,"重新估定一切价值",才可能真正去继承、解释、批判和发展传统。在此意义上,李长之就是在进行"转换性创造"的工作。他强调:"只有接着中国的文化讲,才是真正民族文化的自然发展。只有这样,才能跳出移殖的截取的圈子。"[6]李长之试图做出超越"五四"的努力,致力于介绍西方优秀文化资源,并在充分了解和掌握西方思想资源的前提下,重新审视和阐释中国的文化传统,发现中国文化的内生力,从中国文化本身去找到重生之光,而不是仅仅受到西方文化之光的照亮,从而实现"中国的文艺复兴"的理想。

总体来说,尽管李长之对"五四"表示不满,但在整体上仍肯定"五四"的积极意义——五四通过破坏工作,清扫了旧文化的基础,从而为中国文化开启了

---

〔1〕 胡适:《中国的文艺复兴》,外语教学与研究出版社 2001 年版,第 79 页。

〔2〕 李长之:《迎中国的文艺复兴》,《李长之文集》第一卷,河北教育出版社 2006 年版,第 19 页。

〔3〕 李长之:《迎中国的文艺复兴》,《李长之文集》第一卷,河北教育出版社 2006 年版,第 23 页。

〔4〕 [美]余英时:《文艺复兴乎?启蒙运动乎?——一个史学家对五四运动的反思》,见余英时:《重寻五四历程——胡适生平与思想再认识》,广西师范大学出版社 2004 年版,第 257 页。

〔5〕 李泽厚:《启蒙与救亡的双重变奏》,见李泽厚:《中国现代思想史论》,东方出版社 1987 年版,第 43 页。

〔6〕 李长之:《迎中国的文艺复兴》,《李长之文集》第一卷,河北教育出版社 2006 年版,第 25 页。

重建的可能性。“我们之不满意‘五四’,是因为要超越‘五四’”[1],而超越之路就在于“衔接(不是限于)中国文化传统”[2]。在李长之看来,20世纪40年代回到中国本位的文化运动,“是近于中体西用,而又超过中体西用的一种运动。其超过之点即在我们是真发现中国文化之体了,在作彻底全盘地吸收西洋文化之中,终不忘掉自己”[3]。因此,“中国现阶段的文化运动乃是一个‘文艺复兴’”[4]。重新发现中国文化的“内生之光”需要根植于文化传统,并汲取整个西学的滋养,以更好地发展中国本位文化,这也是李长之进行批评实践的努力方向。李长之的文化理想——即所谓的“中国的文艺复兴”——更确切地说,是一场持久的民族文化运动。

第二节 “中国的文艺复兴”理想的实践

李长之在批评实践中积极吸取西方文化尤其是浪漫主义精神资源的滋养,希望对民族传统精神进行再发掘。其民族文化理想的基本构建理路是,将政治、文化、社会、伦理等诸问题纳入浪漫主义美学原则,进行艺术化处理,并强调审美教育在培养理想人格中的重要性,而理想人格的塑造又与民族性的形成密切相关。由此,李长之将美学原则落实到具体实践,将艺术转化为国家、民族建设的巨大推动力。

一、 审美教育的提倡

无论是文化建设主张的提出,还是对文化传统、文化精神的认识上,抑或对人物人格的理解上,李长之常常表现出这一倾向:将美学原则应用于政治、社会和生活领域,将一切艺术化。这一倾向是典型的浪漫主义理念的体现。“事实上,整个浪漫主义运动企图把一种美学模式强加于现实生活,要求一切都遵

〔1〕 李长之:《保卫“五四”、发扬“五四”与超越“五四”——“五四”时代两个平凡的口号是“要科学”、“要民主”》,《世界日报》1947年5月4日。

〔2〕 李长之:《保卫“五四”、发扬“五四”与超越“五四”——“五四”时代两个平凡的口号是“要科学”、“要民主”》,《世界日报》1947年5月4日。

〔3〕 李长之:《迎中国的文艺复兴》,《李长之文集》第一卷,河北教育出版社2006年版,第57页。

〔4〕 李长之:《迎中国的文艺复兴》,《李长之文集》第一卷,河北教育出版社2006年版,第57页。

循艺术的规律。”[1]

在李长之看来,美学原则是和生活、社会、伦理、人生紧密结合的处事法则。他指出,中国人既热爱和平又能英勇御敌,是因为儒家孔孟精神——在于“珠圆玉润,温柔敦厚”[2],在于“从心所欲不逾矩”[3]。“英勇御敌”是因为“其本质是刚性的”[4],“热爱和平”则是因为“其表现却无妨是达到一种炉火纯青的地步”[5]。这种美学精神在文化、人格上的体现被认为是具有德性的。可见,这种被“具体化”了的美学原则是对战争时代所需的国民品格的回应。

将美学原则应用于人生、社会领域的理念培养为一种自觉行动,需要进行审美教育。李长之认为中国古代具有健全的美育,因而能够塑造健全的人格。因此,李长之呼吁要重新塑造现代民族品格,需要唤醒古代健全的美学。他将中国美学精髓追溯至孔孟思想,并指出孔孟贡献最大的就在于审美教育。“古典精神乃是艺术并人生的极则……中国文化的精华……孔孟思想的极峰”[6]。李长之对审美教育的重视与当时民族危机息息相关。首先,审美教育可以帮助培养当前战争所需的强者人格。其次,当前,中国的美学原则正是指导着中国人民爱好和平却又积极御敌的行动准则。而且,从长远来看,美学教育最终将促进道德的完善。用美学原则来指导人生,这就是他提倡审美教育的目的所在。

为了进一步阐释这样的审美精神,李长之写有多篇文章分析孔子与孟子的审美态度和教育理念,如《孔子的故事》《从孔子到孟轲》《孟子之生平及其时代》《孟轲的教育论和天才论》等等。在李长之看来,孔子和孟子不仅积极提倡“艺术并人生的极则”,而且认真躬行着。就孔子来说,孔子对人生是艺术化的,“知道……美学的精神在反功利,在忘却自己,在理想之追求”[7]。“孔子一生的成功,是美学教养的成功。……‘从心所欲,不逾矩’是所有艺术天才所遵循的律则,同时也是所有伦理家所表现的最高的实践,最美与最善,融合为一了”[8]。

---

〔1〕［英］以赛亚·伯林:《浪漫主义的根源》,吕梁等译,译林出版社2011年版,第144页。
〔2〕李长之:《迎中国的文艺复兴》,《李长之文集》第一卷,河北教育出版社2006年版,第63页。
〔3〕李长之:《迎中国的文艺复兴》,《李长之文集》第一卷,河北教育出版社2006年版,第63页。
〔4〕李长之:《迎中国的文艺复兴》,《李长之文集》第一卷,河北教育出版社2006年版,第63页。
〔5〕李长之:《迎中国的文艺复兴》,《李长之文集》第一卷,河北教育出版社2006年版,第63页。
〔6〕李长之:《迎中国的文艺复兴》,《李长之文集》第一卷,河北教育出版社2006年版,第68页。
〔7〕李长之:《迎中国的文艺复兴》,《李长之文集》第一卷,河北教育出版社2006年版,第69页。
〔8〕李长之:《迎中国的文艺复兴》,《李长之文集》第一卷,河北教育出版社2006年版,第69页。

李长之进一步认为:“把伦理与美感打成一片上,孟子更有特殊的贡献”〔1〕,“孟子自己也最能采取艺术的态度,他知道在日常生活里如何欣赏摄取……他知道把道德的极致可以看做是和艺术的极致似的”〔2〕。综上所述,将美学原则适用于伦理原则,因此美育的成功也是道德教育的成功,这是李长之推崇的儒家审美教育。

这样对审美教育的极其重视的态度——将美育提高到文化建设之根本的高度,甚至将儒家思想中的一切方面都归入审美教育之中——与20世纪初审美问题的流行,尤其是席勒美学思想在中国的传播影响有关。中国学者对席勒的介绍,多侧重于美育思想。王国维、蔡元培、朱光潜、宗白华等现代学人纷纷提出要以美学来作为解决社会和人生问题的有力武器。倾心于德国美学的李长之,也对席勒美学尤为推崇,除了在其所著的《德国古典精神》一书中专门有一章介绍席勒,在其他一些谈到美育或美学原则的文章中也多次提到席勒思想。

席勒在《美育书简》中指出,人身上有感情支配的“感性冲动”和规律限制的“理性冲动”两种对立的状态,完美的人性应是二者的和谐统一。在古代希腊时期,人性是完整、和谐的,而近代大工业造成了人性的分裂。因此,席勒主张通过审美教育来克服人性的分裂。“如果我们称感性规定的状态为自然状态,称理性规定的状态为逻辑的和道德的状态,那么我们就必须把这种现实的和能动的规定可能性的状态称为审美状态”〔3〕,从而人类可以达到真正自由的状态。值得注意的是,作为德国浪漫主义思想的代表人物,席勒的“完美人性”实际上是在强调主体的意志和情感,企图依靠自身力量而并不借助于神,以达到完美的状态,这也是浪漫主义自我意识的本体论根源。〔4〕李长之的美学理念受到席勒较深的影响。李长之希望通过审美教育塑造出中华民族的理想人格(详见下文),通过自身力量完成个体的完善。

另一方面,宗白华也影响了李长之的美育思想。“与宗白华先生的交往是

---

〔1〕 李长之:《迎中国的文艺复兴》,《李长之文集》第一卷,河北教育出版社2006年版,第70页。

〔2〕 李长之:《从孔子到孟轲》,《李长之文集》第一卷,河北教育出版社2006年版,第257页。

〔3〕 [德]席勒:《美育书简》,徐恒醇译,中国文联出版公司1984年版,第108页。

〔4〕 在基督教观念中,只有上帝是完满的、无限的,人类是不完满的、有缺陷的。而浪漫主义企图在主体自身之中寻找通向无限、完美的可能性,这是浪漫主义主体性的思想根源。(见[美]保罗·蒂利希:《基督教思想史——从其犹太和希腊发端到存在主义》,东方出版社2008年版。)

从 1938 年,即抗战期间两人在重庆的中央大学共事时开始的。"[1]受叔本华和尼采的"人生艺术化"的影响,宗白华提出"艺术的人生观"试图从美学的角度提出人生理想和生活主张,将人生理想化、审美化,以期获得对现实的超越性。因此,宗白华推崇美育,认为"艺术教育,可以高尚社会人民的人格"[2],"美育的问题是研究怎样使美术的感觉普遍到平民的社会生活和个人生活间"[3]。在与宗白华密切交往时期(按:李长之在中央大学给罗家伦当助教期间,这时宗白华也在中央大学哲学系任教授),李长之写了许多专论美学和哲学的论文,"其一生的美学和哲学方面的论文甚至大都写在此一时期"[4],"美学和哲学论文的写作固然有长之先生自己的趣味在,也未尝不是受宗白华先生的影响和濡染,有些观点甚至是两个人'疑义相与析'的结果"[5]。李长之对美育的重视,尤其是对艺术化人生观的推崇,或多或少有宗白华思想的影响。

鉴于对审美教育的重视,李长之积极提倡建立新美学。因为在近代"旧的审美观念(那背后有一种系统的美学,虽然古人不曾系统地写出来)破坏了,新的却没有建设起来。……要建设美育,只有先建设美学。——美学不发达是美育不能推行的最大原因"[6]。在如何建立新美学方面,李长之指出:"要建设美学,须建设形上学。"[7]然而,旧的文化自成一个体系,并已经成为过去时。目前能做的是"继续发展与新成分相交融"[8],即在吸收西方文化精髓的基础上继续发展中国传统美学,但"因西洋的文化还没有移植完毕,所以我们新文化的容貌还没有整个显豁出来。现在第一步还在彻底吸收,充分吸收,猛烈吸收"[9]。所以,李长之积极翻译德国美学著作,如德国美学家玛尔霍兹的《文

〔1〕 于天池、李书:《李长之与宗白华》,《文史知识》2008 年第 12 期。

〔2〕 宗白华:《青年烦闷的解救法》,《宗白华全集》第一卷,安徽教育出版社 1996 年版,第 180 页。

〔3〕 宗白华:《美学与艺术略谈》,《宗白华全集》第一卷,安徽教育出版社 1996 年版,第 188 页。

〔4〕 于天池、李书:《李长之与宗白华》,《文史知识》2008 年第 12 期。

〔5〕 于天池、李书:《李长之与宗白华》,《文史知识》2008 年第 12 期。

〔6〕 李长之:《释美育并论及中国美育之今昔及其未来——为纪念蔡孑民先生逝世作》,《李长之文集》第三卷,河北教育出版社 2006 年版,第 163 页。

〔7〕 李长之:《释美育并论及中国美育之今昔及其未来——为纪念蔡孑民先生逝世作》,《李长之文集》第三卷,河北教育出版社 2006 年版,第 171 页。

〔8〕 李长之:《释美育并论及中国美育之今昔及其未来——为纪念蔡孑民先生逝世作》,《李长之文集》第三卷,河北教育出版社 2006 年版,第 171 页。

〔9〕 李长之:《释美育并论及中国美育之今昔及其未来——为纪念蔡孑民先生逝世作》,《李长之文集》第三卷,河北教育出版社 2006 年版,第 171 页。

艺史学与文艺科学》,并撰写美学史著作,如《西洋哲学史》《中国画论体系及其批评》等,以期实现"继续发展与新成分相交融"的美学建设。在唤醒中国传统美学精神方面,李长之竭力从审美的角度去重新阐释中国文化,将古代中国的人生观、艺术观、伦理观统统纳入美学范畴加以重新解读。从某种意义上来说,李长之要唤醒的与其说是中国本身固有的传统精神,不如说是他所认为中国文化中具有的能够与西方精神相沟通、并且适应现代社会形势的审美精神。

二、 理想人格的培养

审美教育的最终目的是为了培养理想人格。理想人格与民族性具有密切关系,理想人格培养的目的在于塑造民族性,民族性在传统中的具体呈现便是理想人格。李长之认为新文化运动激烈的反传统精神破坏了优秀民族性得以生存的文化根基,使得中国执着于个人利益而无社会责任感,沉溺于现实生活而无理想之热情,当前的国家形势需要重塑民族精神,落实到个人便是理想人格的塑造。

前文分析,李长之认为古代有健全的美学和美育,因此培养出了健全的人格。于是,要重塑民族精神,就必须从古典文化中去寻找中国文化的根本精神。他认为中国的民族性的集中体现和最高境界便是孔子的精神,"孔子人格的根本点即是把那种强健硬朗气魄不施向外而施向内上"[1],连孟子都只能说是"仰慕着孔子精神的"。因此,李长之在阐述古典文化时处处以孔子精神为参照系:"孟子却是未收敛时的孔子"[2],"司马迁是第二个孔子"[3]。这种人格就是李长之所追求的理想人格——完人。在李长之看来,"完人"不仅是中华民族的传统精神,更是整个人类的理想精神,这"不特是古典主义的理想了,近代人所要解决的,也无非是这理想的实现"[4]。秉着这样的人格理想,李长之强调节制和调和对于健全人格塑造的重要性。他反对浪漫的过分张扬,认为屈原情感过于浓烈的人格是病态的,"虽是表现,亦必节制,才有艺术的价值"[5]。

---

〔1〕 李长之:《从孔子到孟轲》,《李长之文集》第一卷,河北教育出版社 2006 年版,第 260 页。

〔2〕 李长之:《从孔子到孟轲》,《李长之文集》第一卷,河北教育出版社 2006 年版,第 257 页。

〔3〕 李长之:《司马迁之人格与风格》,《李长之文集》第六卷,河北教育出版社 2006 年版,第 234 页。

〔4〕 李长之:《司马迁之人格与风格》,《李长之文集》第六卷,河北教育出版社 2006 年版,第 154 页。

〔5〕 李长之:《司马迁之人格与风格》,《李长之文集》第六卷,河北教育出版社 2006 年版,第 168 页。

强调节制和理性的观念,很容易让我们联想到梁实秋的主张。梁实秋曾这样表示对人性的期望:“情感与想象都要向理性低首,在理性指导下的人生是健康的,常态的,普遍的。在这种状态下表现出的人性亦是最标准的”〔1〕。值得注意的是,尽管都强调节制与调和,梁实秋和李长之对于人性的期望并不完全一致。梁实秋在师从新人文主义代表人物白璧德而回国后,从早年宣传浪漫主义转向对古典主义的推崇,并撰写了《现代中国文学之浪漫的趋势》等文章,对浪漫主义进行清算。因此,他的古典主义的人性理想的基调是抑浪漫而褒理性的。而在李长之这里,理想人格的基本底色却是浪漫的。李长之所推崇的孔子的古典精神,并非古典主义:“我根本不承认在实际的文学作品中,有所谓古典主义的类属的存在。”〔2〕“古典文艺是二者的折中,而宁倾向于浪漫的”〔3〕。李长之是在肯定情感的浓烈、表现的张扬的前提下来要求理智的节制的,这一“古典精神”实际上是融合了古典的浪漫,或者说是以浪漫性格而向往着古典精神。而且,李长之并不希望完全达到古典,“古典是容易落于庸俗的,所以须有一点浪漫的精神——狂狷以为救济”〔4〕。他认为,古典的价值就在向往过程上,倘若真的达到就会没有生命。所有有价值的古典人物,无不带有浪漫气息。李长之所推崇的“孔子屈原司马迁杜甫李白吴道子王羲之朱熹倪云林王阳明等人”〔5〕,都是具有浪漫精神的人物。因此,与其说李长之是在寻找中国文化中的根本精神,不如说是在建构李长之所认为中华民族应该具有的精神——即浪漫主义人格。

那么,这样的浪漫人格又如何对国家、民族的建设发生作用呢?在李长之看来,浪漫主义提倡的是脱离于现实的、理想主义的、反功利的精神。只有强调反功利精神才能以集体、大局利益为重,只有强调理想主义,才能实现民族复兴的理想。对于浪漫文化的向往也就与国家的富强、经济地位的提升有关。因此,反功利精神、理想主义态度,成为李长之认为现阶段新的国民精神所需要具备的特征。因为在国家危急时刻,个人主义和利己主义的民族性不利于国家、

〔1〕《梁实秋文集》(第一卷),鹭江出版社2002年版,第143页。

〔2〕李长之:《论人类命运之二重性及文艺上两大思潮之根本的考察》,《李长之文集》第三卷,河北教育出版社2006年版,第70页。

〔3〕李长之:《论人类命运之二重性及文艺上两大思潮之根本的考察》,《李长之文集》第三卷,河北教育出版社2006年版,第72页。

〔4〕李长之:《从孔子到孟轲》,《李长之文集》第一卷,河北教育出版社2006年版,第263页。

〔5〕李长之:《迎中国的文艺复兴》,《李长之文集》第一卷,河北教育出版社2006年版,第9页。

民族的生存和发展。“现在又是功利主义弥漫的时代,救水莫若火,所以我们急而提倡原始儒家的反功利精神。”[1]

值得注意的是,李长之所强调的浪漫主义的理想主义精神和反功利精神看似和欧洲浪漫主义一致,实则大不相同。浪漫主义的理想精神就是出于对“无限”的向往,是诺瓦利斯所谓的对“蓝花”的追寻,“是自我吸收无限的尝试,是自我与无限合一的尝试,也是自我融入无限的尝试”[2]。而这种追寻与基督教神学密切相关的。浪漫主义对无限的向往其实“是试图与上帝合一、在心中复活基督教精神奥义的宗教追求的一个世俗版本”[3]。而且,“浪漫主义者的特征不在于他追求这种幸福,而在于他相信这种幸福存在着,并且是预定给他的”[4]。综上所述,浪漫主义的理想精神体现在对无限的向往上,而且仅仅存在于精神的憧憬中,并不体现于实际行动。反观李长之所提倡的,理想主义是指对国家、民族未来不计私利的追求,而只有抱有理想主义态度,才能达到反功利的境界,因为“把一切的象征的价值估高了,才会把现实的价值看低”[5]。为了更好地将美学原则应用于社会、伦理领域,李长之有意将美学上的“超功利”改造成伦理观上的“反功利”。美学的精神在于超功利,即“无目的的合目的性”,这是康德的重要美学思想。而李长之所谓的反功利精神是在伦理和人生态度方面的,是与利己主义、与“私利”相对的。两者并不是同一层面的问题,其内涵和意义也相去甚远。然而,李长之抓住了二者都是目的论的对立面这一共同点,将美学的超功利精神中的不以目的为重的态度,应用到人生领域,便成了不计功利的无私精神。按照李长之的说法,儒家的真精神即是为了内心的理想追求,冲破一切阻碍、不顾现实的理想主义。这已与儒家传统精神相去甚远,是经过了李长之的“浪漫化”改造的儒家精神。

将部分传统进行“浪漫化”,是一种主观唯心主义的历史观。尽管企图挖掘中国本土的传统精神资源,但李长之承认不可能真正发现一种古代文化的完全真相,但“了解一种文化时,与其说价值在被了解者,不如说在了解者……了

---

〔1〕 李长之:《迎中国的文艺复兴》,《李长之文集》第一卷,河北教育出版社2006年版,第106页。

〔2〕 [英]以赛亚·伯林:《浪漫主义的根源》,吕梁等译,译林出版社2011年版,第106页。

〔3〕 [英]以赛亚·伯林:《浪漫主义的根源》,吕梁等译,译林出版社2011年版,第106页。

〔4〕 [丹麦]勃兰克斯:《十九世纪文学主流》(第二分册·德国的浪漫派),刘半九译,人民文学出版社1981年版,第207页。

〔5〕 李长之:《德国的古典精神·自序》,《李长之文集》第十卷,河北教育出版社2006年版,第207页。

解包含一种精神上的共鸣，了解即是创造”[1]。真正的价值在于了解者以“创造”的方式去重新发现文化的价值。这种颇具创造性的活力，可以形成一种持久的、“产生很多价值”的文化运动，才能对中国过去的文化有一种认识、觉醒与发扬，其独特价值才能立于世界民族之林而傲然。这就是李长之所提倡民族文学运动的真正含义。这一独特观念，集中体现于李长之的《司马迁之人格与风格》一书中。此书与其说是李长之作的司马迁人物传记，不如说是李长之借作为史学家的司马迁之手来重新梳理中国传统。在自序中，李长之表现出这样的历史观：“我认为，史料不可贵，可贵的是在史料中所看出的意义。”[2]这是对中国传统史学研究重史料、重考据的路数的颠覆。李长之自嘲自己为“无本之学”，而这种“从史料中看出意义”的过程，某种程度上又是史学家创造力发挥的过程。“历史是精神生活的具体化……精神科学重在个体。”[3]司马迁的《史记》在李长之看来就是一部民族精神史的范本，以个体精神剖析的传记批评方式，对历史进行重新阐释，构建起中华民族的精神史。同样地，李长之采用独具特色的传记批评来勾连起中华民族精神史。也正是因为对人格的重视，李长之强调精神上的共鸣，“假若精神上没有共鸣，原无所谓了解”[4]。因此，李长之的传记批评也并非单纯客观记述传主的生平，而是采取狄尔泰所谓的“从生命本身去认识生命”的方式，深入探寻传主人格，是一部传主的精神史，也是李长之的精神体现，是民族精神史的缩影。而这种具有富有创造激情的人格与冰冷的史料激荡而生成的力量，更是产生持久的文化运动以实现“中国的文艺复兴”理想的源泉。

李长之的这种主观唯心主义的历史观，很大程度上是受狄尔泰及浪漫主义思想的影响。作为现代阐释学的奠基人之一，狄尔泰突出了精神在诠释中的重要作用：“只有通过这对富有生命力的作品以及这些作品在其作者的精神中的合乎技术的解释，理解和解释才能达到其完成。”[5]这是一种新型的诠释方式，不同于传统的史料考据和外部观察，其对象是直接的内在经验，因此“我们

---

〔1〕 李长之：《德国的古典精神·自序》，《李长之文集》第十卷，河北教育出版社2006年版，第12页。

〔2〕 李长之：《司马迁之人格与风格》，《李长之文集》第六卷，河北教育出版社2006年版，第190页。

〔3〕 李长之：《迎中国的文艺复兴》，《李长之文集》第一卷，河北教育出版社2006年版，第42页。

〔4〕 李长之：《德国的古典精神》，《李长之文集》第十卷，河北教育出版社2006年版，第153页。

〔5〕 [德]狄尔泰：《诠释学的起源》，见洪汉鼎主编《理解与解释——诠释学经典文选》，东方出版社2001年版，第87页。

必须从自己的生命性中去转换它们"[1]。"客观精神和个人的力量共同决定了精神世界,历史建立在对此二者的理解之上。"[2]客观精神指的是存在于个人之间的共同性。个体的研究并不仅仅包括一个个独立的个体,更是能将个体的生命表现归纳推理,理解为一种整体的关系。李长之通过玛尔霍兹的《文艺史学与文艺科学》[3]对狄尔泰有所了解,认为狄尔泰的《体验与诗》[4]奠定了精神史的研究方法。这种研究方法"不是外在生活的传记了,而是内里的进展的记录。……不是过去的文学史按照率直的、偶发的、随笔式的形式了,乃是先有一种体系的安排,再把一种人格的或运动的成长,一步步的,一层层的,渐渐地自远处,自深处,剥到事物的核心之自我发展"[5]。所以,尽管李长之为具有独特个性的人物作传,从每个人的生平经历、精神状态等特殊点入手探寻其生命表现,但追求的是在个性中闪烁着的共同的民族精神。另一方面,这种主观唯心主义历史观也是浪漫主义思想的体现。"(浪漫主义特色)生活不是以理性的次序客观反映的既定方案,而是个人和主观经验的过程","浪漫主义运动的主张……人们想要获得的不是关于价值的知识,而是价值的创造"[6]。强调个体的创造力,是浪漫主义的核心思想。以个体的精神和理解去重新对历史进行阐释,实际上是一种历史的再创造。

从李长之的主观唯心主义历史观角度看,每一部历史著作都是了解者的再创造,具有克罗齐所谓的"一切的历史都是当代史"的意味。历史不再是固定的冰冷的史料,而成为开放性的、灵动的、活生生的精神史。这样,李长之对中国文化传统的发掘就具有了更多主观阐释的意味。与其说李长之在传统文化中发掘中国的根本民族精神,不如说是发掘理想中的浪漫主义精神。

---

[1] [德]狄尔泰:《诠释学的起源》,见洪汉鼎主编《理解与解释——诠释学经典文选》,东方出版社2001年版,第75页。

[2] [德]狄尔泰:《诠释学的起源》,见洪汉鼎主编《理解与解释——诠释学经典文选》,东方出版社2001年版,第101页。

[3] 李长之翻译了玛尔霍兹(Werner Mahrholz)的《文艺史学与文艺科学》,1943年由商务印书馆出版。李长之对此书评价颇高,倡导文艺研究的科学精神,这种研究方法异于传统的感悟式批评,具有现代启示价值。

[4] 李长之将书名译为《生活体验与文艺创作》。

[5] 李长之:《文艺史学与文艺科学》(译著),《李长之文集》第九卷,河北教育出版社2006年版,第225页。

[6] [英]以赛亚·伯林:《浪漫主义的根源》,吕梁等译,译林出版社2011年版,第120页。

第三节 “集体浪漫主义”：浪漫主义的民族国家想象

李长之在运用德国浪漫主义精神资源去重新阐释中国文化传统时，具有将政治问题、国家民族问题、伦理问题艺术化，将古典人物“诗化”的倾向。比如，司马迁、曹雪芹、孔子、孟子等人几乎并不受浪漫主义的影响，在中国文学史的评价中，一般也不被认为是浪漫主义者，然而，李长之却认为他们是浪漫主义诗人：“鲁迅在文艺上乃是一个诗人”〔1〕，“曹雪芹不但是诗人，还是画家”〔2〕，“这样一个伟大的诗人，（真的，我们只可能称司马迁是诗人，而且是抒情诗人！）”〔3〕，“我常觉得，司马迁之赞美孔子乃是以一个浪漫主义者的立场而渴望着古典精神的。其实，孔子自己又何尝不是？”〔4〕，“以浪漫色彩论，孟子较孔子浓的多”〔5〕……这并非个别现象，事实上，浪漫主义进入中国以后，出现了“现代中国人对部分传统的‘浪漫主义化’。这一过程，反过来看，也是中国人对西方的浪漫主义的积极改造。浪漫主义的传入与中国现代的民族意识结合在一起，被植入了现代中国人对传统文学的理解”〔6〕。这样的改造，体现出浪漫主义在中国传播和发展的重要形态之一——即中国的浪漫主义具有与民族、国家、革命、启蒙等话语紧密结合的倾向。这“帮助中国人建立自身的民族认同，从五四以来的诗人和批评家们都倾向于把浪漫主义看作一种中国古已有之的土产……并以此来重新梳理传统”〔7〕。

在20世纪40年代，这一倾向在李长之和“战国策”派身上得到集中体现，主要表现为浪漫主义思想与国家、民族建设结合在一起，成为国家自立、自强的

〔1〕 李长之：《鲁迅批判》，《李长之文集》第二卷，河北教育出版社2006年版，第136页。

〔2〕 李长之：《〈红楼梦〉批判》，见李长之、李辰冬：《李长之 李辰冬点评红楼梦》，团结出版社2006年版，第9页。

〔3〕 李长之：《司马迁之人格与风格》，《李长之文集》第六卷，河北教育出版社2006年版，第192页。

〔4〕 李长之：《孔子与屈原》，《李长之文集》第三卷，河北教育出版社2006年版，第186页。

〔5〕 李长之：《从孔子到孟轲》，《李长之文集》第一卷，河北教育出版社2006年版，第271页。

〔6〕 王敖：《怎样给奔跑中的诗人们对表：关于诗歌史的问题与主义》，见《新诗评论》（2008年第2辑），北京大学出版社2008年版，第18页。

〔7〕 王敖：《怎样给奔跑中的诗人们对表：关于诗歌史的问题与主义》，见《新诗评论》（2008年第2辑），北京大学出版社2008年版，第18页。

重要精神资源。几乎与李长之同时期发出声音的"战国策"派,因提倡德国民族精神和文化而遭到群起而攻之,尤其是遭到左翼的猛烈批判。出现于20世纪40年代上半期中国的"战国策"派,主要成员有陈铨、林同济、雷海宗等人,以抗日战争为背景,推崇尼采哲学、狂飙时期的德国浪漫主义精神和以歌德为首的德国浪漫派,赞扬德国人的性格和歌德的《浮士德》所表现的那种不断进取、不断追求和进步的浪漫主义精神。不难看出,同接受德国浪漫主义为精神资源的李长之和"战国策"派的很多理念具有相似的论调。首先,他们都提倡发扬民族精神,培养民族意识。而这种理想的民族精神和民族意识是具有英雄主义和理想主义倾向的,是一种强者意志,强调"力"的作用,赞扬生命力的价值。李长之指出:"战争使人树立了新道德新人格的标准。这标准就是健朗和坚忍。换言之,是一种强者的哲学。所谓强,并不是粗暴,乃是意志,乃是所谓'自胜之谓强'。"[1]这样一种论调和"战国策"派所提倡的"力人"之说颇为相似。其次,他们都强调要建立民族文学,并将民族文学的建立作为培养和促进民族精神、重塑民族自信心的重要手段。李长之认为民族意识之自觉的典型体现就在于民族文学的建设。在"战国策"派看来,民族文学应是肯定人生的壮美的文学,"在世界第一流的文学,就是能够提高鼓舞生命力量的文学"[2]。再次,他们都推崇天才的力量。值得注意的是,李长之认为孔子、司马迁就同是诗人又是政治家,并强调艺术的天才在创造理想人格和理想世界中发挥的重要作用。"战国策"派更是将历史的发展归于个人力量,称这样的人为"力人","中国所以能维持这么多年的独立,拥有这样广大的国土,实在说就是靠了这无力圈中偶而兴起而成了大业的几个少数力人"[3]。这点倾向和德国浪漫主义向民族主义过渡时的表征很相似:"德国浪漫主义者所谓的'政治'概念,显然是以'艺术'和'天才'的概念为基础的。……只有'艺术'和'天才',才能使人类成为真正的个体,甚至认为艺术家和天才的使命就是创造,不仅创造统治者和政治领袖,而且也创造被统治者和奴仆,他可以将政治家和经济家提升为艺术家,以此来参与国家管理。……通过把'政治领袖'界定为艺术家,德国浪

---

〔1〕 李长之:《迎中国的文艺复兴》,《李长之文集》第一卷,河北教育出版社2006年版,第102页。

〔2〕 陈铨:《盛世文学与末世文学》,见温儒敏、丁晓萍:《时代之波》,中国广播电视出版社1995年版,第414页。

〔3〕 陶王逵:《力人》,《战国策》第13期。

漫主义者也将他们置于法律之上,并创造了一个独裁主义的理想。"[1]

以更加激进的姿态赞扬德国浪漫主义精神,并将其与战争理念和民族振兴联系起来的"战国策"派,遭到了猛烈的批判。克汀、汉夫、李心清、欧阳凡海等人撰文认为:"战国策派理论是近几年来在中国大后方出现的一种法西斯主义理论","歌颂对内独裁,对外侵略的法西斯主义","为希特勒、墨索里尼、东条歌功颂德","替法西斯侵略者张目。"[2]尽管在抗日战争时期,有众多学者和流派举起了民族主义的大旗,但几乎没有像"战国策"派这样遭到如此众多而强烈的批评。这一方面是因为,当时正处于二战时期,太平洋战争爆发,国际反法西斯联盟建立,中国抗战局势渐趋明朗,"反法西斯"成为大后方报刊的宣传主流,而"战国策"派之大力推崇德意志精神,鼓吹集权意志,势必会激起反对声。另一方面,"战国策派"在战时推行的极端民族主义和激进主义,具有法西斯主义倾向的危险。近年来,有不少学者为"战国策"派的"御用文人"和"法西斯主义反动派"的标签平反,认为"战国策"派的动机乃在文化建设和国民品格的塑造,并非实行极端的民族主义,只是其思想在特定环境下未被理解。本书无意在这里对"战国策"派的得失进行详细讨论,但希望能够引起注意的是,反对声和同情声并存的情况,恰恰说明了浪漫主义在中国的复杂境遇。

一、 浪漫主义与民族、国家话语结合

"在回顾历史的时候,我们可以看到,浪漫主义与启蒙,革命,民族,国家等各种现代话语都纠缠在了一起"[3],从"革命浪漫蒂克"的创作方法,到郭沫若在40年代的论调,再到"战国策"派推行的民族文学运动,"集体浪漫主义"一直是中国文学和文化形态中的潜藏脉络,原本个体意义上的浪漫主义上升为集体意义上的浪漫主义。即便是1949年以后,以"小资产阶级情调"之名而被批判的浪漫主义并未就此消失,而是以变形的方式继续与革命、集体话语相结合。比如郭小川、贺敬之的诗歌中就体现出明显的集体浪漫主义。而革命现实主义和革命浪漫主义的"两结合"的创作手法,则是充分利用了浪漫主义的理想性,

---

〔1〕 张廷国:《从浪漫主义向民族主义的转变——德国民族主义形成的原因》,《华中科技大学学报(社会科学版)》2005年05期。

〔2〕 参见重庆师院中文系编《国统区文艺资料丛编(战国策派)》1979年版。

〔3〕 王敖:《怎样给奔跑中的诗人们对表:关于诗歌史的问题与主义》,见《新诗评论》(2008年第2辑),北京大学出版社2008年版,第18页。

以实现社会主义现实主义的抱负。[1] 从文学革命到革命文学,从情感到力量,集体浪漫主义显示出了强大驱动力。但当它展现出其恶魔性和破坏性的一面时,反对声便不可避免了。这也是浪漫主义在现代中国遭到诟病的重要原因之一。

如果我们熟悉德国浪漫主义的发展历程,就会发现德国浪漫主义一直与民族、国家、革命有着诸多联系。首先,从德国浪漫主义运动发生的原因来看,17、18 世纪的德国较为落后,国家格局分崩离析,多年与法兰西的战争摧毁了德国精神。“德国文化萎缩成一种地方性文化……在很大程度上则要归结到当时浓重的民族自卑情绪”[2],“受伤的民族感情和可怕的民族屈辱……是德国浪漫主义的根源所在”[3]。其次,从德国浪漫主义运动的发展倾向上看,存在着由浪漫主义向民族主义发展转变的情况。在以赛亚·伯林看来,“我们完全可以肯定浪漫主义运动不仅是一个有关艺术的运动,或一次艺术运动,而且是西方历史上的第一个艺术支配生活其他方面的运动,艺术君临一切的运动。在某种意义上,这就是浪漫主义运动的本质”[4]。如果真的“艺术君临一切”,浪漫主义的原则由艺术领域降临到现实层面尤其是国家、民族、政治领域,会出现很多问题。首先,“在启蒙传统中……认为事物有其本性,我们应当了解、理解、懂得、应合”[5],“哪怕付出自我毁灭自我愚弄代价”[6],而浪漫主义“转向另一种截然相反的传统——即人们投入他们愿意为之投入的,一旦需要他们愿意以死捍卫的价值观”[7]。伯林指出,这种英雄主义或殉道者的态度(出现于18 世纪 80 年代的德国)具有恶魔性。“民族主义就是由此产生的。人们过去和现在的所思所行之所以是这样的,那是因为他们信仰某种理想、某种生活方式,而这全然是由于那是……我们自己的……与它的好坏对错无关……是我们

---

[1] 陈晓明指出:“社会主义现实主义最根本的意义在于要从理想性的高度上去实现社会主义时代的现实,这是它的最大抱负,也是它的最大难题。……理想性在现实主义的理论中要占据主导地位,并且还要获得合法性,这是现实主义理论最大的难题。于是,‘革命浪漫主义’必然成为现实主义的补充。”参见陈晓明:《曲折与急变的道路——二十世纪中国文学理论与批评的历史变异》,《当代作家评论》2014 年第 1 期。

[2] [英]以赛亚·伯林:《浪漫主义的根源》,吕梁等译,译林出版社 2011 年版,第 40 页。

[3] [英]以赛亚·伯林:《浪漫主义的根源》,吕梁等译,译林出版社 2011 年版,第 44 页。

[4] [英]以赛亚·伯林:《浪漫主义的根源》,吕梁等译,译林出版社 2011 年版,第 3 页。

[5] [英]以赛亚·伯林:《浪漫主义的根源》,吕梁等译,译林出版社 2011 年版,第 87 页。

[6] [英]以赛亚·伯林:《浪漫主义的根源》,吕梁等译,译林出版社 2011 年版,第 88 页。

[7] [英]以赛亚·伯林:《浪漫主义的根源》,吕梁等译,译林出版社 2011 年版,第 88 页。

的传统……我们甚至要不惜用自己的生命来捍卫它"[1]。价值、观点、生活方式是人们创造的,做出来的,不是被发现的。这种观念实际上是取消了传统道德评判的标准,而代之以主体能动性能否得到充分发挥的标准。当这个主体不再是个体意义上的主体,而是集体意义上的时,强大的创造力和破坏力将并存。其次,浪漫主义要求冲破一切现有秩序和规则的姿态,对艺术世界的革命精神一定程度上符合对政治层面的革命的精神要求。弗里德里希·冯·根茨认为浪漫主义是三头蛇怪的一颗头颅,另外两颗分别是改革和革命。"年轻的法国浪漫派'青年法兰西'呼应了这一点,他们说:'浪漫主义,那是革命。'革命针对的对象……是一切"[2]。而这种冲破一切、反对一切的态度,会带来激进主义的狂热倾向。法西斯主义被认为是典型的浪漫主义发展为民族主义后的极端表现,"法西斯主义也是浪漫主义的继承人……之所以说法西斯对浪漫主义有所借鉴是因为它们持有同样的一个概念,即一个人或一群人的不可预测的意志以无法组织、无法预知、无法理性化的方式前进。这就是法西斯主义的全部……歇斯底里的自我肯定以及对现有制度进行虚无主义的破坏,因为它束缚了唯一对人类有价值的自由意志;优越的人因其更强力的意志而征服劣等人;这是一种对浪漫主义的直接继承。这一份遗产在我们的生活中扮演了极其重要的角色"[3]。

费希特被认为是推动德国浪漫主义驶向民族主义的重要代表人物[4],他的哲学思想对德国民族主义产生了直接影响,尤其被法西斯主义者所推崇。费希特极力提高主体的自由意志,认为"这种德意志哲学确实在兴起,并以自己的思维的活动……把自身提高为不可改变的'比一切无限性更多的东西',并唯独认为这种东西是真正的存在"[5],"在拿破仑入侵德国和德国民族主义情绪兴起之后……(按:费希特)渐渐放弃了个体是存在于空间里的一个经验人的观点,转而认为个体是某种大于个体的东西,比如说一个国家比如说一个阶级、比如说一个宗教。一旦意识到这点,行动……自由就成了它的事情……我

---

[1] [伊朗]拉明·贾汉贝格鲁:《伯林谈话录》,杨祯钦译,译林出版社2002年版,第145页。

[2] [英]以赛亚·伯林:《浪漫主义的根源》,吕梁等译,译林出版社2011年版,第21页。

[3] [英]以赛亚·伯林:《浪漫主义的根源》,吕梁等译,译林出版社2011年版,第144页。

[4] 以赛亚·伯林将费希特作为德国浪漫主义的先驱之一。详见[英]以赛亚·伯林:《浪漫主义的根源》,吕梁等译,译林出版社2011年版。

[5] [德]费希特:《对德意志民族的演讲》,梁志学主编《费希特著作选集》第五卷,商务印书馆2006年版,第364页。

们从这里看到了巨大的民族主义驱动力或由阶级激发出来的集体驱动力观念的端倪"〔1〕。这种对自由意志的强调,"可能引起一些政治性联想。如果自我不再等同于个人而是与超个人的实体(比如说一个群体、一个教会、一个国家或一个阶级)认同,而这些外在的实体会成为巨大的闯入者,它一意孤行的一直会把它的特殊人格强加在外部世界,强加在它自身的构成要素"〔2〕。当个体意义层面的浪漫主义被上升为国家、民族意义层面的集体浪漫主义时,其对创造力的强调、对自由意志的强调,将产生巨大的民族主义驱动力,而这一现象所带来的弊端是对内形成对个体自由的钳制或忽略,对外则对其他民族形成破坏力。费希特的《对德意志民族的演讲》是其民族主义思想的代表作,由于它在德意志民族的解放和复兴中发挥了卓越作用,所以,在"九一八"事变爆发以后受到中国学人的广泛关注并得到迅速传播,并与当时抗战时期所兴起的民族复兴思潮相结合,成为激励中国人民斗志、重塑民族自信的精神资源。费希特的思想渗透进中国的思想文化脉络中,对中国的国家浪漫主义的形成产生了潜移默化的影响,在为特殊时期的中华民族寻找到精神力量的同时,也埋藏下向民族主义演化的危险。

二、 现代话语与文化再生

李长之所谓的"中国的文艺复兴",就是要在西方文化视野中对自身的文化传统进行再认识,发现中国文化的"内生之光"。近年来一系列的"文艺复兴"规划,也大体不出此思路。这一"文艺复兴"的规划对于中国文化的积极意义不容忽视。西方文化的观照,能够使得中国传统文化突破民族主义的狭隘视野,重新估定其文化价值。而且,利用现代思维方式、现代文化理念对中国传统文化进行再发掘,能够在"传统"中寻出"现代",展现传统文化的现代价值,"死文化"便有了"活价值",这也是对中国传统文化的时代价值和世界意义的期待。一代代的中国学人为这一文化理想而不懈努力着,李长之则是其中具有里程碑意义的重要一环。

然而,必须谨慎思考的是,在利用西方文化资源对中国传统精髓进行再发掘时,是否达到对西方文化实现全面、深入掌握的程度?鉴于中西文化生长背景的差异性,在外力推动下"复兴"的传统是否就是中国文化传统的本来面目?

---

〔1〕 [英]以赛亚·伯林:《浪漫主义的根源》,吕梁等译,译林出版社2011年版,第94页。
〔2〕 [英]以赛亚·伯林:《浪漫主义的根源》,吕梁等译,译林出版社2011年版,第98页。

首先，历史事件、时代背景会促使知识分子去接受某种文化资源，而他们又会自觉或不自觉地根据自身的思想传统对这种文化资源作出调整，改变或排拒了某些观念。以李长之为例，在其倾力去实践其“中国的文艺复兴”的理想时，对于浪漫主义思想并未全面掌握，甚至忽略其核心观念。想象、个人无限性、永恒和泛神思想这些欧洲浪漫主义思潮中极为重要的理念，在李长之的批评中并没有得到很好的展现，甚至在回避这些问题。知识结构上的缺失使得这一浪漫主义资源的引入也具有了局限性。而李长之在对浪漫主义的情感、理想主义等理念的运用时也试图找到与传统文化的勾连点，进行了“中国化”的变形，希望为浪漫主义这一外来资源找到在中国语境下使用的合法性。因此，李长之所理解和体现的浪漫主义在某种意义上可以说是“中国化的浪漫主义”。以这样的西方文化资源来观照中国文化，其效果必然大打折扣。

其次，经过上文分析我们看出，李长之所致力于再生的中国传统文化，与其说是中国文化固有的，不如说是他所认为或期待中国应该拥有的浪漫主义文化。那么，李长之在实践着他的“中国的文艺复兴”的文化理想时，所要复兴的中国文化传统也带有了浪漫主义文化理念先行的痕迹，甚至有些时候会显得牵强附会。这样的文化建设之路，在重新发现中国传统文化的现代价值的同时，在一定程度上会掩盖或歪曲一些中国文化传统本来的面目。这种尝试对于中国传统文化的真正意义值得谨慎思考。

最后，从李长之的民族文化理想的构建体系中，我们可以窥见集体浪漫主义在中国的形态及其影响。作为一种思想潮流，浪漫主义不仅为文学艺术领域增添了新元素，而且渗透到生活、社会、现实等诸多层面。李长之的批评正集中体现出浪漫主义与国家、民族、战争等话语结合时所产生的文化现象，也呈现出浪漫主义在整个 20 世纪的中国传播和发展的一大独特态势。这种将个体意义层面的浪漫主义上升到集体意义层面的做法，所带来的深远影响和潜藏危险值得进一步探究和深思。

下篇

中国现代文学与浪漫主义的交织

第四章　历史视野与中国浪漫主义研究框架、方法的重构

20世纪初,浪漫主义思潮经由西方和日本进入中国,在五四前后有过辉煌的表现,对中国的文学、文化产生了深远影响,但同时也招致了很多诟病。其中,最为突出的便是梁实秋在20世纪20年代对当时浪漫趋势的批评:“现代中国文学,到处弥漫着抒情主义。……情感的质地不加理性的选择,结果是:(一)流于颓废主义;(二)假理想主义。”[1]这一看法常被学界引用,以此来证明浪漫主义的“弊端”。直到20世纪90年代浪漫主义仍被视为“阻碍中国新诗走向成熟的替罪羊,并被粗暴地等同于幼稚、肤浅和低劣”[2]。

在五四时期盛极一时的浪漫主义为什么会遭到如此多的批判?早年服膺于浪漫主义的鲁迅和梁实秋等人为什么后来都成为浪漫主义的批判者?如果浪漫主义如此“低劣”,又为何百年来在不同阶段又以各种面貌出现?从五四时期创造社的主张,到“革命+恋爱”的尝试,从抗战时期要与民族国家话语结合到五六十年代的政治浪漫主义,乃至八九十年代海子、骆一禾对浪漫主义形而上层面的发掘,浪漫主义都展现出它持久的生命力。

西方浪漫主义是在理性充分发展、工业化社会趋向成熟和市民社会基本成型的背景下形成的,而中国在接受浪漫主义时,既没有理性充分发展的思想基础,也没有工业化和市民社会的社会基础,那么,中国的浪漫主义难道就是一种“错误的时代”的产物吗?亦或中国并没有“真正的浪漫主义”?它究竟给中国

---

〔1〕 梁实秋:《现代中国文学之浪漫的趋势》,《晨报副刊》第一三六九号,1926年3月25日。1987年,《中国现代文学丛刊》将此文作为梁实秋的代表性文论再次刊发,详见梁实秋:《现代中国文学之浪漫的趋势》,《中国现代文学丛刊》,1987年第2期,也足以见得这一文论对学界认知影响之长远。

〔2〕 臧棣:《汉语中的里尔克》,见臧棣编:《里尔克诗选》,中国文学出版社1996年版,第4页。

文学带来了什么？又能够折射出中国社会、历史、文化中的哪些方面？这些悬而未决的问题促使我们重新回到百年来的浪漫主义研究中去寻求突破点。

第一节　影响研究视野的得失

学界对中国的浪漫主义思潮一直有着激烈的争论，涌现出大量学术著作。笔者无意罗列其数目之多、成就之广，只想在一些问题上与当前学界的看法进行商榷，澄清一些未能阐明的或被受众和研究者误解的现象，并寻求一种研究方法来探索中国浪漫主义的复杂性和多元性。

一、预设“未来意义上”的浪漫主义

国内学界对中国浪漫主义研究存在的一个显著现象是：停留在简单的影响研究层面上，预设了一个“本来意义上”的或是欧洲意义上的浪漫主义，来论证中国文学中也存在“这种”浪漫主义，或者说存在不够合格的“浪漫主义”，甚至取消中国浪漫主义存在的合法性。在“西方理论—中国文本、语境”中，很多学者有意无意地将西方的浪漫主义及其理论当作一种规范性的测量标准和目的论式的价值（尽管他们或多或少认识到这一模式的局限）。

汉学家宇文所安在《什么是世界诗歌?》中认为受西方浪漫主义思潮影响的中国新诗，与其辉煌的传统诗歌比较，总是给人以单薄、空落的印象。〔1〕夏志清在《中国现代小说史》中则认为早期浪漫主义只能看作是一种既关怀社会疾苦，同时又不忘自怜自叹的人道主义。〔2〕

罗钢的《浪漫主义文艺思想研究》和罗成琰的《现代中国的浪漫文学思潮》，是国内学术界较早系统、深入地研究现代中国浪漫主义的专著，具有一定的开创性。〔3〕俞兆平则将中国现代文学时期的浪漫主义划分为四种形态：一是以早期鲁迅为代表的尼采式的哲学浪漫主义，二是以沈从文为代表的卢梭式的美学浪漫主义，三是以1930年之后以郭沫若为代表的高尔基式的政治学浪

〔1〕［美］宇文所安：《什么是世界诗歌?》，《新诗评论》，2006年第1辑，北京大学出版社2006年版，第112页。

〔2〕［美］夏志清：《中国现代小说史》，复旦大学出版社2005年版，第13-14页。

〔3〕罗钢：《浪漫主义文艺思想研究》，陕西人民出版社1987年版。罗成琰：《现代中国的浪漫文学思潮》，湖南教育出版社，1992年。

漫主义,四是以林语堂为代表的克罗齐式的心理学浪漫主义。[1] 尽管这样的分类对传统观念有一定的颠覆意义,但综观其研究,仍然试图对浪漫主义作本质定性,即对复杂、多重的西方浪漫主义概念进行分类,并找出研究者心目中最能代表浪漫主义主旨的门类来反观中国的文学现象。西渡指出浪漫主义在中国境遇中已被重新表意。[2] 诚然,这些研究成果对我们认识浪漫主义的多面性具有重要启示价值,但他们多以"欧美浪漫主义底本"作为参照对象,来判断中国的浪漫主义特性,制约着对浪漫主义"中国化"过程中复杂现象的深刻探索。原因在于,这种欧洲中心论式的论调基点是预设了一个"本来意义上的浪漫主义",与中国的文学、文化现象进行比较研究,以西方浪漫主义理论来阐释中国所存在的类似现象。这一预设存在两个方面的局限,一是与浪漫主义自身概念的驳杂有关,二是源于浪漫主义在中国生根和发展的历史文化因素与西方有诸多差异。

西方浪漫主义极为驳杂,其论述本身有着本质化的矛盾,难以"化约"出某种总体特征,因此其本质和定义一直是争论的焦点。钱锺书发现,德国浪漫主义者认为法国浪漫主义者其实是古典主义者。[3] 而浪漫主义者海涅则拒不承认自己的浪漫身份,并在《论浪漫派》一书中对浪漫主义者多有批评。[4] 关于浪漫主义的定义一般有两种研究维度:一是分析不同类型的浪漫主义,从中找出共同点,试图定义一个普适的、本质主义的浪漫主义概念。但鉴于浪漫主义的复杂性,其定义的完整性和普适性常常受到质疑。二是认为浪漫主义过于驳杂,包含着很多矛盾的方面。无论如何定义,都可从浪漫主义内部找出一个例子来瓦解这个意义,因此浪漫主义是无法定义的。以赛亚·伯林用了整整三页纸尝试对浪漫主义进行定义,结果发现这一定义不仅涵盖了众多文学现象,而且互相之间还存在着矛盾。[5] 洛夫·乔伊在分析了浪漫主义的特征后认为:"'浪漫'一词已经用来意指太多的事物,以至于其自身反而变得意义空洞。它已经不能行使一个语言符号的功能了。"[6] 如果普适的、本质主义的浪漫主

[1] 俞兆平:《浪漫主义在中国的四种范式》,《天津社会科学》,2010 年第 6 期。

[2] 西渡:《浪漫主义的中国表意》,《文学与文化》,2020 年第 4 期。

[3] 钱锺书:《中国诗与中国画》,见钱锺书:《七缀集》,生活·读书·新知三联书店 2002 年版,第 16-17 页。

[4] [德]亨利希·海涅:《浪漫派》,薛华译,上海人民出版社 2003 年版。

[5] [英]以赛亚·伯林:《浪漫主义的根源》,吕梁等译,译林出版社 2011 年版,第 23-25 页。

[6] Arthor O. Lovejoy. "On the Discrimination of Romanticism". Robert F. Gleckner & Gerald E. Enscoe. Romanticism: Point of View, Englewood Cliffs, N.J.: Prentice-Hall, Inc., 1962, p45-57.

义概念无法准确获得，又如何能以此为标准来衡量中国的文学现象呢？在这种情况下，我们使用所谓的西方标准显然不够严谨和妥当。

从浪漫主义生根和发展的基础来看，西方浪漫主义产生之时，启蒙理性充分发展、工业社会趋向成熟、市民社会也基本成型，而且存在基督教的思想背景。但20世纪初的中国，既没有理性充分发展的思想基础，也没有工业化和市民社会的社会基础，亦无宗教渊源，浪漫主义赖以生根的基础明显不同于西方历史文化背景，系统性的浪漫主义理论也未能被大量应用和广泛传播。当我们在欧洲中心主义思想的影响下，将欧美的浪漫主义作为普适性的美学标准，来看待中国的文学现象时，往往会得出“像”或者“不像”真正浪漫主义的论断，甚至得出中国的浪漫主义文学“欠佳”，乃至不成立的结论。这直接指向对“中国的浪漫主义”合法性的质疑：在中国语境下能否使用“浪漫主义”这一概念？是否仅有“浪漫”而没有“主义”？这不仅关系到“中国的浪漫主义”价值的发掘，也关系到相关研究的意义所在。试问，难道我们对中国的浪漫主义思潮进行研究，想要得出的结论是中国的文学受到西方浪漫主义的影响，是西方文学和思想的倒影或者变形？还是要指出其发展的不充分性？这样的研究对中国文学、文化有何益处呢？

宇文所安在批评中国的文学时曾指出，单向的跨文化交流中，接受影响的文化总是处于次等地位，仿佛总是“落在时代的后边”[1]。若换个角度思考，也许这种“落后”正是研究中国浪漫主义文学的突破口。我们应该抛弃对“真正的浪漫主义”的执念，潜入到中国的社会、历史、文化中去思考，来自西方的浪漫主义话语是如何被“中国化”的？为什么以这种面貌呈现？为什么中国的浪漫主义文学中更多是情感元素，而较少形而上层面的探索？浪漫主义在中国社会、文化中的针对性究竟是什么？为了解决何种问题而存在？中国浪漫主义的历史意义被影响研究模式遮蔽了。因此，我们需要跳出这一模式，在具体的历史语境中思考，为何会存在这些偏见和诟病，以及为什么中国的浪漫主义是以这种方式呈现的，而不是以别的方式呈现。这种独特性将最终把我们带向中国的浪漫主义真正的意义所在。

在影响研究的模式下，学界对“浪漫主义”、对浪漫主义诗学复杂性的认识还不够充分。浪漫主义在中国的发展曾被狭隘化和简单化为“情感的泛滥”、

---

〔1〕［美］宇文所安：《什么是世界诗歌？》，《新诗评论》，2006年第1辑，北京大学出版社2006年版，第65页。

"情绪化创作"、深度的缺乏、对外在世界的漠视等等,而对中国的浪漫主义的丰富性缺乏深入探索,比如反讽、神性、有机性、绝对自我、生命意志等等。梁实秋关于浪漫主义"抒情不节制""流于颓废主义"的批评常被后来的学者引用。但梁实秋发表这一观点时,正值他在美国师从新人文主义学者白璧德学习期间,"似颇受白璧德师之影响"[1],而白璧德对浪漫主义的批评因立场不同存在着偏见[2],因此我们不能将这一看法当作金科玉律全盘接受,而是要多加分析和辨别。此外,尽管不少学者在他们的分析中经常援引西方的浪漫主义理论,但是,部分引述存在着理论不当和概念模糊的问题。比如,将浪漫主义仅当作一种创作方法,将浪漫主义与浪漫混淆,等等。具有代表性的是李欧梵的《中国现代作家的浪漫一代》。这本书是探讨中国浪漫主义的奠基之作,对此后研究有深远影响。但李欧梵在分析个案时,常常会陈述其情感历程,并以此为基础来分析他们具有浪漫主义色彩的作品。若从创作心理学上来说,这种分析也有一定道理。但容易给人造成一种误解,即情感上的浪漫和创作上的浪漫主义有必然联系,混淆了"浪漫主义"和"浪漫",对后来的研究存在着一定程度上的误导。到了21世纪,李欧梵对当年的研究进行了补充,但大体仍不出影响研究的范式。[3] 朱寿桐的创造社研究也将侧重点放在情感和情绪的表达上[4],并在《中国现代浪漫主义文学史论》提出"感伤型的浪漫主义"[5],这的确能够说明浪漫主义在中国发展的一些特殊现象,但此书并没有严格探讨浪漫主义对"感伤"的复杂态度,缺乏了对感伤的批判力度和分析深度。而张大明编著的《西方文学思潮在现代中国的传播史》,将所有与浪漫主义相关的文学现象都纳入新浪漫主义的研究视野中去考察,混淆了浪漫主义与新浪漫主义。[6]

另一种流行的观点认为早期浪漫主义的发展进程被迫切的社会变革的现实需求打断,此后现实主义创作潮流在很长一段时间内占据主流,浪漫主义潮流已经"被取代"了。比如刘增杰等学者编著的《中国现代文学思潮研

[1] 《吴宓日记(第3册)》,生活·读书·新知三联书店1998年版,第163页。1926年3月29日,吴宓在日记中称:"梁实秋(治华)在《晨报副刊》所作评论新文学一文,似颇受白璧德师之影响。"

[2] [美]欧文·白璧德:《卢梭与浪漫主义》,孙宜学译,河北教育出版社2003年版。

[3] [美]李欧梵:《引来的浪漫主义——重读郁达夫〈沉沦〉中的三篇小说》,《江苏大学学报(社会科学版)》,2006年第1期。

[4] 朱寿桐:《情绪:创造社的诗学宇宙》,上海文艺出版社1991年版。

[5] 朱寿桐等编著:《中国现代浪漫主义文学史论》,文化艺术出版社2002年版。

[6] 张大明编著:《西方文学思潮在现代中国的传播史》,四川教育出版社2001年版。

究》认为从五四时期到30年代,再到40年代,浪漫主义思潮的发展是不断衰微的过程。[1] 近年来,有些学者对这一成见进行了反思。陈国恩将这一思潮追寻至20世纪末。他的著作《浪漫主义与20世纪中国文学》论述了浪漫主义在20世纪中国文学中的持久影响力,纠正了以往研究中的一些成见,认为"建国后不存在浪漫主义思潮的观点是不符合历史事实的"。[2] 陈晓明也指出,早期浪漫主义并未被后来的现实主义创作潮流所替代,而是潜藏于中国文学脉络中,体现为不同的文学现象。[3] 杨春时主编的《中国现代文学思潮史》则梳理了从二三十年代浪漫主义发展到八九十年代浪漫主义复兴的过程。[4]

纵观整个20世纪文学史,浪漫主义的影响并不局限于创作方法上,而是与文化、历史、思想、政治相交叉,一直潜在于文学脉络之中,并延伸到了当下。以郭沫若、郁达夫为代表的早期创造社改变了传统文学中"物我两忘"的文学追求,突出"自我"抒情主体。徐志摩、冯至诗歌中浪漫主义创作手法的使用,80年代海子、骆一禾的诗歌对浪漫主义神性层面的探索,为中国新诗增添了多元化发展方向。浪漫主义不仅为艺术实践提供养分,也充当着促进文化建设、国家民族发展的功利手段——鲁迅早期文论的《摩罗诗力说》以浪漫主义构建民族国家想象,抗战时期李长之、陈铨以德国浪漫主义为精神资源,试图重建民族文化,五六十年代"革命现实主义"与"革命浪漫主义"相结合创作方式的提倡,贺敬之与郭小川诗歌中体现出政治激情。因此,在中国,浪漫主义不仅未被"取代",而且拥有持久的生命力。

除了社会变革的现实需求以外,现代主义、后现代主义等众多创作理论的大量涌入并成为主流,再加上对政治浪漫抒情的清洗,使得国内学界仍然存在着这一成见,即浪漫主义已经过时。近年来,学界出现了不少对此观念的挑战,带动了对浪漫主义长远价值的重新审视。刘小枫较早借助特洛尔奇(E. Troeltsch)的理论,认为后现代论述中的形而上学终结、哲学之终结、人的终结等论点,以及对元知识学的攻击和对诗的隐喻的强调,浪漫派已着先声。[5]

---

[1] 刘增杰、赵福生、杜运通编《中国现代文学思潮研究》,河南大学出版社1996年版。

[2] 陈国恩:《浪漫主义与20世纪中国文学》,安徽教育出版社2000年版,第369页。

[3] 陈晓明:《曲折与激变的道路:二十世纪中国文学理论与批评的历史变异》,《当代作家评论》,2014年第1期。

[4] 杨春时主编:《中国现代文学思潮史》,南京大学出版社版,2011年。

[5] 刘小枫:《现代性社会理论绪论》,上海三联书店1998年版,第186-187页。

冯奇也提出要在现代性语境中讨论中国的浪漫主义。[1] 王敖称现在把浪漫主义当作“遗产”还是为时过早，现代主义可算作浪漫主义的后裔。[2] 张旭春在中英浪漫主义思潮的比较文学视野中，深入探讨浪漫主义与政治现代性之间的关系，认为“作为一种文学和美学运动的浪漫主义无论是在东西方语境中都是以主体性原则的确立为核心的现代性工程（the project of modernity）的产物”。[3] 霍俊明也对所谓浪漫主义诗歌已经过时的说法提出了质疑，反思了90年代以来对浪漫主义诗学的反驳，提出“我们能不能重新作一个浪漫主义者”的历史问题。[4]

二、 西方重审浪漫主义的潮流

传统的影响研究视野在处理文学表现力、抒情主体等问题上有说服力和解释力，但是，无法充分说明知识分子在面临历史、文化语境时的复杂态度，也无法充分体现其艺术创造的丰富含义。这一模式也使得中国学界和读者接受群对中国的浪漫主义存在着一些误解和偏见。而国际优秀研究成果的译介滞后也影响着国内研究的深入。例如，以赛亚·伯林《浪漫主义的根源》是浪漫主义研究的代表性著作之一。这本书来自他1965年的演讲，但直到21世纪才被译介进中国。卡尔·施密特《政治的浪漫派》，开浪漫主义政治哲学研究之先河，提出著名的“机缘论”，德语版成书于1919年，1986年被译为英文[5]，2004年才被译成中文。雅克·巴尊的《古典的，浪漫的，现代的》[6]成书于1943年，重新审视被未加推敲的种种惯性思维所掩埋的浪漫主义，以确凿的史实和严谨的分析挑战教科书中的陈词滥调，但2005年才被译为中文，且译本存在语言冗长、部分详述不得要领等问题。还有很多重要和前沿研究成果也未能及时翻译进中国，如

〔1〕 冯奇：《现代性语境中的中国浪漫主义文艺运动》，《文学评论》，2001年第4期。

〔2〕 [美]王敖：《怎样给奔跑中的诗人们对表：关于诗歌史的问题与主义》，《新诗评论》，2008年第2辑，北京大学出版社，2008年，第3-48页。

〔3〕 张旭春：《政治的审美化与审美的政治化》，人民出版社2004年版，第355页。

〔4〕 霍俊明：《能否“重新做一个浪漫主义者”——1990年代以后：浪漫主义诗学的“末路”或“观念史”》，《诗歌月刊》，2012年第2期。

〔5〕 Carl Schmitt. Political Romanticism. Massachusetts: the Massachusetts Institute of Technology Press, 1986.

〔6〕 [美]雅克·巴尊：《古典的，浪漫的，现代的》，侯蓓译，江苏教育出版社2005年版。（按：该著作的英文版最早于1943年以“Romanticism and the Modern Ego”为题发行，后于1961年对该著作进行了修订，并将题目改为“Classic, Romanticism, and Modern”。现在常见的版本是Jacques Barzun. Classic, Romantic, and Modern, Chicago & London: The University of Chicago Press, 1975.）

艾布拉姆斯的 Natural Supernaturalism: Tradition and Revolution in Romantic Literature(《自然的超自然主义》)[1],海伦·文德勒的 The Odes of John Keats(《约翰·济慈的颂歌》)[2],保罗·德曼的 The Rhetoric of Romanticism(《浪漫主义的修辞》)[3],迈克尔·洛维和罗伯特·塞耶的 Romanticism Against the Tide of Modernity(《针对现代主义思潮的浪漫主义》)[4]等。这种滞后性影响了国内研究和国外研究的接轨与对话。尽管国内部分研究会提及这些成果,但多在外国文学研究领域,仍未引起中国现当代文学研究界的重视,尤其是其研究角度和研究方法对中国浪漫主义思潮研究的启示。

以赛亚·伯林曾明确指出:"浪漫主义的重要性在于它是近代史上规模最大的一场运动,改变了西方世界的生活和思想……它是发生在西方意识领域里最伟大的一次转折。发生在十九、二十世纪历史进程中的其他转折都不及浪漫主义重要,而且它们都受到浪漫主义深刻的影响。"[5]事实上,这一认可来之不易。西方的浪漫主义研究也曾经历过从诟病到重估的过程。长期以来,浪漫主义受到很多不公的评价。尼采、弗洛伊德在人类本体层面上作为对有机状态的正面否定,更是使得浪漫主义在20世纪被移入了历史的博物馆。真正重估的实验开始于20世纪50年代,代表性的研究者之一是艾布拉姆斯(M. H. Abrams)。一直以来,关于艾布拉姆斯"四要素"之外的思想所获得的关注寥寥。在艾布拉姆斯求学的时代,学界对18世纪末兴起的浪漫主义思潮还未有清醒的判断,认为其文学成就不过是延续了古希腊以来的抒情传统。这种评价影响了大众读者的接受,以及后来文学创作者和研究者的态度。艾布拉姆斯师从I. A. 瑞恰慈(Ivor Armstrong Richards)研究柯勒律治期间关注到了浪漫主义,他细致梳理了浪漫主义的各方面特征,纠正了浪漫主义是过时的、轻浮的这类误解,重新发掘浪漫主义的价值,开创了重估浪漫主义的先河。他的《镜与灯》[6]、《自然

[1] M. H. Abrams. Natural Supernaturalism: Tradition and Revolution in Romantic Literature. New York: W. W. Norton & Company, 1973.

[2] Helen Vendler. The Odes of John Keats. Massachusetts: Belknap Press of Harvard University Press, 1985.

[3] Paul De Man. The Rhetoric of Romanticism. New York: Columbia University Press, 1984.

[4] Michael Löwy & Robert Sayre. Romanticism against the Tide of Modernity. Duke University Press, 2001.

[5] [英]以赛亚·伯林:《浪漫主义的根源》,吕梁等译,译林出版社2011年版,第10页。

[6] M. H. Abrams. The Mirror and the Lamp: Romantic Theory and the Critical Tradition. New York: Oxford University Press, 1953.

的超自然主义》以及编纂的词典，促使浪漫主义伟大传统在 20 世纪的最终完成。很多学者也参与进这项重估事业，从多方面、多角度研究浪漫主义的艺术魅力、潜在影响及局限、弊端等等，纠正了不少传统研究和接受视野中对浪漫主义的误解。

西方现有的浪漫主义研究已取得较大进展，其研究思路主要有以下三种：第一种思路是将浪漫主义视为一种文学理念和创作方法，进行诗学探索，代表人物有哈罗德·布鲁姆、保罗·德曼、海伦·文德勒、杰罗姆·麦甘[1]等。哈罗德·布鲁姆认为浪漫主义并没有被现代主义所取代，相反，它孕育了现代主义作家和诗人。[2] 保罗·德曼则从修辞学的角度分析浪漫主义创作。[3] 第二种思路认识到了浪漫主义的文化复杂性，因此将它视为一种体现于多样形式中的世界观，代表人物有杰弗里·哈特曼[4]、雅克·巴尊、迈克尔·洛维和罗伯特·塞耶[5]、赫尔曼·诺斯罗普·弗莱[6]、保罗·蒂利希[7]、特洛尔奇、恩斯特·贝勒尔等。雅克·巴尊提醒人们注意区分作为个性意义上的"浪漫"和作为历史运动的"浪漫主义"。[8] 保罗·蒂利希则从宗教的角度溯源浪漫主义思想，并将存在主义看作是浪漫主义的后裔。[9] 迈克尔·洛威和罗伯特·塞尔从政治、文学、文化等多方面考察浪漫主义与现代性的关系。[10] 特洛尔奇则敏锐捕捉到浪漫主义和现代性之间的关系。贝勒尔揭示了一个此前浪漫主义史学家均未关注到的现象：高涨于 18 世纪末的浪漫主义运动并非早

---

[1] Jerome J. McGann. The Romantic Ideology. Chicago: The University of Chicago Press, 1983. 杰罗姆·麦甘是布鲁姆的学生，于 1966 年自耶鲁大学获得博士学位，后来曾执教于芝加哥大学、伦敦大学等校，是一个新历史主义者。在此书中，他认为布鲁姆和哈特曼等人将"浪漫主义"的定义搞错了。麦甘还著有 Byron and Romanticism. Cambridge University Press, 2002.

[2] Harold Bloom. The Visionary Company: A Reading of English Romantic Poetry. London: Faber & Faber, 1962.

[3] Paul de Man. The Rhetoric of Romanticism. New York: Columbia University Press, 1984.

[4] Geoffrey H. Hartman. The Unremarkable Wordsworth. University of Minnesota Press, 1987.

[5] Michael Löwy & Robert Sayre. Romanticism Aganist the Tide of Modernity. Durham: Duke University Press, 2001.

[6] Herman Northrop Frye. The Secular Scripture: A Study of the Structure of Romance. Massachusetts: Harvard University Press, 1978.

[7] [美]保罗·蒂利希：《基督教思想史——从其犹太和希腊发端到存在主义》，尹大贻译，东方出版社 2008 年版。

[8] [美]雅克·巴尊：《古典的，浪漫的，现代的》，侯蓓译，江苏教育出版社 2005 年版，第 6 页。

[9] [美]保罗·蒂利希：《基督教思想史——从其犹太和希腊发端到存在主义》，第 331 页。

[10] Michael Löwy & Robert Sayre; Romanticism aganist the Tide of Modernity. Durham: Duke University Press, 2001, p14.

已成为一具历史的僵尸,相反,它总是不停地变换着面目频繁地出现在 20 世纪的各种理论话语中,从而将自己一次次地“现实化”(actualization),而这些“现实化”了的浪漫主义变体所共同关注的焦点问题便是现代性这一至今仍然深刻地影响并困扰着我们的文化现象。[1] 第三种思路是对浪漫主义进行政治学研究,代表人物有玛里琳·巴特勒[2]、卡尔·施密特、以赛亚·伯林、吕迪格尔·萨弗兰斯基等。萨弗兰斯基运用大量史料,指出转入政治的浪漫主义“既无益于浪漫主义也无益于政治”,“浪漫属于一种鲜活的文化,但浪漫的政治是危险的。”[3]伯林也站在自由主义的立场,分析了浪漫主义的成就和政治危险性。[4] 施密特则创造性地提出浪漫主义的“机缘论”,从动态的角度去解释浪漫主义政治学的多变和复杂。[5]

浪漫主义极为驳杂又相互矛盾,很难化约为同质化的范畴。因此,国外学者开始转换思路,在承认浪漫主义复杂性的基础上,避免对浪漫主义下一个简单、固定的定义,而是去讨论它是如何呈现的,以及为什么以这种面貌呈现。围绕一个问题讨论或在具体的历史语境中分析浪漫主义的不同表现。玛里琳·巴特勒指出:“‘浪漫主义’并未完整存在过。它不是一个单一的思想运动,而是对 18 世纪中叶以来西方社会经历过的并且继续在经历的某些状况的综合反应。”[6]霍克西·尼尔·费尔柴尔德认为应在具体的历史和文化语境中来分析浪漫主义的表现,而不是用一个定义一概而论。[7] 尽管处于“新批评”的历史语境中,但艾布拉姆斯仍认为“浪漫主义”不只是作家的创作风格和文学理念,也是宏大历史叙事的一部分。这些研究提示了我们要跳出本质主义的研究方式,而在历史文化视野中展开对中国浪漫主义的重新审视,从新的角度去分析未能被充分阐释的文学现象。

---

〔1〕 Ernst Behler. German Romantic Theory. Cambridge: Cambridge University Press, 1993, p. x, p. 8.

〔2〕 [英]玛里琳·巴特勒:《浪漫派、叛逆者及反动派:1760~1830 年间的英国文学及其背景》,黄梅、陆建德译,辽宁教育出版社 1998 年版。

〔3〕 [德]吕迪格尔·萨弗兰斯基:《荣耀与丑闻——反思德国浪漫主义》,卫茂平译,上海人民出版社 2014 年版,第 428、429 页。

〔4〕 [英]以赛亚·伯林:《浪漫主义的根源》,吕梁等译,译林出版社 2011 年版。

〔5〕 [德]卡尔·施密特:《政治的浪漫派》,冯克利、刘锋译,上海人民出版社 2004 年版。

〔6〕 [英]玛里琳·巴特勒:《浪漫派、叛逆者及反动派:1760—1830 年间的英国文学及其背景》,黄梅、陆建德译,辽宁教育出版社 1998 年版,第 287 页。

〔7〕 Hoxie Neale Fairchild. Religious Trends in English Poetry (Vol. IV: 1830—1880, Christianity and Romanticism in the Victorian Era). Toronto Public Library, 1939, p6.

第二节　历史主义的研究方法

尽管对中国浪漫主义研究的新角度在20世纪末已经开始出现，但直至今日，大多研究仍然停留于文学界域，归根到底是缺乏适当的研究路径。既然本质主义的研究方法会带来种种争议和弊端，本书提出以历史主义的方法来研究中国的浪漫主义问题。这类方法的目标是把对浪漫主义的论述焦点从内部的本质联系转向外部的文化、历史语境的推动力和压力等方面。

一、 动态语境中的浪漫主义

我们既要承认西方浪漫主义对中国文学的影响，又要清醒地认识到中国的浪漫主义在自身文化传统和历史文化背景上与西方浪漫主义存在着差异。为了研究“中国的浪漫主义”，而不是“西方浪漫主义在中国的传播和影响”，我们需要跳出对“浪漫主义”的本质化概括，而采用历史主义的研究方法，从具体的历史文化语境中关注“浪漫主义”这一现代话语在中国是如何构成的。比如浪漫主义在中国得以生成和发展的根基是什么？浪漫主义主张在中国社会的针对性在哪里？“浪漫”的盛行与当时的历史、文化背景是什么关系？这些被称为“浪漫主义者”的作家是如何获得他们的文学标签？后来的文学史家们如何对浪漫主义作家进行定位？塑造这一整体的“他者”镜像是什么？为何“浪漫主义”在中国会成为“现实主义”的对立命题？这一对立的历史语境和文化政治含义是什么？也就是说，这种历史主义的方法从探索中国的浪漫主义“是什么”转向这一概念所具备某种意义的原因和语境是什么，及其历史推动力是什么。通过这一系列问题的研究，浪漫主义由此成为具有中国现实语境和思想基础的浪漫主义，甚至某种程度上成为个体意义上的。这就避免了把西方的浪漫主义理论当作价值标准，将中国的浪漫主义问题简单化，而是把中国的浪漫主义放在具体的历史、文化的动态语境中进行研究。

浪漫主义思潮对中国文学的影响并不仅仅在于某些创作理念、方法，它“实质上是一种世界观，是一种集合意义上的精神结构。这种结构可能会表现在多元的文化领域：不仅在文学和艺术中，而且在哲学和神学中，以及政治、经济、法律思想、社会和历史中等等”[1]。鉴于我们并不致力于对“中国的浪漫主义”做一个本质化的定义或限制,很容易会导致浪漫主义外延的不确定性和浪漫主义的泛化。欧文·豪提醒我们要避免“落入一种极端的唯名论(nominalism),会把任何历史性和主题性的概括分类都统统瓦解,文学史也就变成了由单个作家组合在一起的一盘散沙”[2]。我们既要警惕本质主义的整体性论述,也要避免陷入极端的唯名论。

钱钟书表示:“东海西海,心理攸同;南学北学,道术未裂。”[3]东西方作家和理论家虽然有不同的写作语境和动力,但是面临着那些相似的语境和议题时未尝没有相通之处。因此,我们不仅要从历史文化语境出发去发掘中国的浪漫主义的独特性,而且要注意到中西方的作家和理论家在面对类似的现象或问题时也许会做出类似的或相反的回应,并在不同回应中寻找出相同的脉络。

浪漫主义的起源和发展与其社会、历史、文化背景有关。欧洲浪漫主义几乎与欧洲的工业化、城市化进程同时开始,因此它批判现代文明,推崇中世纪、异域文化,蔑视市民社会的伦理道德。它是作为启蒙运动的反命题而产生的(尽管一定程度上是对启蒙的延续),因此批判理性,推崇直觉和想象。而20世纪初的中国社会、历史、经济状况与18、19世纪的欧洲差别甚大:第一,浪漫主义是和启蒙思想几乎同时进入中国的,中国的浪漫主义尚未有能力对启蒙理性展开批判;第二,此时中国大部分地区并没有经历过完整的工业化和城市化进程,更没有形成成熟的市民社会。那么,浪漫主义又是如何在中国生根和发展的呢?一种主张如果没有对某一历史、社会、文化的针对性,就很难有效地回应或解决在这一历史、社会、文化中出现的种种问题,也难以引起共鸣和回应,无法在某一文化中得到长久的生根和发展。

张灏指出:“五四的知识分子,面对着时代的动乱、民族的危亡和传统的失落,很容易变得情感激越、心潮汹涌,造成浪漫主义孳生的温床。”[4]激情与革命的关系似是老调重弹,但是民族危亡与浪漫主义之间的交织的确贯穿着中国浪漫主义思潮的发展。除了反抗性、激情等层面,更重要、也更易被忽视的是,

---

〔1〕 Michael Löwy & Robert Sayre. Romanticism against the Tide of Modernity. Durham: Duke University Press, 2001, p14.

〔2〕 Irving Howe. The Idea of the Modern in Literature and the Arts. New York: Horizon Press, 1967, p12.

〔3〕 钱锺书:《〈谈艺录〉》序,生活·读书·新知三联书店2007年版。

〔4〕 张灏:《幽暗意识与民主传统》,新星出版社2006年版,第202页。

浪漫主义既给现代中国提供了一种民族国家想象,也是历史实践的现实动力。从一开始,浪漫主义就不是仅作为一种美学向度进入中国的,而是在民族危难之时,和民族国家话语相结合,形成了"国族浪漫主义(national romanticism)"。

熟悉德国浪漫主义发展史的学者不难发现,德国浪漫主义的催生与民族危机亦有密切关联。18世纪中叶的德国政治上正处于四分五裂的境况,整个国家被分成大小300多个侯国、公国,而"三十年战争"让德国经济持续疲软。此时的德国不仅经济、政治落后,而且文化也未有突出建树,除了莱辛之外,并没有具有世界影响力的作家。政治分裂、经济落后,促使德国思考如何获得德意志民族的精神统一。浪漫主义就是在这样的历史背景下产生的,并且肩负着振兴德意志民族精神和民族语言的责任。而后,浪漫主义在德国反拿破仑的解放战争时期,染上民族主义色彩而开始涉足政治,接着在"一战"期间变身为所谓的"钢铁浪漫主义",最后在纳粹时期被再度利用后,浪漫主义成了一个独特的德国"事件"。在法西斯政权垮台后,这一时期亦被描述为民族的浪漫主义迷途。[1]

反观中国,与德国浪漫主义发生的历史际遇相似,20世纪前后的中国也面临着民族和文化危机,浪漫主义被中国借用为一种反抗历史和传统的资源。最早在中国译介拜伦的是梁启超。1902年,梁启超在《新小说》第2号上首次刊出拜伦和雨果的照片。而发表于《新小说》上的《新中国未来记》中,梁启超以曲牌形式节选翻译了拜伦的诗歌《该隐》(梁启超译为《渣阿亚》)以及《唐·璜》(梁启超译为《端志安》),让拜伦的形象与民族国家情怀相结合。[2] 当时的社会活动家马君武和金一也重译拜伦。尽管对原意有一定的篡改,但是马君武在译诗题记中表明了心意:"呜呼?裴伦哀希腊,今吾方自哀之不暇尔。"[3]梁、马等人都表达出重塑国民精神、挽救民族危亡的愿望,但这些还只是浪漫主义中的反抗精神和民族国家话语的模糊结合,未上升到理论构想和现实实践层面。

二、 浪漫主义在中国

浪漫主义的民族国家想象真正肇始于鲁迅的《摩罗诗力说》。此文是中国

---

〔1〕 萨弗兰斯基在他的《荣耀与丑闻——反思德国的浪漫主义》中清晰地描述了这一德国"事件"的来龙去脉,论述了浪漫主义作为一个文学或思想运动结束后,如何以"浪漫主义的精神姿态",在德国社会历史中产生持续影响。

〔2〕 梁启超:《新中国未来记》,《新小说》第3号,1903年1月。

〔3〕 马君武:《十九世纪二大文豪》,《新民丛报》第28号,1903年3月。

较早对浪漫主义诗学谱系的梳理，拜伦、雪莱、裴多菲等这些浪漫主义者大多被归入了他推崇的“摩罗诗宗”中。这一推崇有着明显的民族国家动机，鲁迅将浪漫主义诗学中的生命意志成分推向极端，以此实现整个民族精神的改善和民族国家的强健。然而，这一民族国家构想只能停留在诗学想象层面上。因为鲁迅的可贵之处就在于他在写作中逐步发现了浪漫主义政治诗学逻辑的吊诡之处，也意识到了浪漫主义的重要问题之一——“我”与“群”的张力。认识到这一张力的存在，使鲁迅的精神陷入矛盾和痛苦，但也使他通过反思摆脱从“自我”到“群体”简单逻辑的窠臼，在其作品中展示出深刻的一面，超越了同辈甚至后来的很多提倡者。[1]

抗战前后，浪漫主义政治想象参与到历史实践中。费希特《告德意志国民》在中国的接受与传播揭示了其浪漫主义政治想象现实地与抗战时期中国民族主义话语的形成结合在一起。七七事变以后，郭沫若通过革命实际行动，将浪漫激情社会化、历史化，将其转化为特定历史情境中的政治和情感资源，从而扩大了浪漫主义的边界，将浪漫主义从对情感的消费，转化为创造历史的动力。这也使得中国浪漫主义在这一层面上得以区别于施密特提出的浪漫主义“机缘论”。[2]

随着抗日战争进行，在民族危机的语境下，浪漫主义与民族、国家话语更紧密结合在一起，发展为“集体浪漫主义”。浪漫主体由绝对自我上升为民族国家，甚至否定了个体层面自我的价值。李长之、“战国策派”等试图用德国浪漫主义资源来重建民族精神，推动诗学层面的绝对自我和强力意志走向民族、国家层面。

李长之在运用德国浪漫主义精神资源去重新阐释中国文化传统时，具有将政治问题、国家民族问题、伦理问题艺术化，将古典人物“诗化”的倾向。钱锺书曾在《七缀集》中敏锐地指出，中国可能没有西方意义上的浪漫诗，用浪漫主义思想去解读似有不妥。[3] 既然“不妥”，那为何中国的浪漫主义者乐此不疲地去中国古代寻找浪漫精神呢？郭沫若对屈原“浪漫爱国诗人”形象的塑造、

---

〔1〕 於璐：《鲁迅与中国浪漫主义诗学理想生成及悖论》，《南昌大学学报（人文社会科学版）》，2021年第3期。

〔2〕 刘奎：《浪漫如何介入历史：抗战初期郭沫若的抒情诗学与情感政治》，《中国现代文学研究丛刊》，2019年第6期。

〔3〕 钱锺书：《中国诗与中国画》，见钱锺书：《七缀集》，生活·读书·新知三联书店2002年版，第16-17页。

李长之对司马迁、孔子、李白浪漫形象的展现，都指向一个有趣的现象：在反传统的同时，又强化了与传统的联系。这种对部分传统的“浪漫化”，也是中国人对西方浪漫主义的积极改造。浪漫主义的传入与中国现代的民族意识结合在一起，被植入了现代中国人对传统文学的理解。这一方面帮助中国人建立自身的民族认同，并以此来重新梳理传统；另一方面，它也提供了一种面向未来、挣脱传统的方向，以一种激进的理想主义面目出现。[1] 李长之以其传记和批评试图达到重塑民族精神史的目的，实现理想人格（“强者”人格）。这一理想与鲁迅在《摩罗诗力说》中提出的民族国家想象相呼应，又加入了李长之对传统的反思和改造。他以儒家思想来中和鲁迅的“摩罗诗人”的极端倾向。[2] 这种通过文化来创造“新人”最终实现社会理想或者推动社会运动的构想，亦可追溯到五四时期郭沫若、宗白华等人希望培养“创造性人格”来推动社会运动开展的倡议。

几乎与李长之同时期发出声音的“战国策派”，以更加激进的姿态赞扬德国浪漫主义精神，并以其战时民族国家想象试图介入战争。他们将政治家和经济家转化为艺术家来参与国家管理，宣扬战争是净化民族精神的契机。他们将自我及其本原行动提升为民族的伟大的自我。浪漫主义那无限者的形而上学，变成了历史、社会、民族精神和国家的形而上学。这一理念在当时遭到了猛烈的批判，被认为是法西斯主义理论。尽管该标签并非“战国策派”的本意，但是这一文学史上的“公案”让我们窥见浪漫主义逻辑中暗含的危险的一面，将自我意志上升为国家、民族意志，使实现国家的自我意志成为终极目标，而道德、社会原则等被架空。这最终否定了个体层面自我的价值，反过来否定了浪漫主义本身，摧毁了浪漫主义存在的前提条件。

在中国现代文学史上，浪漫主义不仅作为历史实践和革命的动力而存在，也曾经起到了保卫自由主义的作用。徐志摩将其自由主义的政治观点和浪漫主义的美学态度结合起来，以其自由主义的浪漫主义实践参与到政治话语和民主价值的表达中。[3] 战时的沈从文与“战国策”派有着密切联系。他不仅参与一同办刊，而且在“战国策”派主要阵地上发表文章。主要有：《烛虚（一）》、

---

〔1〕 王敖：《怎样给奔跑中的诗人们对表》，第 33 页。

〔2〕 於璐：《浪漫主义的“文艺复兴”——解析李长之的民族文化理想》，《中国比较文学》，2015 年第 1 期。

〔3〕 王冬冬：《重评徐志摩：民主诗学的可能与限度》，《中国现代文学研究丛刊》，2017 年第 5 期。

《烛虚(二)》[1]、《白话文问题——过去当前和未来检视》、《续废邮存底》、《谈英雄崇拜》、《新的文学运动与新的文学观》、《小说读者和作者》、《谈家庭》等发表在《战国策》半月刊上;《对作家和文运的一点感想——新废邮存底》等发表在《大公报》战国副刊上。篇幅之多,涉及内容之广,很难否认他与"战国策"派之间的关系。不过,沈从文虽然将个体生命意志与民族精神重建联系在一起,但是他与陈铨、林同济等人不同的是,后者将自我意志上升为国家意志,而沈从文仍保留着浪漫主义的自由主义立场。

从个体到集体,从情感到力量,"国族浪漫主义"(national romanticism)显示出了强大驱动力。当浪漫自我主体上升为集体或国家时,原本属于个人层面、围绕着绝对自我和强意志的诗学构想,就可能向国家、民族的现实实践方向努力。浪漫主义诗学中强大主体所追求的自我实现,将转化为以民族的自我实现为目的。但当它展现出其恶魔性和破坏性的一面时,反对声便不可避免了。

在重审浪漫主义的呼声中,我们既需要看到对浪漫主义艺术价值的再挖掘,也要跳出影响研究的思维模式,看到浪漫主义在中国语境下的多元、复杂形态。

历史主义的研究方法并不排斥西方浪漫主义理论,而仅仅是警惕运用这些理论可能造成的后果,比如掩盖研究对象的语境和内在特质。我们不应仅仅把历史当作文学创作的背景,而是要看到浪漫主义在民族危难之际对历史实践的介入。它不只是一种民族国家想象,也是以现实实践的方式深入到历史、社会中。浪漫主义曾成为历史的推动力,也由此带来隐患,它既对民族精神进行反思并勾勒出民族强健的蓝图,也被看作"政治审美化"的民族主义的幕后黑手。

当然,中国浪漫主义的复杂性也决定了其研究方法的多样化。如何寻找到恰当的研究中国浪漫主义的角度,是研究者们需要持久思考的问题。本书只是提供一种新的研究维度,借此去揭开遮蔽在中国浪漫主义上的误解和成见,质疑一些我们习以为常的或者有偏见的文学现象,重新看到作为一种外来思想资源的浪漫主义,如何在中国的文学土壤中生根发芽,在历史、文学、作家、社会的互动中呈现出其独特的一面。

---

[1] 该文是以"上官碧"为笔名的。详见孔刘辉:《"战国派"作者群笔名考述》,《新文学史料》,2013年第4期。《烛虚(二)》在题词中说明为"烛虚四",后除去了题词,被收入《沈从文全集》(第十二卷 散文),为《烛虚》(四)。详见《沈从文全集》,北岳文艺出版社2002年版,第16-21页。

第五章　情感的伦理与“浪漫”的社会学观察

浪漫主义的一大重要贡献便是发现了“自我”的价值和地位并将其推向极致。“五四”时期正是张扬个性的时代，个体从社会身份中解放出来，成为独立的存在。这一历史契机给予了浪漫主义在中国生存和发展的可能。被发现的自我，首先便要求从个人领域得到自由。浪漫自我与外在世界制度和伦理之间必然会发生冲撞，然而，在社会思潮、作者作品与行为、读者反馈的互动中，这一冲突也成就了中国的浪漫主义者。

本章要讨论的是在现代中国一个浪漫主义者是如何被“创造”出来的。郁达夫、徐志摩等人在文学史上常被定位为“浪漫作家”“浪漫诗人”。他们为什么能够在文坛上以浪漫主义者的形象出现？他们究竟能不能够被称为是浪漫主义者？为什么中国的研究者和受众会认可这种定位？

一般而言，很多人是从情感本身来看浪漫主义的。这也是中国对浪漫主义最表层也是最广泛的认识。然而，如果我们对欧洲浪漫主义运动有所了解，便很容易明白这是一种典型的对浪漫主义的误解。浪漫主义本身并不“浪漫”。然而，为什么我们都认可徐志摩是位浪漫主义诗人，是因为他写了大量的情诗还是制造了丰富的桃色新闻呢？为什么我们会认可郁达夫对浪漫主义的亲近，是因为他自传式写作中坦露出的浪漫作风吗？在中国对浪漫主义的接受中，明显存在着将“浪漫”与“浪漫主义”混淆的现象，但很多学者却没有指出这样的问题，就像之前我们分析过的李欧梵的著作《五四现代作家的浪漫一代》。这一“混淆”是一把双刃剑，它既使得浪漫主义能够迅速被五四一代人所接受，并兴起成为一种文学创作潮流，也为浪漫主义带来了“滥情”的诟病。

本章旨在考察“浪漫自我”是如何在与社会的互动中确立自身的？讨论

“浪漫”是如何成为一种社会习尚的？社会习尚的形成并非是纯文学创作的结果，而是个人与社会在某种特定契机下互动的产物。所以，问题在于：文学风尚是如何在个人才能与社会互动之间产生的？这一思路可以用来解释“浪漫”在中国兴起的原因，即“浪漫”作为一种社会习尚为何会流行。

徐志摩、郁达夫等人的一大共同点在于他们自身都有着“浪漫”经历，他们的文学活动在一定程度上被认为是“浪漫”自传。从社会学的角度来说，这些人在一定程度上挑战了原有的旧习俗、旧伦理，建立起“浪漫诗人”或“浪漫作家”的象征资本，引领了社会和文学风潮（新习尚的形成），也将浪漫主义改写为“浪漫”。

一个新的社会习尚的流行需要有合适的契机和象征资本的建立两个主要条件。新的社会伦理既要能突破原有的伦理，又能符合当时的社会预期。比如，“浪漫”的流行便与当时提倡个性解放、实现婚姻自由等社会风气相契合，所以像徐志摩这样对自由爱情热烈追求的诗人，率先摒弃了旧有的伦理桎梏，个人情感经历给了他象征资本，引起了较大的社会反响，成为社会关注的焦点，改变了原有的游戏规则，建立起了新的游戏规则。[1] 离婚事件、丰富的情感经历和社会推崇个性解放的风气相契合，帮助徐志摩奠定了现代文坛上“浪漫诗人”的地位，也使得徐志摩的诗歌和形象深入人心，即便是当今社会，也很少有人没有听说过徐志摩以及他的情感经历。但是，如果离婚或者丰富的桃色事件发生在明清时期，那也许只能被称为另类或轻浮，而不太可能引领社会风尚。又如，如果当时这些诗人和作家写的不是两性爱情体验，而是大量书写同性恋情结，也很难为社会所接受。

这一习尚改变的真正获益者是这些浪漫主义诗人或作家，他们通过改变游戏规则，建立了象征资本，奠定了他们在文坛上作为“浪漫诗人”的地位。

因此，浪漫主义在中国一开始就被引向了别的地方。诗人与社会的互动作出了改变文学风尚的姿态（实际上是否会不会改变还不一定）。导致的问题是，在接受视野中，产生了对浪漫主义的误解，混淆了“浪漫主义”与“浪漫”，似乎谈到“浪漫主义”便会与情感上的“浪漫”联系在一起。这也是浪漫主义后来遭到诟病的原因之一，被认为是“滥情”或仅仅是爱情描写。而且，会忽视对浪漫主义创作本身的研究。下面我们谈到的作家多多少少都受到浪漫主义的影

---

〔1〕［美］奚密：《早期新诗的 Game-Changer：重评徐志摩》，《新诗评论》2010 年第 2 辑，北京大学出版社 2010 年版。

响，他们创作中其实还有很多涉及浪漫主义其他面向的东西，但在“浪漫”情感的成见中容易被遮蔽或忽视。

第一节 “浪漫”风尚的形成与“浪漫”诗人徐志摩的“被创造”

1931年，一个诗人以不同寻常的方式结束了他不同寻常的一生。直到今天，他那传奇式的爱情与诗歌一道仍被人们津津乐道。人们即便未看过他的作品，也多少听说过他与三个女人之间的情感纠葛。关于他的传记几乎是现代学人中最多的，从街头小摊到大学图书馆，都有其身影。他的书信和日记也在畅销书的行列，在出版商的推销词中，他往往以“中国最伟大的浪漫主义诗人”“浪漫才子”“风流才子”等面貌出现。[1] 出版商的宣传固然有夸大其辞之嫌疑，但却从另一角度体现出了读者的阅读期待。在燕山出版社列出的读者和专家的阅读评价中，他的读者评分甚高，而专家反响却平平。他就是被誉为“中国的雪莱”的徐志摩。

我们不禁要问，为什么从专业角度看，他的诗歌并不算特别出众却深受读者喜爱？为什么徐志摩的诗歌会有如此大的社会反响？人们为何会独独偏爱他抒情性强的诗歌？时至今日，对徐志摩有所研究的人，都不会仅仅将徐志摩视作“浪漫”诗人。因此，本节并不旨在分析徐志摩诗歌中的“浪漫”或“浪漫主义”的元素，而是从社会学的角度，去探索以徐志摩为代表的“浪漫”（无论是社会行为还是文学行为）为什么会流行？

再进一步看，从浪漫主义思潮进入中国开始，很多人便是从“情感”这一角度来看待浪漫主义的，这也是中国对浪漫主义最表层也是最广泛的接受。不仅普通读者这样以为，就连专业研究者也在一定程度上接受了这一思路。然而，如果我们对欧洲浪漫主义运动有所了解，便很容易可以明白这是一种典型的对浪漫主义的误解。在中国对浪漫主义的接受中，明显存在着将“浪漫”与“浪漫主义”混淆的问题。这一方面给浪漫主义招致了诸如“滥情”等诟病，但另一方

---

〔1〕 在徐志摩的选集《中国人的浪漫》一书的封面，对此书的推荐辞是：“中国最具代表性的浪漫派诗人，追求自我理想的实现，追求爱和自由。”详见徐志摩：《中国人的浪漫》，中国工人出版社2013年版。又见舒静庐主编：《风流才子徐志摩作品精选》，中国石油大学出版社2017年版。张彦林：《浪漫诗人徐志摩》，河南人民出版社2014年版。

面,这一“混淆”使得浪漫主义能够迅速被五四一代人所接受,并兴起成为一种文学创作潮流。徐志摩便是其中一位不可忽视的潮流引领者。

因此,我们的问题重点将放在“浪漫自我”是如何在与社会的互动中确立自身的,以及“浪漫”是如何成为一种社会风尚的。社会风尚的形成并非是纯文学的结果,而是个人与社会在某种特定契机下互动的产物。通过解决这一问题,我们可以来说明“浪漫”在中国兴起的原因。

一、 诗人作派与象征资本的获得

无论是研究徐志摩的学者,还是倾心于其作品的读者,都或多或少会关注到徐志摩的生平,尤其是他的轰轰烈烈的情感经历和英年早逝的悲剧。一般情况下,作为文学研究,个人传记需要与个人创作严格区分开来。但在徐志摩这里,个人经历与个人创作却相得益彰,最终奠定了他在文学史上作为“浪漫诗人”的地位。

实际上,徐志摩并非仅仅只是媒体宣传中一个沉溺于爱情的情诗大师,他也有着改变国家命运的抱负。早年时候,他选择出国留学,是为了成为“中国的 Hamilton”〔1〕,希望能够致力于改革中国的经济和政治。赴美途中他写下分致亲友的《民国七年八月十四日徐志摩启行赴美文》,第一次比较系统地阐明了他“修身齐家平天下”的治国抱负〔2〕,并在留美期间,热心于政治事业,“在克拉克大学学习时,徐志摩曾去哈佛大学,在那里加入了由中国留学生组织的具有爱国色彩的‘国防会’。在这前后,他积极参加政治性集会,大量阅读历史和政治书籍”〔3〕。在克拉克大学历史系毕业以后,他又进入哥伦比亚大学经济学系,“攻硕士学位,选修课程,侧重于政治方面”〔4〕,其硕士论文便是讨论中国妇女问题(论文题目为 The Status of Women in China《中国妇女现状》)。〔5〕 在 1925 年 10 月 1 日—1926 年 10 月 13 日间担任《晨报副刊》的编辑时,徐志摩也参与过“仇友赤白”与“闲话之争”的论战,表达了自己

〔1〕 徐志摩:《〈猛虎集〉序文》,见韩石山编《徐志摩全集》第 3 卷(散文),天津人民出版社 2005 年版,第 392 页。

〔2〕 陈从周:《徐志摩:年谱与评述》,上海书店出版社 2008 年版,第 21-23 页。该文后收入韩石山编《徐志摩全集》第 1 卷(散文),天津人民出版社 2005 年版,第 27-29 页,更名为《致南洋中学同学书》。

〔3〕 陆耀东:《徐志摩评传》,重庆出版社 2001 年版,第 20 页。

〔4〕 陆耀东:《徐志摩评传》,重庆出版社 2001 年版,第 22 页。

〔5〕 详见韩石山编《徐志摩全集》第 2 卷(散文)的卷首插图“在哥伦比亚大学的硕士论文首页”,天津人民出版社 2005 年版。

的政治态度和社会思想。而且，纵观徐志摩的诗歌创作，若就数量而言，爱情诗并不占多数[1]，其他诗歌涉及赠友、对自然的描绘、对人生的思考，以及对民生疾苦的揭露与对当下社会的批判等等。比如，《盖上几张油纸》一诗描写了一个农妇为冻死的小孩而哭，却无钱下葬。然而如今，人们却对他的政治抱负和揭露民生疾苦的诗作关注不多，流传下来的更多是他那几首脍炙人口的抒情诗。甚至可以说，正是这些抒情诗，让徐志摩成为当今最为人所熟知的诗人之一。那么，问题的重点便在于，徐志摩是如何在个人才能和社会的互动中建立起"浪漫诗人"的形象的？

我们可以说，徐志摩"浪漫诗人"形象的建立过程是文化资本的获得过程。布尔迪厄在谈到"文化资本"时指出："这种具体化的资本，是转化成为个人的组成部分的外部财富，是转换成习性的外部财富，它（不像钱、财产权甚至贵族头衔）无法通过礼物或馈赠，购买或交换来即时性地传递。"[2]"文化资本可以在不同程度上，在不同的阶段中通过社会和社会中的阶级来获得，这种获得并没有经过精心的策划，因而文化资本是在无意识中被获得的。"[3]徐志摩在文学史上所拥有的地位，靠的正是文化资本的传递，"因为文化资本的传递和获取的社会条件，比经济资本具有更多的伪装，因此文化资本预先就作为象征资本而起作用，即人们并不承认文化资本是一种资本，而只承认它是一种合法的能力，只认为它是一种能得到社会承认（也许是误认）的权威"[4]。美国学者奚密在布尔迪厄思想的基础上，对徐志摩进行了研究，她更强调作家的主动性，将徐志摩视为是"Game-Changer"（"游戏规则改变者"）。奚密对于这一概念是这样定义的："Game-Changer 的基本定义如下。第一，作为文学史的推动者，Game-Changer 是一位作家，或者一个作家群，透过作品和其他文学实践（例如结社、编辑、出版、朗诵、座谈、笔战等），建立新的文学习尚与价值，并进而改变了文学场域的生态，对当代和后代的发展造成深远影响。第二，Game-Changer 常常出现在文学史的转折点，当旧的典范日益衰微，而新的典范方兴未艾之际，

---

〔1〕 韩石山所编的《徐志摩全集》中共收徐志摩的诗歌 436 首，其中涉及到爱情的诗作（包括对其是否描写爱情有争议的诗作）共有约 30 首。

〔2〕 [法]布尔迪厄：《文化资本与社会炼金术——布尔迪厄访谈录》，包亚明译，上海人民出版社版 1997 年版，第 195 页。

〔3〕 [法]布尔迪厄：《文化资本与社会炼金术——布尔迪厄访谈录》，包亚明译，上海人民出版社版 1997 年版，第 196 页。

〔4〕 [法]布尔迪厄：《文化资本与社会炼金术——布尔迪厄访谈录》，包亚明译，上海人民出版社版 1997 年版，第 196 页。

Game-Changer 往往从边缘出发,透过作品和其他文学实践,突破旧的实践思维及书写模式,在文坛上建立优越的地位,而造成上述影响。"[1]奚密的研究焦点是"文学实践如何造成文学场域生态的变化,透过 Game-Changer 的概念来解释新潮流、新书写、新理念的浮现和形成"[2]。奚密的这篇文章在多方面阐释了徐志摩的创作如何开启了新的文学创作潮流,但侧重于作品文本层面的解读,而忽视了个人才能与社会之间的互动。更进一步来说,我们不仅要先关注"狭义文本",也要关注"广义文本"。"狭义文本"是指作家作品。"广义文本"包括作家生平、社会反馈、社会交往,以及身后出版的书信、日记、传记等。尤其是在研究徐志摩这样个人经历、作品与社会反馈紧紧结合在一起的作家时,我们应当将"广义文本"概念纳入研究视野中,考察作家才能和作风是如何与社会形成互动,继而奠定作家的文学史地位的。

徐志摩在文学史和读者群中拥有重要地位。其中一个非常重要的原因便是他率先挑战了旧习俗、旧伦理,将爱情追求提升到艺术追求、人生理想的高度,从而建立起象征资本,引领了社会和文学风潮,促成新风尚的形成,同时也将"浪漫主义"改写为"浪漫"。

就挑战原有的旧习俗、旧伦理而言,徐志摩的离婚事件,以及对林徽因和陆小曼的疯狂追求,在当时的社会造成了极大的轰动。然而,在五四提倡个性解放和婚姻自由的风气之下,离婚尽管仍然受到非议,但并不值得如此关注。徐志摩的离婚事件和爱情追求,之所以得到全社会的关注,并饱受非议,不仅是因为抛弃发妻和追求有夫之妇,而且是因为他将本是私人领域的爱情婚姻公开化,变成了社会事件。徐志摩不仅将自己的爱情和婚姻烦恼悉数告诉了周边好友,而且林徽因和陆小曼都是当时的社交名媛,本身就颇受关注,徐志摩的疯狂追求必定会吸引社会的目光。更有甚者,徐志摩在 1922 年 11 月 6 日、8 日的《新浙江报新朋友》上刊载了《徐志摩张幼仪离婚通告》[3],将离婚一事公布于天下,这样做不仅是不在乎因抛弃发妻而受到的道德谴责,而且更像是对社会原来旧思想、旧道德的公开挑战:"家庭革命的呼声常常听见,我们青年就犯

〔1〕［美］奚密:《早期新诗的 Game-Changer:重评徐志摩》,《新诗评论》2010 年第 2 辑,北京大学出版社 2010 年版,第 28 页。

〔2〕［美］奚密:《早期新诗的 Game-Changer:重评徐志摩》,《新诗评论》2010 年第 2 辑,北京大学出版社 2010 年版,第 30 页。

〔3〕因未找到 6 日的报纸,故韩石山所编的全集中仅收录了 8 日刊载的后半篇。详见韩石山编《徐志摩全集》第 1 卷(散文),天津人民出版社 2005 年版,第 172—173 页。

一个嗜好,不是完全健康的嗜好——浪漫主义。……现在我们觉悟——我们已经自动,挣脱了黑暗的地狱,已经解散烦恼的绳结,已经恢复了自由和独立人格,现在含笑来报告你们这可喜的消息,请你们参与我们的欢畅。”[1]他的离婚请求显得大义凛然,离婚不仅是为了自己,更是为了全社会的青年:“彼此有改良社会之心,彼此有造福人类之心,其先自作榜样,勇决智断,彼此尊重人格,自由离婚,止绝苦痛,始兆幸福,皆在此矣。”[2]

他与张幼仪的离婚,与其说是个人不同的情感追求,不如说是一场浪漫自我的表演。倘若说徐志摩与张幼仪从无感情,那为何在 1915—1922 年间都未提出离婚,而且留英以后还主动写信邀请张幼仪前来同住,可见两人并未到非离不可的程度,而且离婚后两人反而通信更多,感情更好了。[3] 所以,我们不得不重新思考,当时徐志摩为什么坚决要离婚？这既是因为在剑桥的时候倾心于林徽因,移情别恋,更重要的是,徐志摩希望以离婚来作出一种姿态,向全社会表明自己的人生原则和艺术原则。离婚本是私人事件,而一旦登报,便成了公共事件。徐志摩若只是想和张幼仪解除婚约,大可不必选择这种让自己陷入舆论漩涡的方式,他这么做,与其说是为了昭告天下,不如说是为了宣扬一种外化于人生的艺术理念。他 1922 年秋末在清华大学的英文演讲 *Art and Life*(按:《艺术与人生》)中表示:“人生丰富艺术必繁荣。所谓的人生丰富,我指的是有意识地开发我们本性中固有的自然资源,利用每一个机会将转化为有益的东西——换句话说,我们必须有意识地培养我们的自我觉悟,有了这种觉悟后,让内在的创造精神自行发挥其作用。”[4]他强调精神的重要性,尤其谈到了爱的力量:“因为它超然于理性至上。……爱就像宗教一样(宗教本身也是神圣的宇宙的爱),是超越,是纯化,由于被那种神秘的力量所纯化,人凡俗的眼睛就能看见属于精神领域的图景,这种图景是实际眼光通常无法看到的;人的耳朵将充满庄严崇高的音乐,像浩瀚的海浪自天际滚滚而来。人的精神只有通过这样的升华超脱,以前无生气的潜在创造力才得以解放自己,以它自己选择的某

---

〔1〕 徐志摩:《徐志摩张幼仪离婚通告》,见韩石山编《徐志摩全集》第 1 卷(散文),天津人民出版社 2005 年版,第 172-173 页。

〔2〕 徐志摩:《致张幼仪》(1922 年 3 月 X 日片断),见韩石山编《徐志摩全集》第 6 卷(书信),天津人民出版社 2005 年版,第 46 页。

〔3〕 胡适在回忆文章中说:“后来他(徐志摩)回国了,婚是离了,而家庭与社会却不能谅解他,最奇怪的是和他已离婚的夫人通信更勤,感情更好,社会上的人更不明白了。”详见胡适:《追悼志摩》,见韩石山、伍渔编《徐志摩评说八十年》,文化艺术出版社 2008 年版,第 19 页。

〔4〕 韩石山编《徐志摩全集》第 1 卷(散文),天津人民出版社 2005 年版,第 207 页。

种途径,努力认识自己的体积和形态。"[1]爱在徐志摩看来,不仅仅是爱欲,而且是能够使人精神得以升华的重要途径。通过爱,人能够解放创造力,实现自我。因此离婚和追求爱情对徐志摩来说是一次精神的升华。

二、"浪漫诗人"形象的建立

徐志摩这番对艺术与人生的认识,与雪莱的《论爱》(*On Love*),《论生活》(*On Life*)和《诗辩》(*Defense of Poetry*)中的很多观点很相近,是典型的浪漫主义思想。与雪莱的浪漫主义思想同时被引介进中国的,是他惊世骇俗的爱情经历,这"契合了当时追求自由和爱情的潮流,在被叙述与解读中,他也成了浪漫的生活方式、人生态度以及价值观念的典范,成为不少诗人和青年效仿的偶像"[2]。在英国期间,徐志摩更多接触了浪漫主义诗歌与浪漫派诗人,对雪莱尤为倾慕。徐志摩不仅接受了雪莱的浪漫主义思想,而且也受到了雪莱追求自由和爱情的做派影响。据卞之琳回忆,徐志摩在讲授雪莱时,似乎把自己也当作了雪莱:"他给我们在课堂上讲英国浪漫派诗,特别是讲雪莱,眼睛朝着窗外,或者对着天花板,实际是自己在作诗,天马行空,天花乱坠,大概雪莱就是化在这一片空气里了。"[3]1923年,徐志摩在演讲《诗人与诗》中表示:"诗人究竟是什么东西?这句话急切也答不上来。诗人中最好的榜样:我爱中国的李太白,外国的Shelley(雪莱)。他们生平的历史就是一首极好的诗;所以诗人虽然没有创造他们的作品,也还能够成为诗人。我们至少承认:诗人是天生的而非人为的(poet is born, not made),所以真的诗人极少极少。"[4]我们可以看到,徐志摩认为,诗人之所以为诗人,并非仅是因为其作品。如果按照徐志摩所言,没有创造作品的诗人如何能够成为诗人呢?徐志摩认为诗人是天生的,一生的经历和作为就可以称为"诗"。荷兰学者柯雷在他的著作Chinese Poetry in Times of Mind, Mayhem, and Money(《精神与金钱时代的中国诗歌》)中提出了"poethood"的概念,在中译本中,"poethood"被译为"诗人形象",即诗人以何种

---

[1] 徐志摩:Art and Life,见韩石山编《徐志摩全集》第1卷(散文),天津人民出版社2005年版,第203页。

[2] 张静在《一个浪漫诗人的偶像效应》一文中从当时报刊中关于雪莱浪漫行为是否道德的讨论入手,讨论了徐志摩等人对雪莱的学习和模仿。详见张静:《一个浪漫诗人的偶像效应——二三十年代中国诗人对雪莱婚恋的讨论与效仿》,《中国现代文学研究丛刊》2009年第2期。

[3] 卞之琳:《徐志摩诗重读志感》,《诗刊》1979年第9期,第87页。

[4] 徐志摩:《诗人与诗》,见韩石山编《徐志摩全集》第1卷(散文),天津人民出版社2005年版,第274页。

方式来呈现自己独具特色的诗人特征和品质。我们可以借用柯雷所创造的词语"poethood"来理解徐志摩以及他所青睐的雪莱的姿态。[1] 更准确地说，"poethood"更多体现为一种"诗人做派"，即诗人对自己区别于其他社会身份的认知与期许。在徐志摩看来，雪莱以诗的方式度过了短暂的一生。很明显，这里的诗并不是指文体意义上的诗歌，而是美学意义上的"诗"。这里涉及浪漫主义关于"诗的泛化"的思想。弗里德里希·施勒格尔认为："每一种依靠语言来产生效果的艺术和科学，只要人们是把它们作为艺术、为着它们自身的缘故来从事，只要它们达到最高的顶峰，都表现为诗……而且每一种并不是在语言的辞藻中嬉戏玩耍的艺术和科学，也都有一个看不见的精神，这个精神就是诗"[2]，"任何一种艺术、任何一种科学，如果达到完善境界的话，最终都将融合在诗的花朵中"[3]。在浪漫主义这里，一切的艺术表现都被纳入"诗"，从而闪烁出"诗性"光芒。诗不仅是一种文体形式，而且更是一种生活方式、人生原则，一种处理自我与世界关系的方式。在浪漫主义者看来，人生原则和艺术原则是具有同一性的，诗是人生，人生如诗。因而，在徐志摩看来，诗人应该勇敢向庸俗的世界观挑战，获得自我实现的自由。他将艺术上的自由转化为实际生活中的自由选择，将美学意义上的精神至上转化为爱情至上。因此，他的诗人做派主要体现在两个方面：一是对传统的固化的伦理道德的挑战，以极其高调的姿态向整个社会宣战；二是追求艺术至上，将诗学原则作为人生法则，应用于实际生活。

徐志摩将追求生命的完成与自由作为最终法则，并将之超越于一切之上。他在接手《晨报副刊》时发表了《迎上前去》，自剖道："我是一只没笼头的野马，我从来不曾站定过。我人是在这社会里活着，我却不是这社会里的一个，像是有离魂病似的，我这躯壳的动静是一件事，我那梦魂的去处又是一件事。……我是一个生命的信徒，……我决不容忍性灵的颓唐，那是最不可救药的堕落，同时却继续躯壳的存在。"[4] 徐志摩将绝对自我的实现作为一种宗教来追求，这

---

〔1〕 详见［荷兰］柯雷：《元文本：诗歌形象和诗人形象》，见［荷兰］柯雷：《精神与金钱时代的中国诗歌》，张晓红译，北京大学出版社 2017 年版，第 29–49 页。Maghiel van Crevel. Chinese Poetry in Times of Mind, Mayhem, and Money. Leiden: Brill, 2008.

〔2〕 ［德］弗里德里希·施勒格尔：《谈诗》，见弗里德里希·施勒格尔：《浪漫派风格：施勒格尔批评文集》，李伯杰译，华夏出版社 2005 年版，第 187 页。

〔3〕 ［德］弗里德里希·施勒格尔：《论文学》，见弗里德里希·施勒格尔：《浪漫派风格：施勒格尔批评文集》，李伯杰译，华夏出版社 2005 年版，第 261 页。

〔4〕 徐志摩：《迎上前去》，见韩石山编《徐志摩全集》第 2 卷（散文），天津人民出版社 2005 年版，第 144 页。

是浪漫主义的艺术追求。因为爱情是极为个体化的情感和追求,因而爱情成为自我实现的一种标志。正如李欧梵所分析的:“爱情成为新道德观的总体象征,很容易地取代了传统社会精神特质的礼教,且把礼教等同于外在的限制。在解放的一大趋势中,爱情与自由等同;在某种意义上说,通过爱情释放自己的热情和精力,个人可以真正成为既完全又自由的人。”〔1〕爱作为自我实现的重要标志,成为了徐志摩在现实生活中的艺术实践。

既然徐志摩是在“浪漫”这一点上建立起了自己的象征资本,我们可以来谈一谈徐志摩对爱的理解与表现,以及这些“文本”与受众之间的微妙互动。徐志摩的评论者和研究者们不难发现,徐志摩写爱的诗作并非都是爱情诗,即便是爱情诗,也不一定是有具体的对象。茅盾分析道:“志摩的许多披着恋爱外衣的诗不能够把它当作单纯的情诗看的;透过那恋爱的外衣,有他的那个对人生的单纯信仰。”〔2〕在《我有一个恋爱》中,诗人是爱之名表达对人生的看法:尽管人生苦短、命运多舛,但是仍怀有对爱的向往:“我袒露我的坦白的胸襟,/献爱与一天的明星;/任凭人生是幻是真,/地球存在或是消泯——/天空中永远有不昧的明星!”〔3〕他爱的并非是具体的对象,而是世界万物,是爱的泛化:“我有一个恋爱,/我爱天上的明星,/我爱他们的晶莹:——/人间没有这异样的神明!”〔4〕真正吸引读者的,是徐志摩对爱的态度——不仅热烈而疯狂,不顾一切,而且有着宗教般的神圣。徐志摩格外倾心于浪漫主义思想中“爱”的成分。浪漫主义想要通过“爱”建立一种新的宗教,以人与人之爱来代替上帝之爱。尽管对中国影响较大的浪漫派诗人,如雪莱、拜伦等,大都有着丰富复杂的情感经历,但并不是所有的浪漫派诗人都是如此,有些甚至在生活层面极为严肃。〔5〕 而在中国对浪漫主义的接受中,却经常将浪漫主义中的“爱”等同于浪漫爱情,这一误解也发生在徐志摩身上。从浪漫主义思想的角度来看,徐

---

〔1〕 [美]李欧梵:《中国现代作家的浪漫一代》,王宏志等译,新兴出版社2005年版,第268页。

〔2〕 茅盾:《徐志摩论》,见韩石山、伍渔编《徐志摩评说八十年》,文化艺术出版社2008年版,第197页。

〔3〕 徐志摩:《我有一个恋爱》,见韩石山编《徐志摩全集》第4卷(诗歌),天津人民出版社2005年版,第243页。

〔4〕 徐志摩:《我有一个恋爱》,见韩石山编《徐志摩全集》第4卷(诗歌),天津人民出版社2005年版,第242页。

〔5〕 详见[美]雅克·巴尊《古典的,浪漫的,现代的》,侯蓓译,江苏教育出版社2005年版,第70-86页。

志摩引用柏拉图来形容爱情，认为爱是“神圣的疯狂”，[1]这一观点是可取的。因为当柏拉图形容这样的爱情体验时，基于的是精神层面的交流，并非是世俗意义上的两性之爱，而更多以高度精神化的形式体现出来的。从徐志摩的很多诗作可以看出，他的“爱”是一种生活态度和人生追求，是对自然和宇宙的爱，对人生的爱。徐志摩曾经批评同样倾心于浪漫主义的郭沫若的诗歌是假诗，情感过于泛滥。[2] 其实，他自己的诗歌又何尝不是沉浸于自己的情感世界中呢？徐志摩的诗歌也有不少关心民生疾苦的诗歌，如《一条金色的光痕》，描写了为死去的孤苦老妪求棺材的故事；再比如《太平景象》一诗，徐志摩假借意识到自己做了炮灰的士兵，表达悲凄之情，从而对战争的残酷与荒唐提出批判。但是，对一个浪漫主义者而言，徐志摩很难真正关心外部世界，这并不是说浪漫主义者不关心现实社会，而是因为浪漫主义的本质是绝对自我，任何对外部世界的深入探究都会削弱绝对自我的存在。所以徐志摩这些切入现实的诗歌，多显得苍白无力。尽管徐志摩对社会、政治、文化思想都有关注和讨论，但他面向公众的主要形象是只关注情感的实现与否。这一现象并不能仅仅看作是受众的误读。相反，正是因为他表现爱情和个人情绪的诗歌更有力量，更能打动读者，才会更加流行。因为爱情无论在肉体还是精神上，都是个体内部的事情。从爱情身上，诗人发现了“我”的存在和价值。

“爱”对于徐志摩来说是艺术和人生的至美境界，超越于庸常的社会生活。徐志摩曾表达出对于庸俗生活的厌倦，如在题为《给抱怨生活干燥的朋友》的信中，他表达出对追求自由和超越庸常人生的同情心。[3] 又如在 1923 年回复梁启超对他的劝诫的信中，徐志摩为自己的行为辩解：“我之甘冒世之不韪，竭全力以斗者，非特求免凶惨之苦痛，实求良心之安顿，求人格之确立，求

---

〔1〕 徐志摩：Art and Life，见韩石山编《徐志摩全集》第 1 卷（散文），天津人民出版社 2005 年版，第 203 页。

〔2〕 徐志摩在《假诗，坏诗，形似诗》中表示：“我记得有一首新诗，题目好像是重访他数月前的故居，那位诗人摩按他从前的卧榻书桌，看看窗外的云光水色，不觉大大的动了伤感，他就禁不住——‘……泪浪滔滔’。固然做诗的人，多少不免感情的作用，诗人的眼泪比女人的眼泪更不值钱些，但每次流泪至少总得有个相当的缘由。……现在我们这位诗人回到他三月前的故寓，这三月内也并不曾经过重大变迁，他就使感情强烈，就使眼泪‘富余’，也何至于像海浪一样的滔滔而来！”见韩石山编《徐志摩全集》第 1 卷（散文），天津人民出版社，2005 年，第 270 页。这篇文章中批评的诗人即是郭沫若，后来引发了成仿吾与徐志摩之间的论争，也使得徐志摩与创造社的关系僵化。

〔3〕 徐志摩：《给抱怨生活干燥的朋友》，见傅光明编《徐志摩书信集》，河南教育出版社 1994 年版，第 290-292 页。

灵魂之救度耳。"[1]他认为自己的行为是为灵魂的完成而奋斗,是不能被庸俗世俗所理解的:"我当奋我灵魂之精髓,以凝成一理想之明珠,涵之以热满之心血,朗照我深奥之灵府。而庸俗忌之嫉之,辄欲麻木其灵魂,捣碎其理想,杀灭其希望,汙毁其纯洁!我之不流入堕落,流入庸懦,流入卑污,其几亦微矣!"[2]在与陆小曼的通信中,他强调:"我恨的是庸凡,平常,琐细,俗;我爱个性的表现。"[3]他将追求自由爱情当作是灵魂的提升过程,来抵制庸俗世界,达到诗意境界。浪漫主义思想中一个很重要的方面便是对庸俗的批判。他们以精神的崇高来对抗庸俗,强调突破一切固有的限制,追求新奇与自由,并希望以"诗"来超越庸俗。对于徐志摩来说,"爱"就是一种崇高的"诗",以绝对精神化的形式,超绝一切庸俗与枯燥。他的作品中常常出现为爱而死的现象。这不能简单地理解为一种情感的夸张表达,而是暗含着弃绝肉身所在的庸俗世界,到达纯粹的"诗"的精神世界的期盼。如《翡冷翠的一夜》中,诗人这样形容爱的感觉:"爱,就让我在这儿清静的院内,/闭着眼,死在你的胸前,多美!""反正丢了这可厌的人生,实现在死/在爱里,这爱中心的死,不强如/五百次的投生?"[4]就读者而言,会沉浸于其爱情的浓烈之中,而就徐志摩而言,爱情于他固然重要,但更重要的是,他在爱中完成了浪漫自我的实现,完成了个体精神的飞跃。所以他说"死/在爱里,这爱中心的死,不强如/五百次的投生?"他沉浸于自我之中,相较之下,外在世界于他并无太大意义。追求自我世界的丰富性,实现自我的完成,是浪漫主义追求的目标。如果说鲁迅展现的是强有力的自我意志,那么徐志摩则展现了"爱"这一个体情感体验。徐志摩受浪漫主义思想影响,在艺术中追求自我实现,但在实际生活中,他将这一追求落实到具体的爱情上,不顾社会伦理道德,于是便出现了"浪漫"的行为。

那些描写自然景观或品评时政、披露现实的诗歌,倒不如那些谈浪漫爱情的诗歌更打动读者。因为这些表达是浪漫自我的一种展现方式,情感的对象是谁并不重要,重要的是情感宣泄的方式带来浓烈的美学体验,这最终吸引了读

---

〔1〕 徐志摩:《致梁启超一九二三年一月X日(片断)》,见韩石山编《徐志摩全集》第6卷(书信),天津人民出版社2005年版,第411页。

〔2〕 徐志摩:《致梁启超一九二三年一月X日(片断)》,见韩石山编《徐志摩全集》第6卷(书信),天津人民出版社2005年版,第412页。

〔3〕 徐志摩:《爱眉小札》,北方妇女儿童出版社2010年版,第3页。

〔4〕 徐志摩:《翡冷翠的一夜》,见韩石山编《徐志摩全集》第4卷(诗歌),天津人民出版社2005年版,第227页。

者。徐志摩原本对爱的理解与表达并不局限于浪漫爱情,但徐志摩自身对爱情的追求与社会舆论的发酵,使得读者在阅读徐志摩的作品时,更关注有关爱情的部分,将浪漫主义的"爱"误读为"浪漫之爱"。而徐志摩死后,陆小曼整理出的《爱眉小札》的出版,更进一步奠定了徐志摩浪漫诗人的地位。1936 年,《爱眉小札》由上海良友图书公司根据陆小曼整理出的书信和日记出版。《爱眉小札》不仅包括徐志摩 1925 年 8 月 9 日至 31 日于北京以及同年 9 月 5 日至 17 日于上海的日记,1925 年 3 月 3 日至 1925 年 6 月 5 日及 1926 年 6 月 26 日至 1931 年 10 月 29 日与陆小曼的通信,也有陆小曼的相关日记。更重要的是,这本书还收录了徐志摩的 12 首情诗。这些情诗有些并不是写给陆小曼的,甚至与具体的爱情并没有太大关系,如此前谈到的《我有一个恋爱》,但当这些诗歌被当作情诗收录进宣扬两人亲密深情的集子中时,而且这个集子又是以书信和日记这类私人情感载体组成的,就给了读者这样一种暗示——这些诗歌是徐志摩向陆小曼写的情诗。在这些书信与日记中,我们也常可以看到"为爱而死"的论调,如"眉阿,你快来伴我死去吧!"〔1〕。这些话语与《爱眉小札》中所收录的所谓情诗,如《翡冷翠的一夜》等,相得益彰,加强了他的浪漫形象。

三、 浪漫自我与社会习尚的改变之间的互动

徐志摩登报与张幼仪离婚,为自由追求真爱,不顾世俗成见和亲朋反对,后又追求有夫之妇陆小曼。这些轰轰烈烈的爱情故事成为当时报刊的花边新闻,增添了徐志摩的知名度,也增加了其诗歌的知名度。因为徐志摩的人生原则和艺术原则相互渗透,他的作品仿佛就是他的人生自传,他的人生也使得作品更受关注。他的友人回忆说:"我们许多人当中爱读他的诗,正因为是志摩写的。却未必有人为爱志摩的诗,所以爱他。他的性格,就是他的天才。因此,在他的文字及行动中,愈可见出他的性格者,愈有其动人的魔力。"〔2〕他的作品和人生似乎形成相互印证的关系,这也使得受众更容易形成这一阅读倾向:即对他的作品进行索隐式的阅读,尤其是从他的私生活的角度去解读其作品及人生追求。而他身后年谱、日记、书信及众多他人所著的传记、回忆录等资料的面世,更为读者的索隐式阅读提供了看似有效的证据,读者和研究者不仅

〔1〕 徐志摩:《爱眉小札》,北方妇女儿童出版社 2010 年版,第 8 页。

〔2〕 温源宁:《徐志摩——一个孩子》,见韩石山、伍渔编《徐志摩评说八十年》,文化艺术出版社 2008 年版,第 43 页。

将本来并非有具体对象的作品考证为确有其人，而且将徐志摩的浪漫主义理念简化为“浪漫”。

徐志摩还活着的时候，明确对他的私生活行为表示支持的人寥寥，而身后的他却比生前得到更多的同情和理解。随着他的书信、日记的公开，人们更多了解到徐志摩的内心世界和在感情追求过程中的艺术体验。这一诗人做派也改变了人们对自我与世界关系的认知。为了自我实现可以不顾一切、打破社会规则，离婚或婚外恋的伦理道德意义被自我实现的正当性所取代。他那些被传统世俗伦理看作是离经叛道、难以原谅的行为，成了单纯的艺术信仰和追求，而社会规则反而成了禁锢自由灵魂的枷锁。穆木天在评价徐志摩时表示：“诗人徐志摩始终是‘一个生命的信徒’。他始终对于他所憎恶的时代挑战。”〔1〕“单纯的信仰给了他勇敢。单纯的理想给了他力量。他的灵性的勇敢使他崇拜拜伦，说出来‘他是一个美丽的恶魔，一个光荣的叛儿’。”〔2〕他对爱与自由的追求，被视为是追寻完美自我的实现——他的好友刘海粟高度赞扬：“志摩已经从不完美的现实中挣扎到他独有的完美了。他如雪莱、格列柯一样，是一个伟大的未成品。”〔3〕

身后的徐志摩被接受为“中国的雪莱”。尽管徐志摩受雪莱的影响很多，但这一称谓并不仅仅基于其作品之间的影响与相似，甚至有学者认为徐志摩并不能够真正理解雪莱诗歌的精髓。〔4〕这一称谓更多是基于雪莱与徐志摩相似的人生经历——同样惊世骇俗的爱情故事与英年早逝的人生悲剧。如沈从文在怀念文章中表示：“朋友们不禁想到，平时生龙活虎、天真纯厚、才华经世的一代诗人，竟真如‘为天所忘’，和拜伦、雪莱命运相似，仅只在人世间活了三十多个年头，就突然在一次偶然事故中与世长辞！”〔5〕吴宓撰《徐志摩与雪莱》认为：“以志摩比拟雪莱，最为确当。”“我与志摩玮德都是崇拜雪莱的人”，“然而杨君责备志摩离婚等都是好玩，凡是受过雪莱影响，身历人生困苦的人，谁不

---

〔1〕 穆木天：《徐志摩论——他的思想与艺术》，见韩石山、伍渔编《徐志摩评说八十年》，文化艺术出版社 2008 年版，第 214 页。

〔2〕 穆木天：《徐志摩论——他的思想与艺术》，见韩石山、伍渔编《徐志摩评说八十年》，文化艺术出版社 2008 年版，第 219 页。

〔3〕 刘海粟：《回忆老友徐志摩和陆小曼》，《文史精华》1998 年第 2 期。

〔4〕 江弱水认为：“以徐志摩‘情感之浮，思想之杂’，他对英国十九世纪浪漫派的诗学的领会也不具学理上的清晰性，往往摭拾一二意象与观念，就抱持终身。”详见江弱水：《浪漫派诗禽的孑遗——细读徐志摩的两首诗》，《浙江学刊》2003 年第 6 期。

〔5〕 沈从文：《友情》，《新文学史料》1981 年第 4 期。

为志摩同情而哀悼呢。”[1]温源宁在《徐志摩，一个孩子》中也表示：“是的，志摩和女人们的关系就和雪莱完全一样，哪一个女人也不要以为是被志摩爱过而自鸣得意，他爱的只是内心理想美的幻象。……志摩的情爱也只有一个来源——他理想美的幻想。他永远是这种理想美的忠实信徒。”[2]雪莱与徐志摩在诗人做派和诗人气质上的相似之处，成为将徐志摩粘贴在浪漫派诗人榜上的粘合剂之一。

在徐志摩死后，众多亲友对其离婚再娶事件的宽容及对其自由追求的肯定，以及饱含着徐志摩深情的《爱眉小札》、日记等书籍出版，徐志摩的形象随之被进一步塑造为“浪漫骑士”。书架上列满《徐志摩诗传：当爱已成往事》[3]等着眼于其爱情故事的传记。他有关爱情的诗作和文章也被列为经典：《假如我是一片雪花：徐志摩情诗选》[4]、《谁数得清恒河的沙：徐志摩情书集》[5]、《你在心上，便是天堂：徐志摩与陆小曼的爱情手札》[6]等等。

如今人们对徐志摩“浪漫”行为的理解甚至认同，是徐志摩的作品和诗人作派与社会思潮共同作用的结果。他将原本是道德伦理层面的问题转化为对艺术与人生的终极追求。这一变化的重要性在于改变了社会对自我和世界关系的认知，从艺术的角度，以自我实现为标准而不是以道德价值判断为标准。徐志摩促进了社会思潮的改变，而整个社会思潮的改变又反过来增进了人们对徐志摩的接受。

一个新的社会习尚的流行除了需要象征资本以外，还需要有合适的契机。新的社会伦理既要能突破原有的伦理规范，又需要符合当时的社会预期。“浪漫”的流行便与当时提倡个性解放、实现婚姻自由等社会风气相契合，所以像徐志摩这样热烈追求自由爱情的诗人，率先摒弃了旧有的伦理桎梏，创造了较大的社会反响，成为社会关注的焦点，改变了原有的游戏规则。而他的个人情感经历给了他象征资本，建立起了新的游戏规则。离婚事件、丰富的情感经历

---

[1] 吴宓：《徐志摩与雪莱》，见韩石山、伍渔编《徐志摩评说八十年》，文化艺术出版社 2008 年版，第 164-165 页。

[2] 温源宁：《徐志摩——一个孩子》，见韩石山、伍渔编《徐志摩评说八十年》，文化艺术出版社 2008 年版，第 44 页。

[3] 央北：《徐志摩诗传：当爱已成往事》，吉林出版集团有限责任公司 2012 年版。

[4] 莫渝编：《假如我是一片雪花：徐志摩情诗选》，上海三联书店 2004 年版。

[5] 蔡登山编：《谁数得清恒河的沙：徐志摩情书集》，上海三联书店 2004 年版。

[6] 徐志摩、陆小曼：《你在心上，便是天堂：徐志摩与陆小曼的爱情手札》，中国华侨出版社 2002 年版。

和社会推崇个性解放的风气相契合,所以尽管徐志摩本人诗歌的成就并不十分突出,但这一契合帮助他奠定了现代文坛上"浪漫诗人"的地位,也使得徐志摩的诗歌和形象深入人心,即便是当今社会,也很少有人没有听说过徐志摩的作品以及他的情感经历。

诗人在建立自己形象的同时,也使大众逐渐接受了诗人形象的自我建构。"文化资本是作为斗争中的一种武器或某种利害关系而受到关注或被用来投资的,而这些斗争在文化产品场(艺术场、科学场等)和社会阶级场中一直绵延不绝。行动者正是在这些斗争中施展他们的力量,获得他们的利润,而行动者的力量的大小、获取利润的多少,是与他们所掌握的客观化的资本以及具体化的资本的多少成正比的。"〔1〕因此,当徐志摩以浪漫派诗人自诩,又频频以浪漫爱情的方式来展现自己的形象时,人们便很容易将此"浪漫"(romance)与彼"浪漫"(romanticism)联系在一起,这既共同奠定了徐志摩"浪漫诗人"的地位,也将浪漫主义与浪漫作风相混淆,甚至会忽视对浪漫主义创作本身的研究。

因此,浪漫主义在中国一开始就被引向了"浪漫"。诗人与社会的互动作出了改变文学风尚的姿态,使得与情感上的"浪漫"联系在一起。浪漫主义romanticism的语源来自于古法语词roman,意指古拉丁语的不同方言,后演变为romance指中世纪传奇,多写骑士与少妇的爱情、贵妇与情人的恋爱史等等。〔2〕因此,一般人对"浪漫"的理解多与私生活的不检点、滥情有关。徐志摩的婚外情很容易让人与中世纪的骑士精神联系在一起。不仅徐志摩的情况如此,郭沫若在文艺上对浪漫主义的倡导和在生活中放荡不羁的浪漫表现也被混为一谈,以其亲身经历加深了人们对"浪漫"的理解,但又进一步将人们对浪漫主义的理解引向歧路。甚至李欧梵在《中国现代作家的浪漫一代》的书中阐述浪漫主义对五四作家的影响时,也并非从文本角度进行理念的剖析与细致的影响研究,而是多强调浪漫主义思潮与作家内在精神气质的契合,其浪漫化生活态度在作品中的反映等等。雅克·巴尊曾提醒人们注意区分作为个性意义上的浪漫和作为历史运动的浪漫主义。〔3〕在中国,作为个性意义上的浪漫观念流行得更为广泛和迅速,这一现象导致了对浪漫主义的曲解加深,造成了中国现当代文学创作上所表现出的滥情主义,这也是浪漫主义长期在中国遭到诟

---

〔1〕[法]布尔迪厄:《文化资本与社会炼金术——布尔迪厄访谈录》,包亚明译,上海人民出版社1997年版,第200页。

〔2〕[美]欧文·白璧德:《卢梭与浪漫主义》,孙宜学译,河北教育出版社2003年版,第2-3页。

〔3〕[美]雅克·巴尊:《古典的,浪漫的,现代的》,侯蓓译,江苏教育出版社2005年版,第6页。

病的重要原因之一，被认为是“滥情”或仅仅是爱情描写，梁实秋就批评过五四时期是“浪漫的混乱”〔1〕。40 年代李长之曾经对以“浪漫”为“罗曼史”(Romance)这一普遍观念进行修正，但却并没有引起足够的重视和关注。这也是为什么我们这里要分析这一混淆产生的原因及具体体现。

“浪漫”的流行并非一人之力。郁达夫、徐志摩等与早期浪漫主义思潮有关联的人物的一大共同点在于他们自身都有着“浪漫”经历，他们的文学活动在一定程度上被认为是“浪漫”自传。从社会学的角度来说，这些人在一定程度上挑战了原有的旧习俗、旧伦理，建立起“浪漫诗人”或“浪漫作家”的象征资本，引领了社会和文学风潮（新习尚的形成），也将浪漫主义改写为“浪漫”。这一习尚改变的真正获益者是这些浪漫主义诗人或作家，他们通过改变游戏规则，建立了象征资本，奠定了他们在文坛上作为“浪漫诗人”的地位。尽管这一改变使得浪漫主义与浪漫混淆，影响了对浪漫主义的接受与理解，但如果我们从另一角度理解，这也使得浪漫主义以“浪漫”的形态在中国迅速传播和流行，无形间扩大了浪漫主义的影响，改变了人们对自我与世界的认识，强调“我”的价值，这一改变对于整个中国文学史都影响深远。

第二节　浪漫自我与道德悖论：“浪漫作家”郁达夫的身份建构

郁达夫是中国现代文学中的浪漫主义代表人物。他以自传体小说家的身份登上文坛，以自身经历和文学创作的高度融合，在认同和非议中开创了书写自我的新潮流，塑造了“浪漫作家”的形象，奠定了在文坛的地位。郁达夫在创作初期便将日记公开，并表明“任何作家的创作都是自传”这样的创作理念。郁达夫在一开始就将研究者和读者导向传记式的接受方式，日记、书信、回忆等材料已经成为郁达夫研究中不可或缺的一环。学界对郁达夫的自传式书写、自我暴露与自咎、性压抑与家国意识等问题都有不少讨论，但我们发现这些问题其实指向同一个问题，即浪漫自我与世界的关系。

首先，我们不得不谨慎思考的是，郁达夫在作品和日记中所展露出的自我

〔1〕 参见梁实秋：《现代中国文学之浪漫的趋势》，《晨报副刊》第一三七〇号，1926 年 3 月 27 日。

就是真实的自我吗？他为什么要采取这样的表现方式？李欧梵曾经指出郁达夫的作品中存在着“自我与幻象”交织的问题[1]，但是却并没有说清楚这个“幻象”是如何形成的，以及这一幻象在作品内部的张力。那么我们在面对考证式或索引式的传记学研究方法时，就应该谨慎分辨自传材料和自传式小说书写。我们需要考虑到这样一个问题，既然郁达夫是有选择性地在自我暴露，甚至过分突出其伤感、颓废的一面，那么他究竟想展露出一个怎样的自我？郁达夫所要塑造的幻象和他实际展现出来的形象之间存在着什么微妙的差异？这一差异又是如何形成的？

其次，很多研究者注意到了郁达夫作品中的儒家思想，主要体现在家国意识和道德自咎上。我们不难发现，作品中体现出来的家国意识显得牵强而肤浅，除了一些敏感地感受到的歧视（往往是性的方面），或者臆想出来的歧视，并做几声“祖国你要强大”空洞的呐喊，并没有提出实际的建议或者对国内社会形势进行理性解剖。陈晓明指出：“在中国本土主流的文学史叙事中，他的文学史意义也是一味在民族国家的现代意识上来阐释的。至于他的颓废、忧郁的另一面向，大都涵盖在浪漫主义的美学气质中，并且总是通过对‘祖国’的认同克服了颓废消极的情感，从而使浪漫主义美学具有了升华的意义。”[2]浪漫自我和国家意识并不矛盾，但如果我们将郁达夫作品中的民族国家情怀仅仅作为一种背景，而着眼于其自我演绎，也许可以得到更多美学方面的认知。

最后，从道德的角度来看，郁达夫一方面表示他作文的主要目的便是抛弃那些伪道者的虚假道德，展现真实的自我，但另一方面又为对性的追求感到可耻和自咎。郁达夫在泛道德和道德自咎之间的张力，成为作品中浪漫自我的主要展现方式。这不仅是儒家思想的影响，而且涉及关于浪漫主义道德性表现方式的问题。施密特认为，浪漫主义是非道德的，“根据各种机缘论体系的伦理学，它只是一种情感。一个道德行为就是一个评价行为。……正是浪漫派学说

---

〔1〕 李欧梵在评价郁达夫时表示：“结果，他便有一种倾向去模仿自己这个理想的幻象。最后，郁达夫的公开形象已经是涂上一层幻想的色彩了。”详见[美]李欧梵：《中国现代作家的浪漫一代》，新星出版社 2005 年版，第 117 页。

〔2〕 这是陈晓明在评顾彬的《二十世纪中国文学史》时指出的，同时他也表示：“确实，我们也要承认，本土的主流叙事把郁达夫过于直接地融入启蒙叙事中，有简单化之嫌。顾彬则是把郁达夫的作品纳入世界文学的语境中，给予郁达夫的那些个人消极气质以特殊的‘世界现代性’涵义，也因此拓宽了郁达夫所体现的现代文学的精神纬度。”详见陈晓明：《“对中国的执迷”：放逐与皈依——评顾彬的〈二十世纪中国文学史〉》，《文艺研究》2009 年第 5 期。

的伦理学,赞成把人限制在'同意'事件之不可改变的自然法则的必然性上。"〔1〕那么当它面临重视道德问题的中国传统时,又会有何种表现?因此,这些都指向一个问题:即当浪漫自我与中国儒家思想相遇的时候,会产生何种张力?最终将形成一个怎样的自我形象?又会将浪漫主义带向何方?

郁达夫的自我形象和作品中文学形象相得益彰,使得作者和读者、作者和幻象自我之间达成了某种契约,在契约的原则下,作家对自我形象进行了表演式的展现,与其说是展现了真实自我,不如说是想展现他理想中的人物(这个理想的人物并不一定是正面的意思,而是他想要展现出的文学形象和自我形象)。郁达夫文学地位便是在浪漫自我的表演和社会的互动中逐渐建立起来的。他通过大量性描写和道德底线的突破,引起社会的轰动和争议,成为五四时期重要的浪漫主义作家,但也将浪漫主义改写为"伤感"和"滥情"。

一、 自我戏剧化倾向与"暴露—谴责"模式

如果说徐志摩是第一位敢于公开文明离婚的文人,那么郁达夫就是第一个敢于做出袒露全部自我意识姿态的浪漫者(主要是性的方面)。我之所以说是作出这种姿态,而不是单方面肯定其自我袒露,是因为如果我们细细分析郁达夫的作品,便会发现在这些看似颇具真实性的材料里,隐藏着一个浪漫者的自我戏剧化。

郁达夫可以说是为数不多的在生前就出版自己日记的作家之一。他之所以这么做,是为了展现出一种理念:文学即自传。日记一般被视为是一个人最隐秘、最真实心态的展示。郁达夫采取自叙传的形式来创作小说,公开日记既满足了读者对作家私人秘密窥探的渴望,也从一开始就作出真诚、坦白的姿态,赢得读者的信任。

尽管郁达夫希望读者将他的生平经历和小说联系起来作为互证,但自传体小说虽包含着更多自传的成分,却说到底仍以虚构为主。我们必须严格区分作家的生平经历和小说虚构之间的微妙差异。就郁达夫而言,失败者的形象只是郁达夫的幻想,他将自身认同为一个伤感、孤独的浪漫者。李欧梵认为,"把郁达夫一生的事迹孤立起来看,不难发觉他本来不应长期生活在忧郁之中。他的

〔1〕[德]卡尔·施密特:《政治的浪漫派》,冯克利、刘锋译,上海人民出版社2004年版,第94页。

生活经历其实是他那时代一般生活方式的典型"[1]。郁达夫自身的真实生活并不如他所展示的那般悲惨：在爱情方面，早年体会过青春朦胧的爱恋情感。[2] 婚姻生活中的妻子也很体贴、照顾他，"郁达夫和孙荃自订婚以后，是相知越来越深，感情愈来愈浓的。……他从孙荃那里得到理解和安慰，因而将孙荃视为可以在险恶人世中倾诉衷肠的知己。"[3]在日本的生活时期，他不仅经常和郭沫若及其他留学生一起饮酒、论诗，而且常有艳遇，并非如其创作中表现的那样哀伤度日。在和郭沫若一起创办了创造社以后，他负责编辑工作，自己的作品也声名鹊起。因此，尽管爱情、生活、事业也有不顺心如意之处，但总体来看，并非值得整日哀叹。郁达夫在日记和自传中的忧郁和痛苦，更多意义上是一种表演。他故意制造的颓废和伤感的气氛，是想要制造出他理想的浪漫自我的"幻象"：一个浪漫主义的自我，自由、不羁、超越世俗。

他在《〈茑萝集〉自序》中表达出对人生和自我的认知："人生终究是悲苦的结晶，我不信世界上有快乐的两字。……我的哀愁，我的悲叹，比自称道德家的人，还要沉痛数倍。"[4]在公开的日记中，他也夸大着自己的痛苦和郁闷。第一次在江上过夜，"在车声脚步声都已死寂了的岸头，我只好长吁短叹，叹我半生恋爱的不成，叹我年来事业的空虚"，甚至去"叹我父母生我的时日的不辰"。[5] 若前两者的感叹还有些许现实影响的原因，感慨父母生他生得不是时候在这种语境下显得有些牵强了。郁达夫似乎是为了使自己的表现符合这无人的寂静而孤独的江夜经历。我们也可以说他并非是真正的忧愁，因为他一边"叹着，怨着"，一边又偷偷看妇人的睡态。

我们可以从另一角度进行理解，即作家是如何在作品中创作出自我的幻象的。郁达夫所采取的方式是将浪漫自我戏剧化，夸大悲惨体验，将那些悲惨往事突出地表现出来，并且陶醉于这种悲惨的痛苦之中，最后达到更加悲惨的感染力的效果。

这一悲惨体验往往是和性有关。在菲力浦看来，自传式创作几乎都不得不

---

〔1〕［美］李欧梵：《中国现代作家的浪漫一代》，新星出版社 2005 年版，第 120 页。

〔2〕郁达夫：《水样的春愁——自传之四》，见王自立、陈子善编《郁达夫研究资料》，知识产权出版社 2010 年版，第 25-29 页。

〔3〕曾华鹏、范伯群：《郁达夫评传》，南京大学出版社 2012 年版，第 24 页。

〔4〕郁达夫：《〈茑萝集〉自序》，见王自立、陈子善编《郁达夫研究资料》，知识产权出版社 2010 年版，第 152 页。

〔5〕丁言昭编：《郁达夫日记》，1926 年 12 月 3 日，山西教育出版社 1998 年版，第 19 页。

涉及性的问题。[1] 因为性心理和性经验是一个人最为隐秘的体验，将最私密的部分展露给读者，更能够获取读者的信任。郁达夫常常夸大性的失败经历，并反复咀嚼、反复体验、自我怜悯，加重忧郁气息。在《南迁》中主人公在一次恋爱失败以后，反复提及悲伤经历，不仅吃不下饭睡不好觉，甚至连开心的时刻也莫名伤感起来。“他因为去年夏天被一个日本妇人欺骗了一场，所以精神身体，都变得同落水鸡一样。晚上梦醒的时候，身上每发冷汗，食欲不进，近来竟有一天不吃什么东西的时候。因为怕与去年那一个妇人遇见，他连午膳夜膳后的散步也不去了。他的身体一天一天地瘦下去，他的面貌也一天一天的变起颜色来了。”[2]明明和 Miss O 相处得很愉快，但在歌德的《迷娘的歌》的吟唱中，他又想起“去年夏天欺骗他的那一个轻薄的妇人的事情来”[3]，整个情绪的基调又变得黯淡下去。主人公沉浸于过去的悲伤经历中，甚至在欢乐的场合或者宁静的自然中，作者都让他的眼泪不断流出来：

> “忽然觉得 Sentimental 起来，两颗同珍珠似的眼泪滚下他的颊际来了。”[4]
>
> “他的感情脆弱的地方，怕被她看破，就故意的笑着说：‘说什么话，这一个时期我早已经过去了。’但是他颊上的两颗珠泪，还未曾干落，圆圆的泪珠里，也反映着一条缩小的日暮的海岸。”[5]

在又一次遭遇被妇人利用的性爱经历以后，主人公陷入更忧郁的状态，甚至全面否定自己：“名誉，金钱，妇女，我如今有一点什么？什么也没有，什么也没有。我……我只有我这一个将死的身体。”[6]最后竟在眼泪和忧郁中一病不起。

罗伯特·埃尔巴兹指出：“故事的目的不在故事本身，而在于对它的阐释。”[7]小说的主人公有美景可看，有朋友可以交谈，会英语、日语，懂诗歌，也受

---

〔1〕［法］菲力浦·勒热讷：《自传契约》，杨国政译，生活·读书·新知三联书店2001年版，第84页。

〔2〕郁达夫：《沉沦》，见乐齐主编《郁达夫小说全集》，中国文联出版公司1996年版，第42页。

〔3〕郁达夫：《南迁》，见乐齐主编《郁达夫小说全集》，中国文联出版公司1996年版，第57页。

〔4〕郁达夫：《南迁》，见乐齐主编《郁达夫小说全集》，中国文联出版公司1996年版，第58页。

〔5〕郁达夫：《南迁》，见乐齐主编《郁达夫小说全集》，中国文联出版公司1996年版，第58页。

〔6〕郁达夫：《南迁》，见乐齐主编《郁达夫小说全集》，中国文联出版公司1996年版，第66页。

〔7〕Robert Elbaz. The Changing Nature of the Self: a Critical Study of the Autobiographical Discourse. London & Sydney: Croom Helm, 1988, p35.

年轻女性的仰慕,实在不能算是一个惨淡人生。然而,在情节的设置和人物的表现上,郁达夫让主人公反复体验失败的性经历,时常沉浸于悲惨的经历中,一再表现出自怨自艾、自怜自轻的形象。主人公陷入"性爱失败—追求新的爱情,却被以往的悲惨经历所困扰而忧郁—新的性爱经验以及失败—更加忧郁"的循环中。

同样的自我戏剧化倾向还体现在《银灰色的死》中。这篇同样是以两性关系的失败经验来展开。主人公原来是生活在亡妻的阴影之下,用金钱换来与酒馆的妇女寻乐,以求解脱却不能,反而更陷入苦闷之中,哪怕刚刚在酒馆里出来,看着月亮,也会使得"那一双衰弱的老犬似的眼睛里,忽然滚下了两颗眼泪来"〔1〕。继而想起了亡妻,"他的眼泪更连连续续的流了下来"〔2〕。主人公沉浸于这种悲伤之中,甚至觉得周边景物和人都在嘲笑他的失败,"他走过观乐桥的时候,只见池的彼岸一排不夜的楼台都沉在酣睡的中间,两行灯火,好像还在那里嘲笑他的样子"〔3〕。幻想中的嘲弄更是加重了他的悲戚。后来遇到了静儿,主人公以为找到了救赎,能够"互相劝慰",结果当得知静儿要结婚的消息后,他陷入了又一次失败情绪中,"同伤弓的野兽"。之后,作者一再强调:"想他亡妻的心思,也比从前更加沉痛了。""同静儿绝交之后,他觉得更加哀伤更加孤寂了。"〔4〕一旦悲伤起来,他就又会沉浸于对周围人事的受虐式臆想中,认为静儿的母亲"好像有些嫌恶他的样子","满脸装起笑容来",〔5〕甚至觉得"这广大的世界,好像是已经死绝了"〔6〕。我们可以看到,作者一再突出主人公的悲惨经历,甚至让主人公以臆测的方式来加深忧郁,在自我怜悯和哀悼中,进一步加深痛苦,最终主人公忧郁落魄而死。作者通过戏剧化方式,自我演绎、自我强调、自我沉醉,塑造出一个伤感至死的人物形象。文中特地引用了浪漫主义音乐家瓦格纳的作品,将这一夸张的形象与浪漫主义联系在一起。

〔1〕 郁达夫:《银灰色的死》,见乐齐主编《郁达夫小说全集》,中国文联出版公司1996年版,第83页。

〔2〕 郁达夫:《银灰色的死》,见乐齐主编《郁达夫小说全集》,中国文联出版公司1996年版,第84页。

〔3〕 郁达夫:《银灰色的死》,见乐齐主编《郁达夫小说全集》,中国文联出版公司1996年版,第85页。

〔4〕 郁达夫:《银灰色的死》,见乐齐主编《郁达夫小说全集》,中国文联出版公司1996年版,第87页。

〔5〕 郁达夫:《银灰色的死》,见乐齐主编《郁达夫小说全集》,中国文联出版公司1996年版,第91页。

〔6〕 郁达夫:《银灰色的死》,见乐齐主编《郁达夫小说全集》,中国文联出版公司1996年版,第92页。

在自我戏剧化的过程中,主人公沉浸于自身感受,甚至通过自身感受来理解周围的世界,外在世界成了自我的投射。有些时候明明处在愉快的情境中或者遭遇并没有什么特别大不了的事情时,主人公却表达出对世界的绝望。帕斯卡尔说:"自传作者叙述的不是事实,而是经验:人与事实或事件的交汇。"[1]作者在主人公的情绪细节方面着墨颇多,但是这种情绪表达的方式是过于简单化的,似乎我们只能看到无尽的眼泪和自叹自怜的忧郁。反复沉浸于悲伤感情之中,不断加深,以自己的情绪体验来设置外在幻象,所以尽管看上去是世界对自我的压制和束缚,但实际上是最终整个世界成为个人情绪的体现。

夏志清评价:"郁达夫在初期是个特别重要的作家,因为惟有他敢用笔把自己的弱点完全暴露出来,这种写法扩大了现代中国小说心理和道德的范围。"[2]郁达夫作品中对性心理的直率描写和夸张表现,显然与传统儒家礼教思想产生了冲突。郁达夫一方面表达出要批判虚伪的道德,冲破礼教的束缚,以卢梭式的态度追求人类本性的自由,在自我表现层面上比一般的作家走得更远;但是另一方面,儒家传统思想的影响仍然会让郁达夫感到自责和忏悔。这里体现出了浪漫主义思想在和中国儒家传统文化相遇时所产生的张力。于是郁达夫的创作便陷入了"暴露—谴责"的模式化创作中:主人公放纵性经验、暴露颓废、忧郁的心理—主人公加深对自我的谴责—在自责中进一步否定浪漫自我,陷入更深忧郁和感伤情绪。这种模式化创作是郁达夫思想中矛盾的体现,也是其重要的创作动力,郁达夫早期的创作大多源于此模式。但是在这种模式化创作中,儒家伦理逐渐占上风。比如在《迟桂花》中,我们可以明显看到与早期《沉沦》《南迁》等小说的不同。翁则生成为让儒家伦理泯灭浪漫自我,回归纯洁、平静的代表。小说的一开始,似乎和以前的小说风格相似,"我"在性上暗示和调笑,并试图引起则生去回忆从前在东京的颓废时光。但作者又一次寄希望于性的拯救,这一次不再是肉体之欢的满足,而是则生的妹妹以她不谙世事的纯洁将"我"的情欲净化了。于是,"我将那两部小说的内容讲给了她听,我将我自己的邪心说了出来,我对于我刚才所触动的那一种自己的心情,更下了一个严正的批判"[3]。作者用大篇幅的文字借主人公之口,对以前的浪漫

---

〔1〕 Roy Pascal. Design and Truth in Autobiography. Cambridge, Massachusetts: Harvard University Press, 1960, p16.

〔2〕 [美]夏志清:《中国现代小说史》,复旦大学出版社 2005 年版,第 78 页。

〔3〕 郁达夫:《迟桂花》,见乐齐主编《郁达夫小说全集》,中国文联出版公司 1996 年版,第 719 页。

自我做出了严厉的批判，称之为“邪心”，他自身倒是俨然成为了他此前所反对的“道学家”：

“对于一个洁白得如同白纸似的天真小孩，而加以玷污，是不可赦免的罪恶。我刚才的一念邪心，几乎要使我犯下这个大罪了。幸亏你的那颗纯洁的心，那颗同高山上的深雪似的心，却救我出了这一个险。不过我虽则犯罪的形迹没有，但我的心，却是已经犯过罪的。”[1]

我之所以要单独引出这段话，是想突出对比他对于曾经的浪漫自我的批判。在这里，郁达夫虽然仍然试图表现卢梭保持人类天性的思想，强调未经社会思想的女孩的纯洁，但是最终的思想指向却是赞同儒教将同样是人类天性中的性认为是“邪念”。所谓女孩的纯洁，实际上便是儒家的“存天理，灭人欲”的观念的展现。为了突出欲望的泯灭，郁达夫故意设置了调情的动作，却再没有丝毫的情欲暴露。比如走累的时候，“我”“拉着了她的手亲亲热热地问了一声：‘莲，你还走得动走不动?’”但是莲的回应却是自信和决断，“一点也不带些夸张卖弄的风情”。“我”感受到了这种“纯洁”，于是“看了不得不伸上手去，向她的下巴底下拨了一拨”。面对这样充满性暗示的动作，莲却是丝毫没有感受到，而是如儿童一般“怕痒，缩起头颈笑起来了”，“我”也跟着笑起来了。[2] 郁达夫如此刻意地展现这些暧昧的动作，却又避而不谈此时两性之间可能的性心理，甚至故意强调“坐怀不乱”的柳下惠态度。也就是说，郁达夫作品中借以自我表现的“性”失去了它的合法性，没有情欲的暴露和宣泄也就不会再有自我谴责，也不会有忧郁、感伤，那么郁达夫的基本创作模式就很难再继续了。这种发展逻辑最终将会回归儒家伦理，而无法从浪漫自我的角度发展出新的自我。

二、浪漫自我与伤感

李欧梵在总结五四文人的两种浪漫心态时，分为“普罗米修斯型”和“维特型”，并将郁达夫放入后者的行列。[3] “‘维特型’的特征之一，就是 sentimentalism

[1] 郁达夫：《迟桂花》，见乐齐主编《郁达夫小说全集》，中国文联出版公司 1996 年版，第 719-720 页。

[2] 郁达夫：《迟桂花》，见乐齐主编《郁达夫小说全集》，中国文联出版公司 1996 年版，第 722-723 页。

[3] [美]李欧梵：《中国现代作家的浪漫一代》，新星出版社 2005 年版，第 288—292 页。

(按：感伤主义)。郁达夫把这个字译成'生的闷脱儿'，倒是十分切题，也为'维特型'气质作了一个注解：这种感伤(melancholy)是由于人生的苦闷，然而这个苦闷如何得到解脱？这就牵涉到郁达夫读德国浪漫主义作品的心得了。"[1]

在郁达夫的作品中多次出现直接引用浪漫主义作品的现象，或主人公在阅读浪漫主义作品的场景。在表达伤感情绪的时候，郁达夫往往喜欢以浪漫主义诗人或诗作来作为背景。如《沉沦》的一开头，作者描写了一段优美的风景："晴天一碧，万里无云……从南方吹来的微风，同醒酒的琼浆一般，带着一种香气，一阵阵的拂上面来。在黄苍未熟的稻田中间，在弯曲同白线似的乡间的管道上面，他一个人手里捧了本六寸长的 Wordsworth 的诗集，尽在那里缓缓的独步。……他眼睛离开了书，同做梦似的向右犬吠声的地方看去，但看见了一丛杂树，几处人家，同鱼鳞似的屋瓦上，有一层薄薄的蜃气楼，同轻纱似的在那里飘荡。"[2]我们可以注意小说主人公接下来的反应。一般人看到如此优美的田园风光，多有心旷神怡之感。而主人公在看到这么优美的风景以后，发出的感慨是：

> "'Oh, your serene gossamer! You beautiful gossamer!'
>
> 这样的叫了一声，他的眼睛里就涌出了两行清泪来，自己也不知道是什么缘故。"[3]

郁达夫让英国浪漫主义诗人华兹华斯的诗集作为一个重要道具出现，并模仿华兹华斯对风景的描写，一派恬淡、优美的田园风光，有人与自然融为一体的和谐感受，再加上在文中多次吟咏华兹华斯的诗歌。作者这样设计场景很明显想将这位主人公塑造为一个华兹华斯式浪漫主义者或者说倾心于浪漫主义并以此作为行为表现的人。而这个主人公却表现出"伤感"的情绪和行为。这种"伤感"既做作又空洞，不仅没有体会到华兹华斯诗歌对于自然的理念，也误导读者将"伤感"与浪漫主义联系在一起。

华兹华斯对大自然的描写有其深刻的诗学理念。弗莱称，浪漫主义者总是在探寻人与自然之间的最终统一。[4] 布鲁姆洞察到：华兹华斯的革新力只体

---

〔1〕 [美]李欧梵：《引来的浪漫主义：重读郁达夫〈沉沦〉中的三篇小说》，《江苏大学学报》(社会科学版)2006 年第 8 卷第 1 期。

〔2〕 郁达夫：《沉沦》，见乐齐主编《郁达夫小说全集》，中国文联出版公司 1996 年版，第 1 页。

〔3〕 郁达夫：《沉沦》，见乐齐主编《郁达夫小说全集》，中国文联出版公司 1996 年版，第 1-2 页。

〔4〕 "The Romantics as seeking a final unity between man and his nature." Northrop Frye. A Study of English Romanticism. Chicago: The University of Chicago Press. 1982, p18.

现在精神的光辉上,体现在被他漂亮地称作"可能的崇高"或"终究会实现的崇高"上,这种想象的潜力太过激烈以至于自然都难以容纳。[1] 华兹华斯的突出贡献便是超越了寻常的自然描写,在自然中追寻精神的崇高和无限。而郁达夫小说中的主人公在面对自然的时候,刻意以眼泪的方式表达出情感的丰富,甚至"自己也不知道是什么缘故"。在下文,郁达夫大段引用华兹华斯诗歌 The solitary highland reaper[2] 中的原文,并且翻译了整首诗,再一次出现"两行清泪"。他享受着与自然融为一体的和谐感觉,但是郁达夫并没有像华兹华斯那样走上精神超越之路,而是将自然当作避难所,"觉得自家可怜起来"[3]。在译完诗歌以后,看着夕阳西下的美景,心情快乐起来,但是当背后有农夫走过的时候,"他就把他脸上的笑容改装成一副忧郁的面色,好像他的笑容是怕被人看见的样子"[4]。郁达夫突出地表现出这位浪漫主义者忧郁、伤感的举动,甚至要故意展现出忧郁,来符合他的身份。

小说中不仅引用了大量华兹华斯的诗歌,而且还引用了很多海涅的诗歌。[5] 在引述海涅诗歌场景中,郁达夫同样引入了自然描写。在天鹅绒般美丽的夜空下,主人公坐着车看大都市的万家灯火,然而,主人公看到这样优美的夜景,"他的胸中忽然生了万千哀感,他的眼睛里就忽然觉得热了起来"[6]。并感慨道:"Sentimental, too sentimental!"(按:伤感阿,太伤感了!)而这样的伤感竟是再一次没来由的伤感,因为"你也没有情人留在东京,你也没有弟兄知己住在东京,你的眼泪究竟是为谁洒的呀!"[7]接下来又写了一首旧体诗,并引用了海涅的诗,心情不再那么激动和伤感了。当中国古典与浪漫主义相遇时,郁达夫在这里想表现出的是中国传统的文化对浪漫主义伤感情绪的节制。

在《南迁》这部作品中,郁达夫以歌德的作品《迷羊》为抒情基调,并在作品

[1] "The strength of renovation in Wordsworth resides only in the spirit's splendor, in what he beautifully calls 'possible sublimity' or 'something evermore about to be', the potential of an imagination too fierce to be contained by nature." Harold Bloom. "Introduction". English Romantic Poetry. Edited and with an Introduction by Harold Bloom. New York: Chelsea House Pulishers, 2004, p8.

[2] 郁达夫将这首诗译为《孤寂的高原刈麦者》,见郁达夫:《沉沦》,载乐齐主编《郁达夫小说全集》,中国文联出版公司 1996 年版,第 4 页。

[3] 郁达夫:《沉沦》,见乐齐主编《郁达夫小说全集》,中国文联出版公司 1996 年版,第 2 页。

[4] 郁达夫:《沉沦》,见乐齐主编《郁达夫小说全集》,中国文联出版公司 1996 年版,第 5 页。

[5] 尽管海涅自己不认为自己是浪漫主义者,而且写了《论浪漫派》来批评浪漫主义,但是因为其创作带有明显的浪漫主义特征,我们还是会将他归为浪漫主义者。

[6] 郁达夫:《沉沦》,见乐齐主编《郁达夫小说全集》,中国文联出版公司 1996 年版,第 12 页。

[7] 郁达夫:《沉沦》,见乐齐主编《郁达夫小说全集》,中国文联出版公司 1996 年版,第 13 页。

的末尾将这首诗全文翻译。郁达夫是从歌德的德文本来译的,若从郁达夫的译本来看,本诗并不是描写人与人之间的感情,而是描写人的内心与更旷阔的宇宙之间的沟通,是浪漫主义理念的体现。在对崇高的自然、宇宙的宗教般的敬畏和感知之中,人可以得到精神上的解脱。但是郁达夫并不能够理解浪漫主义的这一哲学内涵,他对自然景物的描写并没有能给主人公带来精神上的超越,因此他的浪漫主义会落入自怜自艾的“伤感”的窠臼中。当 Miss O 唱德文歌“Mingnon(按:迷娘的歌)”中的一句——“你这可怜的孩子呀,他们欺负了你么,唉!”——的时候,主人公伊人却再次沉溺于往事的惨痛体验和现实的自怜中,将歌德的诗歌理解为现实的、具体的怜悯,“忽然想起了去年夏天欺骗他的那一个轻薄的妇人的事情来”[1],并未能够超越个体的情绪感受,难怪被 Miss O 称为是“你确是一个 Sentimentalist!(按:感伤主义者)”[2]我们可以看到,郁达夫在引用歌德的诗歌来衬托出主人公作为浪漫主义者的形象,这一方面透露出郁达夫也许并没有真正理解歌德这首诗歌的内在含义,也没有真正理解浪漫主义关于自然和无限的超越理念,而是借用了字面上类似的感情来抒发主人公的情绪体验,将抽象的超越体验落实到现实层面;另一方面,将歌德的诗歌、伊人的忧郁言行和感伤主义者的判断联系在一起,塑造出了一个感伤的、眼泪和忧郁中的浪漫主义者。

“对于浪漫的主体来说,它所利用的一切艺术形式也仅仅是一种机缘,就像现实中的一切具体场合一样,它们只充当浪漫感情的起点。主体的心情才是创造的焦点。它保持着既是起点又是终点的状态,无论它所涉及的是一首抒情诗、一篇文学批评或哲学评论。”[3]情节的设置并不重要,重要的在于是否表现出了自我的内心世界。从这个意义上而言,尽管情节设置显得重复,甚至有些简单化,但郁达夫着眼于描绘自我的写作方法,加深了对个体内部的探索。郁达夫将浪漫主义与伤感、忧郁的言行联系在一起,并反复强调,会使当时的读者容易形成这样一种印象,即浪漫主义者是伤感的、忧郁的。这也招致了对浪漫主义的诟病。情感的泛滥是浪漫主义在中国受到的主要批评之一。我们看到,在中国,“情感”是对浪漫主义的主要认识。中国早期的浪漫主义者选择

〔1〕 郁达夫:《南迁》,载乐齐主编《郁达夫小说全集》,中国文联出版公司 1996 年版,第 57 页。

〔2〕 郁达夫:《南迁》,载乐齐主编《郁达夫小说全集》,中国文联出版公司 1996 年版,第 58 页。

〔3〕 [德]卡尔·施密特:《政治的浪漫派》,冯克利、刘锋译,上海人民出版社 2004 年版,第 96 页。

“情感”这一理念来展开论述,与中国的抒情传统相关。余英时指出:“19世纪晚期和20世纪早期的中国知识分子,会真正响应的只有在他们自己的传统里产生回响的那些西方价值与理念。”[1]从屈原的“发愤以抒情”到陆机的“诗缘情而绮靡”,从王阳明的“心学”到汤显祖的“至情说”,中国文化一直有“重情”“尚情”的传统。因此,早期浪漫主义者对浪漫主义诗学理念中情感性的鼓吹很大程度上也是在中国传统中“产生回响的西方价值与理念”。“无论如何,‘主观、内省’的抒情至此已经与浪漫诗人画上等号。浪漫主义唯情是问的倾向到了五四运动前后更显得势不可遏。”[2]然而,“情感”的关联在作为浪漫主义在中国接受的润滑剂的同时,也带来了问题。

梁实秋认为:“古典主义者最尊贵人的头;浪漫主义者最贵重人的心。……现代中国文学,到处弥漫着抒情主义。……情感就如同铁笼里的猛虎一般,不但把礼教的桎梏重重的打破,把监视情感的理性也扑倒了。”[3]他曾犀利地指出早期浪漫主义的滥情问题:

> “新文学家大半都是多情的人。其实情不在多,而在有无节制。许多近人的作品,无论是散文,或是韵文,无论其为记述,或是描写,到处情感横溢。情感不但是做了文学原料,简直的就是文学。在抒情诗里,当然是作者自述衷肠,其表情的方法则多疏放不漏,写的时候,既是叫嚣不堪,读的时候亦必写之气喘交迫。见着雨,喊他是泪;见着云,喊他是船;见着蝴蝶,喊他做姊姊;见着花,喊他做情人。这就如同罗斯金所谓的‘悲伤的虚幻’,而其虚幻还不只是‘悲伤的’,且是‘号啕的’。”[4]

李长之则认识到,滥情是国人对浪漫主义的误解:“国人对浪漫的误解……以披发行吟为浪漫,以酗酒妇人为浪漫,以不贞为浪漫,宜乎国人很缺少浪漫精神了。”[5]这体现在作家如郁达夫、徐志摩、郭沫若等人的作品和言行中。

泰勒认识到,“情感”的浪漫主义的重要特色:“浪漫文人给予感情一个中

---

〔1〕[美]余英时:《文艺复兴乎?启蒙运动乎?——一个史学家对五四运动的反思》,见余英时《重寻胡适历程:胡适生平与思想的再认识》,广西师范大学出版社2004年版,第257页。

〔2〕[美]王德威:《“有情的历史——抒情传统与中国文学现代性》,台湾《中国文哲研究集刊》2008年第33期,第77—137页。

〔3〕梁实秋:《现代中国文学之浪漫的趋势》,《晨报副刊》第一三七〇号,1926年3月27日。

〔4〕梁实秋:《现代中国文学之浪漫的趋势》,《晨报副刊》第一三七〇号,1926年3月27日。

〔5〕李长之:《迎中国的文艺复兴》,《李长之文集》第一卷,河北教育出版社2006年版,第23页。

心、正面的位置。”[1]在浪漫派看来，“诗的王国最终是……（根据）情感、想象、幻想和爱。……情感本身才是人的全部生存赖以建立的基础。人必须通过活生生的个体的灵性去感受世界……诗与情感结为姐妹，诗不过是人类心灵所具有的行动方式。没有情感，也就没有诗。”[2]可以说，情感是诗得以存在的根本基础。但是浪漫主义的情感并不是个人情绪的肆意流露。尽管华兹华斯也说“一切好诗都是强烈情感的自然流露”[3]，但是他接着又指出：“这个说法虽然是正确的，可是凡有价值的诗，不论题材如何不同，都是由于作者具有非常的感受性，而且又深思了很久。因为我们的思想改变着和指导着我们的情感不断流注，我们的思想事实上是我们已往一切情感的代表；我们思考这些代表的互相关系，我们就发现什么是人们真正重要的东西。”[4]也就是说，浪漫主义并不提倡自我情感的无节制的宣泄，而是需要将情感与超越自我的东西结合起来。浪漫主义中的情感之所以会和超越性联系在一起，是与其基督教思想背景相关。施莱尔马赫对情感的解读深深影响了浪漫主义。在他看来，情感不能仅仅被理解为是主观的情绪，情感是超越主体与客体之上的宇宙对我们存在的深层结构影响。[5] “直接性（immediacy）是情感的正确定义”[6]，这种情感“把我们与善、真、美联系在一起，它使我们超越有限而达到无限”[7]。另一方面，浪漫主义的情感与创造理念相关。在柯勒律治看来，独创性天才所创造的形象，已经受到一种支配一切的激情或由这种激情所生发出的有关思想和意象的修改……或者已经注入了一个人的智慧的生命，这个生命来自诗人自己的精神，“它的形体透过大地、海洋和空气而出现”。[8] 激情能够使无生命的东西

---

[1] Charles Taylor. Sources of the Self: The Making of the Modern Identity. Cambridge, Massachusetts: Harvard University Press. 1989, p371.

[2] 刘小枫：《诗化哲学——德国浪漫美学传统》，山东文艺出版社1986年版，第53页。

[3] [英]华兹华斯：《抒情歌谣集一八〇〇年版序言》，见伍蠡甫主编《西方文论选》（下），上海译文出版社1988年版，第5页。

[4] [英]华兹华斯：《抒情歌谣集一八〇〇年版序言》，见伍蠡甫主编《西方文论选》（下），上海译文出版社，1988年，第5页。

[5] [美]保罗·蒂利希：《基督教思想史——从其犹太和希腊发端到存在主义》，尹大贻译，东方出版社2008年版，第346页。

[6] [美]保罗·蒂利希：《基督教思想史——从其犹太和希腊发端到存在主义》，尹大贻译，东方出版社2008年版，第353页。

[7] [美]保罗·蒂利希：《基督教思想史——从其犹太和希腊发端到存在主义》，尹大贻译，东方出版社2008年版，第350页。

[8] [美]M. H. 艾布拉姆斯：《镜与灯——浪漫主义文论及批评传统》，郦稚牛等译，北京大学出版社1989年版，第25页。

具有生命,也就是说观察者将自己的生命注入了他所观察的事物之中。这显然是浪漫主义诗人和理论家们致力于探讨的问题。[1] 总之,情感对于浪漫主义而言,既是自我的一种表现方式,也需要有超越自我的层面。

然而,我们可以看到,伤感与自怜自叹是分不开的。伤感意味着过分重视自我情绪,甚至沉溺于其中。哈特曼认为,一旦诗歌从宗教与公共目的区分开来,诗歌就会和独立个体本身一样麻烦。因为过分重视自我意识会带来一个悖论:即艺术和自主、个体联系在一起,但是在缺少具有权威性的神话的情况下,这一艺术必须背负着超越或在形式上限制以上个体化趋势的全部重任。[2] 柯勒律治采取的方法是将自我意识转化为想象力,从而实现对有限个体的超越。伤感往往是沉溺于自己的忧郁或痛苦感受中而无法摆脱或超越,是一种不加节制的情绪表现,过分注重自己的感受,并不能够超越自我的局限性。这是与浪漫主义理念有冲突的,所以"伤感"正是浪漫主义所不赞成的东西。华兹华斯理解到自我意识的沉重性,认为自我的伤痛不应该肆意释放出来,而是要通过与古老而富有创造力的自然之间的无意识交流来进行修复和愈合。因此,"浪漫主义者是伤感的"这一论断是对浪漫主义思想缺乏深刻理解的体现。这是郁达夫思想体系中的不完善之处,他不仅这样理解,而且还在作品中反复加强这一观念。所以,郁达夫的创作尽管在自我表现层面上是一大突破,但也带来了后来很长一段时间乃至现在对浪漫主义的诟病和误解。

郁达夫所创造的浪漫自我因其大胆的自我暴露和情感表现引起了社会轰动。郁达夫反复强调自己的作品是自叙传式的写作。"我觉得'文学作品,都是作家的自叙传',这一句话,是千真万真的。……作家的个性,是无论如何,总须在他的作品里头保留着的。作者既有了这一种强的个性,他只要能够修养,就可以成为一个有力的作家。修养是什么呢?就是他自己的体验。"[3] 在其小说中,我们确实可以看见郁达夫本人经历的影子,尤其是其浪漫行径。"郁达夫对待女性,又常常是采取一种泛爱的态度的。他在名古屋曾邂逅一名叫后藤隆子的日本女子,'相逢到左,一往情深',后来又和一名名叫雪儿的日

---

〔1〕 [美]M. H. 艾布拉姆斯:《镜与灯——浪漫主义文论及批评传统》,郦稚牛等译,北京大学出版社 1989 年版,第 25 页。

〔2〕 Geoffrey Hartman. "Romanticism and Anti-Self-Consciousness". Romanticism, Edited and Introduced by Cynthia Chase, New York: Longman, 1993, p49.

〔3〕 郁达夫:《五六年来创作生活的体验——〈过去集〉代序》,见王自立、陈子善编《郁达夫研究资料》,知识产权出版社 2010 年版,第 167 页。

本女人相遇于东京,两人时断时续同居近一年,此外,他对名古屋大松旅舍一侍女梅野,对京都旅舍一侍女玉儿,也都曾献出自己的热情,并以诗相赠。"[1]尽管如此,但是在很多友人的回忆中,郁达夫本人和他作品中的形象并不一致。如匡亚明在《郁达夫印象记》中表示:"他被目为中国的颓废作家的。但据我的观察,一般人所举出的理由,不足以证明他自身是一个颓废者。……他的日常生活,就我所见到的,也都和常人一样,并不显示着反常的浪漫和颓废。"[2]德国学者顾彬指出:"通常所以为的郁达夫的自我虽然在他的小说中被当作底衬(Folie),但只是起范本之用,并非与作者本人同一。作者用自身事例分析他那个时代的青年男性。作为作家,他似乎代表性地创造了他从总体上期待于一位艺术家的象征符号。"[3]我们研究的重点并不在于考证郁达夫的小说和其真实经历之间的关系,而是考察郁达夫为何要进行这样的自我定位。实际上,郁达夫公布日记、为自己作传,试图将他在小说中所塑造的浪漫幻象与其自身经历结合在一起,两者相得益彰,建立起象征资本,引起读者的关注和兴趣,引起社会轰动,也成就了其浪漫作家的形象,进而奠定了其在文学史上的地位。

郁达夫试图创造出超越世俗道德的不羁的浪漫者形象,在面对中国语境时,不可避免地会与儒家思想、国家意识等话语交织在一起。当时文坛有人赞扬郁达夫向礼教挑战的精神,如郭沫若称:"他那大胆的自我暴露,对于深藏在千年万年的背甲里面的士大夫的虚伪,完全是一种暴风雨式的闪击,把一些假道学、假才子们震惊得至于狂怒了。"[4]但他的作品也招致了很多批评,多集中于道德的堕落,如苏雪林批评其小说是"可谓集'卖淫文学'之大成"[5]。这里首先需要纠正一种对浪漫主义的偏见:认为浪漫主义是反道德的。实则不然。浪漫主义从没有放弃过对道德的思考。弗里德里希·施勒格尔强调:"不理解悖论的道德观念是低级的。"[6]浪漫主义的道德是在悖论性中体现

〔1〕 曾华鹏、范伯群:《郁达夫评传》,南京大学出版社2012年版,第27页。

〔2〕 匡亚明:《郁达夫印象记》,见王自立、陈子善编《郁达夫研究资料》,知识产权出版社2010年版,第51页。

〔3〕 [德]顾彬:《二十世纪中国文学史》(第七卷),范劲等译,华东师范大学出版社,2008年,第58页。

〔4〕 郭沫若:《论郁达夫》,见王自立、陈子善编《郁达夫研究资料》,知识产权出版社2010年版,第76页。

〔5〕 苏雪林:《郁达夫论》,见王自立、陈子善编《郁达夫研究资料》,知识产权出版社2010年版,第336页。

〔6〕 [德]弗里德里希·施勒格尔:《断想集》,见弗里德里希·施勒格尔:《浪漫派风格:施勒格尔批评文集》,李伯杰译,华夏出版社2005年版,第114页。

的。所谓的道德悖论，就是一种行为或者选择在一方面是道德的，在另一方面又是不道德的。在浪漫主义看来，"伦理学，它只是一种情感。一个道德行为就是一个评价行为。这人用肯定或否定的评判、用同意或拒绝，与另一个人的行为结合在一起。他的自由包含在'同意'之中，包含在价值意识、判断和批评之中"[1]。浪漫主义认为道德是与自我实现联系在一起的，一个强有力的自我若能够为其所认可的价值给予奋斗和热情，那么他的行为和选择就是道德的。因此，"一篇作品的道德，不在于对象或者与被叙述者的关系，而在于处理的精神。这个精神若是充满了充溢的人性，这篇作品就是道德的。这篇作品若只是彼此分离的力量和艺术的作品，就是不道德的"[2]。同样的，对于一个人而言，"如果他有热情的能力，那么他在道德上便是纯洁清白的"[3]。然而，往往这类人的言行常常会难以符合社会伦理的规定，甚至故意打破限制，会被世俗社会视为是放荡不羁，因此从社会伦理的角度来说，他们又是不道德的。浪漫主义的道德性便体现在实现自我的道德合法性和因追求自我实现而破坏世俗伦理的不道德之间的悖论中。

郁达夫的作品中"暴露—谴责"的创作模式就是浪漫主义道德的悖论性的体现。作者一方面细致地暴露主人公的心理状态，尤其是近乎变态的性心理和行为，如偷窥他人做爱，但另一方面又让主人公表现出礼教影响下的自责。如《沉沦》中主人公偷窥两个人野合，他听见两人亲吻的声音，一面痛骂自己"你去死罢，你去死罢，你怎么会下流到这样的地步"[4]，一面又"尖着的耳朵却一言半语也不愿意遗漏，用了全副精神在那里听着"[5]。在这一道德悖论中，郁达夫是由于自身认识到行为与礼教之间的冲突而自责。浪漫主义是不会进行道德自咎的。因为道德自咎意味着批评、怀疑自我选择和自身行为的正当性，也就会动摇浪漫主义思想的基础——绝对自我的无上性。一个强有力的自我应该为自己的行为和选择负责，但是不能够怀疑自身。郁达夫虽然看似是个体进行自责，但是他的自责是针对违反礼教的部分，而对自我本身缺乏反省。他

[1] [德]卡尔·施密特：《政治的浪漫派》，冯克利、刘锋译，上海人民出版社2004年版，第94页。

[2] [德]弗里德里希·施勒格尔：《断想集》，见弗里德里希·施勒格尔：《浪漫派风格：施勒格尔批评文集》，李伯杰译，华夏出版社2005年版，第111页。

[3] [德]弗里德里希·施勒格尔：《断想集》，见弗里德里希·施勒格尔：《浪漫派风格：施勒格尔批评文集》，李伯杰译，华夏出版社2005年版，第101页。

[4] 郁达夫：《沉沦》，见乐齐主编《郁达夫小说全集》，中国文联出版公司1996年版，第26页。

[5] 郁达夫：《沉沦》，见乐齐主编《郁达夫小说全集》，中国文联出版公司1996年版，第26页。

将道德堕落的原因归于国家不够强大，但是，难道国家强大了，就可以受日本女性欢迎、光明正大地与日本女性交往？浪漫自我的行为就会回归正统？但一旦与国家意识结合在一起，又辅之以自咎和忏悔，即便是变态的心理和堕落的行为，也能够得到读者的同情和理解。然而，国家意识在升华了这一浪漫形象的同时，也掩盖了其作品中本来可以更深挖掘的浪漫自我。

打破旧道德限制和在旧道德影响下自责，这一悖论正是郁达夫创作的动力。但随着儒家伦理的不断强化，郁达夫的作品呈现出从早期的反道德与道德自咎到后来的克己复礼、回归旧道德的发展过程。一旦儒家伦理占据上风，主人公"灭人欲"，不再有关于性的邪念，那便失去了对自我暴露的自责。随着这一创作的动力机制的逐渐消解，后来郁达夫也就难以再进行创作了。

第六章 “我”与“群”的内在张力

浪漫自我与社会之间的互动,成就了一批浪漫主义者,也促进了社会思潮的改变。如果说关于徐志摩和郁达夫的社会学分析说明了浪漫主义一开始就被引向了“浪漫”的方向,更多关注情感领域的浪漫自我,那么,在反抗旧有制度上,鲁迅、郭沫若笔下的浪漫自我不仅在内在世界领域向绝对自我发展,将浪漫主义理念中生命意志的成分推向极端,而且它带有强烈的民族动机。浪漫主义一方面极端强调自我,另一方面它又希望为民族、国家立言,这是浪漫主义从一开始就存在的基本问题。德国知识分子在提出浪漫主义时便有其民族国家的背景,拜伦、雪莱也有其政治抱负,雪莱还专门写过论政治的文章。浪漫主义试图要成为一种民族精神,但问题在于如何成为,以及能不能够成为。自我意志的东西以民族话语的形式提出,是否存在着矛盾和悖论?

浪漫主义思想中对“我”的极力推崇和它的民族国家抱负之间有着不可调和的矛盾。在浪漫主义的思想里,这种矛盾是潜在于其表面合理的逻辑之下的。在浪漫主义者那里,“我”与“群”之间似乎是不矛盾的。只有自我意志完全,国家才可能实现强健。事实上,浪漫主义的民族国家情怀只能是一种诗学,它不可能成为现实。这套浪漫主义诗学真正发挥作用的地方是在文学上开花结果。

本章将围绕鲁迅和郭沫若等早年服膺于浪漫主义、后又转向其他思想倾向的文学家进行探讨。鲁迅早年也认为张扬自我意志和民族国家强盛并不矛盾,他在《摩罗诗力说》中提出希望从推崇个人强意志出发去实现国家民族的强健。但是在鲁迅自己的写作中,这种强调自我意志的做法逐渐发展为“超人”意志。浪漫主义理念中天才与庸众的对立在鲁迅的思想中一直存在,并经由尼采思想的影响,向前更进一步发展(只是后来转化为启蒙者/先驱者与群众之间的对立)。所以说,鲁迅的思想是源于浪漫主义,但又超出浪漫主义的,他将其中的自我意志的成分推向极端。对自我的极度推崇很可能会导致对他人的鄙视。这样一来,如何为民族利益服务?鲁迅意识到了这一点,因此寻诸外在集体性力量对这个“超人”式自我进行约束。而且,在鲁迅的构想中,自我意志不健全无法实现强健的民族。但自我意志强健了,民族也不一定会强健。因为这套浪漫主义政治哲学是无法解决具体的民族政治问题的。新的社会规则的形成需要一整套详细、具体的举措,而浪漫主义并不致力于提出具体的解决方案。[1] 基于以上原因,鲁迅、郭沫若等早期的浪漫主义者感觉到了浪漫主义的瓶颈,有的人选择转向了马克思主义。然而,比郭沫若不假思索地拥抱革命更深刻的是,鲁迅意识到,马克思主义是强调集体大众化哲学的,“我”与“群”之间存在着难以消除的张力。这也是为什么鲁迅对左翼一直若即若离,而左翼作家却利用了鲁迅思想中“群”的一面,掩盖了他个人化的声音。尽管李长之在20世纪30年代就指出要重视鲁迅思想中个人性的一面,但是在“左派”文人和自由主义文人对争夺鲁迅阐释权的两种力量的夹缝里,并没有激起太大反响。(20世纪80年代以后有不少学者从李长之的论述中得到启发。)当然,我们不能完全接纳李长之的断言,将鲁迅看作是一个浪漫主义者,这显然是不中肯的。我们要做的,是从这一角度出发,重新关注到鲁迅思想中“我”的层面,看到他的浪漫主义思想在个人化创作方面的成就(如《复仇》中死亡的狂欢化图景、生命意志的张扬)。

郭沫若早年推崇浪漫主义,是“五四”时期浪漫主义思潮的主要推动者和实践者。他的《女神》给中国新诗带来独特的美学感受和表达方式。郭沫若诗学体系主要是围绕浪漫主义的“创造”哲学来展开的,通过自我的绝对化,进行形而上层面的美学探索,给中国文学带来深远启示意义。

第一节　鲁迅与浪漫主义诗学理想生成及悖论

浪漫主义并不仅以一种纯粹的美学意义上的创作方法进入中国文学,而是与民族、国家话语紧密结合在一起。鲁迅《摩罗诗力说》较早系统地介绍了西方浪漫主义,是所谓的开新声者。在此文中,鲁迅提倡浪漫主义有着明显的民族国家动机,他企图让浪漫主义成为民族精神。浪漫主义一方面极端强调自

〔1〕［德］卡尔·施密特:《政治的浪漫派》,冯克利、刘锋译,上海人民出版社2004年版,第95页。

我，另一方面它又希望为民族、国家立言，这是浪漫主义的基本问题之一。然而，自我意志的东西以民族话语的形式提出，是否存在着矛盾和悖论？在浪漫主义的精神结构中，这一思想逻辑似乎并不矛盾。在鲁迅后来的写作实践中慢慢展露出这种悖论，这一悖论影响了鲁迅的创作和人生选择，给他带来精神上的痛苦，但也成就了鲁迅独特的美学实践和思想深度。

一、“摩罗诗力”与民族国家动机

《摩罗诗力说》不仅是鲁迅早期思想的代表，而且可以说是中国较早的对浪漫主义诗学谱系的梳理。鲁迅在这篇长文中详细论述了拜伦、雪莱、裴多菲等八位浪漫主义诗人。但我们不能简单地认为这一谱系反映了西方浪漫主义的原貌。首先，西方浪漫主义的概念是极其复杂的，很难作本质主义的归纳概括。雅克·巴尊、以赛亚·伯林、卡尔·施密特等学者在研究中都避免谈论“什么是浪漫主义”，因为浪漫主义的概念及其分支太过驳杂，有的甚至互相矛盾，比如鲁迅文中提到拜伦被称为是“恶魔诗人”，但给出这种批评的骚塞本身也是浪漫主义者。其次，鲁迅所谈论的浪漫主义者是经过了挑选和过滤的。也就是说，这是鲁迅所理解的（或者更准确地说，所推崇的）的浪漫主义谱系。那我们关注的重点便放在，鲁迅以什么样的标准从驳杂的浪漫主义海洋中遴选出了这些浪漫主义者，他们构成了怎样的一种诗学谱系，最终鲁迅希望他们能给中国文学带来什么。

纵观鲁迅的这一长文，首先，也是最关键的一点是，鲁迅所论及的这些浪漫主义者大多被他归入了所谓的“摩罗诗宗”的谱系中。那么问题就在于，无论是“摩罗诗宗”还是“恶魔诗人”，让鲁迅如此着迷的“魔”究竟是什么。刘正忠详细指出了“魔”这一形象的历史文化根源。他认为，鲁迅所接受的是已经被人性化了的撒旦，成为了充满莎士比亚风格的“诗化撒旦”，既是反派英雄，又具有阴郁、孤独的气质，基于的是“神魔逆转、善恶移位”的隐喻逻辑。[1] 鲁迅主要继承了两点，即反抗权威的立场和对自由、进步的追求。但是，鲁迅也作了创造性的修正或偏移，他将尼采的超人哲学与浪漫主义的“摩罗诗人”结合在一起。“鲁迅实际上是把恶魔诗人给‘超人化’，使其具有更深邃的思想资源，

---

〔1〕 刘正忠：《摩罗·志怪·民俗鲁迅诗学的非理性视域》，台湾《清华学报》新 39 卷第 3 期，2009 年 9 月，第 429-472 页。

从而将‘诗人—战士’的形象由社会面扩展到精神界。”〔1〕在鲁迅看来，“神魔逆转、善恶移位”的隐喻逻辑中，“恶魔派”诗人之恶，便不是社会伦理意义上的“恶”，这种“恶”恰恰是中国当前最缺乏的精神。鲁迅用大篇幅来说明，中国从古至今追求“平和”的假象，以及对诗人“撄人心”的行为的压制。鲁迅从进化论的角度提出“动”的哲学，世界实际上是不断变化、运动中的。浪漫主义的“旨归在动作”的态度恰符合这种时代精神。没有反抗和破坏，就不会有进步和改革。而诗人的职责便在于“撄人心”，去唤醒人们的生命意志，拨动生命之弦，促使人们反抗。鲁迅更是举出伊甸园的例子，认为倘若没有魔鬼，人类都无从由生。〔2〕 也就是说，鲁迅认为，中国当前缺乏的，正是恶魔诗派所提倡的反抗、破坏的“动”的哲学。

值得注意的是，鲁迅对“摩罗诗人”的推崇，不仅是在美学意义上的，而且还包含着民族国家动机。〔3〕 鲁迅相信，浪漫主义的反抗精神、追求自由的态度，能够改变中国当前的国民精神。通过“立人”，进而实现整个民族的觉醒和强健。这一观念的形成一方面来自浪漫主义理念与当时中国历史社会语境的互动，另一方面，与浪漫主义自身的思维逻辑密切相关。

从浪漫主义在中国立足和发展的根基来看，西方浪漫主义是在理性充分发展、工业化社会趋向成熟和市民社会形成的背景下形成的，而中国在接受浪漫主义时，既没有理性发展的思想基础，也没有工业化和市民社会的社会基础，中国的浪漫主义的立足点便在于反抗性。鲁迅在 1935 年的《杂忆》中，指出浪漫主义诗歌兴起的原因：“时当清的末年，在一部分中国青年的心中，革命思潮正盛，凡有叫喊复仇和反抗的，便容易惹起感应。”〔4〕鲁迅的《摩罗诗力说》最初以令飞为笔名，发表于《河南》杂志第二期和第三期上。《河南》月刊是当时一部分中国留日学生所办的杂志，旨在宣扬民族救亡。鲁迅的《摩罗诗力说》《文化偏至论》等文章原本是为了《新生》所写。《新生》是他与几个留日青年所筹办的刊物，旨在改变“愚弱的国民”的精神状态，即改造思想、提高觉悟。后因

〔1〕 刘正忠：《摩罗 · 志怪 · 民俗鲁迅诗学的非理性视域》，台湾《清华学报》新 39 卷第 3 期，2009 年 9 月，第 429-472 页。

〔2〕 鲁迅：《摩罗诗力说》，见《鲁迅全集》第 1 卷，人民文学出版社 2005 年版，第 70-76 页。

〔3〕 王东东指出，鲁迅所提出的“精神界之战士”预示了政治浪漫主义的兴起，郭沫若式的革命浪漫主义只是其中一部分，而非鲁迅所能完全逆料。必须说，政治浪漫主义和革命浪漫主义只是“摩罗诗力”的一面，是“摩罗诗力”的政治后果，但也印证了“摩罗诗力”的民族政治动机。参见王东东：《天真与世故：浪漫主义诗歌在中国的前世今生——从西川、王敖的争论谈起》，《诗探索》2012 年第 1 辑理论卷。

〔4〕 鲁迅：《杂忆》，见《鲁迅全集》第 1 卷，人民文学出版社 2005 年版，第 233-234 页。

人力物力欠缺，筹办计划流产[1]，他便将这些文章投给了《河南》杂志。因此，鲁迅的《摩罗诗力说》不仅是一份诗学纲领，而且，更重要的是，鲁迅想要以此来实现民族政治目的，要将“摩罗诗力”注入孱弱的中华民族的精神，来实现民族强盛。鲁迅后来对这一企图一直念念不忘，在《坟》的前言和后记中他都反复表示，尽管以前的思想时代已经被埋葬，但这几位摩罗诗人仍然值得一看。[2] 在1929年的《〈奔流〉编校后记》中，鲁迅为早年介绍“摩罗诗人”的目的作了明确说明：“A Mickiewicz（1798—1855）是波兰在异族压迫之下的时代的诗人，所鼓吹的是复仇，所希求的是解放，在二三十年前，是很足以招致中国青年的共鸣的。”[3]关于裴多菲，鲁迅表示：“因为他是我那时所敬仰的诗人。在满洲政府之下的人，共鸣于反抗俄皇的英雄，也是自然的事。但他其实是一个爱国诗人，……只要那‘斗志’能鼓动青年战士的心，就尽够了。”[4]在民族危机、政治动荡、社会变革的背景下，鲁迅想要以浪漫主义诗学为根基，发展出一套能够拯救国民精神、实现民族强盛的政治诗学。

浪漫主义的民族政治动机并不仅仅是中国所独有的产物。事实上，德国浪漫主义从形成之初便与民族国家意图息息相关。不过，虽然其起源与民族政治因素有关，但德国浪漫主义并不局限于此，在美学、诗学、哲学、文化、诗歌等多方面都开花结果。而在中国特殊语境下，浪漫主义的民族政治动机被作为浪漫主义思想的重要方面而接受。美国学者王敖指出，浪漫主义一开始便与民族政治因素结合在了一起。“在回顾历史的时候，我们可以看到，浪漫主义与启蒙，革命，民族，国家等各种现代话语都纠缠在了一起。一方面，它帮助中国人建立自身的民族认同，从五四以来的诗人和批评家们都倾向于把浪漫主义看作一种中国古已有之的土产……；另一方面，它也提供了一种面向未来，挣脱传统束缚的诗歌方向，以一种激进的理想主义的面目出现，区别于‘现实主义’‘写实主

[1] 参见鲁迅：《呐喊·自序》，见《鲁迅全集》第1卷，人民文学出版社2005年版，第438-439页。

[2] 鲁迅：《坟·题记》《写在〈坟〉后面》，见《鲁迅全集》第1卷，人民文学出版社2005年版，第3-7，298-303页。

[3] 鲁迅：《〈奔流〉编校后记（十一）》，见《鲁迅全集》第7卷，人民文学出版社2005年版，第193页。

[4] 鲁迅：《〈奔流〉编校后记（十二）》，见《鲁迅全集》第7卷，人民文学出版社2005年版，第197页。

义’‘自然主义’等19世纪的西方观念。”[1]强调自我意志和高度个人化的浪漫主义是如何成为代表着集体话语的民族精神的呢？两者之间难道就没有悖论和矛盾吗？这在浪漫主义的思维中似乎是不矛盾的。以赛亚·伯林曾指出这种集体化的浪漫主义思维，只有自我意志完成了，作为个体组成的国家才会强健。[2] 鲁迅的“立人”理想正是基于这样的思维模式。比如被认为是典型的中国国民性代表的阿Q，他的一大特点便是没有自我意志。鲁迅要抨击的，正是这样一群没有自我意志的“庸众”。因此，民族政治动机是鲁迅引荐浪漫主义思潮进入中国的重要原因之一，也使得浪漫主义从一开始便被赋予了美学以外的社会责任。然而，我们不得不思考的是，浪漫主义有没有能力担当起这样的责任？推崇自我和个人的浪漫主义，有没有可能成为一种集体意志？

二、“我”与“群”的张力

我们看到，鲁迅所提出的不仅仅是一种浪漫主义的美学实践或创作方法，而且是一种“政治诗学”。鲁迅将浪漫主义诗学中的生命意志的成分推向极端，强调个体的自我完整性，想要通过“立人”来实现整个民族精神的改善，继而实现民族国家的强健。然而，我在这里将此称为“政治诗学”，是因为这一宏大构想只能停留在诗学想象层面上。鲁迅的可贵之处就在于他在写作中慢慢发现了浪漫主义政治诗学逻辑的吊诡之处，也意识到了浪漫主义的问题之一——“我”与“群”的张力。认识到这一张力的存在，使鲁迅的精神陷入矛盾和痛苦，但另一方面又使得他得以摆脱从“自我”到“群体”的简单逻辑的窠臼[3]，在其作品中展示出深刻的一面。

日本学者竹内好在半个世纪以前就提出了这一问题：“孤独的精神把虚无的深渊包藏在内面，又是怎样得以外化出一个启蒙家来的呢？”[4]竹内好将这

〔1〕［美］王敖：《怎样给奔跑中的诗人们对表：关于诗歌史的问题与主义》，《新诗评论》2008年第2辑，北京大学出版社2008年版。

〔2〕以赛亚·伯林指出：“在拿破仑入侵德国和德国民族主义情绪兴起之后……（按：费希特）渐渐放弃了个体是存在于空间里的一个经验人的观点，转而认为个体是某种大于个体的东西，比如说一个国家、比如说一个阶级、比如说一个宗教。一旦意识到这点，行动……自由就成了它的事情……我们从这里看到了巨大的民族主义驱动力或由阶级激发出来的集体驱动力观念的端倪”。详见［英］以赛亚·伯林：《浪漫主义的根源》，吕梁等译，译林出版社2011年版，第94页。

〔3〕在20世纪40年代，“战国策”派也以民族危机为名提倡浪漫主义，并试图使其成为国家精神，却遭到群起而攻之，尤其是受到左翼的猛烈批判。

〔4〕［日］竹内好：《近代的超克》，孙歌、李冬木、赵京华译，三联书店2005年版，第150页。

一问题归于传统孔子儒学对鲁迅的影响,因而将他放在传统与革命的纠葛中进行分析,认为原始孔教的精神也许是鲁迅伦理观的核心,使其具备强健的生命力。但我认为,这一二重悖论恰恰体现了鲁迅思想中深刻的一面,也同样是浪漫主义思想的困境和矛盾之处,即“我”与“群”之间的张力。鲁迅曾在给许广平的信中表示:“其实,我的意见原也一时不容易了然,因为其中本含着许多矛盾,教我自己说,或者是人道主义与个人主义这两种思想的消长起伏罢。所以我忽而爱人,忽而憎人;做事的时候,有时确为别人,有时却为自己玩玩,有时则竟因为希望生命从速消磨,所以故意拼命的做。”〔1〕鲁迅是对社会、对国家抱有期望,希望为之作出点什么,但从思想本质上来看,鲁迅更喜欢“我”的状态。我们所熟悉的“横眉冷对千夫指,俯首甘为孺子牛”,出自鲁迅的旧诗《自嘲》,而这两句话的后面还有话,“躲进小楼成一统,管他冬夏与春秋”。〔2〕这种孤独、自我的状态是鲁迅真正倾心的。李长之曾指出:“鲁迅在性格上是内倾的,……他宁愿孤独,而不喜欢‘群’。”〔3〕这一点得到了竹内好的认可。〔4〕鲁迅的“孤独”来自对强生命意志的追求,是叔本华所谓的“要么孤独,要么庸俗”的状态。鲁迅意识到,这种强意志者不可避免地会与“群”发生冲突。鲁迅在谈到易卜生的创作时说:“自尊至者,不平恒继之,忿世嫉俗,发为巨震,与对跖之徒争衡。盖人既独尊,自无退让,自无调和,意力所加,非达不已,乃以是渐与社会生冲突,乃以是渐有所厌倦于人世。”〔5〕鲁迅在这里已指出了强意志者与“群”的冲突。一个群体要求个体之间的妥协、个体对群体利益的服从或折中态度,而这个强大的“我”,“自无退让,自无调和,意力所加,非达不已”,必然与社会发生冲突。“超人”是强意志的个体,而集体意志则要求抹杀个人性和绝对服从。因而,一个民主国家,不可能仅仅由一群“超人”组成。鲁迅所设想的“我—群”之间的连接逻辑在此已显现出悖论。此后他的作品中所遭遇的“独异个人”的精神困境在《摩罗诗力说》中也已初现端倪。

这一“孤独”的“我”,带来的是对庸众的冷漠或者厌倦。李欧梵指出:“鲁

〔1〕 鲁迅:《两地书》(二四),见《鲁迅全集》第11卷,人民文学出版社2005年版,第81页。

〔2〕 鲁迅:《自嘲》,见《鲁迅全集》第11卷,人民文学出版社2005年版,第151页。

〔3〕 李长之:《鲁迅批判》,《李长之文集》第2卷,河北教育出版社2006年版,第90页。

〔4〕 竹内好表示:“他(按:鲁迅)对政治的无所关心是气质上的,他甚至没有主动树立过文坛上的党派。李长之把他这样恶交于群的素性算作没成为作家的理由之一,大抵是正确的。”详见[日]竹内好:《近代的超克》,孙歌、李冬木、赵京华译,三联书店2005年版,第12页。

〔5〕 鲁迅:《摩罗诗力说》,见《鲁迅全集》第1卷,人民文学出版社2005年版,第81页。

迅的小说和散文诗中喜用蚂蚁与苍蝇来比喻庸众的渺小琐屑。……无数的例子证明鲁迅是多么地关注着中国国民性的这否定的方面,独异个人正是面对这一切卓然而立,孤独,无权。"[1]蚂蚁和苍蝇的比喻暗示了鲁迅对庸众的态度,不仅是鄙视,而且厌恶。这一厌恶不仅仅是体现在庸众上,还体现在对整个人类的漠然和厌恶。鲁迅在《失掉的好地狱》中表示地狱原本是好的,被人类接管后反而变坏了。而且将魔鬼的形象描绘为"有一伟大的男子站在我面前,美丽,慈悲,遍身有大光辉"[2],在这样的光辉下,人类黯然失色。那么问题就在于,这样一种孤独的、绝对的"我",是对庸众乃至全人类厌倦的,又如何能够为民族利益——"群"立言呢?刘正忠指出了鲁迅的公共立场和个人立场之间的不同取舍。鲁迅的公共立场是,魔虽然通过"挟持"众生而"赋予"自由,看似横暴,但其姿态乃是利群的,这是拜伦式的逻辑。而鲁迅在个人立场上却倾向于尼采式的解读,即魔鬼乃是一种否定精神或虚无意志,超人必须尝试克服、容纳并利用它。[3] 鲁迅的摩罗不仅"抗天帝",而且要"制众生",是孤独的、逆众的。这样的"超人"是无法为"群"立言的。绝对的自我会导致对他人的鄙视或厌恶,不可能以启蒙者的姿态来帮助他们。鲁迅自述道:"当我沉默着的时候,我觉得充实;我将开口,同时感到空虚。"[4]一个强意志的"我"的世界是自足的,不需要受众和对象。他无需将这个强意志力所构成的诗学世界向他人诉说以获得理解。当他觉得有必要对那些"蚁类"诉说或不得不诉说时,他感到这种启蒙的不可能,因而会有虚无之感。因此,尽管鲁迅在表面上,是一个启蒙者,或者说作出了启蒙的姿态,然而他又清醒地意识到"我"与"群"之间的张力,这种张力给他带来了精神上的痛苦。

一味地张扬生命意志,一方面会导致对"庸众"("群")的疏离甚至憎恨,另一方面,会蔑视世俗道德。在浪漫主义看来,自我意志的实现便是最高道德。雪莱说,诗歌中只有一种道德,即天才。[5] 在鲁迅所欣赏的拜伦作品《海贼》中,主人公康拉德"于世已无一切眷爱,遗一切道德,惟以强大之意志,为贼渠

〔1〕 [美]李欧梵:《铁屋中的呐喊》,岳麓书社 1999 年版,第 122 页。

〔2〕 鲁迅:《失掉的好地狱》,见《鲁迅全集》第 2 卷,人民文学出版社 2005 年版,第 204 页。

〔3〕 刘正忠:《摩罗·志怪·民俗:鲁迅诗学的非理性视域》,台湾《清华学报》新 39 卷第 3 期,2009 年 9 月,第 429-472 页。

〔4〕 鲁迅:《野草·题辞》,见《鲁迅全集》第 2 卷,人民文学出版社 2005 年版,第 163 页。

〔5〕 Shelley. "A Defense of Poetry". Donald H. Reiman & Neil Fraaistat eds.. Shelley's Poetry and Prose. New York: W. W. Norton & Company, 2002, pp. 528-530.

魁,领其从者,建大邦于海上"[1]。这种在世俗伦理中看来恶贯满盈的人,在鲁迅看来却是"内秉高尚纯洁之想",原因是他所做的一切不过是"欲尽心力",期望充分实现其强意志力。对文学而言,诗与道德并不一定是息息相关的,有些超越世俗道德的作品也是佳作,如《茶花女》《爱玛》和《洛丽塔》等。但对一个现实社会而言,模糊道德的界限是非常危险的。摩罗本来就是破坏旧道德者,这在五四个性解放的思潮下有其合理性。但从长远来看,过分强调对世俗道德的反抗会带来道德价值判断的混乱。

更进一步说,浪漫主义的政治诗学难以解决具体的社会问题。尽管浪漫主义试图成为一种国家精神,并以此带来民族强盛,但浪漫主义并不致力于提出一个具体的解决方案。[2] 鲁迅在论及德国如何击败拿破仑时表示:"故推而论之,败拿破仑者,不为国家,不为皇帝,不为兵刃,国民而已。国民皆诗,亦皆诗人之具,而德卒以不亡。……然此亦反譬诗力于米盐,聊以震崇实之士,使知黄金黑铁,断不足以兴国家,德法二国之外形,亦非吾邦所可活剥;示其内质,冀略有所悟解而已。"[3]鲁迅在此文中认为仅靠诗的精神而不用兵刃,便可以强国御敌,这是一种浪漫主义的诗学态度,而非政治实践。一国要实现强盛和外交上的强硬,民族精神固然重要,但更重要的是需依靠详细周密的军事规划和政治策略,以及物质层面如兵力训练、武器装备、粮草储备等方面的加强。而一个自由民族国家的建立,也不能仅依靠浪漫想象,而是需要政治家对公正、合理的社会秩序有明确的态度和方案。然而,这些是浪漫主义不屑于做也没有能力做到的。鲁迅几乎从未提及过对未来前景的明确描绘,他不是不想提出,而是他的思想根基决定了他没有能力提出一个具体的、切实的方案。从此出发,我们可以进一步探讨鲁迅的反抗思想。他所书写的复仇、反抗,尽管会涉及一些具体的文化、思想、政治上的弊端,但就整体而言,他的反抗并没有明确的社会指向。无怪乎余英时批评鲁迅是"高度的非理性","不但是反中国的传统,也反对西方的东西","他没有正面的东西,正面的东西什么都没有","他没有一个积极的信仰,他要代表什么,他要中国怎么样,他从来也没有说过,尽是骂这

[1] 鲁迅:《摩罗诗力说》,见《鲁迅全集》第2卷,人民文学出版社2005年版,第77页。

[2] 卡尔·施密特从机缘论的角度来看待浪漫主义,认为其特点在于"他不提供问题的解决之道,而是提供对问题要素的拆解"。[德]卡尔·施密特:《政治的浪漫派》,冯克利、刘锋译,上海人民出版社2004年版,第95页。

[3] 鲁迅:《摩罗诗力说》,见《鲁迅全集》第1卷,人民文学出版社2005年版,第72-73页。

个骂那个的”。[1] 余英时的批评虽有些激烈,但道出了鲁迅思想中存在的一些问题,即着力在对抗,而缺乏明确的立场。浪漫主义无法确立一个具体的、固定的立场,因为任何固定的东西,都会削弱绝对的自我。对抗便是浪漫主义确立自身的方式之一,通过设置对立面,浪漫主义找到其自我存在的合法性,否则,一个无限的、强大的自我只能在虚无中展现。这就是鲁迅为什么总在与各种人、事对抗,却没有能力提出一个具体的解决方案或者立场的原因。浪漫主义诗学无论表现得如何迫切地想要介入现实,但实际上都难以解决具体的社会问题。[2]

浪漫主义夸大了诗学的作用,鲁迅后来清楚地意识到这一弊端,他在一份公开的遗嘱中明确对孩子嘱咐:“万不可去做空头文学家或美术家。”[3]因为“学文学对于战争,没有益处,最好不过作一篇战歌,或者写得美的,便可于战余休憩时看看,倒也有趣。”“一首诗吓不走孙传芳,一炮就把孙传芳轰走了。自然也有人认为文学于革命是有伟力的,但我个人总觉得怀疑,文学总是一种余裕的产物,可以表示一民族的文化,倒是真的。”[4]他对浪漫主义夸大诗力作用的做法表示怀疑,又为无法提出一种具体的确切的社会解决方案而焦虑。他明知道诗学的局限但又坚持着战斗的姿态,与其说是为了民族国家,不如说是为了他自己存在的意义。因此,鲁迅是以诗人的态度来谈论政治的,陷入了与浪漫主义逻辑的同样窠臼。鲁迅所提出的“摩罗诗力”重在反抗和破坏力,而一个新社会的形成和新制度的建立,不可能仅仅通过非理性地去崇尚生命力、通过反抗、破坏自动生成和合法化。鲁迅的这套诗学体系有利于激发诗力,但并不是政治哲学。在这个意义上而言,李长之说鲁迅是一个诗人便是合理的。[5]

“我”与“群”之间的悖论使得鲁迅意识到“超人”思想可能走向的阴暗面。他自己曾经就说过:“有我所不乐意的在天堂里,我不愿去;有我所不乐意的在地狱里,我不愿去;有我所不乐意的在你们将来的黄金世界里,我不愿去。”[6]

---

〔1〕 详见袁良骏在《为鲁迅一辩——与余英时先生商榷》中收集的史料,《鲁迅研究月刊》1995年第9期。

〔2〕 这里需要纠正对浪漫主义的一种误解,即认为浪漫主义是不切实际的、幻想的。事实上,浪漫主义的逻辑决定了浪漫主义难以深入探究现实。

〔3〕 鲁迅:《死》,见《鲁迅全集》第6卷,人民文学出版社2005年版,第635页。

〔4〕 鲁迅:《革命时代的文学》,见《鲁迅全集》第3卷,人民文学出版社2005年版,第442页。

〔5〕 李长之:《鲁迅批判》,《李长之文集》第2卷,河北教育出版社2006年版,第88页。

〔6〕 鲁迅:《影的告别》,见《鲁迅全集》第2卷,人民文学出版社2005年版,第169页。

这是在《摩罗诗力说》中“魔鬼”形象的延续:“以天堂之逐客,又为人间道德之憎者。”[1]那么这样的结果便只有走向黑暗。鲁迅转向革命的一个重要原因是要抵抗他自己内心的阴暗面。他需要用一种外在形式来约束他内心的“超人”,以免自我毁灭或毁灭他人。无论是出则烧完、留则冻灭的“死火”(《死火》),黑暗中被吞没、光明中又会消失的“影”(《影的告别》),还是“不以啮人,自啮其身,终以殒颤”的游魂(《墓碣文》),都体现出鲁迅思想的困境。然而,从鲁迅的作品中,我们可以看到,作为个体的“我”并没有消失,并没有融入到集体话语中,仍旧是强意志的存在。从外在来看,鲁迅亲近于革命是想救民于水火;从内在来看,他要借革命来摆脱内在的黑暗,但无论从自身还是从实际效果上,“我”都不可能为“群”立言。他做出了一种自我调和的努力,去拥抱他本人也并不太相信的“群”的力量,但“我”与“群”之间的张力使得鲁迅一直对左翼若即若离,最后以一种非常矛盾的综合体了却一生。作为“我”而存在的鲁迅在很长时间被控制话语权的“左派”文人封锁在“民族魂”的裹尸布里[2],直到海外学者的研究启示和中国20世纪80年代“去中心化”的语境中,才得以展现他那“超人”的残骸[3],带着阴影和黑暗。

三、新的诗学范式——“美伟强力”

上述分析并不致力于将鲁迅阐释为一个浪漫主义者。鲁迅的思想根基与浪漫主义息息相关,但又超出了浪漫主义。他吸收了尼采的生命意志哲学,将浪漫主义思想中强调自我意志的成分推向极端,因而使得“我”与“群”之间的矛盾张力愈加凸显。鲁迅的黑暗意识并不集中体现在《摩罗诗力说》中,但已初现端倪。鲁迅的这套浪漫主义诗学在政治实践上是失败的,但“摩罗诗力”

---

[1] 鲁迅:《摩罗诗力说》,见《鲁迅全集》第1卷,人民文学出版社2005年版,第92页。

[2] 较早系统地阐释鲁迅思想中的个人成分的专著是李长之的《鲁迅批判》。这本书刊行于1936年,鲁迅逝世后不久,是在“左派”文人“神化”鲁迅和自由主义文人否定鲁迅的争夺话语权的夹缝中面世的。在这本书中,李长之全面分析了鲁迅的整体创作,突出强调其个人化的因素在作品中的成就,并把鲁迅界定为一个浪漫主义诗人。我们不能像李长之一样简单地将鲁迅理解为一个典型的浪漫主义者。这一看法并不够中肯。但此书的视角得到日本学者竹内好的高度评价。80年代以后的中国,在“去中心化”语境下,鲁迅个人性的一面重新得到关注,也有越来越多的学者从李长之的阐释中获得启发。参见笔者拙作《“诗人”鲁迅之发现——李长之的〈鲁迅批判〉再解读》,《文化与诗学》2015年第1辑。

[3] 竹内好认为:“《墓碣文》一文表明这是没有被创造出来的‘超人’的遗骸,如果说得夸张一些,那么便是鲁迅的自画像。……以生命残骸来代替生命。”详见[日]竹内好:《近代的超克》,孙歌、李冬木、赵京华译,三联书店2005年版,第100页。

却在文学上开花结果。鲁迅所开启的新的诗学范式——“美伟强力”，已经远远超越了提倡“温柔敦厚”的传统诗歌体系所能承载的范畴。

从《诗经》延续下来的“哀而不伤、乐而不淫”的美学传统，使得中国的传统诗歌中缺乏激情的“力”。在《摩罗诗力说》中多次提到对“美伟”（或“伟美”）诗学和人格的赞赏，并认为这得益于诗人“撄人心”：“惟有而未能言，诗人为之语，则握拨一弹，心弦立应，其声澈于灵府，令有情皆举其首，如诸晓日，益为之美伟强力高尚发扬，而污浊之平和，以之将破。”〔1〕“平和”为“污浊”，“美伟强力”才为高尚。他所青睐的魔鬼形象便是“伟大”“美丽”。〔2〕从这个角度来看，“美伟强力”超越了庸常的社会伦理规范，体现为生命意志的迸发和外在流淌。这一诗学风格集中展现在复仇主题上。

鲁迅在提到那些浪漫主义者的时候格外倾心关于复仇的创作，而且，他自己的作品中也多次出现复仇主题，比如《野草》中的《复仇》和《复仇（其二）》，《故事新编》中的《铸剑》，还有鲁迅所钟爱的女吊戏（改编自民间复仇传说）〔3〕。复仇是浪漫主义创作所钟爱的主题之一。复仇不仅展现了对抗性的关系，而且是强生命意志的外在行动。在复仇情景中，激情得到最大限度的迸发。在通常意义上，复仇这一主题一般带有社会伦理性质，与正义、公正等话语结合在一起。但在鲁迅这里，复仇的伦理性被搁置或者说被中立化了。它并没有被否定或者消除，而是在强意志力这一美学语境下不纳入考虑范畴。世俗伦理被中立了，自我意志则成为最高的伦理。这样一来，复仇更多是为了体现生命意志的狂欢，常常以死亡狂欢的形式表现出来。

与郭沫若以“天狗来把一切都吞了”的气势来展示强意志力不同〔4〕，鲁迅的作品中频繁地出现死尸、墓地、鲜血、鬼等意象，他以死来展现或对比生命力本来的鲜活，尤其是执着于描绘复仇时霎那间生命力的迸发和死亡的狂欢，以死来写生。在《复仇》中，虽然主题为“复仇”，但鲁迅似乎没有提及“复仇”的动机。这两人相对而立，“裸着全身，捏着利刀，对立于广的旷野之上。他们俩

〔1〕 鲁迅：《摩罗诗力说》，见《鲁迅全集》第1卷，人民文学出版社2005年版，第70页。

〔2〕 鲁迅：《失掉的好地狱》，见《鲁迅全集》第2卷，人民文学出版社2005年版，第204页。

〔3〕 鲁迅谈到“女吊”时表示：“不过一般的绍兴人，并不像上海的‘前进作家’那样憎恨报复，却也是事实。单就文艺而言，他们就在戏剧上创造了一个带复仇性的，比别的一切鬼魂更美，更强的鬼魂。这就是‘女吊’。”详见鲁迅：《女吊》，见《鲁迅全集》第6卷，人民文学出版社2005年版，第637页。

〔4〕 详见本章第二节。

将要拥抱，将要杀戮……"[1]然而，鲁迅又反复强调他们"不见有拥抱或杀戮之意"[2]。这样一来，复仇的目的和伦理意义便模糊了。那么，鲁迅为什么要设置这样的复仇场景呢？不少研究将这理解为是鲁迅对中国式"看客"的麻木冷漠的辛辣讽刺和批判，但我认为，鲁迅是故意让这些"看客"无聊的，在他孤傲的内心，觉得"庸众"是不可能真正了解"超人"的世界的。尽管，他有时候展露出来的样子是希望"庸众"理解，为"庸众"的不理解而痛心，但从这篇文章我们可以看出，本质上而言，他觉得"庸众"不可能理解，甚至他也不想让他们理解。"庸众"只对复仇的结果和目的感兴趣，他故意设置场景让这两人既不拥抱，也不杀戮。庸众感到无聊不仅体现在没有满足"看客"的心理，而且体现在不能够理解强意志者的世界。那么，我们再回过来看这篇名为"复仇"却没有实际复仇动作的文章，鲁迅究竟想表达什么？李欧梵认为《复仇》中的两个人是一对男女，有着"色情"的强度。[3] 但我认为并不一定要从两性情欲的角度去理解，而可以理解为是两种强生命意志之间的对撞。鲁迅着重要描绘的，是两种生命意志之间的冲撞的外在形式。想象中的杀戮和血腥，不过是诗意地表现生命力的一种方式。鲁迅在文中重复着这样的话语："以得生命的沉酣的大欢喜""得到生命的飞扬的极致的大欢喜""永远沉浸于生命的飞扬的极致的大欢喜中"。[4] 这才是鲁迅对复仇精神着迷的地方——在对抗中生命意志的张扬。想象中的狂欢，在鲁迅看来已经足矣，因为他并不是想要一个实在的复仇结果，而是需要一种美学体验。当这两个"超人"对峙，沉浸于生命的狂欢中时，"庸众"们只是感到无聊，他们自身的局限性决定了他们难以被这种生命的强度所激荡。当想象中的刀刃划破皮肤，血光四溅时，在鲁迅笔下既不恐怖，也不恶心，而是有一种奇特的美感，似乎吸引着读者去尝试这样一种狂欢。这是一种奔放的、自由的生命意志给人带来的吸引。因而，文中所出现的"裸体"，与其说是色情的暗示，不如说是对原始生命力之美的膜拜，如希腊雕塑一般的强健肉身。

在《铸剑》中，死亡的狂欢化尤为显著。一开始，眉间尺的报仇还有着道德伦理和社会伦理的成分。从个人角度来说，父亲冤死，为父报仇，似乎是一般的武侠小说的套路。从社会角度来说，暗示对昏庸残暴的统治者的反抗。但从眉

---

〔1〕 鲁迅：《复仇》，见《鲁迅全集》第2卷，人民文学出版社2005年版，第176页。
〔2〕 鲁迅：《复仇》，见《鲁迅全集》第2卷，人民文学出版社2005年版，第176页。
〔3〕 [美]李欧梵：《铁屋中的呐喊》，岳麓书社1999年版，第103-119页。
〔4〕 鲁迅：《复仇》，见《鲁迅全集》第2卷，人民文学出版社2005年版，第176页。

间尺的举动来看,他连一个老鼠都不忍心杀死,似乎不是一个意志力强的人,仇恨之火会点燃他的行动,但不会持续太久。因而,鲁迅安排了另一个黑色人上场。在文中,这个黑色人一直都没有明确说明自己的复仇动机,他只是表示:"你还不知道么,我怎么地善于报仇。你的就是我的;他也就是我。我的魂灵上是有这么多的,人我所加的伤,我已经憎恶了我自己!"[1]这简直是鲁迅借他人之口所诉说的心声。黑色人的出现,将复仇这一主题从表面上的伦理层面转向生命的狂欢和与世界的永恒对决,这一对决由道德伦理意义转化为美学上的欣赏。当眉间尺把头交给他时,他热情地亲吻已死去但仍温热的嘴唇,并显得十分狂喜。如果从通常视角来看,这一反应违背常理。眉间尺为了能够报仇,不惜砍下自己的头来交给一个陌生人,这是何等悲壮。然而,文中展示的却无丝毫的悲壮之情,而是面对死亡时的狂喜。这样的景象让人联想到在王尔德的《莎乐美》中,莎乐美在复仇后亲吻着约卡南被砍下的头,显示出一种奇特的死亡之美和快感。与《复仇》类似,鲁迅以魔幻的笔法,细致、具体、生动地描绘着眉间尺的头与王的头的对决,以及三人被砍下的头在水中挣扎的场景。鲁迅以近乎着迷的笔调,描写出血腥、残酷的死亡图景,展现出异样之美。他将一场死亡盛宴描写得如诗般激情和美丽。读者在欣赏这一狂欢时,关注点已不再是对王的仇恨,而是生命意志之间的紧张对决,在狂欢中感受生命的淋漓尽致。当一切都平静下来以后,读者感受到的不是对眉间尺和黑色人壮烈死亡的敬佩或惋惜,也不是为消灭了暴虐的统治者而痛快,而是对这场狂欢意犹未尽,仿佛绚烂的烟花在激烈的绽放后落幕。生命力在瞬间的华美绽放以对抗的形式呈现出来,超越了鲁迅所批判的、中国文化所追求的"平和"之美。在此意义上,"平和"不过是对性情和意志的压抑。

前面提到,鲁迅所创造的复仇形式是将伦理、现实架空,将伦理中性化,重在生命意志渗透在语言中的狂欢,即激情之美。在鲁迅的复仇故事中,尽管他想在其中添加写社会伦理意义,比如描绘王的暴虐,但他思想中生命意志的成分牵引他走向激情的诗学。他以一种近乎狂热的迷恋的姿态去写复仇中可能发生的或已经发生的血腥。在消除了传统伦理上对死亡和血腥的恐惧和排斥以后,新的美学感受便营造了。生命意志的张扬构成了壮美的文学图景。这不仅在中国传统文学中罕见,而且在现代文学时期注重写实的文学风潮中也不常见。鲁迅本可以在这条美学之路上走得更远,但中国儒学传统教育使他有士大

[1] 鲁迅:《铸剑》,见《鲁迅全集》第2卷,人民文学出版社2005年版,第441页。

夫的姿态,社会责任感促使他希望能够为社会伦理正言。鲁迅意识到,伦理问题讨论涉及人与人之间的关系,是与"群"相关的概念。而具有强生命意志的个体,是必然要与群发生冲突的。浪漫主义诗学"恶魔性"的一面可以带来独特的美学体验和精神风貌,但是,正因为浪漫主义并不致力于构建新的社会秩序,他们对道德基础只会有破坏作用,却不可能建构什么新的社会伦理原则。这是浪漫主义的局限性所在。浪漫主义姿态在美学上是有价值的,但在现实层面则会产生很多问题。这是鲁迅批评创造社"冲破一切"、变化多端的态度的原因[1],也是他超出创造社的地方,成为少数对浪漫主义有深刻理解和反思的现代作家之一。

在 20 世纪初的历史语境下,鲁迅的《摩罗诗力说》希望通过对反抗、破坏、强意志力的推崇,来实现民族的强健和国家的强盛,这与浪漫主义的反抗精神和民族国家构想相契合。鲁迅早期的浪漫主义思想折射出中国浪漫主义发展脉络中重要的但并未得到重视的一支:集体浪漫主义,即将原本属于个体层面的美学探索运用到具体的民族、国家等集体化建设层面,带有明显的民族政治动机的浪漫主义实践。浪漫主义与民族、国家话语紧密结合在一起,试图重新塑造民族精神,建立强健的民族共同体。这是浪漫主义能够在中国社会得以生根和发展的持久推动力。这样一个动态的概念随着历史语境的变化而不断发展,呈现不同的形态,郭沫若、李长之、陈铨等人都在这一层面上进行过探索。尤其在 20 世纪 40 年代充满民族危机的抗战背景下,浪漫主义与民族、国家话语更紧密地结合在一起,发展为集体浪漫主义。当浪漫自我主体上升为集体或国家时,原本属于个人层面、围绕着绝对自我和强意志的诗学构想,就可能向国家、民族的现实实践方向努力。浪漫主义诗学中强大主体所追求的自我实现,将转化为以民族的自我实现为目的。从个体到集体、从情感到力量,集体浪漫主义显示出了强大驱动力。

第二节　郭沫若的"绝对自我"与"创造"哲学

对生命意志的推崇不仅体现在鲁迅的创作和思想中,而且体现在郭沫若的

---

[1] 鲁迅:《上海文艺之一瞥》,见《鲁迅全集》第 4 卷,人民文学出版社 2005 年版,第 302-305 页。

诗学谱系中。如果说鲁迅是将浪漫主义思想中的生命意志成分与尼采的超人哲学结合起来,并推向极端,那么郭沫若则是对自我力量的绝对化,将自我推向无限的层面,让自我成为世界的立法者和创造者,建构起他独特的"创造"哲学。

中国早期浪漫主义诗歌颇受微词,其中之一便是对诗歌深度的质疑。叶维廉指出:"早期的中国浪漫主义者对韦勒瑞已、华兹华斯、歌德和诺瓦利斯等人认识论式追随的核心层面所知不多。……早期的中国新诗人选择以情感主义为基础的浪漫主义而排拒了由认识论出发作哲学思考的浪漫主义。"[1]夏志清也认为:"早期现代文学的浪漫主义作品是非常现世的,很少有在心理学或哲理上对人生作有深度的探讨。"[2]然而,郭沫若的诗歌却在一定程度上克服了这些缺点,这是源于他对浪漫主义的核心理念——"创造"——的深入理解(或者说比同时代甚至此后很长时间内的浪漫主义诗人要理解得深刻)。正是他从认识论角度对浪漫主义的哲理化理解,使得他得以超越同时代的浪漫主义诗人,创作出气象宏伟、图景广阔的诗歌,在中国新诗史上具有开拓性作用。茅盾夸赞郭沫若"作者的感情奔放,'昂首天外'的气魄,在当时也是第一人"[3]。郭沫若对浪漫主义的"创造"理念极力推崇,在《论国内的评坛及我对于创作上的态度》一文中着重表示:"对于艺术上的见解,终觉不当是反射的(Reflection),应当是创造的(Creative)。前者是纯由感官的接受,经脑神经的作用,反射地表现出来。就譬如照明一样。后者是由无数的感官的材料,储积在脑中,更经过一道滤过作用,酝酿作用,综合地表现出来。就譬如蜜蜂采取无数的花汁酿成蜂蜜一样。我以为真正的艺术,应该是属于后一种。"[4]"创造"这一诗学理念不仅是郭沫若文学创作的核心,也缔造了创造社并成为其文学活动的宗旨。对于郭沫若的"创造"理念,学界已有很多讨论。但是,就"创造"理论之形成与其认识论思考的关系而言,目前相关研究还不够充分,尤其是对郭沫若发表在《创造》季刊上的一篇重要文章——《波斯诗人莪谟伽亚默》[5]的

[1] [美]叶维廉:《中国诗学》,三联书店1992年版,第196页。

[2] [美]夏志清:《中国现代小说史》,复旦大学出版社2005年版,第13页。

[3] "昂首天外"四字,是郭沫若曾用以称赞田汉的,茅盾认为用以称赞郭沫若自身也是恰当的。详见茅盾:《复杂而紧张的生活,学习与斗争》,见饶鸿競等编《创造社资料》(上册),福建人民出版社1982年版,第1022页。

[4] 郭沫若:《论国内的评坛及我对于创作上的态度》,见《郭沫若全集》文学编第15卷,人民文学出版社1990年版,第226页。

[5] 该文刊于《创造》季刊第1卷第3期,是译介莪谟伽亚默诗歌一文的引言部分。

忽视。这一篇文章此前一直被学界视为郭沫若的译介文字,而并未加以重视。事实上,此文道出了《创造》季刊的发刊词《创造者》这一宣言的背后诗学体系——郭沫若在这篇文章的开头便阐释了自己的"创造"诗学理论的来源及建构。创造社成员虽都聚集在"创造"的名目之下,但大多并不理解郭沫若的"创造"之意。"创造"一词并不仅仅是字面上的除旧布新、自由创造之意,而且蕴含着浪漫主义的诗学体系。郁达夫、张资平、王独清等人的作品只能说是对郭沫若"创造"理念的庸俗化表现。而郭沫若对形而上学层面的思考,代表着中国新诗的一种重要美学向度,在当时以及后来的很长一段时间都鲜有回应。在中国新诗建设仍然存在着深度思考不足的今天,回过头来重新思考郭沫若的浪漫主义诗歌对于形而上学层面的认识论思考及其美学表现就显得很有必要了。

一、"创造"理论的形成与超越性思考

郭沫若对于浪漫主义的"创造"理论有较深的接受与理解,与他对宇宙、人生等超越性层面问题的关注有关。而超越性层面的关注最终涉及浪漫自我向无限发展的倾向,即自我力量的绝对化。

在《波斯诗人莪漠伽亚默》中,郭沫若首先道出对宇宙、人生本质的思考。他指出,宇宙找不到其本源所在,形而上学假设的本质和宗教论提供的上帝都不能够提供满意的答案。郭沫若表示:"我们终是无边的海洋上一叶待朽的扁舟……终是漫漫的黑夜里一个将残的幽梦……终是没破的监狱里一名既决的死囚。"〔1〕这实际上是郭沫若在指出人的有限性的问题。浪漫主义"创造"理论形成的哲学根源之一便是:"浪漫主义接受了内在二元论,即'一个胸膛中的两个灵魂'。在《浮士德》中得到印证。……存在于人类的价值感和他了解到自然的一视同仁之间的矛盾。……也就是帕斯卡尔在永恒静默的空间中的孤独感的另一种形式。"〔2〕当人没有意识到自身的有限性时,会执迷于现世的一切,"他们的乐园便是这眼前的天地……他们不知道人生为何物"〔3〕,然而,当人的心眼"睁开内观外察"时,会知道自身的有限性,便会知道自己是"既决囚"。进一步的思考是,人若清楚自身是有限的、渺小的,那人生的动力又在何

〔1〕 郭沫若:《波斯诗人莪漠伽亚默》,见《郭沫若全集》文学编第15卷,人民文学出版社1990年版,第294页。

〔2〕 [美]雅克·巴尊:《古典的,浪漫的,现代的》,侯蓓译,江苏教育出版社2005年版,第14页。

〔3〕 郭沫若:《波斯诗人莪漠伽亚默》,见《郭沫若全集》文学编第15卷,人民文学出版社1990年版,第294页。

处呢？郭沫若继而又分析道："于是对于既决囚所剩下的几条路径：第一，便是自然的发狂；第二，便是人为的自杀；第三，便是彻底的享乐。"〔1〕"自然的发狂"的例子，郭沫若并没有明说，仅一笔带过（郭沫若所倾慕的尼采也许可以算作此类）。"人为的自杀"的例子，郭沫若举了屈原和贾谊，因为他们认识到了天地宇宙之无常，生而为人和万物并无太大区别，找不到人之为人和人生的意义所在，因而愤然奔赴黄泉。"彻底的享乐"又分为积极的享乐和消极的享乐。"司皮诺若（Spinoza）陶醉于神，歌德陶醉于业，便是积极的一种。"〔2〕为什么郭沫若将这两类放在一起并认为是积极的呢？为解决这个问题，我们首先来看他是如何解释歌德的"泰初有业"的："宇宙自有始以来，只有一种意志流行，只有一种大力活用。"而从这种宇宙观所演绎出来的人生哲学，便是一种强大的自我意志力的施展，"犹如一团星火，既已达到烧点，便索性猛烈燎原，这便是至善的生活"。〔3〕他进一步指出，斯宾诺莎的"泛神论"也正是将自我意志转嫁到自然万物之上，"将自身的小己推广成人类的大我"。也就是说，郭沫若认为，要自我意志作为万物之本源，才能够体悟到"创造"的本质。〔4〕郭沫若又接着举例，如果意志力不够强，便会因有限性而感到一种无法解脱的虚无感，沦为伊壁鸠鲁主义者，如古诗十九首、如刘玲、如李白，失却了人生之动力，但又不能放弃生命，只能纵情诗酒。概言之，郭沫若在《波斯诗人莪谟伽亚默》一文中通过对宇宙本源问题的质疑，引出对人的有限性的思考，并在这一哲学思考之上生发出对强意志力的推崇——是人超越自身有限性达到无限的有效途径——自我意志作为本源就是浪漫主义"创造"理念的核心。〔5〕浪漫主义对于无限性的思考是有其深厚的宗教根源的："在尼古拉和路德的神秘主义思想——路德的神秘主义起初是公开的，但后来是隐蔽的——看来，上帝和世界是相互包含的。现代思想超越了晚期古代世界流行的神的领域在天上，人的领

〔1〕郭沫若：《波斯诗人莪谟伽亚默》，见《郭沫若全集》文学编第15卷，人民文学出版社1990年版，第295页。

〔2〕郭沫若：《波斯诗人莪谟伽亚默》，见《郭沫若全集》文学编第15卷，人民文学出版社1990年版，第296页。

〔3〕郭沫若：《波斯诗人莪谟伽亚默》，见《郭沫若全集》文学编第15卷，人民文学出版社1990年版，第296页。

〔4〕郭沫若：《波斯诗人莪谟伽亚默》，见《郭沫若全集》文学编第15卷，人民文学出版社1990年版，第296页。

〔5〕在某种意义上，郭沫若已经在美学层面上将诗人等同于上帝，这也是浪漫主义的深意所在，但浪漫主义从未表示要在宗教意义上取代上帝。

域在地上的狭隘二元论。……这意味着，有限不仅仅是有限的，而在某个方面它也是无限的，并以神作为它的中心和根据。……这种有限与无限的关系原则是浪漫主义的首要原则，任何别的东西都依赖于它的。"[1]浪漫主义的一切努力——想象、反讽、情感等——都是为了从人本身去找到通向无限的途径。"对无限的向往（Sehnsmcht），……对蓝色花朵的追寻。对蓝色花朵的追寻，是自我吸收无限的尝试，是自我与无限合一的尝试，也是自我融入无限的尝试。"[2]

如果说《波斯诗人莪谟伽亚默》一文中较为系统地表述了其认识论的哲学探索，那么早在1919年的《凤凰涅槃》中，郭沫若已经表达了这种理念的雏形："宇宙呀！宇宙！/你为甚么存在？/你自从哪儿来？/你坐在哪儿在？/你还是个有限大的空球？/你还是个无限大的整块？/你若是个有限大的空球。/那拥抱着你的空间/他从哪儿来？/你的外边还有些甚么存在？/你若是无限大的整块？/这被你拥抱着的空间/他从哪儿来？/你的当中为甚么又有生命存在？/你到底还是个有生命的交流？/你到底还是个无生命的机械。"[3]这样的类似屈原"天问"的表述乍看在整首诗歌中显得突兀，但若放在郭沫若的整体诗学体系的思考和建构中便可以解释。郭沫若对宇宙本源的思考引出无限的思考。继而诗中又表示，"我们这缥缈的浮生/好像那大海里的孤舟！/……/我们这缥缈的浮生/好像这黑夜里的酣梦。/……/我们只是这睡眠当中的/一刹那的风烟。/……/只剩些悲哀，烦恼，寂寥，衰败，/环绕着我们活动着的死尸，/贯串着我们活动着的死尸。"[4]以宇宙之无限对比自我之有限，这对于人生有限性的思考不正是郭沫若在《波斯诗人莪谟伽亚默》一文中指出的我们是"无边的海洋上一叶待朽的扁舟""漫漫的黑夜里一个将残的幽梦""没破的监狱内一名既决的死囚"吗？从这个角度来说，凤凰的重生正意味着通过"创造"的方式，将自我力量绝对化，实现对人的有限性的超越而达到无限的境界。

郭沫若的诗歌中频频出现死亡和新生的意象，来暗示创造与无限。在以死

---

〔1〕［美］保罗·蒂利希：《基督教思想史——从其犹太和希腊发端到存在主义》，尹大贻译，东方出版社2008年版，第331页。

〔2〕［英］以赛亚·伯林：《浪漫主义的根源》，译林出版社2005年版，第106页。

〔3〕郭沫若：《凤凰涅槃》，见《郭沫若全集》文学编第1卷，人民文学出版社1982年版，第34-52页。

〔4〕郭沫若：《凤凰涅槃》，见《郭沫若全集》文学编第1卷，人民文学出版社1982年版，第34-52页。

亡为主题的诗歌中,郭沫若想要展现的并非是死亡的可怖,而是死亡的诱惑。或将死亡喻为情人:“死!/我要几时才能见你?/你譬比是我的情郎,/我譬比是个年轻的处子。”〔1〕“沫若,你别用心焦!/你快来亲我的嘴儿,/我好替你除却许多烦恼。……你快来入我的怀儿,/我好替你除却许多烦恼。”〔2〕死亡并不是毁灭,是另一种通向无限的方式。死亡隐喻着对旧有束缚的毁灭和破坏。“分开!离解!驱除!打坏!宰离!粉碎!/快!快!快!/快唱着新生命底欢迎歌!”(《解剖室中》)创造和毁灭是相辅相成的,惟有这样才能实现自我的绝对化,才能让诗人成为世界新的立法者。因此,郭沫若颇为偏爱新生的事物,比如婴儿(《两个大星》《创造者》《春之胎动》《新月》)、新芽(《新芽》)、早晨(《晨安》《日出》)。死亡与新生、破坏与创造实为一体,其本质都是超越有限性达到无限性的方式。特别要注意的是《苦味之杯》一诗,郭沫若一反歌颂新生的常态,对人的诞生表示苦闷:“呱呱坠地的新生儿的悲声!/为甚要离开你温暖的慈母之怀,/来在这空漠的、冷酷的世界?”〔3〕破晓时,郭沫若并没有在《晨安》《日出》等诗中对一天伊始的狂热礼赞,反而感叹:“啊啊,天亮渐渐破晓了,/群星消沉,/美丽的幻景破灭了。/晨风在窗外呻吟,/我们日日朝朝新尝着诞生的苦闷。”〔4〕这种看似反常的态度实际上和礼赞新生的思想基础是一致的,都是源于对人的有限性的思考,但郭沫若已经发现了绝对自我的局限性所在:“啊啊,/人为甚么不得不生?/天为甚么不得不明?/苦味之杯哟,/我为甚么不得不尽量倾饮?”〔5〕在形而上层面,郭沫若以自我绝对化的方式趋向无限和永恒,但实际中,人终究要受到有限的种种束缚,无论是生命的有限还是外在世界的限制。而这是形而上层面的探索很难解决的矛盾。

更值得关注的是,浪漫主义的“创造”实际上是让自我意志达到与上帝同样的高度(主要就美学意义而言)。在作为《创造月刊》的创刊词《创世工程之第七日》中,郭沫若表达了对上帝造人的不满,因为“你最后的制作,也就是你

〔1〕 郭沫若:《死》,见《郭沫若全集》文学编第1卷,人民文学出版社1982年版,第128页。

〔2〕 郭沫若:《死的诱惑》,见《郭沫若全集》文学编第1卷,人民文学出版社1982年版,第137页。

〔3〕 郭沫若:《苦味之杯》,见《郭沫若全集》文学编第1卷,人民文学出版社1982年版,第187页。

〔4〕 郭沫若:《苦味之杯》,见《郭沫若全集》文学编第1卷,人民文学出版社1982年版,第187页。

〔5〕 郭沫若:《苦味之杯》,见《郭沫若全集》文学编第1卷,人民文学出版社1982年版,第187页。

最劣等的制作/无穷永劫地只好与昆虫走兽同科。/人类的自私,自相斫杀,冥顽,偷惰/都是你粗滥偷懒的结果"。上帝将人与走兽昆虫一并造出,人若不能认识到人之为人的价值,便与蝼蚁无异,而这一点正是郭沫若在《波斯诗人莪谟伽亚默》中借屈原、贾谊之口道出的。郭沫若强调:"上帝,我们是不甘于这样缺陷充满的人生,/我们是要重新创造我们的自我。"浪漫主义"创造"理念的深层内涵正是自我的实现,是由有限的缺失向无限的完满的努力。"我们自我创造的工程,/便从你贪懒好闲的第七天上做起。"值得注意的是,在这里,郭沫若预示着在自我的层面上个体将接替上帝的任务进行"创造"以实现自我的完成。而这一点正是浪漫主义的重要旨归——创造一个新的宗教。由于科学理性的发展,上帝被怀疑,宗教信仰受到动摇。再加上工业文明的兴起,人越来越工具化、功利化,对于人的灵性的思考被忽视,从而展现出人类新的精神困境:人如何超越自身的有限性?以往宗教为人们提供了通向永恒的途径,但是由于科技理性从根本上动摇了宗教的神圣性,宗教已经不能成为解决精神困境的唯一途径。因此,浪漫主义提出要建立一种"新宗教",以实现人类对永恒的渴望,"这意味着浪漫主义哲学用审美直觉代替宗教"〔1〕。

总体而言,郭沫若从对人生、宇宙的终极性思考中生发出其"创造"理念。这一"创造"理念的目的是通过浪漫自我的绝对化,使得自我意志能够自由发散,达到自我创造的目的。从这个意义上说,意志力在自我的层面上便等同于上帝,努力地实现人对永恒、完满、无限、自由的向往,从而造就了郭沫若诗歌中的宏大景象。

二、"我即是神":郭沫若的泛神论

很多学者会讨论到郭沫若的思想与泛神论的关系,但很少有人会注意到泛神论与浪漫主义思想之间的关系。而且,郭沫若所理解的泛神论已经经过了他自己的改造,他借泛神论思想在处理自我与自然的关系,实现自我的绝对化。

郭沫若在其创作和评论中反复提到他受斯宾诺莎泛神论的影响:"那时候对宇宙人生问题搞不通,曾有一个时期相信过泛神论。因为喜欢泰戈尔,又喜欢歌德,便在哲学思想上和泛神论接近起来;或者说是由于我有些泛神论倾向,所以才特别喜欢有那些思想倾向的诗人。"《创造》季刊第1卷第1期发表的

〔1〕[美]保罗·蒂利希:《基督教思想史——从其犹太和希腊发端到存在主义》,尹大贻译,东方出版社2008年版,第335页。

《少年维特之烦恼序引》一文中还刊发了另一个层面“创造”理论的思想根源——即他对泛神论的理解：“泛神便是无神。一切的自然只是神的表现。我即是神。一切的自然都是自我的表现。”[1]不过，郭沫若所理解和接受的泛神论与斯宾诺莎的理念有出入，已经经过了个性化的变形。最突出的体现就是郭沫若明确指出了“我就是神”，这是自我力量绝对化的体现。而这一变形正与“创造”理论密不可分，其认识论根源正是在《波斯诗人莪谟伽亚默》中所指出的。郭沫若在上文中对泛神论的理解，乍看之下，这样的论述似有矛盾之处。前面说泛神即为无神，一切只是神的表现，后面却说我即是神，那么一切便自然过渡到使自我成为世界的创造之源。这并不是就实际做法上而言，而是指在美学层面上，自我代替了上帝，成为世界的立法者和创造者。分析了这种理念的思想根源，便可以重新思考郭沫若诗歌中所出现的泛神论倾向。郭沫若在后面继续分析道：“人到一有我见的时候，只看见宇宙万物和自我之外相，变灭无常而生死存亡的悲感。”[2]而只有与“物自体”合体，才能“只见其生而不见其死，只见其常而不见其变”[3]。只有这样，才能达到永恒。“人之究竟，唯求此永恒之乐耳。欲求次永恒之乐，则先在忘我。”[4]这里的“忘我”并不是如陶渊明一般“物我两忘”的境界，忘记自我的存在而与天地合一的冥想状态，而是忘记自我的有限性，努力寻求无限的超越。他提到歌德的浮士德式以“动”、维特式以自杀的方式来求此忘我之方。从这个角度来说，郭沫若的泛神论已不是完全意义上的斯宾诺莎式的了，而是经过了郭沫若的进一步思索和改造。他将自我意志提升到绝对化的高度，通过自我之扩张，以全部精神倾倒于一切，来实现对有限自我的超越，达到无限。正因为如此，郭沫若认为“（维特）完成自我的自杀，正是至高道德”[5]。而歌德“对于宇宙万汇，不是用理智去分析，去宰割，他是用他的心情去综合，去创造。他的心情在他身之周围随处可以创造出

[1] 郭沫若：《少年维特之烦恼序引》，见《郭沫若全集》文学编第15卷，人民文学出版社1990年版，第311页。

[2] 郭沫若：《少年维特之烦恼序引》，见《郭沫若全集》文学编第15卷，人民文学出版社1990年版，第311页。

[3] 郭沫若：《少年维特之烦恼序引》，见《郭沫若全集》文学编第15卷，人民文学出版社1990年版，第312页。

[4] 郭沫若：《少年维特之烦恼序引》，见《郭沫若全集》文学编第15卷，人民文学出版社1990年版，第311页。

[5] 郭沫若：《少年维特之烦恼序引》，见《郭沫若全集》文学编第15卷，人民文学出版社1990年版，第312页。

一个乐园：他在微虫细草中，随时可以看出‘全能者底存在’，‘兼爱无私者底彷徨’。没有爱情的世界，便是没有光亮的神灯。他的心情便是这神灯中的光亮，在白壁上立地可以生出种种图画，在死灭中立地可以生出有情的宇宙”[1]。郭沫若是这样理解歌德写《少年维特之烦恼》目的的："决定让我的内在自我任意地支配我。"而这一思想根源正是《波斯诗人莪谟伽亚默》一文中所系统论述的——要以"创造"的方式实现对人的有限性的超越。"一切的一/……/一的一切"，"一切"是自我意志"一"的创造，自我意志"一"的发散造就了"一切"，通过意志力的创造，人突破了有限性，成为永恒的"一切"。正如黑格尔在谈到浪漫型艺术时所言："精神要达到无限，它就要把自己由纯然形式的有限的人格提升到绝对的人格；这就是说，精神必须是由完全实体性的东西渗透的，而且本着这种实体性的东西把自己作为知识和意志的主体表现出来。"[2]

此外，颇值得深思的是，郭沫若所认定的泛神论者包含着《奥义书》、孔子、庄子、王阳明、陶渊明、李白、歌德、雪莱、惠特曼、泰戈尔、康德的"物自体"、自然科学中的"唯能论"。他指出，庄子的"道是一切的本体，一切都是道德表相，表相虽有时空的限制，而本体则超绝一切"[3]。那么，郭沫若是在什么基础上将这些人聚合在一起的呢？若从其整体的"创造"理念入手，这一问题便可得以解释。我们看到，这些不同的哲学思维不仅存在着表面上的相似，更具有深层的缔结基础。《奥义书》的"梵"、孔子的"道"、庄子的"道"、王阳明的"良知"、陶渊明的"自然"、李白的想象力与纵情诗酒、歌德的"太初有业"、康德的"物自体"、自然科学中的"唯能论"等，这些思想的理论源泉寻求一个永恒的、不变的本体，世间万物实际上都是这个本体的投射或具体化。尽管每个人所认为的世界本体并不一致，但在郭沫若看来，认识到这一本体的存在意味着对无限的追求，而在他这里，这一本体就是绝对自我。

更重要的是，郭沫若的"创造"哲学混合了斯宾诺莎的泛神论和施莱尔马赫的神学理论(严格意义上看更接近于后者)，后者奠定了浪漫主义的神学基础。在施莱尔马赫看来，无限是从有限中直接发现的，无限的、永恒的世界可以

〔1〕 郭沫若：《少年维特之烦恼序引》，见《郭沫若全集》文学编第15卷，人民文学出版社1990年版，第311页。

〔2〕 [德]黑格尔：《美学》第2卷，朱光潜译，商务印书馆1979年版，第274-275页。

〔3〕 郭沫若：《惠施的性格与思想》，见《郭沫若全集》历史编第3卷，人民文学出版社1984年版，第286页。

通过“我”来实现，这与斯宾诺莎的泛神论略有不同（尽管他们有着相同的理论根基），斯宾诺莎强调万物身上都有神性的体现，“上帝是在这里和在现在，他在任何事物的深层次中”〔1〕。从更深的层次上看，这体现出了郭沫若对浪漫主义神性的理解，领会到浪漫主义“创造”理念的超越性意义，也正是在这一点上，郭沫若的浪漫主义诗歌超越了同代人和后继者。

尽管郭沫若试图用“创造”的理念来解释自我与世界的关系，但是这一诗学追求仅在美学层面能够得以实现，而20世纪的中国面临着一系列问题，需要知识分子在实际层面上提出具体的建设性意见。当郭沫若的关注点从内部的绝对自我转向外界现实世界时，他发现原本的“创造”体系越来越难以为继。马克思主义的出现为处在精神焦虑中的郭沫若打开了一道通向社会历史的大门。如果说浪漫主义是将无限引向神性和自我，那么马克思主义则是将通向无限的方式引向历史，将渺小的有限的个人融入到历史的永恒潮流中去，实现对个人现世生活的超越。于是，他对无限和自我实现的需求便由内部转向社会历史。所以，尽管在当时，郭沫若本人表示在转向时对马克思主义并没有太深了解，但是他仍然迅速投向马克思主义的怀抱，其根本目的也是为了自我创造自由之实现。马克思主义对于郭沫若而言，不过是浪漫主义“创造”美学理念的实践方式，是更高层次的浪漫和创造。

总之，浪漫主义对自我和世界关系的重设，体现在郭沫若这里便是自我意志的绝对化，自我成为世界的立法者和创造者。对浪漫主义“创造”理念的探索以及对无限性的追求，使郭沫若的诗歌中出现对自我与自然的关系的探讨。在古代诗歌中，自然多作为王国维所言的“景语皆情语”，用于寄托感情或者舒发意兴，也就是说自然往往是作为自我的他者而出现。而浪漫主义诗歌则在自我与自然关系的角度上开启了新的美学向度，将自我与自然以更紧密地方式结合在一起，自然不再是自我的对象，而是需要通过自我创造出来的，自我也在自然和宇宙的无限中获得神性。尽管郭沫若对自我与自然作出了新的阐释和表现，但遗憾的是，早期浪漫主义诗歌在社会层面有着明显的功利主义倾向，正如夏志清所言，“自然界的一切，对我们这种浪漫主义者说来，只不过是一种陶冶性情的工具而已。他们关心的，倒是社会上贫富悬殊的现象，并希望能够寻求

〔1〕［美］保罗·蒂利希：《基督教思想史——从其犹太和希腊发端到存在主义》，尹大贻译，东方出版社2008年版，第344页。

到一个公平的分配方法。"[1]中国知识分子强烈的社会责任心和20世纪初中国百废待兴的局势,使得郭沫若在现实层面感受到绝对自我的自由追求受到了限制,因此他放弃了原本的浪漫主义美学理念,而是选择了马克思主义作为精神向导,将通向无限的渠道转向社会和历史层面。而郭沫若所开创的这一新的美学向度直到20世纪80年代的昌耀、海子、骆一禾的作品中才又重新展现。这些诗歌中的宏大宇宙景象、自我的绝对地位和丰富而震撼的想象力,接续上半个世纪以前《女神》带来的美学冲击力。这一曾经震撼文坛、在沉寂多年后又展现出独特诗学风貌的美学向度值得诗歌界进一步研究和思考。

---

〔1〕［美］夏志清:《中国现代小说史》,复旦大学出版社2005年版,第14页。

第七章　集体的/国家的浪漫主义的形成和影响

通过分析鲁迅和郭沫若等代表性人物，我们看到，浪漫主义的民族国家意识是一直存在的，也是根本性的一点。浪漫主义存在着深刻的“我”与“群”的矛盾张力。而在浪漫主义的逻辑中，这两者并不矛盾，原因就在于浪漫主义将作为个体的“我”转换成了集体意义上的“我”。“我”与“群”之间的矛盾张力，就是强调个人的浪漫主义与强调集体的民族政治之间的张力。尽管郭沫若、鲁迅的浪漫主义诗学体系中包含着明显的民族动机，但个体意义上浪漫自我仍然是强有力的，与“群(体)”之间存在着张力。在鲁迅和郭沫若那里，转向正说明他们看到了强调绝对化的浪漫自我与“群”的需求之间的矛盾和悖论。而到了20世纪40年代左右，在抗日战争进行、民族危机的语境下，浪漫主义与民族、国家话语更紧密结合在一起，发展为集体的或国家的浪漫主义。李长之、“战国策派”等试图用德国浪漫主义资源来重建民族精神，推动诗学层面的绝对自我和强力意志走向民族、国家层面。

但潜藏的问题是，作为诗学意义上和个体意义上的“我”可以拥有极大的自由性，以自我意志为中心，构造一个诗学世界，但当这一诗学理念和美学原则降落到现实意义上和集体意义上时，会产生什么样的后果？当艺术世界的绝对自我转变为现实世界的民族国家时会有什么隐患？这一诗学理念的泛化有没有什么问题？

当浪漫自我主体上升为集体或国家时，原本属于个人层面、围绕着绝对自我和强意志的诗学构想，就可能向国家、民族的现实实践方向努力。浪漫主义诗学中强大主体所追求的自我实现，将转化为以民族的自我实现为目的。这就是我们这章要重点讨论的集体浪漫主义倾向。从个体到集体、从情感到力量，集体浪漫主义显示出了强大驱动力。但当它展现出其恶魔性和破坏性的一面时,反对声便不可避免了。

本章结合创造社的转向和"战国策派"的文学创作和批评,谈谈从个人领域上升为国家、集体层面的浪漫主义,具有什么特征和问题。相对于诗学层面上的浪漫主义,这种集体浪漫主义留下了什么,又失去了什么,对于文化和文学创作有什么影响。

当郭沫若试图用这套"创造"哲学去解决中国社会的实际问题时,发现了限制,他将自我对自由追求的压力从内部转向外部社会现实,去拥抱马克思主义。值得注意的是,传统研究中往往注重从外部历史环境因素去考察创造社的转向,而对内部原因的探索停留在作家心境和思想意识的改变。本章则试图从浪漫主义自身的逻辑出发,探寻浪漫主义的局限性,并考察浪漫主义与马克思主义的精神结构联系,来解释创造社转向的深层原因。

如果我们熟悉德国浪漫主义的发展历程,就会发现德国浪漫主义一直与民族、国家、革命有着诸多联系。首先,从德国浪漫主义运动发生的原因来看,17、18世纪的德国较为落后,呈现分崩离析的国家格局。"德国文化萎缩成一种地方性文化……在很大程度上则要归结到当时浓重的民族自卑情绪"〔1〕,"受伤的民族感情和可怕的民族屈辱……是德国浪漫主义的根源所在"〔2〕。其次,从德国浪漫主义运动的发展倾向上看,存在着由浪漫主义向民族主义发展转变的情况。

李长之在运用德国浪漫主义精神资源去重新阐释中国文化传统时,具有将政治问题、国家民族问题、伦理问题艺术化,将古典人物"诗化"的倾向。这并非个别现象,事实上,浪漫主义进入中国以后,出现了"现代中国人对部分传统的'浪漫主义化'。这一过程,反过来看,也是中国人对西方的浪漫主义的积极改造。浪漫主义的传入与中国现代的民族意识结合在一起,被植入了现代中国人对传统文学的理解"〔3〕。而且,当李长之提出"迎中国的文艺复兴"时,就是要将个体意义上的浪漫主义精神作为国家意志,以实现民族强健的目的。不过,由于有儒家思想的约束,李长之对集体浪漫主义还有着清醒的意识,要求由理智进行适当的约束。

---

〔1〕[英]以赛亚·伯林:《浪漫主义的根源》,吕梁等译,译林出版社2011年版,第40页。

〔2〕[英]以赛亚·伯林:《浪漫主义的根源》,吕梁等译,译林出版社2011年版,第44页。

〔3〕[美]王敖:《怎样给奔跑中的诗人们对表:关于诗歌史的问题与主义》,见《新诗评论》2008年第2辑,北京大学出版社2008年版,第18页。

李长之对浪漫主义的吸收和应用主要体现在其文学批评和文化批评中。以往的研究多关注李长之的批评中所涉及的浪漫主义概念或者思想，然而，更值得注意的是，浪漫主义作为一种整体的价值观，实际上影响了李长之的整个批评方法和对待中国传统文学的方式，也使得李长之的批评在中国现代文学史上独树一帜。本书在上编中已经讨论过李长之想要在中国传统文化中发现浪漫主义精神，以促进当下的民族品格和民族精神建设，这一民族建设的构想与早期的鲁迅、郭沫若以至后来的"战国策派"有区别也有联系。

李长之的主要批评成就集中在20世纪三四十年代。从纵向来看，李长之的艺术探索是鲁迅、郭沫若等人早期浪漫主义思想的继承和延续；从横向来说，三四十年代正是民族危机进一步加深的时期，关于战时民族文化建设的主张层出不穷。而且，从"五四"新文化运动的狂热中冷静下来以后，不少学者对五四运动进行了反思性重估，并提出了新的融合中西的文化建设新思路。1935年1月，上海的何炳松、黄文山等十教授发表《中国本位文化建设宣言》。[1] 以熊十力、冯友兰等为代表的"现代新儒学"则努力挖掘中国民族文化的现代意义。在这种历史背景下，李长之通过对中国传统文学和文化的再解读，试图去证明中华民族中的浪漫精神古已有之，并希望能够借此重构民族精神。

鲁迅、郭沫若思想的着眼点在强有力的自我意志，与"群"之间存在着矛盾张力。李长之则通过对"五四"新文化运动的反思，确立起自身的文化立场。他重点反思了五四时期的个人主义倾向，将个体意义上的浪漫精神上升为民族精神。对个人主义的否定也就意味着对绝对自我的否定。浪漫自我由个体美学层面的"小我"转化为国家民族层面的"大我"，属于绝对自我的理念转移到民族、国家层面。在批评中，李长之将浪漫主义思想与民族、国家话语进一步相结合，其突出的特点在于，通过对中国文学和文化的研究，发掘其中他认为存在的浪漫精神，并借此来重建民族精神。

李长之的这一探索在诗学层面为文学研究开拓了新的视角，发掘出被传统的研究方法所遮蔽的文学价值，具有重要意义。然而，由于李长之迫切的民族政治动机，在进行文学批评时有理念先入的痕迹，难免存在有失偏颇之处，影响了他的批评成就。李长之的浪漫主义批评，揭示了民族危机时期集体浪漫主义

〔1〕 1935年1月10日，王新命、何炳松、武堉干、孙寒冰、黄文山、陶希圣、章益、陈高佣、萨孟武、樊仲云等十教授联名在《文化建设》月刊上发表《中国本位的文化建设宣言》，倡导"中国本位的文化建设"，对西洋文化要"吸收其所当吸收，而不应以全承受的态度，连渣滓都吸收过来"。这引发了当时中国思想文化界的一场关于"中国文化出路到底是中国本位还是全盘西化"的大论战。

发展的趋势。

浪漫主义有向民族主义乃至法西斯主义转变的倾向引起一些学者的警惕。几乎与李长之同时期发出声音的“战国策派”，以更加激进的姿态赞扬德国浪漫主义精神，并将其与战争联系起来。他们认为艺术家和天才的使命就是创造，不仅创造统治者和政治领袖，而且也创造被统治者和奴仆，他可以将政治家和经济家提升为艺术家，以此来参与国家管理。通过把政治领袖界定为艺术家，浪漫主义者也将他们置于法律之上，并创造了一个独裁主义的理想。这一振兴民族的理念遭到了猛烈的批判，被认为是法西斯主义理论。当然，法西斯主义并不是“战国策派”的本意，他们引入浪漫主义理念是想要振兴民族精神，然而，他们过分强调了上升为集体层面的“自我意志”的作用，使实现国家意志成为终极目标，而道德、社会原则等被架空。正如雪莱所言，在浪漫主义中，只有一种道德，即天才。尼采的生命意志哲学在文学和哲学上发挥了巨大影响，但是也被法西斯主义所利用，原因也就在此。这也是为什么 40 年代企图以提倡意志精神来振兴中华民族的“战国策”派被批评为法西斯主义。所以，我们要警惕浪漫主义逻辑中存在的将自我意志上升为国家、民族意志的现象。这既对民族国家利益本身有潜在威胁，也对文学创作无益，很难在这个层面产生优秀的创作。浪漫主义之所以在创作上有力量，是来自对自我的张扬。浪漫主体由绝对自我上升为民族国家，甚至否定了个体层面自我的价值，也就是说，这一逻辑反过来否定了浪漫主义本身，摧毁了浪漫主义存在的前提条件。浪漫主义也许还是应该以其诗学坚守在文学领域，才能发挥更好的作用。

第一节　对创造社的“转向”的再解读：无限“自我”的出路问题

郭沫若的“创造”哲学能够在美学层面实现自我的绝对化和创造的自由，但是，在中国浪漫主义从一开始就与民族、国家话语结合在一起，又存在着“我”与“群”的张力。当无限“自我”面对实际社会问题的时候，却发现其浪漫构想很难实现，而且处处受到限制。在这种情况下，无限“自我”需要寻找新的出路。郭沫若选择转向马克思主义。不仅是郭沫若，创造社在经历分裂和重组后也从早期提倡浪漫主义转向鼓吹马克思主义，并对“革命文学”这一文学创作理念的产生和发展过程中发挥了重要作用，对整个中国现代文学影响深远。

创造社为何从早期的浪漫主义转向马克思主义，作为文学史中的关键问题，一直是学界所讨论的热点。在这一问题的探讨中，目前学界的代表性观点主要有：一、当时无产阶级政治运动在知识分子中产生了一定的影响，工人运动初见端倪，尤其是五卅运动显示了工人阶级的力量，促成了创造社的“剧变”[1]；二、20世纪20年代的中国面临着国内军阀割据、帝国主义势力干涉、资本主义的剥削性和压迫性特征开始显现等等问题，强调推崇自我和关注内心精神世界的浪漫主义不能适应时代的要求；三、人员的更迭及新思想的传入，使得原本的创造社宗旨发生了改变[2]；四、创造社相关人员心理结构的变化。然而我们看到，革命形势、内忧外患等对创造社成员思想变化的作用，是从注重强调外部环境影响的传统的社会学分析方法角度着手的。此外，学者还多注重人员更迭、新思想传入以及成员心态的变迁，倚重于创造社成员自身对转向原因的回忆。这些研究取得了很多成果，但仍存在着一些难以解释的方面。

首先，如果说是外部环境作用，则难以解释并非所有接受浪漫主义理论或进行了浪漫主义创作的创造社成员都发生了转变。王独清解释为：“无产阶级底队伍在中国已经成了一个重要的势力，在上海[不要忘记！上海是一个帝国主义直接行使其压迫的区域，是一切都(疑为“斗”字之误)争首先显露的区域]几个创造社底中坚便觉到了矛盾的苦闷。当时郁达夫住在北京，张资平住在广东乡间，所以都不会有什么不安的表现，而在上海的郭沫若与成仿吾便因为这种矛盾的苦闷自动地把第一时间的运动告了结束。”[3]而实际上，郁达夫早在1923年便发表了《文艺上的阶级斗争》一文。在1927年郁达夫也以田归为笔

[1] Clarence Moy. “Kuo Mo-jo and the Creation Society”. Papers on China, 1950, No. 4, pp131-139. 这篇发表在哈佛 Papers on China 第4期上的文章是欧美汉学较早研究郭沫若和创造社的学术成果，其中很多观点和材料被学界广泛接受。此文章表示，五卅运动使得马克思主义对创造社的转向产生极大影响，那些意识到抛弃他们原来主张的必要性的成员，转向对社会和政治问题的关注。又如钱理群主编的《中国现代文学三十年》中指出：“创造社的文学活动以1925年‘五卅’为界，分为前后两期。随着革命形势的深入发展，后期创造社转向提倡‘表同情于无产阶级的革命文学’。”见钱理群、温儒敏、吴福辉主编《中国现代文学三十年》，北京大学出版社1998年版，第14页。

[2] 如张勇从期刊角度指出人员的更迭是创造社“转向”的重要内部原因。见张勇：《前期创造社期刊与创造社“转向”研究》，《郭沫若学刊》2009年第3期，第51-55页。

[3] 王独清：《我和她的始终与她底总帐》，见黄人影编《创造社论》，上海光华书局1932年版，第10页。

名发表了《无产阶级专政和无产阶级的文学》[1]，他在文章中指出无产阶级专政是未来的历史趋势所然，认为无产阶级革命能够为大多数人带来幸福。这说明郁达夫较早便接触到了马克思主义，而且表现出了一定的倾向性。所以，以远离革命事件而较少受革命影响来解释郁达夫没有转向革命文学是将问题简单化了。事实上，郁达夫最终并没有转向革命文学却又表现出一定的对革命的倾向性这一现象本身显示了浪漫主义在转向革命文学的过程中复杂的一面。

再次，文学史的论述多以"五卅"运动为促成创造社转向的重要原因和时间节点。然而，早在1923年《创造周报》创刊不久后，郭沫若便开始注意到了文学与革命的联系。1923年4月，郭沫若作诗《上海的清晨》，表示厌恶"富儿们"，愿与"男女工人们"相亲，相信"就在这静安寺路的马路中央，终会有剧烈的火山"[2]。此诗已经流露出郭沫若对无产阶级革命及工人运动的模糊认识。此后，郭沫若在为日本大阪《朝日新闻》所作的《我们的新文学运动》中，指出"我们的运动要在文学之中爆发出无产阶级的精神，精赤裸裸的人性"[3]。又于1923年5月作诗《朋友们怆聚在囚牢里》，表示要"到民间去""到兵间去"，[4]并在致宗白华的书信中认定"马克思与列宁终竟是我辈青年所当钦崇的杰士"[5]。这说明郭沫若在《创造周刊》早期便展现出了对马克思主义革命的亲近。尽管此时郭沫若还并未清晰认识到马克思主义理论及革命实质，但他已经意识到文学通向革命的可能出路。而且，前面提到1923年郁达夫已经写过关于马克思主义文学的文章(《文学上的阶级斗争》)，同年成仿吾作文《写实主义与庸俗主义》，也表达出了对文学另一种出路的思考。因此，"五卅"运动的影响不足以解释原本进行浪漫主义实践的创造社成员的转向。

在这一问题的讨论中，除了从社会分析法角度着手进行研究，创造社成员

---

〔1〕 郁达夫：《文学上的阶级斗争》，见饶鸿競等编《创造社资料》(上册)，福建人民出版社，1985年，第49-54页。郭沫若在《创造十年》中回忆："最初在中国的文艺界提出了'阶级斗争'这个名词的怕就是达夫的那篇《文艺上的阶级斗争》。"见郭沫若《创造十年》，见《郭沫若全集》文学编第12卷，人民文学出版社1992年版，第170页。

〔2〕 龚济民、方仁慈：《郭沫若年谱》，天津人民出版社1982年版，第110页。郭沫若：《上海的清晨》，见《郭沫若全集》文学编第1卷，人民文学出版社1982年版，第170页，第319-320页。

〔3〕 郭沫若：《我们的新文学运动》，见《郭沫若全集》文学编第16卷，人民文学出版社1989年版，第5页。

〔4〕 龚济民、方仁慈：《郭沫若年谱》，天津人民出版社1982年版，第114页。郭沫若：《朋友们怆聚在囚牢里》，见《郭沫若全集》文学编第1卷，人民文学出版社1982年版，第170页，第323-324页。

〔5〕 郭沫若：《论中德文化书——致宗白华兄》，见《郭沫若全集》文学编第15卷，人民文学出版社1990年版，第152页。

后来的回忆录所记载的心路历程成为学者进行研究的主要材料。但是这样的研究方法存在着两个主要问题：一是在郭沫若、王独清对当时的转变历程进行后来的回忆叙述时，已经不自觉地运用上了他们从马克思那里得到启发的社会分析法，将人作为一种社会性成分进行分析，将强调的重点放在当时社会环境因素致其转变上，这一点易对学术研究产生误导。二是回忆录存在着后期修饰的成分，即便不是刻意掩盖或矫饰，作家心境经历和思想的变迁也会对以前发生的事情带来新的解释，从而间接掩饰了当时的历史真相。因此，当我们在对待创造社成员关于转向方面的回忆时，应当谨慎对待，而不是直接拿来作为既成事实。事实上，要考虑创造社成员在转向过程中的心路历程，更为可靠和直接的材料是他们当时的书信、日记、作品和论争文章。文学负载着思想在时代和作家身上留下的痕迹，折射出当时当事人的心灵状态和思想状态。本节试图在史实、作品与回忆录的多重互证中，寻找出创造社转向这一现象背后的深层思想实质。

郑伯奇在谈到创造社转变的内在原因时，关注到郭沫若、成仿吾等人对马克思主义革命的主动接受态度。[1] 然而，问题是实际上郭沫若等人当时对马克思主义理论和革命的认识并不十分明确，都很容易就接纳了这一看似与自己原来所坚持的浪漫主义思想所对立的理念。如果我们谨慎地对待回忆录，将重点从他们自己所强调的外部环境因素转到偶尔透露出的内部心理层面上来，我们就会发现郭沫若、王独清等人在后来的回忆录中多次描述自己转变过程中的心态时，用了“直觉的作用”“不知道几时”“自然发生性”这样的描述[2]。那么，是什么样的一种精神机制使得这种思想上的剧变似乎呈现出一种自然而然的平滑过渡？

我们不能因为创造社抛弃了浪漫主义而将它简单地视为革命文学的对立

〔1〕 郑伯奇：《创造社三题》，见郑伯奇：《忆创造社及其他》，郑延顺编，生活·读书·新知三联书店香港分店1982年版，第92-93页。

〔2〕 郭沫若表示：“当时的人称为是创造社的‘剧变’，其实创造社大部分的份子，并未转变过来，即是郭沫若的转换，也是自然发生性的，并没有十分清晰的目标意识。”详见郭沫若：《创造社的自我批判》，黄人影编《创造社论》，上海光华书局1932年版，第75页。郭又说：“从前在意识边沿上的马克思、列宁不知道几时把斯宾诺莎、歌德挤掉了，占据了意识的中心。”详见郭沫若：《创造十年》，见《郭沫若全集》文学编第12卷，人民文学出版社1992年版，第184页。王独清认为：“我在广东时的左倾完全是直觉的作用，同时也是团体推动的结果；及至清党事件发生才算把我底意识渐渐也唤醒了过来。可是那个只根据于一时感情而来的意识是很不可靠的，我会因此陷入了一个非常苦闷的状态，并且更增加了我作品上的伤感。”详见王独清：《我和她的始终与她底总帐》，黄人影编《创造社论》，上海光华书局1932年版，第21页。

面，实际上，革命文学与浪漫主义之间存在着深层的精神结构的关联。正是这种隐秘精神结构的联系，使得一场思想剧变在当时转向中的创造社浪漫主义者看来是一种近乎平滑的过渡，即便是创造社成员自己也未能明确体察到。通过这种关联，浪漫主义在革命过程中发挥了重要推动作用，而在这种平滑下所隐含的矛盾和裂缝最终导致了后来革命文学的一些问题。

一、 中国早期浪漫主义的反建制特征和功利主义倾向

郭沫若、成仿吾、王独清等人在转向期的书信、日记和后来的回忆中，普遍表达出一种“矛盾的苦闷”。王独清回忆，五卅前夕，在上海的“几个创造社底中坚便觉到了矛盾的苦闷。……在上海的郭沫若与成仿吾便因为这种矛盾的苦闷自动地把第一时期的运动告了结束”。〔1〕 郭沫若在《创造十年》中也这样表述过渡期自己的思想：“在我的思想上也正感受着一种进退维谷的苦闷”〔2〕。这种苦闷实际上来自对中国早期浪漫主义局限性的体察和感受，感到浪漫主义与当下人生理想之间的矛盾。此外，我们还可以看到，在创造社的转向过程中，存在着不同的声音，并非都指向马克思主义。何思敬表示个人主义艺术在世界范围内已经灭亡，取而代之的是大众文化。〔3〕 穆木天提倡写实文学，认为“夸张自我而不认识自我的浪漫诗人，谈不到什么写实”〔4〕。郁达夫预告着无产阶级文学的必将来临，但表示“真正无产阶级的文学，必须由无产阶级自己来创造，而这创造成功之日，必在无产阶级专政的时候”〔5〕。尽管主张驳杂甚至相互矛盾，但他们都认识到了一点，即原本的浪漫主义主张无法再继续下去。无论是苦闷的感受还是想要另辟蹊径的主张，都说明他们认识到了浪漫主义的局限性所在，或者更准确地说，是对中国早期浪漫主义自身局限的认知。那么，创造社的浪漫主义存在着什么样的局限性，使得曾经积极提倡

〔1〕 王独清：《我和她的始终与她底总帐》，见黄人影编《创造社论》，上海光华书局 1932 年版，第 10 页。

〔2〕 郭沫若：《创造十年》，见《郭沫若全集》文学编第 12 卷，人民文学出版社 1992 年版，第 184 页。

〔3〕 何畏（何思敬）：《个人主义艺术的灭亡》，见饶鸿競等编《创造社资料》（上册），福建人民出版社 1985 年版，第 135-138 页。

〔4〕 木天（穆木天）：《写实文学论》，见饶鸿競等编《创造社资料》（上册），福建人民出版社 1985 年版，第 140 页。

〔5〕 田归（郁达夫）：《无产阶级专政和无产阶级的文学》，见饶鸿競等编《创造社资料》（上册），福建人民出版社 1985 年版，第 148 页。

并为之进行多次论战的创造社成员主动抛弃了它而奔向马克思主义。

为了回答创造社所接受的浪漫主义存在怎样的局限性这个问题,我们必须先分析创造社成员自己是如何谈抛弃浪漫主义的原因的。何畏(何思敬)在《个人主义艺术的灭亡》一文中分析了个人主义的灭亡。值得注意的是,此文并非从中国的社会现实角度出发展开的论述,而是从资本主义社会中大众艺术文化兴起这一维度上进行讨论的(此文在结尾表示"下续《大众(主义)艺术的复兴》")。欧美学界关于大众文化的讨论所谈到的艺术家面临的困境是针对资本主义高度发展的状态而言的,而何畏以这一理论来分析当时尚处在资本主义萌芽阶段的中国显然是不合时宜的。不过,我们要关注的是,尽管这一分析显得突兀,但他表达出了当时创造社成员的一个普遍困惑:个人主义是否还具有其合法性地位。在创造社后来对革命文学的倡导中,我们也可以清楚地看到对个人主义的抛弃和对集体大众的崇拜。

夏志清深刻地指出了早期浪漫主义缺乏超越性的思考:"在这个文学运动中,没有像山姆柯尔立基那样的人来指出想象力之重要;没有华茨华斯(华兹华斯)来向我们证实无所不在的神的存在;没有威廉布雷克去探测人类心灵为善与为恶的无比力量。早期中国现代文学的浪漫作品是非常现世的,很少有在心理上或在哲理上对人生有深度的探讨。"〔1〕夏志清认识到了中国浪漫主义的现世性和其局限,但是要回答中国早期的浪漫主义者为什么缺乏形而上的思考,我们就必须进一步看到,中国早期的浪漫主义,呈现出一种反建制的自由倾向。郭沫若在以"创造"来命名这个社团和期刊时,已经表达出了对这一理念的理解:一切都是自我的自由艺术创造的结果。创造社并不标榜任何主义或宗旨〔2〕,也是反建制的一种体现。浪漫主义的自由并不是与外部世界对立或者逃避,而是通过艺术创造的形式在自我内部获得,来实现对人的有限性的超越。但是,当他们的浪漫自我与现实接触时,不可避免地会与现实发生冲撞,于是便现实地转化为冲破"此在"的桎梏,从向内部寻求自由转向更大范围的外部寻找自由。

---

〔1〕［美］夏志清:《中国现代小说史》,复旦大学出版社2005年版,第13页。

〔2〕创造社从成立伊始就并没有什么明确的较为统一的思想主张,这一点郭沫若在创造社成立初期表明宗旨时说:"我们这个小社,并没有固定的组织,我们没有章程,没有机关,也没有划一的主义。我们是几个朋友随意合拢来的。我们的主义,我们的思想并不相同,也并不比强求相同。我们所同的,只是本着我们内心的要求,从事于文艺的活动罢了。"详见郭沫若:《编辑余谈》,《创造》季刊第1卷第2期,1922年8月25日。

从这一视角出发,我们便可以理解郭沫若在早期和转向后观点的一致性与差异性。早期创造社成员尤其是郭沫若的创作,社会性和现实性并不强。如郭沫若的《天狗》《站在地球边放号》等便是表达出了打破一切外界的束缚、获得绝对的自由和至高无上的自我的思想,表达了一种对无限的向往。据郭沫若自己说,在写《天狗》时并没有考虑到什么社会性目的,只是凭借内心的激情进行创作。我们此前提到,浪漫主义参与进现实的方式,是将现实浪漫化为一种美学想象,从而获得形而上学自由。但是,中国早期的浪漫主义者并不能做到这一点。因此,当郭沫若面向现实时,感到追求自由的浪漫自我处处受到压制。1924 年,在与成仿吾的通信中,郭沫若表示,青年人共通的苦闷在于自我的实现,而之所以没有实现,是因为“我们所共通的一种烦闷,一种倦怠——我怕是我们中国的青年全体所共通的一种烦闷,一种倦怠——是我们没有这样的幸运以求自我的完成”,“我们失却了路标,我们陷于无为,所以我们烦闷,我们倦怠,我们漂流,我们甚至常想自杀”,我们不能够找到自我的意义,是因为“我们内部的要求与外部的条件不能一致”,是社会阻碍了自我的实现。而他对思想解放后文艺的看法是:“在社会主义实现后的那时,文艺上的伟大的天才们得遂其自由完全的发展,那时的社会一切阶级都没有,一切生活的烦苦除去自然的生理的之外都没有了,那时人才能还其本来,文艺才能以纯真的性为其对象,这才有真正的纯文艺出现。”〔1〕让人还其本来,让自我得到自由完全的发展,这是郭沫若对社会革命的期待。可以看出这和郭沫若的“创造”理念是一脉相承的——自我得到自由、无限的扩张。创造社成员迫切需要寻找与世界的连接点,来实现更大范围内的自由。马克思主义预设了一个自由、平等的世界的理想,这对于当时处在精神焦虑和苦闷中的创造社成员具有极大吸引力。

另一方面,从更广的层面讲,中国早期知识分子普遍存在着形而上学的精神危机。五四激烈的反传统态度颠覆了知识分子原有的精神结构。在形而上学层面,“五四”有破而无立。“五四”所着力建树的是在提倡新道德、反对旧道德等伦理层面,而并没有建构一套完整的精神哲学来告诉人们“人活着的意义是什么”,也就是对于超越此在的终极追求的解释,对于世界的解释。在西方,当宗教权威被怀疑和动摇以后,理性和信仰并存为现代人的两大精神支柱。然而,在 20 世纪初期的中国,理性的概念还处在萌芽的阶段,并不足以支撑中国

〔1〕 郭沫若:《孤鸿——致成仿吾的一封信》,见《郭沫若全集》文学编第 16 卷,人民文学出版社 1989 年版,第 8-10 页。

知识分子的精神世界。五四以后，各种主义纷至沓来，一方面是国人对国外资源的积极吸收，另一方面也反映出中国知识分子深层的精神焦虑，他们迫切需要一种信仰，一种对世界的解释方式，一种人生意义的阐释。而正如我们前面所分析的，早期创造社所追随的浪漫主义缺乏形而上学的向度，但这并不是说创造社成员完全不了解浪漫主义的形而上学维度。如郭沫若对于“创造”这一理念的理解、对泛神论的接受等可以看出对浪漫主义的诗化哲学的了解。冯乃超后来分析浪漫主义摆脱痛苦的途径：“他们苦痛的解脱，他们不从社会制度的变革里面希望它，却在心灵的解放、精神的自由上找寻。”〔1〕但面对工业文明给人带来的压制时，浪漫主义将不能仅在内部升华苦痛。学者俞兆林指出冯乃超这篇文章与此前郭沫若的《论中德文化书》有着相似的思想，即在工业文明带来的桎梏中，浪漫主义选择转向内心而非外部，然而这在当时中国，是行不通的。尽管有些创造社成员对浪漫主义的形而上学层面有浅显的了解，但这仍不足以为他们提供超越性的精神庇护，不能为他们解释人生的意义何在。因此，他们在倡导浪漫主义的短短两年之后便又陷入了精神危机之中。

综上所述，创造社所接受的浪漫主义具有明显的反建制特征，但是却缺乏对浪漫主义超越性层面的深刻理解和接受。因此，在中国语境下，这一浪漫主义所呈现出的局限性，导致这些早期浪漫主义者面临精神焦虑之困，这是他们趋向转向的重要内在原因。

二、浪漫主义与革命文学的内在精神层面的关联

早期创造社的浪漫主义在中国语境下所显示出的局限性，还不足以说明创造社为什么要转向马克思主义。前面提到，这些早期浪漫主义者在转向过程中主张驳杂甚至相互矛盾，比如何畏提倡大众文化，穆木天提倡写实文学，成仿吾提倡加入国民革命的写作。因此，转向初期的创造社只是寻找一种改变，以缓解浪漫主义的局限性所带来的精神焦虑，但是他们最终选择了走向马克思主义，这其中的取舍原因学界尚缺乏有深度的探讨。而且，创造社由浪漫主义转向马克思主义的这一过程本身是一场思想剧变，但这一过程却显得平滑而少思想上的挣扎和冲突（我们看到，当郭沫若、王独清和成仿吾等人在转向马克思主义的过程中，无论是当时还是事后回忆，都没有明显的因为思想

〔1〕 冯乃超：《冷静的头脑——评梁实秋的〈文学与革命〉》，见饶鸿兢等编《创造社资料》（上册），福建人民出版社1985年版，第215页。

转换而带来的内心矛盾、焦虑和挣扎）。很多学者在解释这一点时着重于创造社成员对于马克思主义的认同感，但却并没有说清楚为什么会产生这种认同感。[1] 要指出的是，这些早期浪漫主义者最终选择马克思主义来作为精神向导和毕生追求，而且这种激烈的思想转换在他们看来却是自然而然的，是因为浪漫主义与革命有着隐秘的精神结构关联，马克思主义革命在一定程度上弥补了创造社所感受到的浪漫主义的局限性，缓解了他们的精神焦虑。

其中最为明显的精神性关联便是反抗性，浪漫主义和革命都具备反现有制度的特征。朱自清曾指出了郭沫若诗歌的两个显著特征：一是泛神论思想，二是 20 世纪的反抗精神。[2] 这一看法为当时和现在的大多数学者所接受[3]，认为郭沫若早期的诗歌尤其是《女神》表达出了除旧布新、推翻旧社会旧制度的激烈反抗情绪。事实上，这一被学界所普遍接受的观点存在着问题。我们从郭沫若本人的表述中可以看出，他在写《女神》的时候并没有太多考虑到社会需求。与其说郭沫若的诗歌表达了五四时期的时代精神，不如说五四时期所开创的自由风气给了郭沫若的浪漫主义以生长的土壤。郭沫若在 1936 年的回忆性散文《我的作诗的经过》中表示："在'五四'之后我却一时性地爆发了起来，真是象火山一样爆发了起来。这在别人看来虽嫌其暴，但在我深有意义的，我在希望着那样的爆发再来。"[4] 五四激烈的反传统精神刺激了郭沫若的浪漫自我，而他写的诗歌也恰好契合了五四的时代精神。还要注意的一点是，郭沫若的诗歌之所以被这样解读还存在着读者接受的问题。在接受美学看来，文本的解读是作者、读者和文本多重互动的结果，"分析审美反映，必须把它放到本

---

[1] 如张旭春表示："创造社的政治转向有多种原因，其中最主要的还是两个：对马克思主义思想的自觉认同和对帝国主义的仇恨。"张旭春：《政治的审美化与审美的政治化》，人民出版社 2004 年版，第 338 页。但他并没有进一步说明为什么会产生这种"自觉"。

[2] 朱自清：《中国新文学大系：第八集·诗集·序》，见赵家璧主编《中国新文学大系》，上海文艺出版社 2003 年版，第 5 页。

[3] 比如闻一多在《女神之时代精神》中表示："若讲新诗，郭沫若君底诗才配称新呢，不独艺术上他的作品与旧诗词相去最远，最要紧的是他的精神完全是时代的精神——二十世纪底时代的精神。有人将文艺作品是时代底产儿。女神真不愧为时代底一个肖子。……二十世纪是个反抗的世纪。……女神中这种精神更了如指掌。"见闻一多：《女神之时代精神》，《创造周报》第四号，1923 年 6 月 3 日，第 3-10 页。钱理群、秦家伦表示："这些诗作，深刻地反映了'五四'时期彻底地不妥协地反帝反封建的时代精神——这就是《女神》反抗精神的特色。"见钱理群、秦家伦：《新中国预言诗人的歌唱——略论郭沫若的〈女神〉的思想特色与独特贡献》，《贵州文艺》1978 年第 6 期，第 70—74 页。

[4] 郭沫若：《我的作诗的经过》，见《郭沫若全集》文学编第 16 卷，人民文学出版社 1989 年版，第 220 页。

书、读者及其相互作用的辩证关系中才能进行"[1]。当时的读者发现了郭沫若诗歌中的浪漫反抗情绪和五四精神的相通处，但并没有细细去考察两者之间的内在差异，便将其诗歌视为是时代呼声。所以，郭沫若诗歌的社会形象很大程度上是读者所塑造的，而后来读者的解读也影响到了作者的写作。郭沫若发现了这样的解读更加有利于他今后的文学道路，便在后来的创作中积极回应社会诉求，也改变了对此前创作动机的措辞。他在《文艺家的觉悟》中表示："至于说到我的思想上来，凡为读过我从前的作品的人，只要是真正和我的作品的内容接触过，我想总不会发现除我从前的思想和现在的思想有什么绝对的矛盾的。我素来是站在民众方面说话的人，不过我从前的思想不大鲜明，现在要鲜明了些，从前的思想不大统一，现在更统一了些罢了。"[2]我们认识清楚郭沫若诗歌和五四时代精神之间的相通和差异之后，才能够进一步讨论浪漫主义与革命之间的关系。

雅克·巴尊在其具有开创性的论著《古典的，浪漫的，现代的》中指出了马克思主义与浪漫主义的关联："马克思主义的废除主义，建立在浪漫主义的前提上，合理地导致摧毁与过去连接的任何制度的内容。"[3]浪漫主义反抗的是对自我的既成桎梏，革命反抗的是现有制度，尽管浪漫主义是美学意义上的，革命是社会层面上的，但两者在反建制这点上达成了某种共识。成仿吾在其代表性论文《从文学革命到革命文学》中表示："是这种创作方面的努力成就了我们文学革命的运动。创造社以反抗的精神，真挚的热诚，批判的态度与不断的努力，一方面给与觉悟的青年以鼓励与安慰，他方面不息地努力完成我们的语体。"[4]他接着强调，创造社的这种反抗精神是颇具革命性的，要将此运用到革命的推动中，来作为知识阶层的榜样。反抗性=革命性，这是创造社对革命的简单理解。值得注意的是，郭沫若在《我们的文学新运动》与此前的作品《天狗》有着极为相似的精神结构，也恰恰显示出其转向时期的思想状态。在这篇最初发表在日本大阪《朝日新闻》上的文章要求文学家所具有的反抗性能量与《天狗》中所表现的

---

[1] [德]沃尔夫冈·伊瑟尔：《阅读活动：审美反应理论》，金元浦、周宁译，中国社会科学出版社1991年版，第2页。

[2] 郭沫若：《文艺家的觉悟》，选自《郭沫若全集》文学编第16卷，人民文学出版社1989年版，第23页。

[3] [美]雅克·巴尊：《古典的，浪漫的，现代的》，侯蓓译，江苏教育出版社2005年版，第132页。

[4] 成仿吾：《从文学革命到革命文学》，见饶鸿競等编《创造社资料》(上册)，福建人民出版社1985年版，第167页。

是同一模式。《天狗》中“吞月”“吞日”“吞宇宙的一切”[1],也就是将万物都纳入自我的范畴,因而自我获得绝对的能量,摧毁一切阻碍自我的东西,只剩下绝对的精神层面的自由和至高无上的自我。这种绝对自我极具反建制性,因为任何固定的东西都是自我的对立面,是对绝对自我的权威性的削弱。而革命在同样具有反抗性这一连接点的同时,为这种功利主义提供了实践性的出路——对外界社会的批判。郭沫若的这篇《我们的文学新运动》便显示出了转向时期的相通与差异。读者可能会发现这篇文章的奇特逻辑,前面说我们要像黄河、长江一样吸收宇宙的能量,“融化一切外来之物于自我之中,使之自我之血液,滚滚而流,流出全部之自我”,后面得出的结论却是这样的自我就能够“反抗资本主义的毒龙”“反抗不以个性为根底的既成道德”“反抗否定人生的一切既成宗教”“反抗藩篱人世的一切不合理的畛域”。前提和结论之间看似不相干但又似乎实现了顺理成章的过渡,关键就在于中间的连接是“有岩石的抵抗则破坏!有不合理的堤防则破坏!……我们的事业,在目下浑沌之中,要先从破坏做起。我们的精神为‘反抗’的烈火燃得透明”[2]。反抗性将浪漫自我和革命联系在了一起,反抗“既成”的东西,既是浪漫主义在美学意义上的要求,也是革命在实际社会效果上的反抗性。但当时的创造社成员并没有谨慎思考两者之间的差异,他们迫切地需要在他们原有的精神结构基础上寻找到一条出路,来缓解其精神焦虑,而同样具有实际意义的反抗性的马克思主义革命减少了转向过程中接受新思想的精神阻碍,因此更容易为创造社成员所接受。

更深层的精神联系在于,马克思主义的准信仰性弥补了浪漫主义不能给创造社成员带来的形而上学思考,缓解了他们对于此在和超越的精神焦虑。此前我们提到,创造社成员虽然对浪漫主义的接受是浅薄的,但当他们接触到浪漫主义时,毫无疑问对浪漫主义的基本美学原则是有所理解的。他们最初选择浪漫主义来作为文学方向,一方面是对其激情和反抗性的着迷,另一方面,也是对浪漫主义所蕴含的超越性诉求的渴望。但相对于浪漫主义强调在个人领域内实现精神的自由和超越而言,马克思主义在吸引创造社成员方面则更具优越

〔1〕 郭沫若:《天狗》,见《郭沫若全集》文学编第1卷,人民文学出版社1982年版,第170页,第54-55页。

〔2〕 郭沫若:《我们的文学新运动》,见《郭沫若全集》文学编第16卷,人民文学出版社1989年版,第3-5页。

性。首先,革命同样是一种由有限向无限的超越,将渺小的有限的个人融入到历史的永恒潮流中去,是对于个人现世生活的超越。其次,马克思主义更具实践性和现实性,能够满足中国知识分子的社会责任感和救世情怀。它以科学的方式提供了一套对人的存在和意义的解释,而我们看到,20世纪初期正是理性和科学在中国广为接受和传播的年代,这对处在精神危机中的知识分子是有着极大吸引力的。郭沫若在日本期间给成仿吾的信中表示:"现在有一个维系着生命的梦想……译读河上肇的《社会组织与社会革命》。"[1]对于郭沫若来说,革命不仅意味着一种社会行动,而且是一种"维系着生命的"信仰,是人生意义的寄托。在回国前郭沫若致信成仿吾:"我现在成了个彻底的马克思主义的信徒了!马克思主义在我们所处的这个时代是唯一的宝筏。"[2]值得注意的是,郭沫若在这里用了一个宗教性的词汇"信徒"。同样做出这种表达的还有深受创造社影响的白薇的戏剧《革命神受难》,这都暗示了马克思主义的作用是为早期浪漫主义者所带来的准宗教式的精神慰藉。

此外,浪漫激情和革命情绪之间的内在关联也是创造社选择马克思主义的一个重要原因。郭沫若主动将文学的情感与革命感情联系在一起:"我们知道文学的本质是始于感情终于感情的。文学家把自己的感情表现出来,而他的目的——不管是有意识的或无意识的——总是在读者心中引起同样的情感作用的。那么作者的感情愈强烈愈普遍,而作品的效果也就愈强烈愈普遍。……革命时代的希求革命的感情是最强烈最普遍的一种团体感情,由这种感情表现而为革命。"[3]事实上,郭沫若等人将浪漫情绪运用到革命宣传中去时,所作出的最大贡献就是煽动革命情绪。如施密特所说,浪漫主义参与政治的方式是将政治浪漫化。浪漫主义者并不对政治进行道德思考和判断,"浪漫主义行为理论坚持激起激情的原则。……一个行为的伦理特征唯一基于它是否表达或激发了某种情感状态"。因此,"政治浪漫主义最喜爱的活动是批评、讨论或对话,这是浪漫者诗化政治的工具"[4]。我们看到,郭沫若、成仿吾等人参与革

[1] 郭沫若:《通信一则》,《创造周报》五十二号,1924年5月19日,第15-16页。

[2] 郭沫若:《孤鸿——致成仿吾的一封信》,见《郭沫若全集》文学编第16卷,人民文学出版社1989年版,第8页。

[3] 郭沫若:《革命与文学》,见《郭沫若全集》文学编第16卷,人民文学出版社1989年版,第38页。

[4] Guy Oakes. "Translater's Introdution". Carl Schmitt, Political Romanticism, Trans. Guy Oakes. Cambridge, MA: The MIT Press, 1986, pp. xxvi-xxvii.

命的积极方式便是引发了关于革命文学的争论。无论他们表现得多么积极想参与现实,他们真正关心的是在这种争论中激情得到了满足。李初梨在反思早期"革命文学"时表示:"革命文学!革命文学!声浪尽管大,议论尽管多,然而究竟什么是革命文学?它的内容如何?形式又如何?它的必然性在哪里?我们要如何地去建设它?除了一些空疏的抽象论而外,我们还没有看过一个明了的解答。"〔1〕李初梨的批评道出了革命的浪漫化的问题所在,争论不能真正给革命带来实际的建设,只有一些空洞的口号和呐喊。鲁迅批评在革命中成仿吾实际起到的负面效果:"再则他们,尤其是成仿吾先生,将革命使一般人理解为非常可怕的事,摆着一种极左倾的凶恶的面貌,好似革命一到,一切非革命者就都得死,令人对革命只抱着恐怖。……这种令人'知道点革命的厉害',只图自己说得畅快的态度,也还是中了才子+流氓的毒。"〔2〕因此,我们必须看到,创造社成员在激情这个层面上与革命取得了精神联系,但这一联系具有双刃剑的作用,它一方面能够煽动革命情绪,另一方面,使得革命及革命文学愈发向激进的方向发展。

综上所述,在反建制性、超越性追求和激情等这些主要方面,浪漫主义与革命文学具有着精神结构的关联,这使得创造社的思想"剧变"能够在短期内实现看似平滑的过渡。

在对创造社转向原因的考察中可以看到,前期提倡的浪漫主义和转向后的革命文学之间存在着内在精神结构的关联。从这一角度来看,不仅可以解释创造社转向的内部根本原因,而且可以为 30 年代的革命浪漫蒂克文学以及五六十年代革命浪漫主义的兴起与发展提供新的解读。正是因为这种潜在的联系,使得浪漫主义者参与革命时不自觉地将革命浪漫化,所产生的潜在问题值得思考。

要澄清的一点是,革命对于浪漫主义者来说只是一种美学想象。用施密特的理论来说,是一种美学偶因,他提出要从主体方面而非客体方面来理解浪漫主义,浪漫派是主体化的机缘论(subjecktivieter Occasionlismus)。换言之,在浪漫派中间,浪漫的主体把世界当作他从事浪漫创作的机缘和机遇。〔3〕 浪漫主

---

〔1〕 李初梨:《怎样地建设革命文学》,见饶鸿競等编《创造社资料》(上册),福建人民出版社 1985 年版,第 171 页。

〔2〕 鲁迅:《上海文艺之一瞥》,见《鲁迅全集》第 4 卷,人民文学出版社 2005 年版,第 304 页。

〔3〕 [德]卡尔·施密特:《政治的浪漫派》,冯克利、刘锋译,上海人民出版社 2004 年版,第 15 页。

义者之所以迷恋革命，并非对资本主义的压迫感同身受或者对真实的革命斗争感兴趣，比如郭沫若、成仿吾等虽然实际参加了北伐，但是在郭沫若的《北伐途中》和其他一些回忆北伐的文章中我们可以看到，大多数时间，郭沫若只是负责政治宣传工作，对实际的革命决策、目的、路线方针等并不清楚，即便是在武昌时亲临战场，郭沫若不仅没有实际参战，而且重点着墨的还是实际战争中自身的有趣体验。此外，他们对于资产阶级的憎恨和对无产阶级的同情很大程度上只是美学想象的产物。胡适在《我们走那条路?》表示："我们要打倒五个大仇敌。……这五大仇敌之中，资本主义不在内，因为我们还没有资格谈资本主义。资产阶级也不在内，因为我们至多有几个小富人，哪有什么资产阶级?"[1]在美国学习和生活过的胡适道出了这个关键性问题：中国当时并没有什么真正意义上的资产阶级或资本家。而马克思所道出的资本主义的弊端是资本主义发展到一定程度后才存在的。20世纪初期的中国所面临所谓剥削工人阶级、贫富差距分化等问题，只是资本原始积累阶段所体现出的一些现象，而且只存在在上海等极少数商品经济较为发达的地区。即便是郭沫若前期很多写资本主义罪恶的作品或评论文章，写于友人或自己陷入经济困境之时，也难以说明他对于社会现状的真正关切。如在创作《励失业的友人》当日（1923年5月27日），连续创作《朋友们怆聚在囚牢里》《歌笑在富儿们的园里》等多篇诗作来表达要到工农兵群众中去，进行反抗斗争，抛弃以前的泛神论思想的态度。又如在因缴不起房租、全家被房主逐出的当月（1924年6月），写下《盲肠炎与资本主义》论述"资本家是社会的盲肠""社会的健康状态，只有在共产主义制度之下才能显现"。但是，郭沫若的贫困和友人的失业却并不是资本家剥削的结果，而是源于自身的人生选择（回国后，郭沫若拒绝了北京大学的教职和医生的聘请，专心文学事业）。[2] 当他陷入经济的拮据状况时，对提倡消除贫富差距的马克思主义极易产生共鸣，进而同情一切的想象中同样拮据的无产者，对资本主义充满憎恨。这一点梁实秋和夏志清都有深刻的认识。梁实秋在指出浪漫主义者情感上的泛滥时表示："情感在量上不加节制，在作者的人生观上必定附带着产出'人道主义'的色彩。人道主义的出发点是'同情心'，更确切些应是'普遍的同情心'。这无限制的同情，在一切的浪漫作品都常表现出来，在我们的新文学里亦极为显著。……吾人试细按普遍的同情，其起源

〔1〕 胡适：《我们走那条路?》，《新月》第2卷第10号，1929年12月10日，第4页。
〔2〕 龚济民、方仁慈：《郭沫若年谱》，天津人民出版社1982年版，第108页。

固由于'自爱','自怜'之扩大,但其根本思想乃是建筑于一个极端的假设,这个假设就是'人是平等的'。平等观念的由来,不是理性的,是情感的。重情态的浪漫主义者,因情感的驱使,乃不能不流为人道主义者。"〔1〕夏志清同意梁实秋的观点,认为:"由于这种浪漫主义所探索的问题,没有深入人类心灵的隐蔽处,没有超越现世的经验,因此,我们只能把它看做一种人道主义——一种既关怀社会疾苦同时又不忘自怜自叹。自然界的一切,对我们这种浪漫主义者说来,只不过是一种陶冶性情的工具而已。他们关心的,倒是社会上贫富悬殊的现象,并希望能够寻求到一个公平的分配方法。"〔2〕梁实秋和夏志清都指出了两点:一、早期中国浪漫主义者的人道主义色彩;二、自怜自叹。但是,梁实秋谈到人道主义产生的原因是情感的泛滥,他没有进一步认识到这种普遍性的同情其实是浪漫主义的美学想象,在想象中他们的情感表达得到了满足。这一问题同样存在于夏志清的理解中。夏志清指出自然界并非浪漫主义者关切的对象,他们关心的是社会上贫富悬殊的现象。事实上,这些浪漫主义者虽然写过很多相关的文章和参与过论争,但他们并非真正关心,很少有具体底层生活的描写,也不去积极提出解决方案。他们只是在这种论争中找到美学想象的自由,施密特表示浪漫主义者在政治中的最主要行动便是争论。他们关心的是争论本身对他们的激情的满足,而不是争论的具体内容。梁实秋还说到了关键性的一点便是,这种普遍的同情性的根蒂是自怜和自爱。浪漫主义者从自身出发,去推及其他人的感受。实际上他们并不关心其它人的实际感受是什么,他们关心的只是想象中其他人的感受。从这个意义上说,创造社的作品和论争中所谈到的资产阶级和终将灭亡的资本主义是一种想象中的产物。而在这种想象中,他们的激情得到了释放和升华。这是浪漫主义者的美学原则决定的,即只关注自我本身。因此,浪漫主义者转向革命时,从本意来说是为了从对个人内部世界的关注转向对外部世界的关注,但实际上,他们自己也没有意识到,强大的浪漫主义精神结构使得他们将革命变为一种美学想象,最终仍是为了满足自我内心的需求。

然而,我们要强调的是,这种精神结构的关联使得浪漫主义者将革命浪漫化的同时,也隐藏了一些深层次的矛盾。从浪漫主义转向马克思主义,在这场

〔1〕 梁实秋:《现代中国文学之浪漫的趋势》,《晨报副刊》,第一三七〇号,1926年3月27日,第61-62页。

〔2〕 [美]夏志清:《中国现代小说史》,复旦大学出版社2005年版,第14页。

思想巨变中，精神结构上的关联使得转向的过程少了一些阻碍，但是两种不同思想的转变之间毕竟留下了裂缝，而这种关联在裂缝中逐渐显示出其潜在的问题，主要表现为对自我的推崇和集体主义对个体价值的否定和融化之间的矛盾，也是反抗与服从之间的矛盾。浪漫主义者的根本美学原则便是对绝对自我的推崇，强调个人的价值，反对任何对自我的束缚与制约，反对任何凌驾于自我之上的事物，而马克思主义强调个人是集体中的个人，强调集体利益高于一切，强调个人对集体的服从甚至为了集体利益而牺牲个体价值。这一点，我们从白薇、蒋光慈的小说和郭小川的诗歌中可以观察到。在这样的矛盾双向互动中，浪漫主义最终抛弃了其基本原则——自我的自由，而与革命达成了同谋。

最后，需要谨慎思考的是，“革命文学”在很大程度上是由早期创造社成员中的浪漫主义者如郭沫若、成仿吾、王独清等发起和大力倡导起来的，革命由此成为文学的主题之一，而浪漫主义与革命文学也结下不解之缘。浪漫主义在文学层面以热情和理想主义煽动起革命情绪，对革命产生了重要作用。同时，也使得在这种狂热中，忽视了对革命本身的谨慎反思。在这场革命与文学的双向互动中，我们应该从更广的社会、历史、文化层面的多维度视野中充分重视到浪漫主义在其中起到的作用，以及这对整个中国文学和社会历史所产生的影响，而不仅仅是将浪漫主义看作是一种文学创作方法。

第二节　集体浪漫主义的逻辑及危险性：重审“战国策派”的思想

如果说李长之所提出的重建民族文化的构想只是展现出了“集体浪漫主义”的雏形，因为儒家思想的影响而未能得到进一步发展，那么，“集体浪漫主义”在中国的极端体现便是活跃于20世纪40年代的“战国策派”的思想。20世纪40年代，“战国策派”从民族国家大义出发，主张保卫民族国家，进行战时文化重建，却被批判是“法西斯主义”的代言人，在当时引起很大争议，褒贬不一，成为一桩著名的学术公案。

“战国策派”并不是一个固定、统一的文学集团，而是涉及文学、哲学、文化学、历史学、政治学等众多学科的综合性学术文化流派。其核心人物是云南大学文法学院院长林同济教授,西南联大历史系雷海宗教授、外文系陈铨教授、哲学系贺麟教授,以及曾任教于云南大学的何永佶教授等。1940 年,《战国策》半月刊在昆明出版发行,1941 年 7 月,《战国策》在出版 17 期后,因为战事频繁、出版困难,所以宣告停刊。[1] 期间曾出版过三期上海版《战国策》半月刊。后与重庆《大公报》社商定,从 1941 年 12 月 3 日起,在该报开辟《战国》副刊,至 1942 年 7 月停刊,共出版 31 期。此外,雷宗海等在昆明主编的《今日评论》、陈铨主编的《民族文学》(重庆)等刊物上也发表过同人的文章,成为"战国策派"的主要阵地。撰稿人包括陈铨、林同济、雷海宗、贺麟、何永佶、曾昭抡、陶云逵、丁泽、陈碧生、洪思齐、梁宗岱、沈来秋、沈从文、费孝通、朱光潜、王迅中、郭岱西等多位学者和作家,主要在西南联大或云南大学任教。他们在坚持抗战、保卫民族的问题上是一致的,但是如何在战时进行文化重建等方面,意见不尽相同。

1940 年底,当时著名的记者范长江曾在昆明特地对战国策派学人进行访谈,撰写通讯《昆明教授群中的一支"战国策派"之思想》,使其观点在全国范围内得到广泛传播。在 40 年代,学术界尤其是左翼文艺对"战国策派"展开猛烈批判。针对"战国策派"的批评主要集中在认为其"公开宣扬法西斯主义"[2]。"战国策派"从民族国家大义出发,主张抗击法西斯主义的侵略,保卫民族国家,进行战时文化重建,为何却被认为是法西斯主义的代言人呢?

一、"战国策派"的学术公案

这一学术公案在学界一直是讨论的热点话题,研究成果众多,但仍存在一些可挖掘的方面。

首先,对"战国策派"的研究多集中于其政治和历史思想,大多围绕是否是"法西斯主义"的定性分析展开论争。在 20 世纪 90 年代初以前,学界研究大多基于 40 年代对"战国策派"的政治定性。偶见有研究者为"战国策派"翻

---

〔1〕 1942 年 4 月 4 日贵阳的《中央日报》上刊发了《〈战国策〉停刊启事》:"本刊发行以来,承各方读者欢迎爱护,不胜感奋。惟因空袭频仍,印刷迟缓,物价高涨,维持维艰。爰于十七期后,决暂停刊。除已分函订户清账外,特此布知。再本刊作家于三十年十二月三日起,每星期三,在陪都大公报上刊行战国副刊,谨此附闻。"《〈战国策〉停刊启事》,《中央日报》,1942 年 4 月 4 日。

〔2〕 以《解放日报》编者为作者的《"民族文学"与法西斯谬论》给予了"战国策派"政治定性。详见《"民族文学"与法西斯谬论》,收入钟离蒙、杨凤麟主编《中国现代哲学史资料汇编(第三集第三册):战国策派法西斯主义批判》,辽宁大学哲学系中国哲学研究室编 1982 年版,第 41 页。

案或者考察其文化、文学成就，但未脱离政治思想的判定，多遭到批判。如1987年、1988年便有一次关于陈铨艺术价值的争论。首先是文天行发表了《重评陈铨抗战时期的文学创作》，认为"从总体——无论是整个创作还是某一部作品（包括《野玫瑰》）来看，他写的还不应属于汉奸文学，而应该属于抗日反汉奸的文学。"〔1〕随即遭到反对声，石砣发表文章《重评陈铨及其话剧〈野玫瑰〉——与文天行〈重评陈铨抗战时期的文学创作〉商榷》批评了文天行的翻案行为，并再次强调"战国策"派以"恐怖、狂欢、虔诚"为母体的法西斯主义"已早成定论，载入了史册"。〔2〕后秦川又发表文章《评〈重评陈铨抗战时期的文学创作〉——兼论〈野玫瑰〉是宣传法西斯主义美化汉奸的特务文学》，批评文天行的文章是"沉渣的又一次泛起"，"从剧本的意图、构思、主要人物和思想倾向来看，《野玫瑰》是宣扬'战国策派'法西斯主义的"，"是宣扬法西斯主义的汉奸特务文学，或反共文学"。〔3〕这一定性思路直至今日的文学史中也很常见。

随着研究思路的调整，出现不少重审"战国策派"的政治思想的学术研究成果，试图为"战国策派"洗白罪名，多认为虽言论有不当之处，但总体上立场正确，并不能算是"法西斯主义"。如王向远《"战国策派"和"日本浪漫派"》一文通过对比两者的异同来说明"战国策派"的"清白"："它的出发点是反对日本法西斯主义侵略，抗战救亡、振兴中华民族，它是中国抗日战争时期全民抗战呼声中的一种独特的声音。是中国抗战文化和抗战文学的一个组成部分。"〔4〕

但总体来看，无论是批评或洗白，"战国策派"的政治定性仍是讨论的焦点。这一研究思路的问题在于过于关注"战国策派"的政治思想，而忽略了它其实是一个学术团体，掩盖了其文学、思想、历史等其他方面的成就。而且常常为证明自己的政治判断，作者往往仅抓住只言片语，而忽视从整体上把握思想。从而，"战国策派"研究退化为政治立场的展现。

其次，近年来，不少学者开始撇开政治定性的话题，多关注"战国策派"的

---

〔1〕 该文最初刊于内部刊物《抗战文艺研究》1987年第1期，后被《中国现代文学研究丛刊》摘录。详见文天行：《重评陈铨抗战时期的文学创作》，《中国现代文学研究丛刊》1987年第4期。

〔2〕 石砣：《重评陈铨及其话剧〈野玫瑰〉——与文天行〈重评陈铨抗战时期的文学创作〉商榷》，《戏剧报》1987年第11期。

〔3〕 该文最初刊于《抗日文艺研究》1987年第3期，后被《中国现代文学研究丛刊》摘录。详见秦川：《评〈重评陈铨抗战时期的文学创作〉——兼论〈野玫瑰〉是宣传法西斯主义美化汉奸的特务文学》，《中国现代文学研究丛刊》1988年第2期。

〔4〕 王向远：《"战国策派"和"日本浪漫派"》，《中国现代文学研究丛刊》1997年第2期。

文学、历史和思想成就,如陈铨的戏剧和小说创作,林同济、雷海宗的历史研究方法等等。但对于曾在《战国策》上撰稿过的很多作者如沈从文、费孝通、朱光潜、梁宗岱、曾昭抡等人,其研究中往往避而不谈他们与"战国策"派的联系,即便谈到,也多认为仅仅只是在"战国策派"的刊物上发表了文章,并不与"战国策"派的思想相同。[1] 这样的区分实际上是对"战国策派"政治倾向争议性的一种变相回避。在谈到文学创作方面,陈铨、林同济等成为主要的讨论对象。其研究思路也基本分为两类:一是将文学视作阐释其政治、文化思想的载体,着重分析文学创作中体现出的国家、民族意识,如丁晓萍的《陈铨的"民族文学"理论与创作》,认为陈铨的剧本和长篇小说是实践了他的"民族文学"的主张。[2] 二是从纯文学角度,撇开政治观念,重视其艺术成就。如王学振的《抗战文学语境中的战国策派文论》谈到了战国策派文论中所展现出的"悲剧精神",超越民族国家层面而对生命意义进行终极思考。[3]

再次,"战国策派"思想中所包含的浪漫主义成分也有不少学者进行了论述,取得了不少见解,但仍存在一些问题没有讨论清楚。学者多将浪漫主义视作一种创作方法,多从文学方面展开论述,在对"战国策派"的分析中,出现文学创作解读与史观分析分离的现象,或者将文学创作简单地视为是史学观点的载体。如浙江大学博士宫富的学位论文《民族想象与国家叙事》谈及"战国策派"的民族国家文学的建构是通过浪漫主义的笔法实现的。[4] 但是文章重点还是在为"战国策派"正名,与20世纪30年代的"民族主义文学"相比较,试图廓清其"宣扬法西斯主义"的不实罪名。在谈到浪漫主义特质方面,谈到对"力"的人格的推崇与浪漫精神的关系,这一点学界已有不少探讨,并无太多新意。重点是,作者仍然是在以文证史的逻辑思路当中,没有进一步指出通过浪漫主义笔法来实现的民族国家文学建构存在着什么问题,是否正是这种笔法导致了对"战国策派"的不同理解。浪漫主义思潮并不仅仅是文学创作方法的影响。这场被以赛亚·伯林视为"发生在西方意识领域里最伟大的一次转折"的思想运动,最突出的影响便是促进了对自我与世界关系的重新认识。这一影响

---

〔1〕 如在《曾昭抡先生在西南联大》一文中,就丝毫没有提及他在西南联大期间发表在《战国策》上的文章。详见杨绍军:《曾昭抡先生在西南联大》,《学术探索》2011年第6期。

〔2〕 丁晓萍:《陈铨的"民族文学"理论与创作》,《上海交通大学学报(社科版)》2002年第3期。

〔3〕 王学振:《抗战文学语境中的战国策派文论》,《重庆社会科学》2005年第10期。

〔4〕 宫富:《民族想象与国家叙事——"战国策派"的文化思想与文学形态研究》,浙江大学博士学位论文,2004年。

的结果是多方面的，包括政治、历史、文学、哲学等。我们要从整体上来理解“战国策派”思想的形成，而不能把文学仅仅作为史观的载体或独立的文本。

最后，关于“战国策派”成员的范围一直是学者议论的热点。尤其在“战国策派”被批判为是“法西斯主义”之后，不少曾经在《战国策》等杂志上发过文章的学者急于与“战国策派”划清界限。再加上“战国策派”被贴上“法西斯主义”“民族国家至上”等标签以后，学界常以此标准来判断某一作者是否属于“战国策派”。其中，沈从文的问题颇受到关注。翻阅《战国策》半月刊等杂志，我们不难发现，沈从文在上面发表了多篇文章。但由于沈从文的整体思想与“战国策派”有差异，且沈从文自己否认了自己是“战国策派”的成员〔1〕，学界多将沈从文视为在《战国策》杂志上发表过文章，但不属于“战国策派”的成员。近年来，有学者提出新的见解，孔刘辉通过详细的史料考辨，从参与编辑、发表文章、团体活动、文化主张等多方面，证明沈从文是《战国策》同人和“战国策”派核心成员之一。但他以沈从文为例是为了说明“战国策”派只是以个人立场为原则的自由作者群体〔2〕，也就是承认了沈从文的自由主义立场。这一点值得商榷。我们需要思考，除了爱国和文化建设，沈从文与陈铨、林同济等人的思想是否存在更深层相通之处？他们对于民族和文化的构想是否有相似之处？解志熙在明确指出沈从文是“战国策派”的重要成员之一的同时，也指出沈从文在此时可能已经偏离了自由主义立场。论文在最后遗留了一个悬而未决的问题，即“思想开放的施蛰存老先生，为什么在1988年的时候仍然要说此事是‘从文一生最大的错误’”〔3〕。撇开官方论调的可能性不谈，施蛰存若是表达了真实的想法，可能是从沈从文本身创作思想的发展来看的。在我看来，沈从文实际上是走上了西方浪漫主义思想也曾经历的歧途，即从诗学层面的个体浪漫主义踏上与国家、民族结合的集体浪漫主义道路。沈从文的浪漫主义思想与陈铨的思想有差异也有相通之处，他为何与战国策同人亲近却又有批评，从这个层面也可以解释沈从文是否为“战国策”派成员的身份认证，笔者在后文中将做详细讨论。

我们应该跳出为“战国策派”进行政治定性的学术怪圈，重新从“战国策

〔1〕 李静睿：《金介甫：访问沈从文》，《中国新闻周刊》，2012年第47期。

〔2〕 孔刘辉：《和而不同、殊途同归——沈从文与“战国派”的来龙去脉》，《学术探索》2010年第5期。

〔3〕 解志熙：《感时忧国有“狂论”——〈战国策〉派时期的沈从文及其杂文》，《现代中文学刊》2014年第2期。

派”自身的逻辑思路出发。联系浪漫主义思想的渗透与影响,重新考察浪漫主义思想与国家民族话语结合以后可能带来的问题。我们并不是要讨论“战国策”派思想与浪漫主义的关系,而是借浪漫主义思想角度帮助我们更好地思考“战国策”派思想的形成及争议。

二、 浪漫主义的危险逻辑

在战争年代、民族危机的情况下,这些饱读诗书的文人真的会发出如此荒唐的言论吗?我们从他们的文章来看,他们并不是赞同希特勒法西斯主义的反人性行为,甚至有的明确表达反对。“独夫之路,即是希特勒(或东条)所取之路”,“希特勒绝对要不得”。〔1〕但在这里,我要开宗明义地指出,无论“战国策派”自己或者后来的研究者如何开脱,“战国策派”的思想的确和法西斯主义思想有关联之处。但我们并不能作“反动”与否的简单判断。本书要做的是从一个思想演变的逻辑出发,而并不是从政治立场出发来探讨这个问题。我们可以从他们思想的内部逻辑找出他们思维逻辑发展的自身合法性,尽管这在现实层面显得不合时宜甚至具有危险性。

学界对“战国策派”的评价可谓是“毁多于誉”。“誉”在于提出了一种新的人格和历史观,提出了新的创作论和文化建设论,“毁”在于其思想带有危险性。前面提到,对“战国策派”的传统的研究方法往往呈现出两条思路:一是论证“战国策派”是否是一个“法西斯主义社团”;二是撇开这一论争,专注于其文化建设、历史政治及文学成就。事实上,尽管“战国策派”看上去并没有统一的思想,涉及文化、文学、历史、政治、教育等各个方面,但我们从其主要成员如陈铨、林同济、沈从文等人可以看出,其中隐藏着一条暗线,可以将这些看似背景不一、风格不一的学者联合起来,即对生命意志的推崇,对非理性的推崇,对超越伦理、世俗的生命意义的观照。这条暗线在文学层面上成就了这些作家,也使他们在政治历史问题上饱受非议。

想要弄清楚这条暗线,我们需要从“战国策派”的主体思想入手。在《战国策》的发刊词中,“战国策派”表明了自己的宗旨:

> 本刊自出版以来,蒙社会人士不吝赐教,且拳拳以本刊主旨及发刊词垂询。本社同人,鉴于国势危殆,非提倡及研讨战国时代之“大

---

〔1〕 林同济:《文化的尽头与出路——战后世界的讨论》,见温儒敏、丁晓萍《时代之波——战国策派文化论著辑要》,中国广播电视出版社 1995 年版,第 97、102 页。

政治”(high politics)无以自力自强。而“大政治”例循“惟实政治”(realpolitik)及“尚力政治”(power politics)。“大政治”而发生作用,端赖实际政治之阐发,与乎“力”之组织,“力”之驯服,“力”之运用。本刊有如一“交响曲”(symphony),以“大政治”为“力母题”(leimotif),抱定非红非白,非左非右,民族至上,国家至上之主旨,向吾国在世界大政治角逐中取得胜利之途迈进。此中一切政论及其他文艺哲学作品,要不离此旨。知高明垂注,谨此布闻。海内同志,倘进而教之,则幸甚![1]

从这份发刊词中我们可以看出,“力”和“国家、民族”是关键词。“民族至上,国家至上”的观念很多时候被指责为法西斯主义的同类措辞。因为法西斯主义往往是与极端的民族主义、国粹主义联系在一起的。但这并非问题的关键之处,因为这一观念也并非是“战国策派”独创,而是当时抗战背景下的整体氛围所致。1938年7月7日,蒋介石在《抗日周年纪念日告全国军民》的文告中提出:“我们必须抒发精诚,做到钢铁一般坚固的团结。那就是说,要精诚统一,一切的言论动作,完全以‘国家至上,民族至上’为前提,以‘军事第一,胜利第一’为目标。”[2]“国家至上,民族至上”“军事第一,胜利第一”的口号深入人心。1939年5月1日,毛泽东在《国民精神总动员的政治方向》一文中指出:“我们要保卫自己的祖国,我们要彻底解放中华民族。日本帝国主义侵犯我们的国家的独立,妨害我们民族的生存,我们要打倒它。这就是‘国家至上,民族至上’。”“为了达到保卫祖国,为了达到中华民族的解放,就要使抗战得到胜利。中国共产党历来主张‘抗战高于一切,一切服从于抗战,动员一切力量,争取最后胜利’。”[3]因此,“战国策派”是在中华民族全面抗战和世界反法西斯战争的背景之下提出“强力政治”的,很容易把它与陈立夫、张道藩等人倡导的“国家至上”、“民族至上”相联系,但两者在实质上并不相同。[4] 我们问题重点并不在“国家至上、民族至上”方面,而是“战国策派”是以何种方式来构建国家民族构想的。而“力”便是其中最关键的纽带。

有学者指出,战国策派对战争中“力”的推崇,明显混淆了正义战争和非正

---

[1] 《发刊词》,《战国策》第2期,1940年4月15日。
[2] 王芝琛:《百年沧桑——王芸生与大公报》,中国工人出版社2001年版,第52页。
[3] 王芝琛:《百年沧桑——王芸生与大公报》,中国工人出版社2001年版,第53页。
[4] 详见江沛:《战国策派思潮研究》第7章,天津人民出版社2001年版。

义战争、侵略战争和反侵略战争的区别。[1] 但是没有说清楚的是，战国策派的理念为什么会产生这种混淆？他们采取了什么样的逻辑建构？

对"战国策派"所推崇的"力"究竟是什么，学界众说纷纭。我们不妨回到"战国策派"同人思想本身来分析。"战国策派"群体中的哲学家、历史学家、文学家等都从不同领域给出了自己的解释。陶云逵认为："无论那一种力，它都含着一派意义，就是自主和自动，它的象征是光明。""力人是不受传统支配的，他要创造，他有独到的'是'与'非'，他真，他意志坚决，他直爽，光明，他不怕阻挠，他不怕死，愿为他的'是'而死。""我们需要'力人'，需要有力的人格，也就是主人型的人格，光明的人格。"[2] 主人型的性格，也就是不受其他外界的限制和束缚，自己主宰自己的行为，敢于表达自己的反对立场和承担做错的事情。做了错事情，并不觉得羞耻，反而，如果敢于承认，则是值得提倡的。林同济的《力！》认为中华民族正缺少"力"的精神，"力者非他，乃一切生命的表征，一切生物的本体。力即是生，生即是力。"[3] 而目前的战争"它乃是代表着一个旷古'强有力'的文化在演展路程中所势必表现的主要阶段。"[4] "生、力、动三字可说是三位一体的宇宙神秘连环，开始创造文化而未被文化所束缚的脑力，都能够领略并体验个中滋味的。"[5] 我们看到，这里的"力"并非指的是武力，而是哲学意义上抽象的"力"的哲学。"力"的概念核心在于"生命意志"，而拥有强生命意志的个体便可被称作是"力人"，只以自我意志来主宰行为甚至历史。

结合"战国策派"的整体思想，我们可以证实这一观点。"战国策派"推崇德意志精神，尤其是尼采的学说、浮士德的精神。这种对强意志力的追求与浪漫主义精神息息相关。对德国精神的推崇是"战国策派"饱受争议的观点之一。作为"战国策派"中的主要人物，陈铨早年留学德国基尔大学和伯林大学，并且以《德国文学中的中国纯文学》为题取得了博士学位。回国后推崇尼采、叔本华哲学、浮士德精神和狂飙突进运动。他的德国文化背景和对德国浪漫主

---

〔1〕 如解志熙承认，"至少他们那种唯力是尚的'力'的哲学和'力'的历史观，显然混淆了侵略战争和反侵略战争的本质区别和重大是非，那无形中不也可以使日本帝国主义的侵略行径同样显得'理所当然'吗?"解志熙：《感时忧国有"狂论"——〈战国策〉派时期的沈从文及其杂文》，《现代中文学刊》2014 年第 2 期。

〔2〕 陶云逵：《力人——一个人格行的讨论》，《战国策》第 13 期，1940 年 10 月 1 日。

〔3〕 林同济：《力!》，《战国策》第 3 期，1940 年 5 月 1 日。

〔4〕 林同济：《战国时代的重演》，《战国策》第 1 期，1940 年 4 月 1 日。

〔5〕 林同济：《力!》，《战国策》第 3 期，1940 年 5 月 1 日。

义精神的推崇对“战国策派”同人的思想颇大。前面指出，近年来，国际学界重审浪漫主义思潮的影响，认为浪漫主义不仅是一种诗学理念，而且从更深层次上重新定位了自我与世界的关系，对哲学、历史、政治、文化等各方面产生了深远影响。我们在分析“战国策派”的思想时，不能仅仅从表面看浪漫精神的相似性，或者单独分析陈铨的浪漫主义创作方法，我们应该从整体着手，分析浪漫主义思想的渗透和影响。陈铨、林同济等人所提倡的浮士德精神和尼采思想，若从严格的意义上来说，并不属于德国浪漫主义运动。歌德的《浮士德》属于古典主义创作时期，但已带有浪漫主义思想端倪；尼采甚至反对浪漫主义思想。但是若从浪漫主义的思想核心——自我意志着手，这两者又是和浪漫主义思想息息相关的。浮士德精神开始出现自我意志扩张和实现的追求，而尼采则将浪漫主义思想中的自我意志成分推向极端，推崇“超人”哲学，因而又被学者称为是“反浪漫的浪漫主义者”。[1]

陈铨屡次提到浮士德精神。浮士德精神与浪漫主义精神并不完全一致，但就自我意志扩张方面，已初现端倪。陈铨认为：“浮士德无限追求的态度，热烈的感情，使他成了狂飙时代的象征。……因为浮士德的精神，就是狂飙时代的精神。”[2]这样一种浮士德的精神，超越了正义和法律，有着强大的独立的意志，强调“力”就是“善”。在陈铨的阐释中，他突出了复仇这一心理。这一主题曾在鲁迅的作品中频繁出现，在前文中笔者有过具体的分析。因为复仇的情感，表达出了“一种激烈的情感，不安定的状况”[3]。陈铨所举的例子大多是文学层面的创作，而他硬要将这种思想与革命政治实践相挂钩，来表明自己论证的合法性：“狂飙运动，是一种革命运动，是一种反对现状要求自由的运动，而这一种运动的基础，建筑在感情上面，这是没有疑义的了。”[4]当时德国的政治革命运动，的确与狂飙突进有一定的关系，但是我们不能将文学创作等诗学层面的狂飙突进思想与实际政治中革命的情绪相混淆。这一混淆的方式也体现出了浪漫主义思想的另一种弊端，即将性质不同的东西混淆在一起。浪漫主义在诗学层面提倡一种“整体的诗”，强调“一切都是诗”，反对文体的分类。作为一种诗学思想，这也许会带来新的文学实践。但是在现实层面，模糊界限会带来很多问题。

[1] 刘小枫：《拣尽寒枝》，华夏出版社 2007 年版，第 127 页。
[2] 陈铨：《狂飙时代的德国文学》，《战国策》第 13 期，1940 年 10 月 1 日。
[3] 陈铨：《狂飙时代的德国文学》，《战国策》第 13 期，1940 年 10 月 1 日。
[4] 陈铨：《狂飙时代的德国文学》，《战国策》第 13 期，1940 年 10 月 1 日。

就"浮士德精神"而言,林同济认为,"现在这个由欧洲文明扩大而成的世界文明,是充满所谓'浮士德的精神'的,是握有一种无穷的澎涨力,无穷的追求欲的。"〔1〕他所称赞的目前世界文明的精髓——"浮士德的精神",可能是受了当时交往甚密的战国策派同人陈铨的思想影响。陈铨曾经留学德国,对德国文学、哲学有一定的研究。在同期的《战国策》上,陈铨发表了文章《浮士德精神》,详细阐述了自己对浮士德精神的理解。这篇文章发在《战国策》杂志的首期上,与林同济的文章相呼应,有其特殊目的,并不仅仅是作文学上的思想分析。《浮士德》这部产生于德国古典主义时期的作品,被陈铨理解为"法国的古典主义的作品却往往只是作者笔尖上的花样。所以狂飙运动和感情主义,实在是全部浮士德的胚胎。浮士德之所以为浮士德,也就全靠他内心有激烈感情的冲动"〔2〕。陈铨重点强调了浮士德的浪漫精神,并指出"浪漫"在中国遭到误解:"歌德的浮士德,是一个浪漫的人。浪漫两个字,在中国到处被人误解。一般人都以为在男女关系上随便一些,就是浪漫,这真是大错误大荒唐。浪漫主义运动,在西洋历史上,乃是一种新的人生观运动。浪漫主义者,实际上就是理想主义者。他对人生的意义,有无限的追求,因为人生的意义是无穷,永远追求,永远不能达到,这就是浪漫主义的精神。……歌德的浮士德的态度,就是浪漫主义者的态度——他有无穷的渴想,内心的悲哀,永远的追求,热烈的情感,不顾一切的勇气。"〔3〕陈铨引用了诺瓦利斯的"蓝花"来说明浪漫主义对无限的追求。值得注意的是,浪漫主义对无限的追求若在诗学层面上,必将开启新的图景。但是这样一种热烈的情感、不顾一切的态度、永恒的不满足的追求,如果用在国家、民族层面,将会出现问题。陈铨与林同济的观点相同,认为在这样的"大战国的时代",正是中华民族"演出伟大光荣的一幕"的机会,因此需要有"感情的冲动""无限的追求"。再结合林同济的言论,这一"无限追求"便从诗学层面转向了实际的民族国家层面,便成了追求力的无限扩张,最终实现世界的大一统。这一思维模式与法西斯主义的确有相似之处。

"英雄"、"强力"、"力人"、尼采的超人意志是"战国策派"思想的核心,也是受到批评最多的元素。这一思想核心可以集中体现为强意志力的推崇。实际上,这样的提法并不新鲜。早在20世纪初,鲁迅在《摩罗诗力说》中便提出

〔1〕 林同济:《战国时代的重演》,《战国策》第1期,1940年4月1日。
〔2〕 陈铨:《浮士德精神》,《战国策》第1期,1940年4月1日。
〔3〕 陈铨:《浮士德精神》,《战国策》第1期,1940年4月1日。

了这些主题。笔者在前面章节的讨论中说过，鲁迅“美伟强力”的诗学理念带有强烈的民族国家动机，他试图将“美伟强力”作为民族精神，而具有“美伟强力”的人，也就是具有强意志力的人，往往只是少数人。这一思路后来在“战国策派”的思想中得以发展。但与“战国策派”不同的是，在鲁迅后来的写作与实践中逐渐表现出这一诗学构想中所暗涵的“我”与“群”的张力，看到了浪漫主义思想逻辑中的悖论之处。一味地张扬生命意志，一方面会导致对“庸众”（“群”）的疏离甚至憎恨，另一方面，会蔑视世俗道德。这一关于中国文学、文化和民族的宏大构想，实际上只是一种浪漫主义的诗学想象，一旦实现，有可能存在危险。鲁迅的“美伟强力”诗学在民族国家层面“悬崖勒马”，最终在文学层面“开花结果”。而“战国策派”则进一步发展了“美伟强力”诗学的思想逻辑，并将其中个人的成分，上升到集体、国家的层面。在前述论鲁迅一文中，笔者已经指出了这种思维逻辑的端倪，接下来，笔者要仔细分析这一思维逻辑的形成过程以及可能带来的危险。

王向远发现了“战国策派”与“日本浪漫派”的相似之处，但他着重用批判后者来证明前者并非是真正的法西斯主义团体。我们从他将“战国策派”与“日本浪漫派”并立，并且二者都带有法西斯主义的倾向这一角度进一步发掘，两者都受浪漫主义的影响，尤其推崇尼采的超人意志，而且都致力于民族国家文化政治建设，最终都被视为是带有法西斯主义色彩的团体。这难道只是一种历史的巧合吗？要回答这一问题，我们必须回到浪漫主义思想的缘起之地——德国，来看看究竟是什么原因吸引了这些醉心于民族国家建设的文人。当时的中国和曾经的德国面临着相似的民族危机。“战国策派”的重点并不落在强大起来的希特勒统治下的德国的恶行，而是关注德国是如何从分崩离析、受外敌压迫的情况下站起来，成为能够有勇气征服其他民族的“力”的代表的。德国的浪漫主义哲学是在德国面临国内分裂、民族危机的情况下产生的，从一开始便和国家、民族等话语结合在一起。17、18世纪的德国人居住的地方可以说是比较落后的地区。在18世纪的时候，德国人是由数百个王公和领主统治着的，出于分崩离析的状态。而法兰西的对德战争摧毁了德国原本的精神。“最早的国家主义者——德国人——是受伤的文化骄傲与以哲学—历史视野来愈合伤口并创造内在抵抗力中心的结合物。”[1]“受伤的民族情感和可怕的民族屈

〔1〕 Isaiah Berlin. The Proper Study of Mankind: A Anthology of Essays. New York: Farrar, Straus and Giroux, 2000, p599.

辱……是德国浪漫主义运动的根源所在。"[1]国际学界早就意识到浪漫主义与法西斯主义之间的关联。以赛亚·伯林曾明确指出,法西斯主义可以说是浪漫主义的后裔。"法西斯主义也是浪漫主义的继承人……之所以说法西斯对浪漫主义有所借鉴是因为它们持有同样的一个概念,即一个人或一群人的不可预测的意志以无法组织、无法预知、无法理性化的方式前进。这就是法西斯主义的全部。"[2]而吕迪格尔·萨弗兰斯基则认为浪漫主义既是德国的荣耀,也是德国的耻辱。他痛心诗学层面的浪漫主义落入现实政治领域:"那轻快的自由精神,带着对于无限者的激情,本应超越任何界限,而现在开始将超验扯进政治领域……1800年后,在浪漫主义作家那里,针对集体而思考的倾向加剧。这种思考是能动主义的和指涉将来的,如在费希特那里。他将他的自我及其本原行动,提升为民族的伟大的自我。"[3]费希特在浪漫主义自我提升为集体化的发展过程中发挥了重要作用。费希特推崇自由意志并将之与德国民族精神结合在一起,认为"这种德意志哲学确实在兴起,并以自己的思维的活动……把自身提高为不可改变的、'比一切无限性更多的东西'"[4]。他将集体视为是某种大于个体的东西,如阶级、民族、国家,那么本属于个体的自我意志便成为巨大的民族驱动力。对自我意志实现的追求转化为民族国家意志的实现,"歇斯底里的自我肯定以及对现有制度进行虚无主义的破坏,因为它束缚了唯一对人类有价值的自由意志;优越的人因其更强力的意志而征服劣等人;这是一种对浪漫主义的直接继承"[5]。以赛亚·伯林认为浪漫主义的理念影响了人们的民族国家思想:"人们读了浪漫主义的作品之后觉得,有些答案不是被发现的而是被创造的。我不想说这种看法是正确的,但这确实是某些德国浪漫主义者所信奉的观点。民族主义就是由此产生的:人们过去和现在的所思所行之所以是这样的,那是因为他们信仰某种理想,某种生活方式,而这全然由于那是德国的——是我们自己的。我们德国人之所以要过这种生活,与它的好坏对错无关,而仅仅是因为那是我们的生活方式,是我们的传统,是我们

〔1〕[英]以赛亚·伯林:《浪漫主义的根源》,吕梁等译,译林出版社2011年版,第44页。

〔2〕[英]以赛亚·伯林:《浪漫主义的根源》,吕梁等译,译林出版社2011年版,第144页。

〔3〕[德]吕迪格尔·萨弗兰斯基:《荣耀与丑闻——反思德国浪漫主义》,卫茂平译,上海人民出版社2014年版,第194页。

〔4〕[德]费希特:《对德意志民族的演讲》,梁志学主编《费希特著作选集》第5卷,商务印书馆2006年版,第364页。

〔5〕[英]以赛亚·伯林:《浪漫主义的根源》,吕梁等译,译林出版社2011年版,第144页。

的先辈创造的,是我们自己生命的源泉和发展,因为那是我们的,是我们自己的,我们甚至要不惜用自己的生命来捍卫它。"[1]这种巨大的民族驱动力,只为实现民族意志而不顾一切的英雄主义行为,其浪漫主义思想展现出其恶魔性的一面。

"英雄崇拜"和尼采哲学是"战国策派"思想中受到批评较多的部分。陈铨在《论英雄崇拜》中先谈到了"意志"在历史上发挥的关键作用:"人类的意志,才是历史演进的中心。"[2]他强调:"人类意志是历史演化的中心,英雄是人类意志的中心。"[3]而"人类社会上无论任何方面的事业,创造领导,都只有靠少数的天才。……天才就是英雄"[4]。陈铨在形容英雄的时候,使用了这些词语:"神秘""不可想象""与平常人不同""有一种不可思议的魔力",近于宗教式的崇拜。"战国策派"流露出的对希特勒等人的崇拜,是成为众矢之的的主要原因。批评者认为,"他们是企图把站在统治地位的人都描写成有着神秘力量的英雄来教人无条件地顶体膜拜"[5]。当"战国策派"以近乎崇拜的笔调书写希特勒的时候[6],他们并非不知道希特勒的罪行,也并非赞同法西斯主义行径。陈铨表示:"希特勒的纳粹主义,就是德国人也有反对的。但德国民族精神和思想的独到之处,连尧舜汤禹也是要人效法的价值。"[7]他们在此时将希特勒视作一个伟大的诗人,以浪漫主义诗学的形式获得了自我实现,是强意志力的代表。这是典型的浪漫主义者对英雄的态度:"这些理念的形式之一便是超越其他人的艺术家的新形象,这不仅体现在他的天才,而且体现在他愿意为他心中神圣的幻影而生或死的英雄精神。同样的理想转化为国家、阶级或民族不惜一切代价为自由而奋斗。在领袖崇拜中这一观念带来更危险的形式,领袖可以像创造艺术品一样创造新的社会规则,他可以像作曲家塑造声音和画家塑造颜色一样去塑造那些软弱到无法用自己的意志来武装自己

---

[1] [伊朗]拉明·贾汉贝格鲁:《伯林谈话录》,杨祯钦译,译林出版社2002年版,第145页。

[2] 陈铨:《论英雄崇拜》,《战国策》第4期,1940年5月15日。

[3] 陈铨:《论英雄崇拜》,《战国策》第4期,1940年5月15日。

[4] 陈铨:《论英雄崇拜》,《战国策》第4期,1940年5月15日。

[5] 沈有谷:《是圣人还是骗子——论唯心论在实际生活中的表现》,钟离蒙、杨凤麟主编《中国现代哲学史资料汇编(第三集第三册):战国策派法西斯主义批判》,辽宁大学哲学系中国哲学研究室编,1982年,第28页。

[6] 如丁泽将希特勒与朱元璋相提并论,认为他在政治上有真知灼见。详见丁泽:《希特勒与朱元璋》,《战国策》第11期,1940年9月1日。

[7] 陈铨:《狂飙时代的德国文学》,《战国策》第13期,1940年10月1日。

的人类。"[1]

德国浪漫主义者一开始表现出了对拿破仑的崇拜,而拿破仑正是当时德国的主要侵略者。德国浪漫主义者表现出与"战国策派"同样的态度,他们超越了道德价值判断,而将重点放在对拿破仑的浪漫主义诗学构想上:"这个男人极其出色地体现为浪漫主义的艺术家:他将整个世界历史转变为一件反讽的艺术品,他与历史的材料游戏,犹如浪漫主义作家与题材和形式游戏。"[2]浪漫主义者将英雄视作艺术家,以自由意志来进行浪漫主义想象,与浪漫主义创作不同的是,这些历史英雄是以实际的历史和国家作为浪漫构想的材料,以追求自我实现。"德国浪漫主义者所谓的'政治'概念,显然是以'艺术'和'天才'的概念为基础的。……只有'艺术'和'天才',才能使人类成为真正的个体,甚至认为艺术家和天才的使命就是创造,不仅创造统治者和政治领袖,而且也创造被统治者和奴仆,他可以将政治家和经济家提升为艺术家,以此来参与国家管理。……通过把'政治领袖'界定为艺术家,德国浪漫主义者也将他们置于法律之上,并创造了一个独裁主义的理想。"[3]陈铨这样理解"天才"或"英雄":"狂飙运动有两个很重要的基本观念,就是'力量'与'天才'。力量是一切的中心,它破坏一切,建设一切。天才是社会上的领袖,他推动一切,创造一切。然而天才的本身,最重要的元素,就是力量。""狂飙时代天才的观念,成了康德美学的基础;力量的观念,成了尼采权力意志的中心。"[4]所以说,"天才"或"英雄"都是具有强意志力的主体,以自我实现为最高目标。陈铨是如此理解浪漫主义精神的:"实际上'浪漫'原来的意思,是人生理想的无限追求。"[5]在有限的生命中,实现对人生理想的无限追求,这里的"荣誉和情感"

---

[1] "One form of these ideas was the new image of artist, raised above other men not only by his genius but by his heroic readiness to live and die for the sacred vision within him. It was this same ideal that animated and transformed the concept of nations or classes or minorities in their struggles for freedom at whatever cost. It took a more sinister form in the worship of the leader, the creator of a new social order as a work of art, who moulds men as the composer moulds sounds and the painter colours — men too feeble to rise by their own force of will." Isaiah Berlin. The Proper Study of Mankind: A Anthology of Essays. New York: Farrar, Straus and Giroux. 2000, p574.

[2] [德]吕迪格尔·萨弗兰斯基:《荣耀与丑闻——反思德国浪漫主义》,卫茂平译,上海人民出版社2014年版,第204页。

[3] 张廷国:《从浪漫主义向民族主义的转变——德国民族主义形成的原因》,《华中科技大学学报(社会科学版)》2005年05期。

[4] 陈铨:《狂飙时代的德国文学》,《战国策》第13期,1940年10月1日。

[5] 陈铨:《狂飙时代的德国文学》,《战国策》第13期,1940年10月1日。

无关乎正义或道德,而是自我价值的实现。在诗学层面,将自我意志的实现作为最高目标并无大碍,但在国家浪漫主义的层面上,自我意志上升为国家意志的实现,个人内部的自由变为国家、民族层面的实际意义上的自由。为了这样的自由意志,可能会损害到其他国家的利益。"战国策派"的错误就在于将本是诗学层面的理念试图落实到实际的民族国家建设层面。而在实际的战争中,道德价值判断,正义与否是战争的重要元素之一,倘若超越道德,并追求国家意志的实现,那便有朝向法西斯主义的危险了。

他们提出了浪漫主义对道德价值的解释,即自我意志的自由实现便是最高道德。在浪漫主义时代,"第一次开始出现了如下观念:也许,价值判断根本不是描述性问题,价值不是发现的,不是特定意义的真实世界——包括桌子、椅子、人、颜色或过去的事件——的组成部分,价值不是被发现的而是被发明的——像艺术品一样,是由人创造出来的,而询问艺术品被构思和表达出来以前,身置何处是没有意义的。"[1]例如,德国浪漫主义的代表人物海因赛的小说《亚丁黑罗》中主人公亚丁黑罗的一生,多是谋杀引诱。但是这类人却是浪漫主义诗学所欣赏的,因为他自由、勇敢、充满自我意志。陈铨对这本书的解释是:"人生是本能自身表现。感情、淫欲、罪恶,是生存必需的形式。或者可以说,在根本意义之下,无所谓罪恶。真正的罪恶,就是懦弱。真正的道德,就是'力';最高尚的'善',就是'美',就是'力的表现'。"[2]陈铨进一步认为,这种思想与尼采的思想有相同之处。他提倡要将这种思想应用到当前的政治实践中,因为"现在世界弱小民族,口口声声呼喊正义人道,终究不能挽救他们灭亡的命运!"[3]。没有什么正义不正义的标准,只有力,力就是正义。然而,若不管"正义人道",那战争的意义在陈铨那里便成为"无限的追求""热烈的感情"所驱使下的战争狂热。而在这个层面上,他们的观念超越了道德价值判断,或者说是浪漫主义意义上的"道德"实现。

若在文学或诗学层面,超越伦理道德的价值判断往往可以让我们更关注文学本身,如沈从文喜欢写妓女,爱她们身上自由的生命、本真的东西。但是若在实际生活中,超越伦理道德往往会引起社会的价值混乱。社会是由个人组成的,其维系纽带之一便是伦理道德。伦理道德是关于人与人之间关系的哲学。

---

〔1〕[英]以赛亚·伯林:《浪漫主义时代的政治观念》,王军兴、张蓉译,新星出版社2011年版,第11页。

〔2〕陈铨:《狂飙时代的德国文学》,《战国策》第13期,1940年10月1日。

〔3〕陈铨:《狂飙时代的德国文学》,《战国策》第13期,1940年10月1日。

战争有正义和非正义之分,这是战争的题中之义。有些战争题材的小说如托尔斯泰的《战争与和平》,会超越民族国家层面,达到广泛的人道主义的同情,但都离不开道德判断。道德判断是实际战争中必须考虑的方面,尤其是在当时的抗日战争中,正义感是支持中华民族抗战的重要原因。而若战争在实际意义上超越道德,追求国家意志的实现,将国家意志凌驾于一切之上,便与法西斯主义无异了。汉夫批评道:"那个'不管正义不正义,正义在其中'的'英雄豪杰',不就是希特勒、墨索里尼和东条之类的人物吗?顾事实不顾正义而'防邻居,要杀人'的不就是'盖斯塔波'(盖世太保),秘密警察特务工作吗?这和民主国家的政治是不相同的啊!"〔1〕陈铨试图区分德国浪漫精神和希特勒的所做所为〔2〕,但他并没有明白的一点是,德国的法西斯主义和它的浪漫主义思潮息息相关,可以说正是这些诗学层面的浪漫主义思想推向极端化、具体化的产物。因此,当陈铨沿着此逻辑来鼓吹德国浪漫主义文化时,不由自主地便落入了和法西斯主义同样的窠臼,因而遭到猛烈批判。

三、沈从文与"战国策派"的关系考辨

前面提到,沈从文后来否认自己与"战国策派"的关系:"后来又有人指责沈协助编辑昆明的一份杂志《战国策》,指责它是宣传法西斯的刊物。沈坚决否认编辑过该刊,说他是编辑的确也没有任何证明。不愿和非共产党的'左翼''民主党派'和中间团体发生关系,这些党派团体后来都要求蒋介石停止内战,同共产党组成联合政府。"〔3〕沈从文在给"耕寒"先生的信中表示:"《战国策》并非我主编,负责人是林同济先生,我不过间或写点文章罢了。在当前凡事都犯忌讳情形中,我也写不出什么好文章来。……另外说不定正有人指摘我是个落伍代表,你若同时见到这种文章,也许就不至于好奇来找我们那个刊物了。"〔4〕沈从文在20世纪50年代的总结传记材料中也否认了"战国策派"的存在,并撇清自己与它的关系:"初到曾和联大同事钱端升、陈岱孙等编过一周

---

〔1〕 汉夫:《"战国"派的法西斯主义实质》,钟离蒙、杨凤麟主编《中国现代哲学史资料汇编(第三集第三册):战国策派法西斯主义批判》,辽宁大学哲学系中国哲学研究室编,1982年,第2页。

〔2〕 陈铨表示:"希特勒的纳粹主义,就是德国人也有反对的。但德国民族精神和思想的独到之处,连尧舜汤禹也是要人效法的价值。"详见陈铨:《狂飙时代的德国文学》,《战国策》第13期,1940年10月1日。

〔3〕 [美]金介甫:《沈从文传——凤凰之子》,符家钦译,光明日报出版社2004年版,第382页。

〔4〕 沈从文:《对作家和文运的一点感想——新废邮存底》,重庆《大公报》战国副刊第11期,1942年2月11日。

刊,又同林同济等编过一半月刊。广西方面刊物找对象骂人,总以为有个什么《战国策》派,其实全不相合。我不再写文章,问题也极简单,即到我明白刊物有一点政团意味或官僚关系时,我搁笔了。"〔1〕他还在《战国策》上发表过批评陈铨的同名文章《论英雄崇拜》,激烈反对陈铨的观点,而且沈从文的思想理念看上去与"战国策派"激烈的民族主义言论并不一致,因此,沈从文在很多情况下被认为是不属于"战国策派"的成员,只是在"战国策派"的重要阵地上发表文章。〔2〕现在有一些学者开始重新思考沈从文与"战国策派"的关系,并将沈从文当作"战国策派"中的主要成员。但是学界即便是承认沈从文参与了"战国策派"的主要活动和思想建构,也多将侧重点放在沈从文的自由主义立场上。〔3〕解志熙教授对此提出异议,认为此时的沈从文因民族主义之心而偏离了自由主义路线。〔4〕我们可以看到,学者的论述多侧重于民族文化建设,讨论此时沈从文的立场问题,是坚守还是偏离了自由主义立场。这一问题有几个疑点没有解决:其一,我们不能简单地认为沈从文与"战国策派"的联系主要是民族文化建设方面;其二,学界多关注沈从文的自由主义立场,而忽视了沈从文此前的创作与40年代理论思想的一致性。事实上,沈从文早期创作中对原始生命力的崇拜同样是生命意志的另一种展现方式,而这一思想精髓与"战国策派"重视自我意志的核心理念有相通之处。这一点我在下文中会详细论述。其三,沈从文在《战国策》上发表批评陈铨的文字,往往被视为沈从文并非"战国策派"成员的证据或者用来说明"战国策派"文学阵地的自由性。我们可以换一角度,将思考的重点放在沈从文与"战国策派"的思想联系上,而沈从文与陈铨之间的冲突也许正好说明沈从文对集体浪漫主义危险倾向的纠偏。

施蛰存曾表示:"从文一生最大的错误,我以为是他在40年代初期和林同济

〔1〕《沈从文全集》(第二十七卷 书信),北岳文艺出版社2002年版,第89页。

〔2〕如王保生强调:"说沈从文是'战国策'派,或者说沈从文与林同济合办《战国策》,都是不正确的。"详见王保生:《沈从文评传》,重庆出版社1995年版,第290页。

〔3〕吴世勇通过对沈从文参与《战国策》编辑工作前后情况的考证,探寻沈从文与"战国策派"的关系,并认为沈从文在40年代初试图通过"文学运动的重造"使自由主义文学居于文学发展主导地位的努力。孔刘辉通过史料证明沈从文是"战国策派"的主要成员,但认为此时的他仍然坚持着自由主义立场。详见吴世勇:《为文学运动的重造寻找一个阵地——沈从文参与〈战国策〉编辑经历考辨》,《淮南师范学院学报》2005年第1期。孔刘辉:《和而不同、殊途同归——沈从文与"战国派"的来龙去脉》,《学术探索》2010年第5期。

〔4〕解志熙认为沈从文与"战国策派"的形成和思想发展有密切关系,尤其是在国家民族方面,已经偏离了自由主义立场,甚至对自由主义者进行反思。解志熙:《感时忧国有"狂论"——〈战国策〉派时期的沈从文及其杂文》,《现代中文学刊》2014年第2期。

一起办《战国策》。这个刊物，我只见到过两期，是重庆友人寄到福建来给我看的。我不知从文在这个刊物上写过些什么文章，有没有涉及政治议论？不过当时大后方各地都有人提出严厉的批评，认为这是一个宣扬法西斯政治，为蒋介石制造独裁理论的刊物。这个刊物的后果不知如何，但从文的名誉却因此而大受损害。”〔1〕解志熙教授认为施蛰存应该不是从政治立场角度来作出如此判断，那么他为什么要说是沈从文“一生最大的错误”呢？〔2〕就笔者看来，之所以说是沈从文一生中最大的错误，就在于《战国策》时期，他偏离了浪漫主义的个人立场，而试图把浪漫主义与民族文化精神结合起来，带有了集体浪漫主义的倾向。

沈从文在“战国策派”主要阵地上发表的文章主要有：《战国策》半月刊上的文章：《烛虚（一）》《烛虚（二）》〔3〕《白话文问题——过去当前和未来检视》《续废邮存底》《谈英雄崇拜》《新的文学运动与新的文学观》《小说读者和作者》《谈家庭》；《大公报》战国副刊的文章：《对作家和文运的一点感想——新废邮存底》。篇幅之多，涉及内容之广，很难否认他与“战国策派”之间的关系。但我们不能以“战国策派”“法西斯主义”的罪名来否定其成员的其他思想。沈从文的这些文章重在梳理以前的文学、文化运动成果，并提出新的建设理论。这些理论看似是沈从文针对战时的中国而提出的，实则与沈从文以前的创作理念有一脉相承之处，比较突出的一点是重视生命力的作用。李扬明确指出：“在崇拜生命力量这一点上，沈从文与林同济、陈铨的诉求别无二致。”〔4〕但是他并没有指出沈从文对生命力量的崇拜与林同济、陈铨等人的思想逻辑有何异同，而仅仅只是指出了表面观点的相似。在沈从文的理念中，过去生命力的作用主要体现在自我实现上，现在将之与民族精神的提升和国家强健相结合。

我们首先从沈从文自己对《战国策》办刊初衷的理解入手：

> 正因为中国读书人有个“多数”，都生活在一种可怕的习惯中，尤以做“大事”的常常眼光特别“小”，多重在“经验”，而一生经验的运

---

〔1〕 施蛰存：《滇云浦雨话从文》，见巴金、黄永玉等著《长河不尽流：怀念沈从文先生》，湖南文艺出版社1989年版，第56页。

〔2〕 解志熙：《感时忧国有“狂论”——〈战国策〉派时期的沈从文及其杂文》，《现代中文学刊》2014年第2期。

〔3〕 该文是以“上官碧”为笔名的。详见孔刘辉：《“战国派”作者群笔名考述》，《新文学史料》2013年第4期。《烛虚（二）》在题词中说明为“烛虚四”，后除去了题词，被收入《沈从文全集》（第十二卷 散文），为《烛虚》（四）。详见《沈从文全集》，北岳文艺出版社2002年版，第16-21页。

〔4〕 李扬：《沈从文与“战国策派”关系考辨》，《北京师范大学学报（社会科学版）》2012年第3期。

用，又只重在能够“对付目前”。这些人既少对国家明日的幻想，又少爱重真理的勇气，更少对崇高优美的抽象原则认识追究的兴趣。……在位者以为大势如此，将当前明天，一同付之命运。不在其位者，尚有少许热忱，且明知在习惯中拖混不是了局的，自然便觉得事事痛苦，也令人恐怖，实在沉默不下时，就不免大声叫喊计生，想使多数中的少数知道侥幸的人生观绝对应付不了“明天”。这个民族若不甘心灭亡，想要挣扎，得有勇气先从“因循”习惯中挣扎出来，这国家方可望有个转机。这就是当时几个朋友办刊物的一点理想。只是理想与事实对面，失败了，这刊物出了十七期，就不能不停顿。〔1〕

沈从文指出当时和其他“战国策派”同人办刊物的时候是有一致的理想的，那就是改变当前中国软弱侥幸的民族精神状态，提出“对国家明日的幻想”“爱重真理”“对崇高优美的抽象原则认识追究的兴趣”。这一对民族国家的构想是与生命意志联系在一起的。“照一般市场行情来说，我的作品难免不成为‘失败’‘落伍’作品。我倒不大关心到失败或落伍，我们这个国家极大，即以战争而论，写一城一池得失的要人，写英雄烈士的要人，但同时写因为这种战争，如何在沉默中改造了一些活人的生命，人生观或道德情操，生活方式与生命理想，换言之，即是另外一种‘人’的‘史’，写它的也需要人。”〔2〕沈从文提出战时的文化重建最重要的是提高中华民族的生命力量。

沈从文在《战国策》及《大公报》副刊上谈教育举措、文化重建、文学创作等围绕的核心便是对生命力量的追求。沈从文在《战国策》第1期上发表了一篇谈女子现代教育的文章。在题词处，沈从文表示：“自然既极博大，也极残忍，战胜一切，孕育众生，蝼蚁蚍蜉，伟人巨匠，一样在它怀抱中，和光同尘。因新陈代谢，有华屋山丘。智者明白‘现象’，不为困缚，所以能用文字，在一切有生陆续失去意义，本身亦因死亡毫无意义时，使生命之光，煜煜照人，如烛如金。”〔3〕沈从文此文是在批判那时女子教育的种种问题，但我们不能仅仅将其视作是提出新的文化教育举措的文章，应该和沈从文整体的思想理念相结合去理解。在沈从文看来，真正的女子解放和教育应该使得女性能够“向人类崇高

〔1〕 沈从文：《对作家和文运的一点感想——新废邮存底》，重庆《大公报》战国副刊第11期，1942年2月11日。

〔2〕 沈从文：《对作家和文运的一点感想——新废邮存底》，重庆《大公报》战国副刊第11期，1942年2月11日。

〔3〕 沈从文：《烛虚（一）》，《战国策》第1期，1940年4月1日。

生命追求"[1]。这样的女性,才能够成为一个完整的个体,"形成五光十色的人生""决定于人的意志力"[2],这才是当前需要追求的人生哲学。我们看到,通过生命意志的扩张来达到自我实现,是沈从文教育理念的核心。这一人生哲学不仅是个人层面的事情,而且事关中华民族的兴亡。

那么该如何激发生命力量呢?沈从文提出要改变顺应天道、听其自然的作为,积极发挥人的意志力去"斗"。[3] 这一"动"的哲学在鲁迅、郭沫若和陈铨那里都有涉及。鲁迅曾在《摩罗诗力说》中批评中国人不知改变、一味顺从、求平和的民族性格,认为"平和之名,等于无有""中国之治,理想在不撄"[4]。郭沫若认为只有歌德"动"的哲学才是宇宙的真谛:"宇宙自有始以来,只有一种意志流行,只有一种大力或用,从这种宇宙观所演绎出来的人生哲学",便是"动"。[5] 林同济在谈到当前中华民族应当具有的精神时指出:"生、力、动三字可说是三位一体的宇宙神秘连环,开始创造文化而未被文化所束缚的脑力,都能够领略并体验个中滋味的。"[6]他将生命、意志力和"动"的哲学紧紧联系在一起。前面提到,浪漫主义强调自我实现的重要性,尤其是强意志力所带来的"创造"。生命意志要想获得自由、获得展现,就必须不断反抗、不断追求、不断进取。我们可以看到,这一"动"的哲学不仅是浪漫主义的核心理念之一,而且和重塑民族品格联系在了一起。

值得欣慰的是,沈从文虽然将个体生命意志与民族精神重建联系在一起,但是他与陈铨、林同济等人不同的是,后者将生命意志上升为国家意志,而沈从文仍保留着浪漫主义的个人立场。我们可以从沈从文的整体创作脉络来理解沈从文与陈铨等人的集体浪漫主义之间的差异。沈从文虽然有靠近民族、国家话语的倾向,但是他始终坚守着浪漫主义的个人立场。沈从文作品中的浪漫主义成分被不少学者注意到。李健吾这样评论《边城》:"涌上我心头的,是浪漫主义一个名词,或者说准确些,卢骚这些浪漫主义者的形象。"[7]夏志清指出沈从文之所以拥有文坛的地位是"能在这种落后的甚至怪诞的生活方式下,找

---

[1] 沈从文:《烛虚(一)》,《战国策》第1期,1940年4月1日。
[2] 沈从文:《烛虚(一)》,《战国策》第1期,1940年4月1日。
[3] 上官碧(沈从文):《烛虚(二)》,《战国策》第8期,1940年7月25日。
[4] 鲁迅:《摩罗诗力说》,见《鲁迅全集》第1卷,人民文学出版社2005年版,第69、70页。
[5] 郭沫若:《波斯诗人莪默伽亚谟》,见《郭沫若全集》文学编第15卷,人民文学出版社1990年版,第296页。
[6] 林同济:《力!》,《战国策》第3期,1940年5月1日。
[7] 郭宏安:《李健吾批评文集》,珠海出版社1998年版,第65页。

出赋予我们生命力量的人类淳朴纯真的感情来"〔1〕。夏志清指出了沈从文和华兹华斯在人物和自然表现方面的相似处,但并没有深入发掘沈从文对生命力的重视与浪漫主义之间的关系。俞兆平认为沈从文的创作是一种反现代性的浪漫主义美学。〔2〕 因为沈从文自己并没有提到太多受浪漫主义的影响,只提到过卢梭的《忏悔录》〔3〕,所以我们不能仅仅从文字表述或意象选择方面来分析沈从文的创作与浪漫主义在亲近自然、反现代性等方面的表面关系,而是要发掘其理念与浪漫主义思想内在的联系。在浪漫主义看来,自然能够让人获得生命的自由状态,抵抗现代性对灵性的压制,在自然的状态中,自我意志能够在诗学想象中去主动创造世界万物,与神达到精神共鸣的状态,让有限的生命意志扩张,达到无限的状态。一切都是围绕着浪漫主义的核心——自我意志来进行的。沈从文在其创作中体现出的对原始生命力的崇拜、对现代人"阉寺性"的批判,是与推崇生命意志联系在一起的。在这个意义上,沈从文的创作理念与浪漫主义思想有相通之处。在沈从文看来,生命的自我实现是作为"人"的追求,而世俗的束缚只会削弱生命意志。比如,沈从文的小说中,常常会出现生命力量的代表,对他们的赞美往往超越了世俗的道德评价。如《柏子》描绘了一名水手和岸上妓女之间的露水情缘。"水手"是沈从文钟爱的文学形象,是力量与搏斗的象征。这故事本来只是钱色交易,为人不齿,却被沈从文描绘出了生命的真实状态,而在这种真实里,是汩汩的生命力的流动。我们看到,早年沈从文对生命力的探索主要是"我"的层面上,限于诗学领域。但他在《战国策》时期,却希望将对生命力的追求与民族文化重建联系在一起。一旦国家获得了个人层面的生命意志,那么国家意志的实现便成为最高目标,一切致力于生命力自由发挥的诗学元素都将成为国家层面的实际行为。倘若沈从文的思想继续沿此道路发展下去,不仅会掩盖沈从文思想中的个体灵性的成分,而且会落入与集体浪漫主义同样的窠臼,因而这才可以说是沈从文"一生中最大的错误"了。幸好,沈从文还坚守着个人主义的立场,并对集体浪漫主义的过激行为提出了批评。后来,沈从文又回归更深层次在"我"的层面的探索,深入到个体内部。"只有克服'贴近泥土'的遵循'动物原则'的人,才能靠近和得到真正的'我',从而认识真正的'人'。这也正是他在一九六〇年代写的《抽象的抒情》题词

〔1〕 [美]夏志清:《中国现代小说史》,复旦大学出版社2005年版,第134页。
〔2〕 详见俞兆平:《浪漫主义在中国的四种范式》,《天津社会科学》2010年第6期。
〔3〕 [美]金介甫:《沈从文传——凤凰之子》,符家钦译,光明日报出版社2004年版,第125页。

‘照我思索’,能理解‘我’,照我思索,可认识‘人’”的深刻意义所在。”[1]在经历了民族国家意识的短暂共振后,沈从文又回到了个体内部探索生命之光。

尽管在生命意志与民族文化建设结合这一点,沈从文和陈铨、林同济的集体浪漫主义思想之间有深层联系,但是在一个最重要的方面他们之间有差异,这也是沈从文的可贵之处,那就是沈从文依旧坚持着浪漫主义思想中“我”,而集体浪漫主义则由“群”来超越“我”之上,最终取消了“我”的合法性。

沈从文猛烈批判了陈铨在英雄崇拜方面的问题。“英雄崇拜若近于群众宗教情绪与浪漫情绪之归纳集中,近代使用的方式是分散到社会各方面去,已经成为一种习惯。……从群众中造偶像,将各种思想观念手足劳动上有特殊成就的,都赋予一种由尊敬产生的神性,不必集中到一个‘伟人’身上。”[2]鉴于以上分析,沈从文赞同陈铨的英雄崇拜,但是他是从个人主义的角度去谈的,认为英雄崇拜是个人人格修养的问题。他反对的是将英雄崇拜与国家政治意识相结合。浪漫主义思潮与个人主义是息息相关的。浪漫主义的很多理念是在自我层面上讨论的。而当自我与国家、民族这样的集体概念相遇时,“我”与“群”有着不可避免的张力。当国家浪漫主义发展到一定程度时,作为个体的自我会与之产生矛盾,甚至被消解或压制。这一点,我们从陈铨的创作和评论中可以看出来。陈铨将自我与集体对立起来,批评“五四”运动所带来的个人主义倾向。他认为“五四”把“集体主义时代认为个人主义时代”,而个人主义“对于建设新传统,它却是不切实的”。[3]

陈铨一方面批评五四运动中的个人主义思想,一方面又推崇少数天才的作用。这两者看似是矛盾的,其实不然。我们不能简单地将这样的观念视为是为国民党的独裁统治辩解,而是要从陈铨的整体思想来考虑。陈铨仍然重视生命意志的作用,但这一生命意志并不在个体意义上,而是在国家民族意义上。[4] 少数英雄可以说是国家集体意志的集中代表,群众或者说没有强意志力的庸众应该服从于强意志者,才能实现国家意志的自由实现。“天才”与群众的观念必然是存在着矛盾张力的,这一点在鲁迅的《摩罗诗力说》及其后来作品中就展现了出来。柏拉

[1] 王晓珏:《文学、文物、与博物馆——论沈从文一九四九年的转折》,见[美]王德威编《中国现代小说的史与学》,台北:联经出版社 2010 年版,第 368 页。

[2] 沈从文:《论英雄崇拜》,《战国策》第 5 期,1940 年 6 月 1 日。

[3] 陈铨:《论英雄崇拜》,《战国策》第 4 期,1940 年 5 月 15 日。

[4] 陈铨:《再论英雄崇拜》,重庆《大公报》战国副刊第 21 期,1942 年 4 月 21 日。

图的《理想国》就指出,维护国家的稳定要驱逐天才。[1] 尤其是在战争时代,强调群体的作用,与少数“天才”的领导存在着矛盾。陈铨强调国家的概念,但并不重视群众的力量,而是希望通过少数英雄天才的意志来带领国家前进。比如陈铨在戏剧《无情女》中批评个人主义立场。剧中借秀云之口表达出了集体意义上的英雄的作为:“一个伟大的道德行为,应当是内心的要求,不是外界的鼓励。中材之上,也许需要鼓励,真正的英雄豪杰是不需要任何鼓励的。”“我们都是无名的英雄,但是我们愿意做无名的英雄。我们不为名,不为利,只为国家。在我们的行动中间,没有丝毫个人主义的成分。”[2] 正是因为为了国家可以(也必须)舍弃个人的情爱和私念,因此被称为“无情女”。在剧本《野玫瑰》中,陈铨虽然将立民作为个人主义的例子来批判,但立民却表达了个人对于生命意志的追求:“我有铁一般的意志,我要赤手空拳,自己打出一个天下来。世界上的力量,能够摧毁我的身体,不能够征服我的内心。”“一个人生在世上,必须要争取支配的权力,没有权力,生命就毫无意义,我们必须要有勇气来毁灭它!”[3] 俨然是一个有着强力意志的自我形象。陈铨一方面欣赏这种观念,但另一方面借立民的悲惨结局指出,自我意志必须在国家、民族视野下才能得到最大实现。

从这个意义上说,个体意义上的浪漫主义自我上升到国家集体的层面,最终会消解了浪漫主义的存在基础——自我的绝对性,而将自我转化为集体,浪漫主义的魔性便得以暴露了。

陶云逵不仅将“力人”与群众对立起来,“这种人在一个凝固了的文化型中却要首先遭打击,遭暗算,首先碰到刀刃。也就是说,力人在它本人群中渐被淘汰”[4]。而且认为“力人”的存在是天生的(天才说),“环境对生物性质的作用……只能消极的”,“中国的力人几千年来在奴隶型的人群圈中淹没着”,最

[1] 在柏拉图《理想国》(卷十)中,苏格拉底称:“千万记着,你心里要有把握,除掉颂神的和赞美好人的诗歌以外,不准一切诗歌闯入国境。如果你让步,准许甘言蜜语的抒情诗或者史诗进来,你的国家的皇帝就是快感和痛感;而不是法律和古今工人的最好的道理了。”因为“性欲,忿恨,以及跟我们行动走的一切欲念,快感的或痛感的,你可以看出诗的摹仿对它们也发生同样的影响。他们都理应枯萎,而诗却灌溉它们,滋养它们。如果我们不想做坏人,过苦痛生活,而想做好人,过快乐生活,这些欲念都应受我们支配,诗却让它们支配着我们了”。详见[古希腊]柏拉图:《文艺对话集》,朱光潜译,人民文学出版社 1988 年版,第 86、87 页。

[2] 陈铨:《无情女》,见《陈铨代表作》,华夏出版社 1999 年版,第 261、250 页。

[3] 陈铨:《无情女》,见《陈铨代表作》,华夏出版社 1999 年版,第 301-303 页。

[4] 陶云逵:《力人——一个人格行的讨论》,《战国策》第 13 期,1940 年 10 月 1 日。

终是“力人的死亡”。[1] 因此他强调遗传优生学对力人繁衍的重要性。这种天才论,是对其他庸众血统的蔑视,和希特勒的血统论如出一辙。当然,这一关于天才的思想在浪漫主义思想中已现端倪。

沈从文还指出了陈铨的集体浪漫主义的另一个问题,就是不切实际。这也是浪漫主义在和民族、国家话语结合时必然会遇到的问题。卡尔·施密特以机缘论来解释浪漫主义。他认为,浪漫主义对政治只是诗学天才的浪漫构想,没有实际的意义。只是激情的浪漫想象,没有什么实际的举措。因为任何具体的举措都会限制绝对自我的自由,尽管在国家政治层面,绝对自我的主体已是国家民族。浪漫主义关于国家民族的宏伟诗学幻想,只能说是一种激情。[2] 这也是沈从文在《论英雄崇拜》中所猛烈批评的“抒情”政治:“这个国家最高指导统制权力虽大,其所以控制国家的人力物力,而且运用得恰到好处,并不是人人崇拜英雄可以成事。……德国人表示崇拜希特勒,不过是每家被强迫挂一面相片而已,希特勒实际上也许更敬重他的一切专家和那群高等军事幕僚!”[3]沈从文观察到,陈铨过度强调多数庸众对少数天才(英雄)的无条件崇拜,而国家只需少数天才发挥“力”、发挥浮士德精神,便可以实现国家强大和世界的大一统。陈铨在这里过度强调了意志的作用,而忽略了战争胜利或国家强大需要的物质因素。这也是浪漫主义被法西斯主义所利用的地方。法西斯主义利用了浪漫主义对国家民族的宏伟构想以及激情的煽动性,进一步地将这种构想与其政治目的相结合,并采取具体措施。沈从文警惕地指出:“陈先生文章本意很好,惟似有所蔽,辞不达意处,实容易被妄人引为张本,增加糊涂。官僚文化人中还不少妄人,妄人活下多以为在国家变动中可作政治投机,且习于用英雄崇拜方式固宠取信。”[4]因此,我们只能说浪漫主义有引导国家主义走向法西斯主义的危险,但是我们不能断言浪漫主义与法西斯主义是一回事。

四、“战国策派”在文学层面的探索

纵观“战国策派”的理论,我们发现,若这些浪漫主义理念不与民族、国家话语相结合,也许会有新的文学探索。“战国策派”将生命意志与国家民族话语联

---

〔1〕 陶云逵:《力人——一个人格行的讨论》,《战国策》第13期,1940年10月1日。

〔2〕 [德]卡尔·施密特:《政治的浪漫派》,冯克利、刘锋译,上海人民出版社2004年版,第116页。

〔3〕 沈从文:《论英雄崇拜》,《战国策》第5期,1940年6月1日。

〔4〕 沈从文:《论英雄崇拜》,《战国策》第5期,1940年6月1日。

系起来会有一定的危险性,但是倘若生命意志在诗学层面能够得到更深远的拓展,会形成新的美学图景,而这种美学图景在整个现代文学史中也许都是罕见的。

我们首先来看林同济的《寄语中国艺术人》。这篇文章曾长期被作为"战国策派"的"法西斯主义文艺纲领"而饱受非议和批判。如果我们撇开政治判断的成见,从诗学的角度来思考这篇文学纲领的意义,就能够发现它在接续本书前文提到的鲁迅的《野草》中展现出的强生命意志和郭沫若关于"创造"与"无限"的理念。而这与意志力又是息息相关的,最终是为了实现自由创造。这种非理性力量所带来的文学层面的探索是极具魅力的。

林同济在《寄语中国艺术人》中以查拉图斯特拉的口吻提出文学创作的三道母题:恐怖、狂欢、虔恪。用"恐怖"来激发生命意志的创造力:"时间无穷,空间也是无穷的。对这无穷的时空,生命看出了自家最后的脆弱,看出了那终究不可悻逃的气运——死、亡、毁灭。恐怖是生命看到了自家最险暗的深渊:撼动六根,可以迫着灵魂发抖。……能发抖而后能渴慕,能追求。发抖后的追求,才有能力创造。"〔1〕"狂欢"是看到了生命的局限性以后,通过创造与无限融为一体的自由感:"你和宇宙打成一片,不!你征服了宇宙,要变成宇宙的本身。你四体膨胀,灵魂膨胀——膨胀到无极之边。你之外,再无存在;你之内,一切油油生。你是个热腾腾,你是个混乱的创造!"〔2〕因此,狂欢是"时空的恐怖中奋勇夺来的自由乱创造!"〔3〕在林同济看来,"恐怖是无穷压倒了自我,狂欢时自我镇服了无穷"〔4〕。那么,"虔恪"则是追求自我与无限的合一的崇高感:"虔恪是自我外发现了存在,可以控制时空,也可以包罗自我,由是自我与时空的战场上,降下了一道濯濯白旗,彼此鸣镇(金)收鼓。"林同济也强调所谓的"绝对肢体",它是超越于自我的无限:"自我与时空之上,发现了一个绝对之体!它伟大,它崇高,它圣洁,它至善,它万能,它是光明,它是整个!"〔5〕林同济在解释什么是"虔恪"的时候,描绘出自我与世界相融合的神圣状态——在沐浴更衣以后,在大荒之野看见日出时的震撼。这些关于自我、创造、无限的思考,与郭沫若的理念是一致的。前面提到,在郭沫若的"创造"诗学论纲——《波斯诗人莪默伽亚谟》中,我们可以看到郭沫若的相似言论。关于自我的局

〔1〕 林同济:《寄语中国艺术人——恐怖狂欢虔恪》,重庆《大公报》战国副刊,1942年1月21日。
〔2〕 林同济:《寄语中国艺术人——恐怖狂欢虔恪》,重庆《大公报》战国副刊,1942年1月21日。
〔3〕 林同济:《寄语中国艺术人——恐怖狂欢虔恪》,重庆《大公报》战国副刊,1942年1月21日。
〔4〕 林同济:《寄语中国艺术人——恐怖狂欢虔恪》,重庆《大公报》战国副刊,1942年1月21日。
〔5〕 林同济:《寄语中国艺术人——恐怖狂欢虔恪》,重庆《大公报》战国副刊,1942年1月21日。

限性："人类的精神尚在睡眠状态中，对于宇宙人生的究竟问题，尚不曾开眼时，是最幸福的时代……他们渐渐知道睁开心眼内观外察，他们会发掘自己才是无边的海洋上一叶待朽的扁舟，漫漫的黑夜里一段将残的迷梦，大家只是牢不可破的监狱内一名待决的死刑囚。"[1]郭沫若在创作中一定程度上实现了自我与世界的同一，他的《天狗》《凤凰涅磐》等作品形成文学史上壮观的文学图景。在前文谈到郭沫若的时候，我们指出，这一能够实现自我与世界同一的"神圣的绝对体"与基督教神学有关，尤其是与施莱尔马赫的理论有关。林同济虽然借鉴了浪漫主义诗学的逻辑和理念，但没有解释形成该理念的神学基础，所以看上去表述模糊。

因此，"战国策派"思考的是自我与世界的关系，如果说恐怖是世界吞没了自我，狂欢是过于强调自我而忽视外在世界，那么，浪漫主义重设了自我与世界的关系，认为我们应该去追寻"虔恪"，自我与世界不再是互相斗争、互相毁灭的关系，而是自我与世界的同一，自我不断追求无限，并无限地趋近无限。这就是浪漫主义者诺瓦利斯所追求的"蓝花"，通过绝对自我意志的扩张，超越有限达到无限的状态。如果能够落实在文学创作中，不仅能够体现出对生命意义的终极思考，而且能够创造出壮美的文学图景，将是中国文学史上为数不多的尝试。前面提到，鲁迅、郭沫若也在这样的尝试中留下了具有历史意义的作品。然而，可惜的是，"战国策派"与国家、民族话语结合过于紧密，它失去了浪漫主义在诗学探索层面的魅力。"战国策派"仅仅只是提出了文学上的一种可能性，并没有真正在文学上开花结果。"战国策派"的浪漫主义诗学真正体现在文学中的反而是宣言化、模式化的演绎，如陈铨的作品。总体来看，"战国策派"的文学成就有限，存在着发掘空间，但他们关于诗学的理论在当时特殊的抗战背景下也未能被正确对待和接受，没有能够得到继续发掘。

"战国策派"关于民族、国家的构想很大程度上可以说是一种浪漫想象。从他们的言论和创作中可以看出，"战国策派"从浪漫主义诗学出发，强调生命意志的重要性，以浪漫自我的视角来对待世界，并将自我提升到民族、国家的层面，最终取消了个体意义上"自我"的合法性。这种集体浪漫主义本身并不是法西斯主义，这是需要澄清的误解。但是集体浪漫主义一旦被现实民族、国家所利用，有向法西斯主义发展的危险倾向。因此我们在分析"战国策派"的思

〔1〕 郭沫若：《波斯诗人莪默伽亚谟》，见《郭沫若全集》文学编第15卷，人民文学出版社1990年版，第293-294页。

想时,不能简单对其进行政治定性,而需要从浪漫主义自身的发展逻辑去理解。

同是曾经将浪漫主义与国家、民族话语联系在一起的郭沫若与“战国策派”的思想有契合之处,但他又与“战国策派”思想有差异之处。比如谈到战时文化建设时,郭沫若虽然也同“战国策派”一样,将战争浪漫化,将文学创造与现实战争实践的概念作了“诗的泛化”,将浪漫主义“创造”理念与国家、战争联系在一起,认为当前的战争是“艺术性的战争”“战争即是创造,创造即是战争”。“这种战争的艺术性或创造性,集中了人民的意志和一切的力量,特别是对于文学艺术家们,使他们获得了一番意识界的清醒,认清了自己所从事的文学艺术的本质和尊严。”“所以有人说,中国自‘七七’抗战以来,才真正到了‘文艺复兴期’,我认为是相当正确的。”〔1〕但是,与“战国策派”不同的是,郭沫若并没有模糊道德的界限,而是在文章开头就严格区分了侵略战争和反侵略战争,指出“我们中国所从事的,不用说就是这种神圣的反侵略战”〔2〕,并将创造性更多落实到具体的艺术实践中,而非国家民族层面,这就避免了可能出现的集体浪漫主义的危险。

值得注意的是,同样受过德国浪漫主义影响的冯至也曾在“战国策派”的文学阵地上发表过文章。但是,与陈铨、林同济等人不同的是,冯至保持着对集体主义的谨慎态度:“‘若是平均一切能以成功’,基氏说,‘必定要先造出一个幻像,一个精神,一个非常的抽象,一个包罗万有而又虚无的事物,一座蜃楼——这个幻象就是群众。只有在一个没有深情,只是考虑的时代,这个幻像才能依附报纸的帮助发展——’群众把一切‘个人’溶在一起,成为一个整体。”〔3〕冯至明确指出了“群”对于“我”的消解,过分强调集体、国家会使得浪漫主义赖以立足的绝对自我解构。

综上所述,“战国策派”将浪漫主义精神与国家意识相结合,形成具有危险性的集体浪漫主义倾向。而在美学层面,“战国策派”尤其是林同济所提出的文学理念已经涉及对个体内部深度探索的问题,倘如能够进一步发展,可能会创造出新的文学图景。也许浪漫主义应该留在它适合的位置上,在诗学想象领域,才能大放异彩。

---

〔1〕 郭沫若:《中国战时的文学与艺术——一九四二年五月二十七日在中美文化协会演讲词》,见《郭沫若全集》文学编第19卷,人民文学出版社1992年版,第188、189页。

〔2〕 郭沫若:《中国战时的文学与艺术——一九四二年五月二十七日在中美文化协会演讲词》,见《郭沫若全集》文学编第19卷,人民文学出版社1992年版,第189页。

〔3〕 冯至:《一个对于时代的批评》,《战国策》第17期,1947年7月。

结 语

中国新文学运动的发轫之初，是一场影响深远的浪漫主义运动，这一点得到很多学者的共识。李欧梵早在20世纪70年代便指出“五四”时期浓厚的浪漫氛围，梁实秋则是从反面论证了早期新文学运动的浪漫实质。“只是变革现实的急切渴望迫使其后来‘无奈’转向现实主义”〔1〕。从表面上看，是现实主义潮流取代了浪漫主义，实际上，浪漫主义仍以持续而深远的影响力潜伏于整个20世纪中国文学史中，并以诸多形态表现出来。

在谈论这个问题之前，我们首先要突破对浪漫主义的狭隘理解，浪漫主义不仅是发生在文学领域的一种创作理论，更是一种思想潮流，影响艺术、社会、生活的很多方面。以赛亚·伯林明确指出：“浪漫主义的重要性在于它是近代史上规模最大的一场运动，改变了西方世界的生活和思想……它是发生在西方意识领域里最伟大的一次转折。发生在十九、二十世纪历史进程中的其他转折都不及浪漫主义重要，而且它们都受到浪漫主义深刻的影响。”〔2〕作为一种思想潮流，浪漫主义在中国体现于诗歌、小说等诸多文学体裁，也体现于批评、创作、理论等诸多文学形式，更体现于诸多文学、文化和社会现象中，是文学史研究不可忽视的一笔，然而，尽管有众多学者已在进行积极关注和研究，但仍存在着很多可以深入探讨的问题。

尽管中国并没有发展出浪漫主义追求的“文学的绝对”这样的美学理想〔3〕，但是，浪漫主义在中国“本土化”的过程中所产生出的独特文学和文化

〔1〕 陈晓明：《曲折与急变的道路——二十世纪中国文学理论与批评的历史变异》，《当代作家评论》2014年第1期。

〔2〕 [英]以赛亚·伯林：《浪漫主义的根源》，吕梁等译，译林出版社2011年版，第10页。

〔3〕 参见[法]菲利普·拉库-拉巴尔特、让-吕克·南希：《文学的绝对：德国浪漫派文学理论》，张小鲁、李伯杰、李双志译，译林出版社2012年版。

现象仍值得关注和深思，而李长之正是其中重要的一环，典型地反映出浪漫主义与中国文学、文化碰撞时产生的火花。在西方思想背景中产生的浪漫主义，在中国固有文化传统的作用下发生了变形。中国的固有文化传统既促进了对浪漫主义理念里与中国传统文化相似成分（如“情感”）的吸收，也在一定程度上形成了对涉及浪漫主义神学基础的核心理念（如“无限”）的排拒。这一现象集中体现于李长之对浪漫主义理念的理解和使用中，形成“李长之式的浪漫主义”。这样的浪漫主义并不完全等同于产生于西方思想背景下的浪漫主义，但也以其中国特色为中国文学和文化带来独特价值。

本书在上编分别陈述了李长之在使用浪漫主义理念进行批评实践所体现出的不同特征。1938 年以前，李长之主要将浪漫主义理念应用于在美学层面的批评中，以发掘文学艺术价值为旨归。随着民族危机的进一步加深，以中国文化为本位的民族文化运动潮流兴起，李长之受到影响，并在 1938 年以后逐渐明确“中国的文艺复兴”的文化理想。其思想中的浪漫主义理念显著地与国家、民族、现实结合在一起。

在 1938 年以前的文学批评中，李长之采用浪漫主义理念对鲁迅、《红楼梦》等批评对象进行了“创造性误读”，以其独特的批评角度揭示出为传统批评视角所遮蔽的方面，发掘出中国文学中的诗性元素，或者说是浪漫主义意义上的独特美学价值。在浪漫主义思想的观照下，李长之超越了左翼对鲁迅政治思想意义的过度重视，发现了鲁迅个体的激情、痛苦、黑暗的一面，挖掘出鲁迅在“诗人”本质和“战士”身份之间的矛盾，而这一现象直到近年来才被鲁迅研究界所重视。李长之的《鲁迅批判》在左翼对鲁迅社会学意义的张扬和自由知识分子对鲁迅价值的否定的夹缝中面世的，以较为公正的态度对鲁迅的价值作出恰当的评价，无论是在当时还是现在都具有重要启示意义。李长之还以浪漫主义思想探入中国古典文学领域，在浪漫主义精神资源的影响下对《红楼梦》的作者态度和文学技巧进行全面而深入的分析，关注到《红楼梦》中理想性和虚构性的价值，是红学从史学研究到文学批评的转变过程中的不可或缺之一环，具有余英时所谓的“红学革命”的“典范”意义。此外，浪漫主义诗学理念的影响使得李长之在对中国新诗的前途进行展望时，更多强调情感对于新诗本质认识的重要性和诗人主体对新诗合法性确立的必要性，接续上郭沫若所开创的中国现代浪漫主义诗歌传统，在现实主义创作盛行的时代潮流中，努力倡导新诗发展的多元化方向。

1938年以后,李长之将兴趣更多放在文化批评上,其文学批评多为其文化理念服务,试图将浪漫主义理念作为促进国家、民族建设的思想资源。李长之希望在西方文化视野中对自身的文化传统进行再认识,发现中国文化的"内生之光"。近年来包括顾毓琇、叶维廉、余英时等学者的一系列"文艺复兴"规划,也大体不出此思路。李长之在批评实践中创造性地重新阐释中国传统文化,将部分传统浪漫化。这种批评方法带有现代阐释学的意味,开启了主观历史观的研究思路,这样对历史的富有创造性的阐释方式是颇具启示性的。不过,就其希望实现的文艺复兴理想来看,李长之所致力于再生的中国传统文化,与其说是中国文化固有的,不如说是他所认为或期待中国应该拥有的浪漫主义文化。所以,李长之的"中国的文艺复兴",又不妨称为"浪漫主义的文艺复兴"。这样的文化建设之路,在重新发现中国传统文化的现代价值的同时,在一定程度上会掩盖或歪曲一些中国文化传统本来的面目。这种尝试对于中国传统文化的真正意义及这一规划实现的可能性值得谨慎思考。

李长之在后期运用浪漫主义精神资源去重新阐释中国文化传统时,具有将政治问题、国家民族问题、伦理问题艺术化,将古典人物"诗化"的倾向。这典型地体现出浪漫主义在中国的一个重要但也是极易被忽视的发展倾向,即自浪漫主义进入中国以后,便很快与政治、革命、国家、民族等话语紧紧联系在一起,出现了现代学人将部分传统"浪漫化"的现象。这一过程既是中国人对西方的浪漫主义的积极改造,以建立民族自信,又存在着向集体浪漫主义发展的危险倾向。浪漫主义在中国未能像西方浪漫主义所追求的那样,为中国人提供一条灵魂向上的通道,反而与革命、国家、民族等现实因素结合在一起,这一现象对中国文学和文化带来的影响及其局限性理应值得进一步探讨和深思。

从浪漫主义对李长之的文学批评和文化理念的影响,我们可以进一步探索浪漫主义在中国的传播和发展过程。鲁迅的《摩罗诗力说》最早意识到20世纪中国文学变革的浪漫主义实质,在他身上也明显地体现出其浪漫本质和历史现实使命的矛盾,这其实也是后来中国很多浪漫主义者的内在矛盾。早期的郭沫若是浪漫主义较早的有力实践者和提倡者,他的意义在于开拓了浪漫主义的两种发展方向——一种是向美学、诗学方向发展的浪漫主义的美学领域实践,为中国文学带来广阔的画面;另一种是将浪漫精神与革命、现实话语相结合,奠定了中国浪漫主义发展的主要方向,即集体浪漫主义倾向。40年代,在民族危机加深的情况下,浪漫主义与国家、民族话语结合,形成国家浪漫主义,主要体现为李长之的文化批评和“战国策”派的产生这一文化现象。而当代,“革命浪漫主义”与“革命现实主义”相结合的观念的提出,是对浪漫主义和现实主义理论在政治要求下的限制的一种调和。浪漫主义在艺术领域层面的成就主要体现在诗歌领域,杨牧的诗歌体现出浪漫主义与传统、古典情调的结合,海子、骆一禾的诗歌则体现出浪漫主义诗歌的形而上层面的探索。对浪漫主义在中国整个20世纪的传播和发展历程的探索,必将为今天的文坛带来新的启示意义。

在谈论了李长之在浪漫主义思想资源观照下文学批评和文化理念的独特形态和价值之后,李长之的批评方法所具有的现代价值亦值得我们深思。这涉及批评界的一个重要问题,即在批评实践中如何恰当处理好西方理论与本土文学的关系。在李长之的思想体系中,浪漫主义是其中重要的一种思想资源。他运用浪漫主义理论对中国文化、文学,主要是古典文学进行了创造性的阐释,试图重新发掘传统文化的现代价值。西方理论的介入能够提供不同于传统批评方式的独特视角,从而发现新的文学价值和意义。但是,以外来理论来评判本土的文学,往往在理论和作品之间存在着微妙缝隙,容易走上理论先行或硬套的歧路,不仅不能为本土文学带来新的价值,反而会有过度阐释之嫌。因此,如何处理好理论与作品之间的贴切度,取决于批评者对理论掌握的深刻度和对作品理解的透彻度,也更需要批评者在批评实践中注意谨慎推敲。李长之的批评实践便是一个典型的借鉴和教训。李长之运用浪漫主义所进行的批评实践,发掘出不少被传统批评视角所遮蔽的独特价值。不过,笔者发现,尽管李长之的批评文章数量很多,但是,在李长之所涉足较多的古典文学领域,研究界却对李长之的批评价值存在异议,这一现象是值得反思的。一个重要的原因是,李长之并未对浪漫主义有全面、透彻的理解,对中国古典文学也缺乏深入研究,便莽撞地选择一些本来就需要细致探索的研究对象如司马迁、《红楼梦》、李白、孔子等等,缺乏严肃认真的研究态度,其结果自然是认可者寥寥。研究李长之的批评方式的价值,这也是笔者选择李长之这一批评家进行研究的目的之一。通过分析李长之的批评实践,笔者希望能够为中国的批评界提供宝贵的经验和借鉴,并促进批评者的进一步思考和探索。

在当前国际学界对浪漫主义重估的热潮中,反观我国学界对中国浪漫主义思潮的研究,我们有必要抛开简单的影响研究模式,从更广阔的历史、哲学层面来探寻中国浪漫主义的发生和形成过程,考察在中国语境下浪漫主义的特殊形态。

尽管西方浪漫主义是在理性充分发展、工业化社会趋向成熟和市民社会形成的背景下形成的，而中国在接受浪漫主义时，既没有理性发展的思想基础，也没有工业化和市民社会的社会基础，但是我们不能就此说中国并没有“真正的浪漫主义”，或者说中国的浪漫主义就是一种“错误的时代”的产物。在中国，浪漫主义的接受与中国文化传统、民族政治现状交织在一起，中国作家强化了浪漫主义理念中的情感成分，“我”与“群”的张力也在中国文学中表现得更加突出。如果我们换个角度思考，中国对浪漫主义的认识一般在两个维度上：反旧有制度和反旧有伦理。正是在这两个维度上，浪漫主义在作者和读者层面找到了根基。在反旧社会、旧制度这个层面上，比如郭沫若的《女神》集，并没有明确表示这是反对旧社会、冲破一切旧体制而作，但在当时的文坛和读者的认识中，却将其与这一主题联系起来。在反旧伦理方面，则触及了浪漫主义道德性的问题。郁达夫小说中所表现出的对传统道德和伦理的颠覆以及在同时表现出的内疚、忏悔，正是浪漫主义道德性的悖论体现。因此，在这两个层面上，浪漫主义主张找到了在中国社会的针对性，浪漫主义获得了存在的理由。从这一基本语境出发，我们探寻浪漫主义给中国文学带来何种意义和价值。

浪漫主义最重要的贡献在于对自我与世界的关系进行重设，也是浪漫主义的基本母题。世界不再存在于自我之外，而是内心世界的外化，是自我意志的自由创造，是诗人情感的投射。以赛亚·伯林曾这样解释浪漫主义对原有价值观的颠覆：

> 相较于以前对知识、技术、智慧、成功和真理、德性、幸福和天资的崇敬，接续上述观点而形成的革命——价值变革，新的对于如下事物的欣赏：英雄主义、一体性、意志的力量、殉道、献身于自己内心的想法而不管其性质、尊重那些和无望的偶然性抗争的人们而不管那是一项多么离奇和绝望的事业——在现代最具决定性。毫无疑问，这是自中世纪结束以来，也许是自基督教兴起以来，人类道德意识所迈出的最大步伐。这是所发生过的具有无与伦比意义的一步——因为它是现代史上最近一次伟大的“价值重估”。[1]

自我与世界关系的重设不仅给文学、艺术带来了新的表现方式，而且从整

---

〔1〕［英］以赛亚·伯林：《浪漫主义时代的政治观念》，王军兴、张蓉译，新星出版社2011年版，第11页。

体上改变了人们的世界观和价值观。因此,本书并不仅仅着眼于文本内部的分析,而是从“重设自我与世界”的角度切入,从更广阔的社会、历史、哲学视野中来分析现代文学时期中的浪漫主义思潮的价值和问题。

总之,本书旨在反思过去对中国浪漫主义思潮研究的基本路经,分析其基本特色以及所存在的不足之处。20 世纪 50 年代以来,西方掀起了一股重估浪漫主义思潮的潮流。艾布拉姆斯、以赛亚·伯林、雅克·巴尊、布鲁姆、卡尔·施密特等学者纷纷从文学、文化、政治、历史等多方面重新考察浪漫主义的价值和影响。浪漫主义对现代主义、后现代主义,乃至诸多社会、文化现象的潜在影响力也逐渐显露。最近,海外很多汉学家也开始关注浪漫主义在中国的发展,有效结合中外资源,重新以浪漫主义为起点进行研究,探寻对后世的文化、文学现象新的理解。长期以来,学界对中国现代文学中的浪漫主义的研究存在着以下研究特色和不足之处:首先,对浪漫主义的研究很多停留在简单的影响研究层面上,预设了一个“本来意义上”的或者是欧洲意义上的浪漫主义,来论证中国的文学中也存在这种浪漫主义或者说存在不够合格的浪漫主义。这样很容易导致欧洲中心主义思想,将欧美的浪漫主义作为普适性的美学标准,进而得出中国的浪漫主义文学“欠佳”甚至不成立的结论。而且,西方浪漫主义自身也极为驳杂甚至相互矛盾。其次,因为早期浪漫主义的发展进程被迫切的要求社会变革的现实需求打断,此后现实主义创作潮流在很长一段时间内占据主流,浪漫主义潮流被误认为“被取代”。再次,由于现代主义、后现代主义等众多创作理论的出现和涌入,国内外仍存在着一种成见,即浪漫主义已经过时。最后,学界对“浪漫主义”这一概念和相关研究方法存在着偏见。比如混淆了“浪漫”和“浪漫主义”。因为李欧梵具有开创性的研究成果对中国目前的浪漫主义研究颇大,可以说是该领域研究中不可回避的问题,很多学者在讨论中都会加以引用,然而,也正因为如此,在肯定其成绩的同时,我们更需要指出李欧梵的研究中存在的一些根本性问题,来避免对当前的研究产生误导作用。因此,针对以上研究中的局限之处,本书要从整体文学生态的角度来考察浪漫主义在中国的具体形态,而不能将浪漫主义简单视为是一种文学创作方法。

我们从重设自我与世界关系的角度入手,就可以将问题转换为在中国独特的文化传统和历史语境中,浪漫自我如何处理与世界的关系。下编围绕着一些与浪漫主义相关的问题,探讨中国现代文学中一些与浪漫主义思想有关的重要文学现象,这些现象能够典型地说明中国浪漫主义文学的特色。

本书考察在中国语境中“浪漫自我”在与社会的互动中确立了自身,“浪漫”成为一种社会习尚。徐志摩、郁达夫等浪漫主义者在一定意义上是被“创造”出来的。浪漫主义在中国接受的根基是对旧伦理和旧有制度的反抗。对旧伦理的反抗与当时社会要求个性解放、婚姻自由的思潮联系在一起。这时的浪漫自我与社会既对抗又依赖,对抗是因为认为社会限制了浪漫自我的自由,依赖是因为浪漫自我需要在与世界的互动中确立自身。徐志摩、郁达夫作为“浪漫主义者”的文坛定位的获得,是作品、作者生平、作者自我表演、社会接受等多方互动的结果。社会习尚的形成并非是纯文学创作的结果,而是个人与社会在某种特定契机下互动的产物,即文学风尚是在个人才能与社会互动之间产生的。从社会学的角度来说,这些人在一定程度上挑战了原有的旧习俗、旧伦理,建立起“浪漫诗人”或“浪漫作家”的象征资本,引领了社会和文学风潮(新习尚的形成),也将浪漫主义改写为“浪漫”。不过,一个新的社会习尚的流行需要有合适的契机和象征资本的建立两个主要条件。新的社会伦理要能突破原有的伦理,又能符合当时的社会预期。徐志摩、郁达夫等人率先摒弃了旧有的伦理桎梏,建立起“浪漫诗人”或“浪漫作家”的象征资本,创造了较大的社会反响,成为社会关注的焦点,改变了原有的游戏规则,建立起了新的游戏规则。这一习尚改变的真正获益者是这些浪漫主义诗人或作家,他们通过改变游戏规则,建立了象征资本,奠定了他们在文坛上作为“浪漫诗人”的地位。因此,浪漫主义一开始就被引向了“浪漫的方向”。诗人与社会的互动作出了改变文学风尚的姿态。不过导致的问题是产生了对浪漫主义的误解,混淆了“浪漫主义”与“浪漫”,似乎谈到“浪漫主义”便会与情感上的“浪漫”联系在一起。这也是浪漫主义后来遭到诟病的原因之一,被认为是“滥情”或“伤感”。

在中国,浪漫主义一开始就被引向了“浪漫”的方向,更多关注情感领域的浪漫自我,而另一个维度是浪漫主义在中国发展的另一方向,即当浪漫自我超出个人情感领域,与民族、国家话语相结合时,会产生的“我”与“群”之间的张力。在反抗旧有制度上,鲁迅、郭沫若笔下的浪漫自我并非是与社会制度或伦理的简单对抗,它一方面在内在世界领域向绝对自我发展,另一方面与民族、国家、革命、启蒙等话语紧密结合,这是浪漫主义在中国传播和接受的重要形态之一。浪漫主义试图要成为一种民族精神,但问题在于如何成为,以及能不能够成为。自我意志的东西以民族话语的形式提出,存在着矛盾和悖论。在浪漫主义的思想里,这种矛盾是潜在于其表面合理的逻辑之下的。事实上,浪漫主义的民族国家情怀只能是一种诗学,它不可能成为现实。这套浪漫主义诗学真正发挥作用的地方是在文学上开花结果。鲁迅的《摩罗诗力说》不仅是鲁迅早期思想的代表,而且可以说是中国较早的对浪漫主义诗学谱系的梳理。鲁迅提倡浪漫主义有着明显的民族国家动机,他企图让浪漫主义成为民族精神。但在鲁迅后来的写作实践中体现出,自我意志的东西以民族话语的形式提出,存在着矛盾和悖论。这一悖论影响了鲁迅的创作和人生选择,给他带来精神上的痛苦。这一诗学构想在政治上是不可行的,但却成就了鲁迅的文学创作,开创了新的美学范式——"美伟强力"。通过对强生命意志的张扬来构成诗学上的壮美景观,达到新的美学境界,这不仅是对过往美学传统的颠覆,而且在整个现代文学时期乃至当代都实属罕见。郭沫若则将自我意志绝对化,重点探索关于"无限"的美学思想,在中国新诗史上具有开拓性作用,超越同时代的浪漫主义诗人,创作出气象宏伟、图景广阔的诗歌,是对鲁迅提出的"美伟强力"的新诗学范式的实践,书写出"壮美"的文学图景,引领着精神向上的道路,成为新诗史上不可忽略的指向标。郭沫若基于强力意志的"创造"哲学,强调绝对自我、无限性,展现出对自然的独特态度,塑造出诗歌强大的精神能量和宏伟图景,引导着中国现代新诗走向一个新的美学向度,超越了中国早期的浪漫主义普遍具有现世性和功利主义倾向,关注诗歌的形而上学层面的表达与思考。尽管这一实验在郭沫若转向马克思主义以后宣告暂时终结,但 20 世纪 80 年代的昌耀、海子、骆一禾的浪漫主义诗歌复兴了这一美学向度,这一诗学体系为新诗带来的在精神和表达上的启示值得进一步探索和研究。

接着,本书讨论了"我"与"群"之间存在的矛盾张力。在鲁迅和郭沫若那里,转向正说明他们看到了强调绝对化的浪漫自我与"群"的需求之间的矛盾和悖论。而在中国 20 世纪 40 年代抗日战争进行、民族危机的语境下,浪漫主义与民族、国家话语更紧密结合在一起,发展为集体的或国家的浪漫主义。因此本书重点反思在中国出现的集体浪漫主义的倾向。集体浪漫主义的倾向,即浪漫主体由绝对自我层面上升为民族、国家等集体层面,从而原本属于个体内部诗学的浪漫主义理念可能会被运用到实际的政治领域,展现出独特面貌。如果说鲁迅是在创作中意识到了"我"与"群"的张力,那么郭沫若乃至创造社后期的转向也是这一张力作用的结果。郭沫若的"无限"自我能够在美学层面获得创造力的自由,但是当面对社会现实问题的时候,感到了限制和压抑。因此,"无限"自我转向外部寻找出路。创造社的"转向"并不仅仅是一个社团的行为和观念选择的问题，它将马克思主义引入中国文学领域，并将整个文学趋势从关注自我、个性转向对社会、历史力量的寻绪。因此，其“转向”的原因一直是学界讨论的热点。需要强调的是，我们不能因为创造社抛弃了浪漫主义而将它简单地视为革命文学的对立面。实际上，革命文学与浪漫主义之间存在着深层的精神结构的关联。这一关联使得“无限”自我能够在中国语境中寻找到另一条出路。正是这些创造社成员自己也未必能够体察到的隐秘精神结构联系，使得一场思想剧变在当时转向中的创造社浪漫主义者看来是一种近乎平滑的过渡。通过这种关联，浪漫主义在革命过程中发挥了重要推动作用，而在这种平滑下所隐含的矛盾和裂缝最终导致了后来革命文学的一些问题。在 20 世纪 40 年代民族危机的背景下，浪漫主义与民族国家话语结合的趋势推向极端，形成集体的或者国家的浪漫主义。从个体到集体，从情感到力量，集体浪漫主义显示出了强大驱动力。但当它展现出其恶魔性和破坏性的一面时，反对声便不可避免了。这也是浪漫主义在现代中国遭到诟病的重要原因之一。当李长之提出重建民族精神时，就是要将个体意义上的浪漫主义精神作为国家意志，以实现民族强大的目的。不过，由于有儒家思想的约束，李长之式国家浪漫主义还有着清醒的意识，强调了要用古典精神中的节制、理智等原则来限制这种浪漫精神。因此，集体浪漫主义在李长之这里并没有最终演变成德国法西斯主义那样的极端化表现。如果说李长之所提出的重建民族文化的构想只是展现出了“国家浪漫主义”的雏形，因为儒家思想的影响而未能得到进一步发展，那么，“国家浪漫主义”在中国的极端体现便是同样活跃于 20 世纪 40 年代的“战国策派”的思想。本书跳出为“战国策派”进行政治定性的学术怪圈，重新从“战国策派”自身的逻辑思路出发，联系浪漫主义思想的渗透与影响，重新考察浪漫主义思想与国家民族话语结合以后所可能带来的问题。“战国策派”关于民族、国家的构想很大程度上可以说是一种浪漫想象。从他们的言论、反响和创作中我们可以看出，“战国策派”从浪漫主义诗学出发，强调生命意志的重要性，以浪漫自我的视角来对待世界，并将自我提升到民族、国家的层面，最终取消了个体意义上“自我”的合法性。这种集体浪漫主义本身并不是法西斯主义，这是需要澄清的误解。但是集体浪漫主义一旦被现实民族、国家所利用，有向法西斯主义发展的危险倾向。因此我们在分析“战国策派”的思想时，不能简单地对其进行政治定性，而需要从浪漫主义自身的发展逻辑去理解。纵观“战国策派”的理论，“战国策派”将生命意志与国家民族话语联系起来会有一定的危险性，但是倘若生命意志在诗学层面能够得到更深远的拓展，会形成新的美学图景，而这种美学图景在整个现代文学史中也许是罕见的。

因为重设了自我与世界的关系，在中国语境下，浪漫主义与国家、民族、战争等话语结合时，产生出独特文化现象，这也是浪漫主义在整个20世纪的中国传播和发展的一大独特态势。通过本书分析，我们可以重点梳理一下浪漫主义与国家民族话语结合时的不同形态及发展趋势。鲁迅《摩罗诗力说》中集体浪漫主义已初现端倪，但鲁迅在写作实践中看到了“我”与“群”之间的矛盾张力，其深刻之处在于看到了这一浪漫主义逻辑下隐藏的危险。郭沫若在“我”与“群”的张力作用下，最终选择了转向，抛弃了个人意义上的浪漫主义，投向马克思主义集体意识的怀抱。沈从文、冯至受到浪漫主义的影响，致力于诗学层面的探索，而在40年代的抗战背景下，也或多或少偏离了原本的创作路数，但是因为其以前一贯创作理念的影响，与民族国家结合时若即若离，保存着个人主义的成分，并对“战国策派”激进的思想倾向展开批判。李长之致力于民族文化建设，试图发掘传统文化中的浪漫精神，并试图应用于新的民族精神的构建。但是由于深受儒家思想的影响，因此对狂热的浪漫精神保持警惕，提出要用儒家理性节制情感。“战国策”派则将集体浪漫主义推向极端，最终取消了浪漫主义中个人层面的合法性，甚至有演变为法西斯主义的危险。实际上，无论表现得多么关心政治，这些基于浪漫主义理念的政治规划都只能是一种诗学构想，本身很难对现实有实际的作用，更多的是一种政治激情。但这种激情和诗学构想，若被实际政治利用，会有向法西斯主义发展的倾向。

事实上，这种由原本个体意义上的浪漫主义上升为集体浪漫主义的倾向，一直贯穿于中国现当代文学史的发展过程中。比如20世纪30年代革命文学时期“革命浪漫蒂克”的创作手法，便是浪漫主义与革命相结合的产物。“革命浪漫蒂克”与五四浪漫一代有联系也有区别。当社会处在一种压抑的状态时，欲望被压抑，情感便成为发泄的通道，形成了一种情感的政治，这改变了文学风尚，直接使得革命文学深入知识分子的内心。然而，“革命浪漫蒂克”尽管引领了风尚，但并不合于当时的社会要求。这一风尚的流行可以吸引人加入革命，但这种个人化的浪漫成分在实际革命运动中会成为阻碍。因此，蒋光慈尽管成名很快（因为获得了象征资本），但在左翼有组织的打击下，“革命浪漫蒂克”很快就烟消云散了。抗战时期，郭沫若重新肯定了浪漫主义创作方法的重要性，并应用于历史剧的创作中，尤其是《屈原》，“在塑造古人形象时，他发展了五四时期浪漫主义历史剧的主观倾向性,即不是采取冷眼旁观的态度,而是把个人的生命注入对象中,通过主客观双向的情感激荡使历史人物获得新的生命"[1]。通过屈原形象的塑造,郭沫若将浪漫主义的英雄情结与民族迫切需要联系在一起,塑造出浪漫主义的民族英雄形象。即便是1949年以后,西方浪漫主义作品遭到批判,但浪漫主义理念并未就此消失,而是以变形的方式进一步与革命、集体话语相结合。高尔基将现实主义与浪漫主义作对比时指出:"虚构就是从客观现实的总体中抽出它的基本意义并用形象体现出来,——这样我们就有了现实主义。但是,如果在客观现实中所抽出的意义再加上——依据假想的逻辑加以推测——所愿望的、可能的东西,并以此使形象更为丰满,——那么我们就有浪漫主义了。这种浪漫主义是神话的基础,而且是极其有益的,因为它有助于唤起人们用革命的态度对待现实,即以实际行动改造世界。"[2]郭小川、贺敬之的诗歌中就体现出明显的集体浪漫主义,创造出集体意义层面的抒情主人公形象(尽管郭小川有时会流露出个体意义上的浪漫主义态度)……集体浪漫主义在文学进程乃至社会历史进程中都显示出了强大驱动力。但它也有其恶魔性和破坏性的一面,招致了诟病和批评。这样一种将个体意义层面的浪漫主义上升到集体意义层面的现象,所带来的深远影响和潜藏危险值得进一步探究和深思。遗憾的是,尽管很多学者注意到了浪漫主义与政治、民族话语之间的联系,但是目前,集体浪漫主义并没有得到应有的重视和深入研究。如果从集体浪漫主义入手,就能够对现当代文学史中的很多文学现象和文化现象做出新的解释。

集体浪漫主义除了会演变成激进的国家主义或民族主义之外,从文学发展的深远意义层面看,实际上抑制了另一种纯艺术的、个体意义上的浪漫主义的发展,"当政治化了的浪漫主义革命精神发挥了'摩罗诗力',引领时代风骚时,对于'生命节奏''灵境''神性'的沉思注定显得无关紧要。"[3]对无限、神性、自我生命意志的探索,直到在海子、骆一禾、昌耀的诗歌中才重新得到展现。

因此,浪漫主义可以说是天使与魔鬼的结合。浪漫主义之所以在创作上有力量,是因为自我的张扬。当自我上升为集体的或国家的浪漫主义时,便会狂热化。正如伯林指出的:"当这场运动被谴责为可怕的谬论,即生活是或者可

---

〔1〕 陈国恩:《浪漫主义与20世纪中国文学》,安徽教育出版社2000年版,第253页。

〔2〕 [苏联]高尔基:《论文学》,人民出版社1978年版,第111页。

〔3〕 [美]王德威:《"有情的历史"——抒情传统与中国文学现代性》,台湾《中国文哲研究集刊》2008年第33期,第77-137页。

以被制造为一项艺术，即将美学模式应用到政治中，政治领袖在其最高意义上是根据自己创造性的设计塑造人类的崇高艺术家；这一带来危险荒谬理论和野蛮暴行的谬论至少有这样一项荣誉：即它永久地撼动了普遍的信仰、行为的客观事实与一个完美和谐社会的可能性。"[1]因此，浪漫主义重设自我与世界的关系的理念，改变了作家和学者的世界观和价值观，改变了他们认识世界和处理与世界关系的方式，诗人成为世界的立法者和创造者。无论是文学层面生命意志的强调、非理性的书写方式、想象力的架构，还是国家、民族层面的集体浪漫主义，都给中国文化和中国文学带来了巨大的影响。现代中国强烈的民族忧患意识使得集体浪漫主义的发展不断强化，也限制了浪漫主义理念在诗学层面的拓展。浪漫主义一直以其独特方式影响了并一直影响着中国文学的发展，是中国文学未完成并将会继续完成的向度。

〔1〕 Isaiah Berlin. The Proper Study of Mankind: A Anthology of Essays. New York: Farrar, Straus and Giroux, 2000, p580.

附录一　昌耀与中国当代浪漫主义思潮的回响

很多学者关注到昌耀在20世纪80年代中后期诗风的变化。这一改变与很多因素有关,比如家庭的困顿、文坛的冲突、政治环境、诗集出版的受挫等等,让他产生了生存的荒诞感。燎原认为,写于1985年的《斯人》一诗"显示了昌耀从精神巅峰向下回调的最初信息。而他的诗歌形态,也由此转入一种向下沉陷的深刻的荒诞感"〔1〕。燎原认为原因其实很简单,"并没有什么大事突然发生,它只是日常生存中的诸多不顺遂在逐渐的积攒中,由量变到质变的一个突然爆发"〔2〕。林贤治认为此时的昌耀"从自然环境中抽身而出,或者说特别侧重于人生的感悟与咏叹"〔3〕。实际上,昌耀从来都没有"从自然环境中抽身出来",也并没有回调他的精神高度,他的转变的确与日常生活有关,但不能仅仅以诸多的具体不顺来解释原因。昌耀诗风的转变,从另一个角度反应出,离开西部世界以后昌耀该如何表达。诗歌所体现出的在现代社会中所感受到的逼仄、压抑和无意义感,是一个强大的浪漫自我必然面临的困境。在重新思考浪漫主义与现代性的关系之后,昌耀试图在现代社会中唤醒西部记忆,并进一步确定,只有西部辽阔的自然和想象中、民间传说中,才有浪漫主义生长的可能,才能滋养强大的生命意识。所以说,昌耀的诗歌风格并不能作简单的阶段性划分,而是要联系其整体的诗学理念来理解其变化。

浪漫主义是在现代性的对抗中生长起来的。现代工业文明和科学理性的进步,表面上看,使人类获得更多、更强大的力量。而实质上,这并不能够解决

〔1〕 燎原:《昌耀评传》,人民文学出版社2008年版,第309页。
〔2〕 燎原:《昌耀评传》,人民文学出版社2008年版,第310页。
〔3〕 林贤治:《"溺水者"昌耀》,《当代文坛》,2007年第4期。

人类很多精神层面的困境，比如人的终极性问题。相反地，现代文明和科学理性反而催生了不少新的精神困境，一方面，科技理性对宗教信仰的权威性成了冲击，人和神的联系受到质疑，现代人失去了通向永恒的精神途径；另一方面，人虽然对外部的控制力和支配力增强，但正是由于过多的对外部世界的关注和人的工具化倾向，人的个体价值和灵魂世界的重要性反而被降低，生命感觉在枯萎。对这些现代性所产生的问题，很多西方哲学家、思想家和诗人都有相关探讨。雪莱深刻认识到这一点："科学已经扩大了人们统辖外在世界的王国的范围，但是，由于缺少诗的才能，这些科学的研究反而按比例限制了内在世界的领域：而且人虽然已使用自然力做奴隶，但是人自身却依然是一个奴隶。"[1]浪漫主义的诗学理念尤其表达出对现代性的抵抗，并企图用"诗"的倡导，实现对自然和神性的回归，来抵抗生命力的消退和灵魂的匮乏，重新实现人对自身有限性的超越和对永恒性的追求。昌耀诗歌中所体现出的灵魂拯救的努力、对强大生命力的表现和对神话、自然风情的描述与想象，与他对现代性的痼疾和现代人精神危机的认识有关。而昌耀对现代性的抵抗与灵魂拯救的努力与浪漫主义诗学理念又有着密切关系，从这个角度理解，有助于我们更好地认识到昌耀诗歌对当下中国文化和文学的重要意义。

一、 对现代性痼疾与现代人精神危机的认识

昌耀的诗歌敏锐捕捉到了现代人所面临的精神困境，呈现出一种复杂而矛盾的状态：既表达出对现代性的反抗，又透露出灵魂拯救的无力感和绝望感。

昌耀在《花朵受难——生者对生存的思考》(1992)中表达出现代人对生命本身的思考：

> 大路弯头，退却的大厦退去已愈加迅疾。
> 听到嘀嗒的时钟从那里发出不断的警报。
> 天空有崩卷的弹簧。很好，时间在暴动。
> 我们早就逃离了。但我们不会衰老得更快。[2]

"愈加迅疾"，时钟"发出不断的警报"。我们能从这些词语体味出"时间在

[1] Shelley. A Defence of Poetry, in Shelley's Prose; or, the Trumpet of a Prophecy. Ed. David Lee Clark, Albuquerque: The University of New Mexico Press, 1954, p283.

[2] 昌耀：《花朵受难——生者对生存的思考》，选自燎原、班果增编：《昌耀诗文总集》，作家出版社 2010 年版，第 515 页。

暴动”的感觉,那“崩卷的弹簧”正是时钟不堪迅疾负荷的表现。帕斯曾分析过现代性与时间的关系,提出“时间原型”的概念。他指出现代时期是在变化性原则的基础上而不是在非时间性原则的基础上建立其体系的。以批判理性作为主导性原则,不再追求同一性,而是通过分析、怀疑和否定对象的方式,不断分裂自身而向前发展。其时间原型不再是封闭的、自足的,而是开放的、变化的、朝向未来的。在帕斯看来:“批判理性,严格地来说,突出强调了时间性。”[1]卡林内斯库也认为:“只有在一种特定时间意识,即线性不可逆的、无法阻止地流逝的历史性时间意识的框架中,现代性这个概念才能被构想出来。在一个不需要时间连续型历史概念,并依据神话和重现模式来组织其时间概念的社会中,现代性作为一个概念将是毫无意义的。”[2]因为时间性是在变化中体会到的,在现代社会中,人们倍感时间的变化与流逝。而在这样一种迅疾的时间感受中,个体生命体会到一种生存的焦虑。一方面,个体在时间之流中倍感生命的迅速流逝,想要追求永恒与不朽;而另一方面,又为生命消逝之必然而感到无力:

> 没有一辆救护车停下,没有谁听见大丽花的呼叫。
> 但我感觉花朵正变得黑紫……是醉了还是醒着?[3]

当时间通向无限的将来时,人倍感有限生命在时间之流中的矛盾和困境。“你知道受难的大丽花是醉了还是醒着? /似我无处安身。”“醉了”的状态是暗示人还未清醒认识到这种生命困境的时候,而“醒着”的状态是明明能够感受到时间的迅疾,但是对生命的流逝又无可奈何的感觉。无论是“醉了”还是“醒着”,生命的枯萎之必然趋势是不可能改变的。“现代人被像基督徒被推向天堂或地狱那样的暴力推向未来。”[4]诗歌结尾,昌耀再次突出了现代社会中的“时间性”和“无处安身”的感觉:

> 夕阳底下白色大厦回光返照,退去更其遥远。

---

〔1〕 Octacio Paz. Children of the Mire: Modern Poetry from Romanticism to the Avant — Garde. Cambridge, MA: Harvard University Press, 1975, p23-25.

〔2〕 [美]马泰·卡林内斯库《现代性的五副面孔》,顾爱彬、李瑞华译,商务印书馆 2002 年版,第 18 页。

〔3〕 昌耀:《花朵受难——生者对生存的思考》,选自燎原、班果增编:《昌耀诗文总集》,作家出版社 2010 年版,第 515 页。

〔4〕 Octacio Paz. Children of the Mire: Modern Poetry from Romanticism to the Avant — Garde. Cambridge, MA: Harvard University Press, 1975, p30.

时间崩溃随地枯萎。修篁，让我们快快走。[1]

“时间崩溃随地枯萎”“回光返照”等描述凸显了生命即将枯萎的紧迫感。昌耀尖锐而敏感地觉察到了现代性对于生命感觉和人的灵性的挤压和摧毁。因此，他疾呼着“修篁，让我们快快走”，这并不是一种逃离，而是在时间流逝之迅疾与生命枯萎之必然性的矛盾处境中，所表达出的一种“对抗”的姿态。事实上，昌耀赋予诗歌的重要使命之一，便是对强大生命力的张扬和对生命枯萎现状的抵抗，而在某种意义上来说，这种抵抗又是一种对强大历史力量的唐吉诃德式的挑战，显示出其悲剧感。也正是由于这种内在的生命力和悲剧感，昌耀的诗歌才具有那样震摄灵魂的作用。

生命的枯萎在本质上折射出现代人的“异化”问题。社会、历史的前进和科学的进步并不能代表人类灵魂的提升。首先，在帕斯看来，从某种意义上来说，正是因为现代理性压倒了神的“启示”的一面，人的完满与历史相联结而不是与上帝相联结。[2] 人的灵魂、精神失去了向上的通道，个体生命价值被历史所挤压和替代。人向外部社会历史中寻找永恒和完满而不再向生命内部寻找。而以批判理性为基础的现代性不断分裂自身，自我的完整性不断被分解，生命感觉不断消退。昌耀在《与梅卓小姐一同释读〈幸运神远离〉》(1996)中思考着人的理性和灵性之间的矛盾：“除非保持始终的蒙昧，须知‘智慧之果’的误食才是一切不幸的根源、罪恶的渊薮。但是人类注定要做智慧的动物。”[3] 人终究是理性的，就不可避免要承受理性与灵性之间难以调和的矛盾，他将生命本身定义为一种悲剧精神的奋争，重新回归对生命的敬畏，而不是无限夸大科学理性价值。“民俗自古讲究瑞兆，这种祈颂吉祥的风习正是从另一侧面证实了与生俱来的人类对厄运的那种原生态的恐惧。一种先天就有的压抑感。”[4]《诗的礼赞》(1986)中道出的这种压抑感来自人对比自己强大的生命形式之间的联系(比如自然、神性等等)，来自“生命意义中的恐惧和悲悯”，而

[1] 昌耀：《花朵受难——生者对生存的思考》，选自燎原、班果增编：《昌耀诗文总集》，作家出版社2010年版，第516页。

[2] Octacio Paz. Children of the Mire: Modern Poetry from Romanticism to the Avant — Garde. Cambridge, MA: Harvard University Press, 1975, p23-26.

[3] 昌耀：《与梅卓小姐一同释读〈幸运神远离〉》，选自燎原、班果增编：《昌耀诗文总集》，作家出版社2010年版，第602页。

[4] 昌耀：《诗的礼赞》，选自燎原、班果增编：《昌耀诗文总集》，作家出版社2010年版，第365页。

科学理性则将永恒性、生命本质这些问题过于自信地简单化了,也驱逐了诗性。人类被禁锢在现世的此岸世界中,而失去了通向永恒、无限的彼岸的桥梁。其次,由资本主义经济所发展出的物质现代性,金钱至上的哲学,将关注点从人的内部灵魂世界转向对外界的感官刺激。西美尔深刻思考了现代人的异化问题:“货币给现代生活装上了一个永远无法停止的轮子,使生活这架机器成为一部永动机,由此就产生了现代生活常见的骚动不安和狂热不休。”“假如生命缺少内在差异,以至于人们害怕天堂里持久的幸福会变成持久的无聊,那么,无论生命在何种高度,以何种深度流淌,对于我们来说,都显得空洞和无谓。”[1]个体生命感觉是与生活紧密相关的,商品经济的复制性和同质性,灵魂世界的匮乏,使得人的生命感觉缺少内在的差异,从另一种意义上来说,个体的独特生命感觉在萎缩。“现代人在追求种种伪造的理想:在这些名目繁多的理想中,生活的所有实质内容变得越来越形式化地空洞,越来越没有个体灵魂的痕印,生命质地越来越稀薄。人的自我却把根本不再是个体生命感觉的东西当作自己灵魂无可置疑的财富,技术代替了感觉,也把个体灵魂的生命气息从生活中驱逐出去了。”[2]昌耀的诗歌创作后期常常流露出这样一种在都市中的生存无意义感和荒谬感,比如《意义空白》(1993)里所描述的“有一天你发现自己不复分辨梦与非梦的界限。/有一天你发现生死与否自己同样活着。”[3]这就是昌耀在《花朵受难》中痛感到的生命感觉的必然枯萎。当人类自我不再将灵魂当作最为珍贵之物,艺术失去其光环,个体灵魂的生命感觉也就被放逐了。

西美尔表示:“一个具有纯粹审美态度的个性人物会对现代深感绝望。”[4]昌耀的大多数诗歌可以看出对内在精神世界的高度关注,而关心内心救赎的人的灵魂总是与现代社会显得格格不入,他能够深刻体会到现代性所带来的“无处安身”。“在一个精神追求一再掉价的无可奈何时期,金钱狂躁,感官刺激被高扬,诗神黯然无色。”[5]昌耀深感到现代性对人的灵魂世界和生命感觉的破坏与压制,对诗性的漠视与驱逐。在《灵语》《火柴的多米诺骨

〔1〕[德]西美尔:《金钱、性别、现代生活风格》,顾仁明译,学林出版社2000年版,第12页。

〔2〕刘小枫:《金钱·性别·生活感觉——纪念西美尔〈货币哲学〉问世一百周年》,选自[德]西美尔:《金钱、性别、现代生活风格》,顾仁明译,学林出版社2000年版,第14页。

〔3〕昌耀:《意义空白》,燎原、班果增编:《昌耀诗文总集》,作家出版社2010年版,第533页。

〔4〕[德]西美尔:《金钱、性别、现代生活风格》,顾仁明译,学林出版社2000年版,第73页。

〔5〕昌耀:《宿命授予诗人荆冠——答星星诗刊社艾星并兼致叶存政、杨兴文》(1993),选自燎原、班果增编:《昌耀诗文总集》,作家出版社2010年版,第548页。

牌游戏》《街头流浪汉在落日余晖中遇挽车马队》《迷津的意味》《一个青年朝觐鹰巢》等后期的散文诗中,都可以看到昌耀对现代性的厌倦甚至绝望,对灵魂之所的迫切渴求:"我们正被导入一种整体性的精神迷狂……痛苦是经常的事。"[1]"我厌倦这座欲火熊熊的城市。"[2]"深感于人类软语的缺铁症岂止于表意的乏力与无效,更有着病入膏肓的拯救与无望。"[3]执着于诗性追求而深感到现代性之困的昌耀有一种孤独的悲哀、绝望。

二、 对现代性的抵抗与对生命感觉的拯救

在面对现代性时,昌耀表现出一种复杂而矛盾的感受。一方面,如上文所言,关心人类内心灵魂的救赎的昌耀深感到现代性对人的灵性的压制和破坏,诗中常表现出一种精神上的厌倦和排斥。但另一方面,昌耀并未完全陷入悲观绝望,他深感诗歌在这种神性缺失、诗性淡化、金钱肆虐的时代所肩负的重要责任,试图用诗歌的精神力量来抵抗现代性对人的异化。西部边疆的流放经历和浪漫主义的精神资源,促使他专注于寻求永恒性意义,让一种与自然和神性连接的更强大的生命形式内化于现代人的灵魂中,以获得生命感觉的拯救。所以,他认为"愈是使我们感到亲切并觉日臻完美的诗却又是使我们直悟生存现状的诗"[4],他将诗提升为"殉道者的宗教"[5],向着生命的朝圣和灵魂的净化,来抵抗现代人的"异化"。

昌耀自觉肩负起拯救人类灵魂和生命感觉的重任。"这是一个不可无动于衷的时代。然而,时代又必然要求人们保持镇静,使其在价值体系引发的内心失衡中也好承受强度更大一些的颠簸。因之,这也是情感冲淡的时代了。那根生来的悲天悯人的神经埋在自我保护的鞘膜里,正使得这种包藏着的苦闷愈

---

〔1〕 昌耀:《火柴的多米诺骨牌游戏》(1994),选自燎原、班果增编:《昌耀诗文总集》,作家出版社 2010 年版,第 560 页。

〔2〕 昌耀:《街头流浪汉在落日余晖中遇挽车马队》(1994),选自燎原、班果增编:《昌耀诗文总集》,作家出版社 2010 年版,第 561 页。

〔3〕 昌耀:《一个青年朝觐鹰巢》(1995),选自燎原、班果增编:《昌耀诗文总集》,作家出版社 2010 年版,第 585 页。

〔4〕 昌耀:《诗的礼赞》,选自燎原、班果增编:《昌耀诗文总集》,作家出版社 2010 年版,第 365 页。

〔5〕 昌耀:《诗的礼赞》,选自燎原、班果增编:《昌耀诗文总集》,作家出版社 2010 年版,第 365-369 页。

趋幽闭和深重。"〔1〕在《酒杯——赠卢文丽女士》(1988)中,昌耀称此为"时代的阵痛",他尝试用诗歌的力量来唤醒人们心中诚挚的灵魂。"我们的诗在这样的历史处境……必定是为高尚情思寄托的容器。是净化灵魂的水。是维系心态平衡之安全阀。是轮轴中的润滑油。是山体的熔融,是人类本能的嚎哭。是美的召唤、品尝或献予。"〔2〕昌耀希冀通过诗歌唤醒人们对生命感觉和个体灵魂的重视,更重要的是,意识到更大的一种生命形式的存在,超越人的有限性而直抵永恒、无限的境界。唯有诗歌能让人"在这种乐音的浸润中悄然感化,悄然超脱,再超脱"〔3〕。

在这样一个灵魂衰落、生命枯萎的时代,昌耀"感受到深刻的生命的渴意","难耐的渴意从每一处毛孔呼喊"〔4〕。他开始了对强大生命力的再次摄取,"我重新开始的旅行仍当是家园的寻找。……灵魂的渴求只有溺水者的感受可为比拟。我知道我寻找着的那个家园即便小如雀巢,那也是我的雀巢。"〔5〕西部边疆的流放经历和感受到的原始生命风情,为昌耀提供了经久的思想资源:"在大西北的大自然中,一片地平线、一片蓝天,那么单纯,甚至单调,但当你坐下来与它对话时,你就会感受到大自然的最原始的那种生命的动力……它们与更自然、更宇宙、更基本的一种动力结合在一起。"〔6〕这种对更大的生命形式的感知,其实是对与自然、神性之间的精神联系的认识。科学理性的发展,使得人与自然之间的关系变为利用与被利用、认识与被认识的客观关系。而神性则被认为是不科学的、迷信的存在,失去其隐秘的精神力量。昌耀执着于追寻人与自然之间的紧密联系,感知自然的原始生命力,从而感受到一种与自然、神性之间隐秘的精神相通。而这种与更强大的生命形式的勾连,正是昌耀所要追寻的对人的有限性的超越,对现代人异化的拯救。

---

〔1〕 昌耀:《酒杯——赠卢文丽女士》,选自燎原、班果增编:《昌耀诗文总集》,作家出版社 2010 年版,第 399 页。

〔2〕 昌耀:《酒杯——赠卢文丽女士》,选自燎原、班果增编:《昌耀诗文总集》,作家出版社 2010 年版,第 399-400 页。

〔3〕 昌耀:《与梅卓小姐一同释读〈幸运神远离〉》(1996),选自燎原、班果增编:《昌耀诗文总集》,作家出版社 2010 年版,第 604 页。

〔4〕 昌耀:《生命的渴意》(1993),选自燎原、班果增编:《昌耀诗文总集》,作家出版社 2010 年版,第 544 页。

〔5〕 昌耀:《91 年残稿》(1991),选自燎原、班果增编:《昌耀诗文总集》,作家出版社 2010 年版,第 485 页。

〔6〕 昌耀:《宿命授予诗人荆冠——答星星诗刊社艾星并兼致叶存政、杨兴文》(1993),选自燎原、班果增编:《昌耀诗文总集》,作家出版社 2010 年版,第 546 页。

这样对强大生命形式的渴求与找寻集中表现在《干戚舞》(1989)中。在此诗的序跋里,昌耀特地引述了“干戚舞”的由来:“夫乐之在耳曰声,在目者容,声应乎耳可以听知,容藏于心难以貌视,故圣人假干戚羽旄以表其容,发扬蹈厉以见其意……诗序曰:咏歌之不足,不知手之舞之足之蹈之……此舞之所由起也。——杜佑《通典·乐》。”[1]根据这段序跋,我们可以看出,“干戚舞”其实是一种强大内在生命力的外化,来拯救城市精神的虚弱。在诗歌前半段,昌耀花费大量笔墨渲染对边疆的大自然的感知以及生命质感的厚重充盈。但是,在诗歌的末尾,诗人又描述出当下时代生命感觉拯救的紧迫感:

夜幕已经拉紧,电话亭空无一人
路标立方体全部如人倒毙,
汽车站牌同时中魔从此佝偻。[2]

这些现代城市标志物的倒塌何尝不是生命的萎顿?昌耀一再发出疑问:“时不我与,是前行还是却步?”全诗尤其是结尾已经给出了答案:“嗅着山的气息有如老虎的气息。/我们也将开始我们的睡眠。/醒来我们已是子弟。”[3]让个体灵魂感受到更大的生命形式,就能够抵抗生命感觉的萎顿,重新找寻到与自然、神性之间的精神联系。

现代人失去了精神的坐标系,在历史中找不到自己的定位。昌耀认为,对更大的生命形式的感知,便是生活在城市文明中的现代人重新找到灵魂安放之所的重要途径之一,“灵魂的自赎正从刚健有为开始。/不是教化,而是严峻了的现实”[4]。他在散文诗《玉蜀黍:每日的迎神式》(1996)中描述:“生命敏感的区域:时间。我在一个又一个日夜的昂奋期待中,因屡屡失望而有所疲惫了,丧失了‘感觉’的感觉已像昆虫钝化的口器乃至性器,神性殆尽。”[5]这是现代人“异化”的写照,个体灵魂的生命感觉在逐步退化,生命在机械复制技术与科学理性、金钱的肆虐中,失去了灵性与神性。昌耀希望找寻到一种城市与

---

[1] 昌耀:《干戚舞》,选自燎原、班果增编:《昌耀诗文总集》,作家出版社2010年版,第423页。

[2] 昌耀:《干戚舞》,选自燎原、班果增编:《昌耀诗文总集》,作家出版社2010年版,第424-425页。

[3] 昌耀:《干戚舞》,选自燎原、班果增编:《昌耀诗文总集》,作家出版社2010年版,第425页。

[4] 昌耀:《意义的求索》(1995),选自燎原、班果增编:《昌耀诗文总集》,作家出版社2010年版,第574页。

[5] 昌耀:《玉蜀黍:每日的迎神式》,选自燎原、班果增编:《昌耀诗文总集》,作家出版社2010年版,第612页。

自然相联的方式:"如意宝塔一般,一座摩天楼成为顶天立地的玉蜀黍——时间的雕像。"[1]昌耀将西北边疆充满生命力的自然风貌与现代城市风貌相融合,试图以更大的生命形式超越现代性所带来的痼疾,获得生命的神性——"我惊异生命是这样不依不挠地矗立起自己的时间雕像,永远保留着穿透一切经验的那一神性感觉。"[2]通过强大生命形式的感知与获得,现代人的生命得以超越自身的有限性,趋向永恒与不朽的精神之境。

这种更大的生命形式的追求,对永恒性、生命力和神性的强调,一定程度上也是昌耀受浪漫主义思想影响的表现。昌耀在《艰难之思》(1987)中谈到其创作的精神资源时曾表示:"我渴待生命力的强劲震撼。二十八年前我在垦荒的祁连山某座台地趴在落满草屑的地铺抄录的几首外国诗歌竟被我保存到了今天而成为那期间我的思想感情的见证。其中一首是歌德作品《普罗米修士(斯)》: 宙斯,你用云雾/蒙盖尼的天空吧,/你像割蓟草的儿童一般,/在栎树和山顶上/施展伎俩吧!"[3]作为德国狂飙运动时期浪漫主义先驱的歌德提倡强有力的生命力。昌耀所引述和赞赏的歌德的《普罗米修士(斯)》体现出了人类成为命运主宰的渴望和生命力的强大释放。美国浪漫主义诗人惠特曼也是诗人所钟爱的。[4]他在回忆性的散文中多次提及惠特曼对其诗歌创作的影响,也在书信中屡次向友人提及对惠特曼诗歌的欣赏。[5] 他表示,惠特曼的诗歌带他进入了"一个更宏大的精神天地","诗人之赞美人体者也许首推惠特曼。……惠特曼歌颂的人体可以看做是具有生命、性力、完美的大自然本身。……惠特曼之后颂扬人体的诗人尚有聂鲁达、劳伦斯、埃利蒂斯、桑戈尔等许多,然而没有一个具有为惠特曼所表现的整体气象中的优美、深刻、繁富或磅礴之势"[6]。惠特曼的

---

[1] 昌耀:《玉蜀黍: 每日的迎神式》,选自燎原、班果增编:《昌耀诗文总集》,作家出版社 2010 年版,第 612 页。

[2] 昌耀:《玉蜀黍: 每日的迎神式》,选自燎原、班果增编:《昌耀诗文总集》,作家出版社 2010 年版,第 612 页。

[3] 昌耀:《艰难之思》,选自燎原、班果增编:《昌耀诗文总集》,作家出版社 2010 年版,第 376 页。

[4] 惠特曼对昌耀创作的影响有不少学者关注到,如雷庆锐的《昌耀与惠特曼诗歌创作相似性解读》一文从诗歌创作的精神特质、审美意象以及诗体风格方面两者的相似性来分析。详见雷庆锐:《昌耀与惠特曼诗歌创作相似性解读》,《青海社会科学》,2008 年第 5 期。

[5] 昌耀:《读书,以安身立命》(1994),《致 SY21 封》(1990—1991),选自燎原、班果增编:《昌耀诗文总集》,作家出版社 2010 年版,第 573、725-741 页。

[6] 昌耀:《意义的求索》(1995),选自燎原、班果增编:《昌耀诗文总集》,作家出版社 2010 年版,第 738 页。

诗歌体现出个体生命与有着完满生命力的自然的连接与融合,这正是昌耀所倾慕的一个更为广大的生命形式的展现。《斯人》(1985)一诗几乎可以说是向惠特曼致敬的一首诗,也体现出了昌耀诗歌受惠特曼影响而相承的宏大意境和磅礴的生命力。

静极——谁的叹嘘?

密西西比河此刻风雨,在那边攀缘而走。

地球这壁,一人无语独坐。[1]

这首仅仅三行的短诗,却道出了一种既孤独却又充盈之感。"静极"却有人在叹嘘,广袤的时空中似乎仅有抒情主体一人,与诗中的抒情主体相伴的是宇宙的宏大景象——地球那边的密西西比河与地球这壁的独坐者,有着精神和生命上的惺惺相惜——一种强大的生命形式的笼罩。这首诗写于5月31日,而这个日子正是大洋彼岸、密西西比河所在国度的诗人惠特曼的生辰。惠特曼是昌耀喜爱的诗人之一,昌耀虽未明确表示这首诗的创作目的,但是很可能是与惠特曼对话。

从昌耀对诗和永恒性的理解来看,与浪漫主义思想有着密切关系。昌耀在《诗的礼赞》中表达了他对于诗的理解:"艺术的根本魅力其实质表现为——在永远捉摸不定的时空,求得了个体生存与种属繁衍的人类为寻求万无一失的理想境界而进行的永恒的追求和搏击的努力(我视此为人的本性),艺术的魅力即在于将此种'搏击的努力'幻化为审美的抽象,在再造的自然中人们得到的正是这种审美的愉悦。"[2]在永远捉摸不定的时空中寻求万无一失的理想境界,是一种对于无限性和永恒性的追求。然而,人是无法达到永恒之境的,只能无限接近,但艺术之美正在于这种明知不可为而为之的悲壮美。"生命本身原已定义为一种悲剧精神的奋争。……孤独的人类幸有艺术做伴。艺术原是孤独的人类用以倾诉内心情绪、宽慰或内省的方式。艺术是灵魂的歌吟。而灵魂的歌吟恰是广义的诗的精髓。被这种'广义的诗'所化育的一切艺术品类因之都获致不同程度的魅力。"[3]昌耀对"广义的诗"的理解与浪漫

[1] 昌耀:《斯人》,选自燎原、班果增编:《昌耀诗文总集》,作家出版社2010年版,第283页。

[2] 昌耀:《诗的礼赞》,选自燎原、班果增编:《昌耀诗文总集》,作家出版社2010年版,第365页。

[3] 昌耀:《诗的礼赞》,选自燎原、班果增编:《昌耀诗文总集》,作家出版社2010年版,第365页。

主义“诗的泛化”的理念有关。浪漫派所指涉的“诗”“并非单纯的诗的艺术作品,而是指作为理想的生活的世界”〔1〕。这个世界是一个永恒的、统一的、诗意化的世界。浪漫派以诗来对抗对立和分裂,以诗为中介去解决有限和无限的矛盾。因此,“诗”在浪漫主义那里,是一种生活态度、一种情感方式、一种哲学追求,而不仅仅是一种文学体裁。现代文明和工业理性对人的分裂,宗教的神圣性被破坏,人类失去了超越自身有限性而抵达无限之境的途径,浪漫主义企图用诗学的方式来完成人们对于永恒性的渴盼。正如惠特曼在诗歌中呐喊的那样:

> 我们每个人都是必不可少的,
> 我们每个人都是无限量的——我们每个人在地球上都有他或她的权利,
> 我们每个人都被准许理解大地的永恒涵义,
> 我们这里的每个人都和在这里的任何一个一样是神圣的。〔2〕

在雪莱看来:“诗歌的功用是双重性的,一方面,它创造知识、力量和愉悦的新材料,另一方面它在脑海中酝酿一种根据特定的节奏和秩序(也许被称为美和善)来复制和安排这些材料。由于过度的自私自利和计较得失,我们外在生活所积累的材料竟然超过了我们同化的限度,以至于不能依照人性内在定律来消化这些资料,这时,诗性的培养便是必要的了。”〔3〕雪莱所提倡的是浪漫主义对待生活和外在世界的方式:用诗性的培养,来将外在于个体生命的世界内化为生命感觉,这样,内在精神世界便会在诗意的对待世界的方式之中得到不断充盈,而不是一再被科学理性和现代文明挤压。用诗性来拯救人的灵魂,超越有限寻求永恒之境,正是浪漫主义思想资源促成了昌耀对于诗歌美学和人文意义的深刻理解,这也是浪漫主义诗歌对当下的重要意义。

然而,与诗人所努力进行的灵魂拯救相伴的却是拯救的无望。这种绝望感一方面来自生命本质的思考,无论人如何追求精神的永恒和无限,也无法摆脱肉身有限性的束缚和人生意义的虚无感。“其实‘醒着’只是直面枪口,徒有几

〔1〕 刘小枫:《诗化哲学——德国浪漫美学传统》,山东文艺出版社 1986 年版,第 30 页。

〔2〕 [美]惠特曼:《向世界致敬!》,选自[美]惠特曼:《草叶集》,上海译文出版社 1991 年版,第 258 页。

〔3〕 Shelley. A Defence of Poetry. in Shelley's Prose; or, the Trumpet of a Prophecy. Ed. David Lee Clark, Albuquerque: The University of New Mexico Press, 1954, p284.

分形色的悲壮,但不能改变潜在的厄运。"〔1〕另一方面这种绝望感来自于大多数现代人的冷漠,他们身处于困境之中,不仅并没有意识到自身所面临的精神危机,而且还对诗人拯救灵魂的行为不屑一顾或漠然待之。而后者,是昌耀最为痛心的。他仿佛是鲁迅笔下"铁屋里的呐喊者",孤独地呼吁着灵魂的拯救,提醒人们所面临的精神困境,却得不到回应和理解,感到悲哀又绝望。在《意义空白》(1993)中,昌耀展示了这种绝望和孤独:"有一天你发现你的呐喊阒寂无声空作姿态。/有一天你发现你的担忧不幸言中万劫不复。/有一天你发现苦乐众生只证明一种精神存在。"〔2〕《时间客店》散文诗典型表达出了昌耀所要表达的对于当下生命困境的理解以及诗人背负使命的悲壮感和宿命感。"这首诗以'客店'作为场景,这不是偶然的,其象征性的意味在于:客店是'旅途'中的暂歇之所,它不同于驿站或居室,而是公共性的、带有异己因素的场所,同时客店是经历过的一段行程和将开始的另一段行程的界限和交汇点,与时间上的'当下'有着对应的性质。"〔3〕"我"背负着"人人心中所有,人人笔底全无"的"时间",试图修复。表面上修复的是时间,实际上是修复个体的生命感觉。然而,这种修复在当下又是难以完成的。因为这个时代并不具备修复的条件,反而愈加破坏。而那些围观者犹如鲁迅笔下的"看客",他们"为'时间'的修复甚至于不愿捐献出哪怕一根绳头",麻木而漠然。在昌耀这首散文诗的结尾,人群散去,周围一切都化为虚无,作者此时感受到了一种类似于鲁迅笔下"觉醒者"立于旷野中呐喊而无人应的孤独,"如此孤独"。

昌耀一方面深切感受到现代社会对人的异化之必然性和绝望,另一方面又赋予诗与诗人以神圣而悲壮的使命。这种孤独感也一再表现为昌耀诗歌中的唐吉诃德形象。一个孤独、绝望,但又"知其不可为而为之的精神",对抗着现代性所带来的人的异化:

> 但这是最最严重的关头,
> 匹夫之勇又如何战胜现代饕餮兽吐火的焰口?
> 无视形而下的诱惑,用长矛撑起帐幄,

〔1〕 昌耀:《与梅卓小姐一同释读〈幸运神远离〉》,选自燎原、班果增编:《昌耀诗文总集》,作家出版社2010年版,第603页。

〔2〕 昌耀:《意义空白》,选自燎原、班果增编:《昌耀诗文总集》,作家出版社2010年版,第533页。

〔3〕 程波:《试论昌耀诗歌中的"时间意识"——从昌耀新作〈时间客店〉谈起》,《诗探索》,2000年第3期。

以心油燃起营火,盘膝打坐。
东方游侠,满怀乌托邦的幻觉,以献身者自命。
这是最后的斗争。但是万能的魔法又以万能的名义卷土重来。

风萧萧兮易水寒。背后就是易水。
我们虔敬。我们追求。我们素餐。
我们知其不可而为之,累累若丧家之狗。
悲壮啊,竟没有一个落荒者。
悲壮啊,实不能有一个落荒者。[1]

"竟没有一个落荒者"表达出对抗金钱资本时代带来的形而下诱惑、拯救人的灵魂的决心,"实不能有一个落荒者"则道出拯救个体灵魂生命感觉的迫切性,如同《花朵受难》中所表达的——时间已是"回光返照",若不"快快走",生命必将迅速枯萎。昌耀在《一份"业务自传"》(1995)中谈到自己创作初衷时表示:"然而,随着向市场经济转轨过程中出现的人们价值观的迷失、怅惘又可堪忧虑,而一个民族的灵魂的强弱具有存亡意义。我的后期创作也传达了可为警示的这种忧虑。"[2]在"这最最严重的关头",昌耀强调了唐吉诃德精神的重要性,尽管人们也许并不明白甚至不屑于这种精神的高蹈——"时间躁动,不容人慢慢嚼食一部《奥义书》。/……/说银月无光。说诗已贬值。"[3]但是,面对象征欲望和吞噬人类灵性的"现代饕餮兽",唐吉诃德式的诗歌是对抗人们受形而下诱惑沦陷和丧失生命感觉的勇士,显得悲壮而又必要。也正是这样一种在人类精神救赎之路上不屈不挠、执意前行的唐吉诃德精神,也赋予了昌耀诗歌的悲剧感和神圣感。

20世纪80年代、90年代的中国,现代化处于刚刚起步的阶段,人们沉浸于现代文明和科学理性发展所带来的物质现代性的优越之中,现代性所带来的问题还未充分暴露。那时的昌耀却已经深刻意识到了现代人的"异化"这一迫切问题。骆一禾曾这样评价昌耀:"我们之所以称昌耀为大诗人,在于他的诗歌

[1] 昌耀:《堂吉诃德军团还在前进》(1993),选自燎原、班果增编:《昌耀诗文总集》,作家出版社2010年版,第535页。

[2] 昌耀:《一份"业务自传"》,选自燎原、班果增编:《昌耀诗文总集》,作家出版社2010年版,第857-858页。

[3] 昌耀:《意绪》(1985),选自燎原、班果增编:《昌耀诗文总集》,作家出版社2010年版,第284页。

写出了个人内心和宽阔背景上的诸般生命所并存的主导精神,他所突出的是这种至今仍然驱策着中国人的紧迫感,这是一个时代的因素,在今天它越来越具有事实感,越益地强化了,要么便是听候召唤,是赶路,要么便是迫降和永远吞没,并且诗人的心灵自身也首先具有和抵达了这个程度的觉识。"[1]昌耀痛心于现代人生命感觉的消逝和灵魂世界的衰落,而这一问题的紧迫性随着现代化的不断加速发展越来越突出。在这个科学精神毁灭神话、放逐诗和艺术的时代,灵魂和生命感觉的栖身之所不断被摧毁和挤压,如雪莱所言,人越来越成为自身欲望和现代文明的奴隶,要么拼力抵抗,或听候自然与神性的召唤,或在诗性的道路上勉力继续前行,要么只能甘于被金钱与现代工业操纵,听任灵魂世界的衰落和生命感觉的泯灭。西方已完成工业化过程,甚至进入后工业化时代的发达资本主义社会,这些问题已有诸多讨论和警示。而在现代化还未完成的中国,现代人所面临的精神危机还未得到充分的重视和关注。从更深层来说,中国自五四以来的文学大多关注现实问题,而较少对人的灵魂层面的关注和生命本体的思考。在这样的历史和文化语境中,重新认识昌耀的浪漫主义诗歌的价值便显得更为重要了。昌耀迫切关注人的灵魂拯救的问题,努力以诗性的想象世界重铸强劲有力的生命感受,重新唤起对神性和永恒性的渴求。始终关注人类的灵魂拯救,关注人类的精神困境,使得昌耀在中国文学史和当下文化中具有独特和重要的意义。而昌耀所作的艰难努力,正如他所喜爱的诗人惠特曼所言:"你们为永生作出了你们的贡献,/不论是伟大还是渺小,你们为灵魂作出了贡献。"[2]

---

〔1〕 骆一禾,张玞:《太阳说:来,朝前走——评〈一首长诗和三首短诗〉》,《西藏文学》,1988年第5期,第357-367页。

〔2〕 [美]惠特曼:《一路摆过布鲁克林渡口》,选自[美]惠特曼:《草叶集》,上海译文出版社1991年版,第286页。

附录二　李长之学术研究编年

笔者按：过去，在李长之的相关研究中，尚未有详细的李长之年谱。目前关于李长之生平的系统性材料，仅有李长之的女儿李书于1979年5月15日在《新文学史料》上发表的《李长之年表》，以两页的篇幅简略介绍了李长之的生平主要事迹。笔者认为，李长之年谱的整理，将为李长之研究的深入提供史料基础，具有重要意义。本年谱各种信息均按时间编订，力求精准到日，若日不详则编入当月，若月不详则编入当季，若季不详则编入当年，若年不详则编入年代。年谱中李长之的文章出处如无特殊说明，均来自《李长之文集》。文章署名如无特殊说明，均署名李长之。

1910年

10月

30日，生于山东省利津县。原名长治，后改为长植，常用名为长之。父亲李泽培是利津县左家庄李氏十三世孙，是清末秀才，上过山东高等学堂，既有深厚的文言功底，又懂英文和法文，曾先后在济南商埠小学和中学任过教。李长之的母亲毕业于山东女子师范，爱好艺术。李长之的幼年就在山东女子师范的附设幼儿园(当时称为蒙养园)度过的。[1]

1912年

随祖父迁到省城济南。

1919年

年初

入山东省立第一师范附属小学读书。该校校长王世栋积极提倡白话文和

〔1〕 罗先哲：《文学评论家李长之》，《文史春秋》2008年第3期。

新诗。

5 月—6 月

济南展开抵制日货运动时,参加“十人团”,到药店检查日货。

1922 年

6 月

《森林的话》载在十二卷第八号的《少年》上,这是他第一次公开发表的作品。

7 月

9 日,诗歌《早晨的大雨》发表在 9 月 28 日出版的由郑振铎主编的《儿童世界》第三卷第十三期上。[1]

本月

写《我的学校生活谈》,发表在《少年》第十二卷第九号上。

1923 年

夏

考入山东省立第一中学读初中。

12 月

在《少年》第十三卷第十二号上发表《大明湖游记》,署名李长植。

1924 年

12 月

在《少年》第十四卷第十二号上发表《放鸽记》,署名李长植。

本年

由于军阀张宗昌统治山东,严禁白话文,再加上受举人老师张次山的影响,李长之潜心学习古典文学,对《孟子》《庄子》等书尤为喜爱,开启了他对古典文学研究和评论的兴趣。他升高中时的作文《士先志》,俨然是一篇八股的策论。

本年

以学生身份参加学校的出版委员会。

---

〔1〕 于天池、李书:《李长之的编刊生涯》,《新文学史料》2003 年第 1 期。

本年

《诗的话》发表于《一中旬刊》,署名静林。

1926 年

9 月

以第一名的成绩考入山东省立第一中学高中文科,三天后,旋改理科。这期间他的写作多是散文,也写些诗,刊登在本省及北平的一些报纸副刊上。[1]

1928 年

5 月

由于当年济南发生"五三"惨案,日本帝国主义武装占领济南,山大附中停办,李长之转入齐鲁大学附中就读。半学期后退学,转入聊城省立第三师范学校后期师范班。[2]

1929 年

1 月

25 日,写关于鲁迅的散文《猫》,发表在《山东民报》上,署名尝之。

6 月

9 日,在《华北日报》上发表《读〈鲁迅在广东〉》,署名李长植。

7 月

放弃了可以直接报考大学的资格,离开山东来到北京,入北大预科甲部(理学院)。写了许多科普性质的文章,如《火山和地震》《怎样研究数学》《从陈桢普通生物学说到中国一般的科学课本》等,发表在《华北日报》的科学副刊上。[3]

1931 年

秋

考入清华大学生物系。

---

〔1〕 罗先哲:《文学评论家李长之》,《文史春秋》2008 年第 3 期。
〔2〕 罗先哲:《文学评论家李长之》,《文史春秋》2008 年第 3 期。
〔3〕 罗先哲:《文学评论家李长之》,《文史春秋》2008 年第 3 期。

12 月

“九·一八”事变后,参加由清华、燕京等院校学生二百余人组成的北平学生南下请愿团,去南京要求蒋介石抗日。

1932 年

6 月

23 日,在《再生》杂志第一卷第六期上发表《阿 Q 正传之新评价》。

8 月

20 日,在《再生》第一卷第四期上发表《请教于八股式的唯物辩证法》。

9 月

29 日,写《评鲁迅二心集》。

11 月

5 日,写《评三闲集——鲁迅最近的杂感散文集》。(按:该文后发表于 1932 年 12 月 13 日的《北京晨报》。)

14 日,在《北平晨报》北晨学园第四一二号上发表《好荒唐的〈中国文学概论〉的附录。(按:该文是针对由胡行之译的儿岛献吉郎《中国文学概论》编的附录而言的。)

17 日,写《张资平恋爱小说的考察——《最后的幸福之新评价》。(按:该文后发表于 1934 年 4 月出版的《清华周刊》第四十一卷第三、第四期合刊。)

1933 年

1 月

9 日,在《北平晨报》上发表克罗采《文学史和方法论》的翻译。

春

转入哲学系。(按:在清华期间,李长之与吴组缃、林庚、季羡林在学校号称“清华四剑客”。)

3 月

在《清华周刊》第三十九卷第一期上发表《〈红楼梦〉批判》。

4 月

在《清华周刊》第三十九卷五、六合期上发表《我所了解的陶渊明》。

本月

在《清华周刊》第三十九卷第七期上发表《〈红楼梦〉批判(续)》。

(按:目前能够看到的《〈红楼梦〉批判》文本只是作者准备写的“全文的一小半”。按照作者的写作计划,“在论文学的技巧下,还有两个小题目,阐说红楼梦的悲剧意义;和论文学的技巧相并列的还有三个大题目,一论《红楼梦》之内容,也就是论作者思想和情绪,一论《红楼梦》的社会史的分析,一是总结论。”)

5月

5日,写《鲁迅和景宋的通信集——两地书》。(按:该文后发表于《图书评论》1933年第一卷第十二期。)

8月

8日,在《北平晨报》北晨学园第五五二号上发表《我所不满意的三点——关于“文学”之另一批评》。

31日,拜访周作人,并借《静庵文集》一册。

本月

在《现代》杂志第三卷第四期上发表《我对于文艺批评的要求和主张》。

秋

李长之应郑振铎邀请加入《文学季刊》编委会,负责的是书报副刊部分。[1]

9月

13日,将《静庵文集》还给周作人。

本月

在《清华周刊》第四十卷第一期上发表《中国文学史上的一个污点——八股文——的分析》。

11月

8日,在《大公报》文艺副刊第十四期发表《鲁迅〈伪自由书〉》。

12月

23日,在《大公报》文艺副刊第二十七期发表《王国维静庵文集》。

---

〔1〕 于天池、李书:《李长之的编刊生涯》,《新文学史料》2003年第1期。

1934 年

1 月

1 日，在《文学季刊》创刊号上发表《王国维文艺批评著作批判》。

2 月

24 日，在《大公报》文艺副刊第四十四期上发表《谈坛经》。

3 月

在《国文周报》第十一卷第十二期上发表《中国现代婚姻问题之实际上的症结》。

4 月

1 日，在《文学季刊》第二期上发表译作——德国玛尔霍兹的《科学的文学史之建立》。

本月

在《清华周刊》第四十一卷第三、四期合刊上发表《张资平恋爱小说的考察》。

7 月

14 日，在《大公报》文艺副刊第八十四期发表《我如何作书评》。

8 月

20 日，在《人间世》第十期上发表《纪念刘半农先生》。

本月

用翻译《近五十年来德国的学术》一书中《英国语言学》一文的 200 元稿费，与杨丙辰合办《文学评论》双月刊，编辑人员为吴组缃、林庚、季羡林、张天麟、张露薇、杨丙辰、郑振铎等。[1] 在第一卷第一期上发表文章《屈原作品之真伪及其时代的一个窥测》。

（按：在《文学评论》创刊号上，李长之连续地发表《青年批评家的培养》《真和假》《文坛上的党派》等文章与巴金及其朋友辩难，而在打算写《鲁迅批判》《纯文艺与心理学》等厚实的理论文章时错失了树立《文学评论》宗旨的最佳时机。《文学评论》仅出两期便停刊了。此后李长之编辑论文集《批评精神》时，《文学评论》中的文章一篇也没有入选。）

9 月

29 日，在《大公报》文艺副刊第一百零六期上发表《论中国旧小说里的两个

---

〔1〕 于天池、李书：《李长之的编刊生涯》，《新文学史料》2003 年第 1 期。

共同的成分》。

（按：此文引来莲生、刘西渭等人的探讨。10月3日莲生在《大公报》上发表《中国旧小说中的性道德——质李长之君》。10月6日，刘西渭在《大公报》文艺副刊第一百零八期上发表《中国旧小说的穷途》。）

10月，

1日，出版《文学评论》第二期，此后停刊。

18日，在《北平晨报》上发表《论唯物论派和唯心论派的短长》。

22日，在《清华周刊》第四十二卷第一期上发表《再论中国旧小说里两个共同的成分——答莲生先生》。

（按：该文是回应10月3日莲生在《大公报》上发表的文章《中国旧小说中的性道德——质李长之君》。）

本月

在《文学评论》第一卷第二期上发表《张希之〈文学概论〉》。

11月

8日，在《北平晨报》北晨学园第七四九号上发表《论学者性格在思想学术中的地位及其关系》。

本月

北平文学批评社出版李长之的第一部诗集《夜宴》，收新诗33首，被列为“文学评论社丛书”之一。

（按：《夜宴》收入的诗歌有：《诗人的忏悔》《朋友》《河畔花园》《邻家的小孩儿》《小学校的门口儿》《盼望》《梦里的诗句》《思友》《懈弛》《鱼》《流星》《蜗牛》《风》《怀疑》《环境和意志》《雨水》《日暮的灰褐的云》《上帝的面目》《思想的桎梏》《诗人的梦和醒》《一只无能的鸟》《失望》《夜宴》《乐师在那里演奏》《一个个的人》《心里的低语》《秋雨之夜》《无题》《自己的歌》《天气不好的时候》《经东四猪市大街》《中山公园》《草地上的黄昏》。）

12月

17日，在《国闻周报》第十一卷第五十期上发表书评《梁实秋〈偏见集〉》。

本年

任《清华周刊》文艺栏主编。[1]

---

〔1〕 李书：《李长之年表》，《新文学史料》1979年第3期。

本年

在发行《文学评论》杂志的同时,办文学评论社。[1]

(按:文学评论社并非是《文学评论》杂志的发行机构,《文学评论》的发行机构是立达书局,文学评论社是负责出文学评论方面专著的编辑机构。除去印行过李长之的师友们的少量书籍,如李长之的《夜宴》,杨丙辰的《强盗》等,并无其他业务,随着《文学评论》杂志的垮台,文学评论社也难以为继。)

本年

周作人为李长之的文学论文集写序言《救救孩子》,发表于 1934 年 12 月 8 日的《大公报》上。但李长之的这本文学评论集却由于文学评论社的倒闭而未能出版,空留下周作人的序言。[2]

1935 年

1 月

在《民族杂志》第三卷第一期上发表《一年来的中国文艺》。

2 月

25 日,为天津《益世报》办文学副刊,并写发刊词。刊物的主旨仍是《文学评论》的继续。

3 月

6 日,天津《益世报》文学副刊正式发行。

(按:3 月 6 日至 10 月 30 日,李长之为《益世报》主编《文学副刊》,刊头由俞平伯题签,每周一期,每周三出版,占用《益世报》第 11 版,编辑部设在清华大学,共出三十五期。这是一份以文学批评为主,兼及翻译、创作的副刊。)

3 月

20 日,在天津《益世报》文学副刊第三期上发表《文艺批评方法上的一个症结》《批评家所凭借的是哪一点?》和《文艺批评方法本身之科学性与艺术性》。

本月

与蔡元培、吴敬恒、邵力子、郑振铎、陈望道等 175 人在《太白》半月刊第一卷第十二期上联名发表《推行手头字缘起》。

---

〔1〕 于天池、李书:《李长之的编刊生涯》,《新文学史料》2003 年第 1 期。

〔2〕 于天池、李书:《李长之与周作人》,《新文学史料》2011 年第 1 期。

4月

6日至20日，随历史系师生去西安、洛阳、安阳等地进行历史考察式的旅游。期间在西安参观开元寺、清真寺、省立图书馆和文庙、碑林、小雁塔、大雁塔，去咸阳的路上看阿房宫旧址，登华山、访华清池，又探访洛阳的龙门石窟，参观小屯村的发掘，还在开封拜访了他的老师——时任河南大学校长的杨丙辰。[1]

5月

15日，在天津《益世报》文学副刊第十一期上发表《论识别力，表现力，理解力，创造力和天才》和《集团艺术是集团的么》。

29日起，李长之的《鲁迅批判》（3月开始写，7月写完）陆续在天津《益世报》"文学副刊"和《国闻周报》上发表，引起文坛注目，一举奠定了他作为文艺批评家在中国文学史上的位置。（按：后来他将这些研究鲁迅的系列文章编辑成册，于1936年在北新书局出版。）

6月

下旬，毕业之际，离校回山东游玩。邓以蛰先生坚持必须补交论文才能有成绩。李长之为补交邓以蛰先生中国美学史作业而作《中国绘画体系及其批评》。[2]（按：该文在1944年由独立出版社出版于重庆。）

本月

在《国文周报》第十二卷第二十四期发表《鲁迅创作中表现之人生观》。

（按：这篇后来未收入《鲁迅批判》一书中。李长之在《鲁迅批判》后记中表示原因是"它与整个文章不衔接"[3]。）

本月

在山东大学《励学》第四卷上发表《论孟子文章的特点及其在中国文学史上之地位》。

7月

15日，在《中国文艺》第一卷第三期上发表《论大自然和艺术之联系》。

17日，在天津《益世报》文学副刊第二十期发表《〈热风〉以前之鲁迅》。

（按：此文本为《鲁迅批判》内容之一，后李长之在调整题目时，删去原定

---

[1] 于天池、李书：《李长之与邓以蛰》，《文史知识》2011年第7期。

[2] 于天池、李书：《李长之与邓以蛰》，《文史知识》2011年第7期。

[3] 李长之：《鲁迅批判·后记》，《李长之文集》第二卷，河北教育出版社2006年版，第111页。

的“八、从《热风》到《准风月谈》：鲁迅在思想斗争上之进退观”，而本篇“与次篇相连，单独没有什么意义”〔1〕，因一并被删掉。）

9月

25日，在天津《益世报》文学副刊发表文章《鲁迅著译工作的总检讨——鲁迅批判之十》。10月9日、10月23日继续发表此文。

（按：根据天津《益世报》文学副刊要目预告，该文尚有“三、鲁迅翻译的剧本与小说；四、鲁迅翻译的散文随笔；五、鲁迅翻译的童话；六、鲁迅对旧籍之整理著作；七、鲁迅之杂译与杂文”，但由于天津《益世报》文学副刊停刊，该文中途停笔。后来李长之在编辑《鲁迅批判》时，因《鲁迅著译工作的总检讨》“它不全，而且究竟是鲁迅的‘身外之物’”〔2〕，未收录。）

10月

25日，在《现代青年》第一卷第二期上发表《论“快乐的原理”》。

30日，天津《益世报》文学副刊在办满35期之后停刊。

12月

6日，在《自由评论》第三期上发表《我所认识于孙中山先生者》。

27日，在《自由评论》第六期上发表《从北平学生运动想到“民可使由之，不可使知之”的失策》。

年底

返回济南老家。

本年

经金岳霖介绍，参加中国哲学学会。

本年

为《红豆》杂志写诗歌。

1936年

1月

上海北新书局出版《鲁迅批判》。

（按：出版前，李长之把书的全稿寄给鲁迅审阅，并随之附有一封信。鲁迅很快回信，不仅订正了书中有关著作时日，还寄赠了一张从硬纸上揭下来的大

〔1〕 李长之：《鲁迅批判·后记》，《李长之文集》第二卷，河北教育出版社2006年版，第111页。
〔2〕 李长之：《鲁迅批判·后记》，《李长之文集》第二卷，河北教育出版社2006年版，第111页。

小与明信片一般的近照。[1] 在1935年7月27日给李长之的回信中，鲁迅写道："长之先生：惠函敬悉。但我并不同意于先生的谦虚的提议，因为我对于自己的传记以及批评之类，不大热心，而且回忆和商量起来，也觉得乏味。文章，是总不免有错误或偏见的，即使叫我自己做起对自己的批评来，大约也不免有错误，何况经历全不相同的别人。但我以为这其实还比小心翼翼，再三改得稳当了的好"[2]。在同年9月12日给李长之的回信中，鲁迅又向李长之提供了自己的画集及译著的书目和出版时间，并说："因为忙于自己的译书和偷懒，久未看上海的杂志，只听见人说先生也是'第三种人'里的一个。上海习惯，凡在或一类刊物上投稿，是要被看作一伙的。不过这也无关紧要，后来大家会由作品和事实上明白起来"[3]。）

本月

在《察哈尔教育》第二卷第一期上发表《我对于教育事业的最大奢望与最低要求》。

本月

在《自由评论》第十一期上发表《现代中国青年几种病态心理的分析》，又载于《察哈尔教育》第二卷第二期。

本月

在《自由评论》第九期上发表《在学生运动尾声中之否认代表出席的事件》。

3月

20日，在《歌谣》第二卷十二、十三期上发表《论歌谣仍是个人的创作——寿生、卓循二先生文》。

本月

在《青年界》第九卷第三号上发表《许钦文论》。

本月

《察哈尔教育》第二卷第三期上发表《孟轲的教育论和天才论》。（按：原为著者《伟大思想家孟轲》一书中的一章。）

---

〔1〕 李长之：《鲁迅批判·三版题记》，《李长之文集》第二卷，河北教育出版社，第3页。

〔2〕 鲁迅：《致李长之》350727，《鲁迅全集》（第十三卷），人民文学出版社2005年版，第509页。

〔3〕 鲁迅：《致李长之》350912，《鲁迅全集》（第十三卷），人民文学出版社2005年版，第546－547页。

4 月

在《自由评论》第二十期上发表《说已经过了的儿童节》。

5 月

9 日，在《歌谣》第二卷第六期上发表《歌谣是什么》。

夏

从清华大学毕业，毕业论文是《康德哲学之心理学的背景》。留校任教。任清华大学华侨生、蒙藏生导师，京华美术学院美术史及西洋美术史教授。[1]

7 月

1 日，在《天地人》第九期上发表《谈胡适之——由其诗可见其人》。

11 月

在《潇湘涟漪》（长沙）第二卷第八期上发表《哀鲁迅先生》。

冬

在《中山文化教育季刊》（1936 年冬季号）上发表《德意志艺术科学建立者温克耳曼之生平及其著作》。

本年

以失言为笔名为梁实秋主编的《北平晨报》写过多篇短文，其中后来出版的《道教徒的诗人李白及其痛苦》的重要章节就是在《北平晨报》上发表的。[2]

1937 年

7 月

20 日，离开北平去济南。

25 日，在《东方快报》（北方）发表《杂谈批评》，署名长治。

8 月

11 日，应熊庆来先生的邀约，准备去云南大学教书。

12 日，到南京。

20 日，因"八一三事变"影响，离开南京，转往汉口，由粤汉铁路南下，到广州，取道香港，搭渡轮赴海防，由海防到了昆明。

---

〔1〕 李书：《李长之年表》，《新文学史料》1979 年第 3 期。

〔2〕 于天池、李书：《李长之与梁实秋》，《新文学史料》2012 年第 1 期。

9 月

7 日,到昆明。任云南大学教员,讲授国文、哲学概论及文艺批评。写有《张彦远及其历代名画记》《章学诚的历史和文艺见解》等论文。

本年

申请去德国留学的手续已办妥,出境时却接到通知,须承认“满洲国”,并改从东北绕道出国。遂放弃。

1938 年

5 月

9 日,离开昆明。

本月

在广州出版的《宇宙风》半月刊上发表《昆明杂记》,因涉及对昆明人的批评,引起云南舆论界的强烈反应,社会知名人士群起而攻之,成为轰动一时的“李长之事件”。

7 月

经过重庆,到达成都。

11 月

回重庆,经梁实秋介绍,在时迁重庆沙坪坝的中央大学任校长罗家伦的助教。[1]

12 月

在《再生》杂志第九、第十期上发表《唐代的伟大批评家张彦远与中国绘画》,署名何逢。

本年

加入中华全国文艺界抗敌协会。[2]

1940 年

2 月

26 日,在《时事新报》(渝版)学灯第七十四期上发表《论林纾及其文学见地》。

---

〔1〕 于天池、李书:《李长之与梁实秋》,《新文学史料》2012 年第 1 期。

〔2〕 李书:《李长之年表》,《新文学史料》1979 年第三期。

3 月

28 日，在《时事新报》上发表《释美育并论及中国美育之今昔及其未来》以纪念蔡孑民先生。

夏

罗家伦推荐李长之参加《星期评论》的筹备工作。在筹备期间，李长之提出有四个人的稿子不能约：张君劢、张国焘、陶希圣、叶青，否则立刻退出编委会。刚开始，刘英士同意，后来又表示，可否以座谈会的形式让他们发表意见。李长之遂辞职。

夏

辞去《星期评论》的工作后，找到同是清华大学出身的学长、时任教育部次长的顾毓琇，谋求到教育部研究员的职位，继续留在中央大学做研究工作。

8 月

写《批评家的孟轲》，以此为契机，经宗白华推荐，在中央大学中国文学系担任了兼任讲师，教中国文学批评史和中国小说史教程。

8 月

《道教徒的诗人李白及其痛苦》由商务印书馆出版。

本年

翻译玛尔霍兹的《文艺史学与文艺科学》。

1941 年

1 月

20 日，在《时事新报》宗白华主编的“学灯”第一一六期上刊玛尔霍兹《文艺史学与文艺科学》译著的译序。

（按：宗白华在《编辑后语》中，称“李先生译了这本有价值的中国还很缺少的文艺科学的名著，还要替自己及原著写辩护词，我是有点感动了”。在《文艺史学与文艺科学》成书时，宗白华的跋附于书后印出。在李长之一生出版的论著中，序跋基本都是由自己来写的，宗白华的这篇跋是一个例外。[1]）

〔1〕 于天池、李书：《李长之与宗白华》，《文史知识》2008 年第 12 期。

4月

9日，写《司马迁在文学批评上之贡献》。[1]

7月

《西洋哲学史》由正中书局初版发行。

9月

在《时代精神》第四卷第六期上发表《易传与诗序在文学批评上之贡献》。

10月

在《时代精神》第五卷第一期上发表《我之"唯物史观"观》。

11月

3日，在《时事新报》"学灯"第一五〇期上发表《秦汉之际的人们之精神生活及其美学》。

本年

所著《波兰兴亡鉴》列入"二十年来各国兴衰史丛书"，由独立出版社刊印。

1942年

3月

29日，吕斯百通过宗白华邀请李长之一起参观其画室。[2]

5月

在《文风》杂志创刊号上发表《功利主义的墨家之文学观》。

7月

《星的颂歌》由独立出版社出版，收李长之的新诗38首，被列为"中国诗艺社丛书"之一。

（按：《星的颂歌》一共分为四辑。第一辑题为"一个青年人的苦闷"，包含一首长诗《一个青年人的苦闷》；第二辑题为"星的颂歌（及其他）"，包括诗歌：《梦林庚》《抒情小诗一章》《夜和昼》《罪恶》《漫步》《述感》《想》《代言》《无题》《北海之夜》《我想到她》《那一刹那》《星的颂歌》《我只要我的她》《理智和情感》《赠歌德（并序）》《梦境》《检旧信》《我愿意》《嫉妒》《月下》《月色》《我笑了》《暗影》；第三辑题为"真理的发现（及其他）"，包括诗歌：《清泉》《我出

---

〔1〕 李长之：《司马迁之人格与风格·自序》，《李长之文集》第六卷，河北教育出版社2006年版，第189页。

〔2〕 于天池、李书：《李长之与宗白华》，《文史知识》2008年第12期。

游》《庭院》《赠一个女孩》《北海夜游》《我没有第二句话说》《真理的发现》;第四辑题为“女婴之歌(及其他)”,包括诗歌《记和一个友人的谈话》《月》《一个铁工厂》《人生几何》《谴责》《女婴之歌》。)

8月

16日,《德国的古典精神》编次。

10月

收录李长之的文艺批评论文14篇、散文3篇、杂感2篇、新诗7首的《苦雾集》由商务印书馆出版,列为“大时代文艺丛书”第二集。

(按:《苦雾集》一共分为五辑。第一辑收入八篇论文,分别为:《文学研究中之科学精神》《文艺史学与文艺科学》《艺术领域中的绝对性必然性与强迫性》《中国文学理论不发达之故》《产生批评文学的条件》《价值观念的颠倒》《保障作家生活之理论与实践》《我希望于中国作家者》;第二辑收入六篇论文,分别为:《释美育并论及中国美育之今昔及其未来——为纪念蔡孑民先生逝世作》《孔子与屈原》《批评家孟轲》《司马迁在文学批评上的贡献》《论曹禺及其新作〈北京人〉》;第三辑收入三篇散文,分别为:《黑暗与光明》《厚与薄》《悼季鸾先生》;第四辑收入两篇杂感,分别为:《女性的逻辑》《谈对于“文言文”的待遇》;第五辑收入七首诗,分别为:《女婴之歌》《对于女娲的责难》《梦中故都行》《阳光是这样好》《人生几何》《窗外的绿叶》《友情和爱情》。)

12月

商务印书馆出版了收有李长之17篇文艺评论文章的集子《批评精神》。

(按:这17篇论文分别是《我对于“美学和文艺批评的关系”的看法》《我对于文艺批评的要求和主张》《论伟大的批评家和文学批评史》《批评家为什么要批评?》《文艺批评家要求什么?》《论作家与批评家》《论文艺批评家所需要之学识》《论目前中国批评界之浅妄——我们果真是不需要批评么?》《现代美国的文艺批评》《论文艺作品中技巧原理》《论人类命运之二重性及文艺上两大巨潮之根本的考查》《现代中国作家缺少什么?》《童话论》《论儿童创作——读〈我的希望〉》《论新诗的前途》《现代中国新诗坛的厄运》《论研究中国文学者之路》。还有两篇附录,分别为《杨丙辰先生论(附录一)》和《天津〈益世报〉文学副刊发刊辞》(附录二)。)

本年

兼为中央大学丛书委员会、《文史哲》季刊委员会委员。

1943 年

1 月

在《理想与文化》第二期上发表文章《从孔子到孟轲》。

初夏

接到国民政府教育部长陈立夫的邀请信。陈想让他到陈那里去工作,并许诺给他官职和优厚的待遇。李长之婉言拒绝。几日后,陈立夫秘书上门表示说部长想请他写点文章,每月送编辑费 300 元。李长之再次拒绝。

7 月

《鲁迅批判》在东方书社印了第三版。

9 月

15 日,在《时与潮文艺》第二卷第一期上发表《语言之直观性与文艺创作》。

本月

东方书社印行《德国古典精神》,收集李长之 1933—1742 年期间 6 篇著译(另有一篇附录,是《五十年来德国之学术》的书评)。分别介绍温克耳曼、康德、歌德、席勒、宏保耳特和荷尔德林。

本月

任中央大学副教授。

12 月

11 日,在内迁到重庆的中央大学做题为《〈水浒传〉与〈红楼梦〉》的讲座。

14 日,写《论德国学者治学得失与德国命运》。

本年

商务印书馆再版《道教徒的诗人李白及其痛苦》。

本年

译著《文艺史学与文艺科学》([德]玛尔霍兹(Werner Mahrholz)原著)由商务印书馆出版。

1944 年

1 月

在《时与潮副刊》第三卷第六期上发表《新年的感想——语言史与神话》。

本月

在《中国文艺》第一卷第一期上发表《〈水浒传〉与〈红楼梦〉》。

3 月

5 日,写《司马迁生平为建元六年辨》。[1]

27 日,写《司马迁的民间精神》。[2]

(按:该文后发表于《时与潮文艺》1944 年第四卷第一期。)

31 日,追记 1942 年 3 月 29 日与宗白华一起去参观吕斯百画室一事,写《吕斯百先生的画室》。[3]

本月

创办《时与潮》文艺杂志,后编《书刊副刊》。

本月

在《理想与文化》第三、四、六、七期上发表《孟轲之生平及其时代》。

4 月

在《中国青年》第十卷第四期上发表《章学诚精神进展上的几个阶段》。

5 月

在《时与潮文艺》第三卷第三期上发表《韩非的文学论及其批评》。

7 月

《北欧文学》由商务印书馆在重庆初版。

8 月

16 日,写《司马迁之体验与创作》(下)。[4]

本月

《迎中国的文艺复兴》(评论)由商务印书馆在重庆出版。

10 月

在《华声》第一卷第三期上发表文章《谈选集》。

本年

独立出版社出版《中国画论体系及其批评》。

---

〔1〕 李长之:《司马迁之人格与风格 · 自序》,《李长之文集》第六卷,河北教育出版社 2006 年版,第 189 页。

〔2〕 李长之:《司马迁之人格与风格 · 自序》,《李长之文集》第六卷,河北教育出版社 2006 年版,第 189 页。

〔3〕 于天池、李书:《李长之与宗白华》,《文史知识》2008 年第 12 期。

〔4〕 李长之:《司马迁之人格与风格 · 自序》,《李长之文集》第六卷,河北教育出版社 2006 年版,第 189 页。

本年

胜利出版社出版《韩愈》。

本年

重庆文风书局出版《我教你读书》。[1]

1945 年

3 月

在《国立中央大学文史哲季刊》第二卷第二期上发表《章学诚的文学批评》。

春

因肺病离开中央大学,在重庆北碚编译馆任编审,提出要翻译康德的《判断力批判》。离开北碚时,译稿用毛笔工整抄了三大厚本。但是,由于时局动乱,康德的批判三书的译本始终没有完成。

10 月

《北欧文学》由商务印书馆在重庆再版。

12 月

26 日,在《世界日报》(渝版)上发表《政治家的培养》。

本年

在商务印书馆出版论文集《梦雨集》。

本年

在东方书社出版译著《歌德童话集》([德]歌德原著)。

本年

在文化书社出版《文史通义删存》。[2]

本年

译著《威廉·退尔》([德]席勒原著)。[3]

本年

出版译著《批判力批判》([德]康德原著)。

---

〔1〕 于天池、李书在《〈李长之文集〉出版题记》中指出,该书由于是抗战时期的出版物,因此,失收于《李长之文集》。

〔2〕 于天池、李书在《〈李长之文集〉出版题记》中指出,该书由于是抗战时期的出版物,因此,失收于《李长之文集》。

〔3〕 于天池、李书在《〈李长之文集〉出版题记》中指出,该书由于是抗战时期的出版物,因此,失收于《李长之文集》。

本年

商务印书馆再版译著《文艺史学与文艺科学》([德]玛尔霍兹(Werner Mahrholz)原著)。

1946 年

1 月—2 月

翻译康德《判断力批判》。

2 月

5 日,在《世界日报》(渝版)上发表《改革应该在大处》,未署名。

本月

代理南京编译馆图书主任,主编《和平日报》副刊。

(按:在此期间,写完了《司马迁之人格与风格》一书,先由《国文日刊》连载一部分,后来开明书店出版了这部书;1984 年由生活· 读书·新知三联书店再版。)

4 月

7 日,在《大公报》(天津)文艺副刊第十四期上发表《送老舍和曹禺》。

本月

在《青年界》第一卷第三期上发表《刘熙载的生平及其思想》。

本月

《北欧文学》由商务印书馆在上海初版。

本月

全力写《司马迁之人格与风格》。[1]

5 月

1 日,在《文潮》第一卷第一期上发表《文艺批评在今天》。

18 日,在《人民世纪》第十二期上发表《审奸杂感》。

9 月

《迎中国的文艺复兴》(评论)由商务印书馆出版。

10 月

应黎锦熙之邀,离开南京,到任北平师范大学副教授,讲授中国文学史和哲

〔1〕 李长之:《司马迁之人格与风格·自序》,《李长之文集》第六卷,河北教育出版社 2006 年版,第 189 页。

学概论。主编《北平时报》的《文园》副刊。

11 月

20 日,在《北平时报》文园第三期发表《文艺科学中之周期原理》。

27 日,在《北平时报》文园第四期发表《文艺科学中之周期原理》。

28 日,在天津《大公报》上发表《传统精神与传统偏见》。

12 月

1 日,在《北平时报》文园第六期发表《文艺科学中之周期原理》。

8 日,在《大公报》(天津)上发表《北平建都论的侧面观》。

8 日,在《北平时报》"文园"副刊第七期上发表《关于诵读问题的一点意见——致魏建功先生书》。(按:该文章转载于 1947 年《国文月刊》第五十六期。)

本年

《中国画论体系及其批评》由独立出版社再版。

本年

《学术选讲第三辑:韩愈(第二版)》由胜利出版公司出版。

本年

在北平买到在写《司马迁之人格与风格》时梦寐以求而有人有而不肯出借的《史记会注考证》和日本明治二年所印的《史记评林》。[1]

1947 年

1 月

13 日,在《世界日报》(渝版)上发表《战争与时间观念》。

(按:该文原为 1945 年秋天李长之在剧专与军需学校讲演稿大意之一部分,应《世界日报》专论的需要匆匆写出。)

本月

在《文潮》月刊第二卷第三期发表《统计中国新文艺批评发展的轨迹》。

本月

在《世纪评论》第一卷第二期上发表《以人才的缺失说起——〈中国大学教育之改革〉》。

---

〔1〕 李长之:《司马迁之人格与风格·自序》,《李长之文集》第六卷,河北教育出版社 2006 年版,第 189 页。

3 月

19 日，在《北平时报》发表《文学家的说谎》。（按：这是李长之应女青年会少女部的讲演记录稿。）

本月

应中央大学同事傅筑夫、王铁崖、楼邦彦邀请，共同担任《世界日报》社论的撰写。李长之负责文教部分。[1]

4 月

4 日，在《世界日报》上发表《"儿童节"不是"要人节"——千万勿在幼弱的心灵上预先刻划许多"牵着鼻子走"的创痕》，署名 L。

7 日，在《世界日报》上发表《异哉！中国今日政党之活动方式——政党的本位应该在人民，政党的精神应该在主张，然而现在的中国政党似乎把这两点都忘记了》，署名 L。

10 日，在《世界日报》上发表《勖平津院校谈话会兼论大学课程的改订——我们希望这是把大学教育置入正轨的自觉运动的开始》，署名 L。

14 日，在《世界日报》上发表《打风不可再长——守法和公平是我们现在所最需要的，切望大家恢复理智尊重法纪》，署名 L。

17 日，在《世界日报》上发表《教育界变态现象应从速纠正——从陕西最近梁中学互殴焚杀教育前途真不胜令人忧惧》，署名 L。

21 日，在《世界日报》上发表《从北洋大学平部迁津问题说起——现在是中国教育事业急谋安定，猛求进步的时候，万不可在不必要的枝节上分青年学生们的心》，署名 L。

27 日，在《世界日报》上发表《祝清华三十六周年纪念——经过了九年的流亡，精神上一定更沉潜，更深入，更坚强，这一段锻炼的历史是特别值得珍惜的》，署名 L。

5 月

4 日，在《世界日报》上发表《保卫"五四"、发扬"五四"与超越"五四"——"五四"时代两个平凡的口号是"要科学""要民主"》。

10 日，在《世界日报》上发表《我们不赞成现在还要会考——把不及格的学生赶出大门并非教育的成功，目前最重要的是使青年有安心读书的环境，要将

[1] 于天池：《李长之笔名脞说》，《新文学史料》2002 年第 1 期。

不及格的学生造就及格，这才是教育家应有的仁者心肠》，署名L。

16日，在《世界日报》上发表《教育界的不安现象——我们希望有关当局要勇敢地负起责任，如某事处置错误即应马上改正，不必硬争面子。如某事确难变更即应坚持到底，不为任何威胁所摇动》，未署名。

19日，在《世界日报》上发表《为什么青年要闹学潮？——政治不良盼当局痛自省悟　崩溃在望应全力共支危局》，未署名。

24日，在《世界日报》上发表《现在是用理智的他读来理解这次学潮的时候了——盼政府能理解现实，理解青年，盼学生为国珍重，盼大家都要重视社会上无言的抗击》。

27日，在《世界日报》上发表《教育界的公正态度——政府应与明白公正的教育界打成一片，青年学生问题始能迎刃而解》，未署名。

31日，在《世界日报》上发表《促青年们反省——决不应该这样无情地斗争和仇恨》，未署名。

6月

8日，在《世界日报》上发表《北平师院复大问题评议——恢复一个有历史有成绩的师大……并不是一件无意义的事》，未署名。

11日，在《世界日报》上发表《事后检讨·瞻望前途——青年学生应重视本身的责任，政府应从根本消除不满的情绪》，未署名。

12日，在《世界日报》上发表《新疆国土被侵——国家的大难……已不只是内战与饥馑而已……民族的利益高于一切……单纯的自然的民族情感归来》，未署名。

14日，在《世界日报》上发表《再论新疆事件——镇静是应该的，但密切注意也同样是应当的》，未署名。

18日，在《世界日报》上发表《说罢课——我们明知这些话也许“逆耳”，但我们觉得不能不说》，未署名。

23日，在《世界日报》上发表《诗人节献词——论中国过去伟大的诗人都有一种共同特征，这就是民胞物与和忧国忧世的胸襟》。

7月

2日，在《世界日报》上发表《为北洋平部的归属问题进一言——应以青年学业得到实惠为第一义》，未署名。

20日，在天津《益世报》星期小品第一期上发表《再谈选本》。

本月

退出《世界日报》的社论写作。[1]

8 月

6 日,为关于陶渊明和庄子的文章而写序(手稿)。

本月

在《世纪评论》第二卷第五期上发表《教育会议可以改革教育吗?》。

9 月

5 日,在《大公报》(天津)文史周刊第三十七期上发表《陶渊明真能超出于时代么?》

本月

在《世纪评论》第二卷第十二期上发表《论大学校长人选》。

本月

在《文学杂志》第二卷第四期上发表《李清照论》。

12 月

14 日,在北大发表演讲《文学批评的课题》。

本年

梁实秋主编天津《益世报》"星期小品"专栏,邀请李长之写稿。[2]

1948 年

4 月

在《文学杂志》第二卷第十一期上发表《陶渊明的孤独之感及其否定精神》。

5 月

在《黄河》复刊号第三期上发表《艺术论的文学原理》。

6 月

在《国文月刊》第六十八期上发表《西晋诗人潘岳的生平及其创作》。

8 月

在《国文月刊》第七十期上发表《西晋大诗人左思及其妹左芬》。

9 月

15 日,在《文讯》第九卷第三期上发表《杂忆佩弦先生》。

---

〔1〕 李书:《李长之年表》,《新文学史料》1979 年第 3 期。
〔2〕 于天池、李书:《李长之与梁实秋》,《新文学史料》2012 年第 1 期。

24日,在上海《新民报晚刊》上发表《从几个角度看今日新诗》。该文是由李长之讲,令狐符记。

10月

15日,在《大公报》上发表《孔子可谈不可谈》。

19日,在师大鲁迅逝世纪念会上发表讲演《鲁迅和我们》。

(按:李长之曾将讲稿寄给《观察》杂志,但因文辞激烈,未能发表。2000年第八期《鲁迅研究月刊》发表了此遗作,时间则误排为1948年1月19日。)

20日,在中法大学发表演讲《鲁迅在文艺批评工作上的启示》,后发表于1948年《中建》杂志第一卷第八期。

24日,在《北方日报》(北平)"纪念鲁迅专页"上发表《关于鲁迅》。

12月

在《中国建设》第七期第六期上发表《〈诗经〉中的政治讽刺诗》。

本年

任北平师范大学教授。[1]

本年

所著《司马迁之人格及风格》由上海开明书店出版。

1949年

2月

1月北平解放后,代表北京师范大学教授会起草"迎接解放"宣言,后又陆续起草了"拥护解放军渡江令"宣言、向新政协的致敬电等。

3月

17日,在《进步日报》上发表《论大学教育之建设与改造——本书侧重文艺学院》。

4月

加入新民主主义文化建设协会。[2] 后又加入了教授会的干事会、师生员工执委会合作社筹委会;其后当选为北京师范大学工会副主席、文学院工会主席。

---

〔1〕 李书:《李长之年表》,《新文学史料》1979年第3期。
〔2〕 李书:《李长之年表》,《新文学史料》1979年第3期。

7月

出席全国第一次文学艺术工作者代表大会[1],加入中国作家协会,会后赴东北参观学习。

10月

在《新建设》第一卷第四期上发表《温情主义是一个大敌人》。

本年

所著《司马迁之人格及风格》由上海开明书店再版。

(按:1949年以后,李长之一直在北京师范大学中文系古典文学教研室工作,专门从事古典文学的教学和科研。并着手开始编写中国文学史的工作,写有《中国文学史上的律则》《中国文学史研究提纲》,均为手稿,现收入《李长之文集》。[2])

1950年

1月

在《新建设》第一卷第九期上发表《关于一九四九年的文艺动态的几个考察》。

2月

正式向中国共产党提出入党申请。[3]

4月

入华北人民革命大学,政治研究院学习。[4] 加入中国作家协会,任北京市文联文艺理论组长等职。

10月

20日,在《光明日报》学园副刊第六期上发表《〈鲁迅批判〉的自我批判——为鲁迅先生逝世十四周年纪念作》。

11月

14日,在《光明日报》学园副刊第十一期上发表《关于〈保卫鲁迅先生〉——答李蕤先生》。

(按:该文是李长之对发表在1950年10月31日《光明日报》学园第九期李蕤《保卫鲁迅先生——李长之的〈鲁迅批判的自我批判〉读后感》的答复。)

---

〔1〕 李书:《李长之年表》,《新文学史料》1979年第3期。

〔2〕 李修生:《忆长之老师》,《文史知识》2008年第12期。

〔3〕 张蕴艳:《李长之的晚年悲剧》,《博览群书》2001年第11期。

〔4〕 李书:《李长之年表》,《新文学史料》1979年第3期。

1951 年

1 月

4 日,在《光明日报》上发表《论处理文学遗产的两种态度》。

2 月

26 日,在《光明日报》上发表《〈武训传〉电影和〈武训画传〉》,署名长之,后遭受批判。

5 月

27 日,在《人民日报》上发表《我在关于〈武训传〉的讨论中获得了教育》,这是对于《〈武训传〉电影和〈武训画传〉》一文的自我批评。

本年

赴四川参加土地改革,任西南土改工作团副团长。[1]

本年

著作《大理石的小菩萨》列为"新儿童丛书"由文化供应社出版。

本年

著作《龙伯国》由文化供应社出版。

本年

《李白》由三联书店出版。

1952 年

因患风湿病而致使手脚变形。

1953 年

2 月

上海棠棣出版社出版了《陶渊明传论》(按:该书于 1967 年由日本早稻田大学教授松枝茂夫与和田武司先生翻译出版)。当时李长之在高等院校思想改造运动(即三反运动)中被批判,思想检查未得到通过,被剥夺了教课的权利。)

本年

在《新观察》第十二期上发表《端午节和屈原》。

---

〔1〕 李书:《李长之年表》,《新文学史料》1979 年第 3 期。

1954 年

6 月

《中国文学史略稿》一、二、三卷由五十年代出版社出版。第一卷是先秦部分。第二卷是中古文学，包括两汉至唐代的诗歌。

7 月

10 日，在《光明日报》文学遗产第十一期上发表《关于〈陶渊明传论〉的讨论》，署名张芝。

9 月

12 日，在《新建设》第十一期上发表《〈镜花缘〉试论》。

28 日，在《光明日报》上发表《谈古典文学的普及工作》。

10 月

13 日，在《光明日报》上发表《鲁迅对文艺批评的期待》。

11 月

20 日，在《大公报》上发表《在古典文学研究中的思想战线》，署名何逢。

1955 年

1 月

起草中国古代文学史教学大纲，仅存手稿。

2 月

续出(中国文学史略稿》第三卷，近古文学的一部分，从唐代传奇写到宋代。

下半年

北京师范大学古代文学教研室受教育部委托，起草《中国文学史教学大纲》，谭丕模负责，并执笔写先秦两汉部分，其余部分均由李长之执笔。[1]

1956 年

3 月

4 日，在《光明日报》上发表《新版〈镜花缘〉》。

---

〔1〕 李修生：《忆长之老师》，《文史知识》2008 年第 12 期。

5 月

29 日,在北京师范大学第一次科学讨论会上作《洪昇及其〈长生殿〉》的报告。

本月

在《北京文艺》五月号(文艺信箱)上发表《什么是自然主义?什么是庸俗社会学?》。

6 月

在中国戏剧家协会组织的《琵琶记》讨论会(第二次)上作发言,后被收入《琵琶记讨论专刊》(人民文学出版社 1956 年出版)。

(按:1956 年 6 月、7 月间,中国戏剧家协会组织一次规模很大的《琵琶记》讨论会,历时 26 天,出版《琵琶记讨论专刊》,有近百名著名戏曲专家、学者、教授与会,盛况空前。温州、瑞安亦成立"高则诚研究会"。)

7 月

5 日,在《人民日报》上发表《欣闻百家争鸣》。

28 日,在《文艺报》上发表《八个问题,两种答案——参加〈琵琶记〉讨论会有感》。

本月

在中国戏剧家协会组织的《琵琶记》讨论会(第七次)上作发言,后被收入《琵琶记讨论专刊》(人民文学出版社 1956 年出版)。

本月

应邀参加教育部主持的由北京大学、复旦大学、山东大学等校游国恩、刘大杰、冯沅君、王瑶、刘绶松等教授编写的《中国文学史教学大纲》的审定会。[1]

9 月

上海古典文学出版社出版其《诗经试译》。

10 月

8 日,写《现实主义问题札记》。(按:该文未发表,仅存手稿。)

19 日,在全国纪念鲁迅逝世二十周年学术讨论会上,作《文学史家的鲁迅》的报告。后发表于《人民文学》1956 年第十一号。

23 日,为准备着手创作的《司马迁传》写题记,仅存手稿。

---

〔1〕 李修生:《忆长之老师》,《文史知识》2008 年第 12 期。

11 月

17 日，写文章《鲁迅与嵇康》。

（按：该文生前未能发表，后发表于《北京师范大学学报》1981 年第六期）

12 月

26 日，在《光明日报》上发表《关于中国文学史的分期和编写体例》。

本月

为北京师范大学中国语言文学系三年级学生讲授中国古代文学史时编写《中国文学（明清段，史的部分）温课提纲》。

年底

写《〈琵琶记〉的悲剧性和语言艺术》，仅存手稿，未完成。

本年

由黎锦熙、游国恩介绍加入了九三学社。[1]

本年

在《语文学习》第八期上发表《司马迁在中国文学史上的地位》。

本年

在《剧本》1956 年第九期上发表《从〈琵琶记〉的结构上看〈琵琶记〉的主题思想（存目）》。（按：选自《中国文学史略稿》第四卷相关部分。）

本年

上海人民出版社出版其《孔子的故事》（后由日本汉学家守屋洋翻译出版）。

本年

通俗读物出版社出版其《司马迁》。

本年

人民文学出版社出版其译著《强盗》[剧本，席勒（Johann Christoph Friedrich von Schiller）原著，与杨文震合译]。

本年

参加作家协会批评理论组，并任北京市文联文艺理论组组长。

1957 年

1 月

24 日，写《现实主义和中国现实主义的形成》，后发表于 1957 年《文艺报》

---

〔1〕 张蕴艳：《李长之的晚年悲剧》，《博览群书》2001 年第 11 期。

第三期。

本月

在北京师范大学学生会主办的《蓓蕾》杂志创刊号上发表《谈陶渊明——陶渊明逝世一千五百三十周年纪念》。

3 月

应邀出席中国共产党全国宣传工作会议。

4 月

3 日,写《关汉卿的剧作技巧》,后发表于《戏剧论丛》第二辑。

14 日,在《光明日报》文学遗产第一五二期上发表《李义山论纲》。

5 月

1 日,在《文汇报》上发表《尊重与批评》。

9 日,在《北京日报》上发表《为专业的批评家呼吁》。

15 日,参加九三学社中央常务委员会邀集部分在高校担任教授和行政职务的社员关于教授治校和学校党委制问题的座谈,作题为《党委制问题的发言》的报告,后载于《九三社讯》1957 年第十期。

20 日,参加中国文字改革委员会召开的文字改革座谈会,作关于简化字讨论的发言,后发表于 1957 年《拼音》第七期(总十二期),题为《关于简化字讨论的发言》。

6 月

在《北京文学》六月号上发表《墙》,署名何逢。(按:该文后来使得李长之被卷入“反右”斗争中。[1])

7 月

1 日,写《论〈桃花扇〉》。

(按:由于“反右”斗争已经开始,未能发表,仅存手稿。)

9 月

在《九三社讯》上发表《谈“百家争鸣”》。

本年

在《语文学习》第二期上发表《谈王维的两首诗》。

本年

在《语文学习》第三期上发表《谈辛词》。

---

〔1〕 散木:《“天才”是如何陨落的——为李长之先生写照(上)》,《博览群书》2001 年第 4 期。

本年

其《蒲松龄和儿童文学》被收入《中国古典小说评论集》(北京出版社 1957 年出版)。

1958 年

1 月

英文的《中国文学》出版,收录李长之的一篇介绍《镜花缘》的英文文章"Some Notes on Flowers in the Mirror"。

12 月

27 日,写《关于杜甫资料整理计划(内容　做法　时间)》,佚稿。

本年

"右派""戴帽"。[1]

1959 年

2 月

19 日,写《杜甫论》,佚稿。

1963 年

年初

与郭预衡、启功、刘盼遂、韩兆琦、吴万刚等开始编纂《中国历代散文选》,至年末完成,但当时未刊(1980 年由北京出版社出版)。是年,经李长之提议,北师大中文系古典文学教研组决定给刘盼遂派三名助手,以便"把先生的文稿整理出来,把他的知识传授下去"[2]。

本年

香港太平书局重印其 1948 年版的《司马迁之人格与风格》。

1966 年

《近代及现代文学大事记》编纂工作停止。

(按:该文是李长之为写《中国文学史略稿》的近代及现代部分所作的准

---

[1] 张蕴艳:《李长之的晚年悲剧》,《博览群书》2001 年第 11 期。

[2] 参见晋阳学刊编辑部编:《中国现代社会科学家传略(第三辑)》,山西人民出版社 1983 版。

备工作之一。其中的编年止于1980年,但实际编年的大事记止于1966年8月"毛主席接见红卫兵",估计文章最后搁笔于1966年的晚些时候,因为其后不久李长之即被"红卫兵"小将揪斗。)

1969年

香港龙门书局再版其1946年版的《韩愈》。

1967—1973年

"文化大革命"中,被当作"资产阶级反动学术权威"遭受迫害。其中主要一条罪过是他写了《鲁迅批判》一书,说他攻击鲁迅,发泄对社会主义的不满。一些人对此书下了断语———"黑书"。此书在"文化大革命"时遭禁,封存于图书馆内。

本阶段

除了撰写《中国文学史略稿》元明清部分以外,还经常帮助青年教师备课,搞教材注释,帮助他们看稿和改稿,参与《红楼梦注释》《中国历代散文选》《新华字典》等书籍的修订。还起草过剧本《李清照》的提纲,写有《〈西厢记〉论稿》和《论〈桃花扇〉》等论文。

1974年

3月

编著的《西洋哲学史》由台湾正中书局出第七版。

1975年

"右派""摘帽"。[1]

1976年

11月

写长诗《敬爱的周总理永远活在亿万人民心上》。(按:该文后发表在1979年3月5日的香港(大公报》上,署名涓埃。)

---

〔1〕 张蕴艳:《李长之的晚年悲剧》,《博览群书》2001年第11期。

本年

粉碎“四人帮”以后,在补充修订的《中国文学史略稿》的新版题记中写道:“没完成的完成它,已完成的修改好。为祖国的建设增添一砖一瓦,或者权当我的几声呐喊和欢呼,以鸣盛世吧!”

1978 年

1—2 月

完成了《中国文学史略稿》第二卷、第三卷的再一次校对和修订。[1]

2 月

7 日,为再版的《中国文学史略稿》写题记——《〈中国文学史略稿〉新版题记》。

(按:“新版题记”由李长之口述,其女婿于天池和女儿李书笔录。因李长之于 1978 年病逝,《中国文学史略稿》的再版被搁置。)

3 月

女儿李书的儿子出生。

(按:外孙的名字是李长之在其出生前就起好了:“无论是男孩还是女孩,父姓后都叫勃,朝气蓬勃的勃,生机勃勃的勃。”李长之在与李书谈到参与修订《新华字典》工作的感受和收获时说:“在《新华字典》的一万多个字中,我最喜欢‘勃’字,蓬勃,生机盎然,充满朝气。我们的小家、我们的国家都要像这春天一样,朝气蓬勃,才有希望。”[2])

5 月

17 日,写《谈选本》。(按:该文后发表于《北京师范大学学报》1980 年第五期)

23 日,亲笔复函正在筹备创刊的《新文史资料》编辑部,针对他们想做的在今天愈显迫切的“抢救资料”工作,表示:“这工作很有意义,很愿支持,我本来有写回忆录的打算,只是要看时间及健康条件如何耳。”信尾还注上通讯地址:“通讯:西单武功卫 11 号师大宿舍。”[3]

---

[1] 李书:《相守在爸爸最后的日子里———忆我的爸爸李长之》,《新文学史料》2004 年第 3 期。

[2] 李书:《相守在爸爸最后的日子里———忆我的爸爸李长之》,《新文学史料》2004 年第 2 期。

[3] 李书:《相守在爸爸最后的日子里———忆我的爸爸李长之》,《新文学史料》2004 年第 2 期。

6 月

2 日,老舍骨灰安放仪式的前一天,写《忆老舍》(按: 后刊在 1978 年《新文学史料》创刊号上,这是自李长之被打成"右派"20 载后公开发表的第一篇文章,也是他有生之年最后一篇正式发刊的文章。)

3 日,到八宝山革命公墓参加老舍骨灰安放仪式。(按: 此时的李长之已行动困难,是由弟弟背着他去的。这是李长之被打成"右派"后第一次,也是有生之年最后一次公开参加社会活动。[1])

11 月

中旬,在李长之过完 68 周岁生日后的第 18 天,不慎摔倒,继而患中毒性肺炎。

12 月

13 日,上午 10 点,在昏迷了 26 天后,病逝于北京,终年 69 岁。

(按: 12 月 25 日,李长之追悼会在八宝山革命公墓礼堂举行。追悼会由北京师范大学教务长张刚同志主持,中文系主任萧璋致悼词。)

---

[1] 李书:《相守在爸爸最后的日子里——忆我的爸爸李长之》,《新文学史料》2004 年第 2 期。

参 考 书 目

一、主要作家作品

1. 陈铨. 中德文学研究[M]. 沈阳：辽宁教育出版社,1997.
2. 陈铨. 革命的前一幕[M]. 北京：中国国际广播出版社,2013.
3. 陈铨. 陈铨代表作[M]. 北京：华夏出版社,1999.
4. 丁言昭. 郁达夫日记[M]. 太原：山西教育出版社,1998.
5. [德]歌德. 浮士德(上下册)[M]. 天津：天津人民出版社,2013.
6. 郭沫若. 郭沫若全集(文学编)[M]. 北京：人民文学出版社,1982—1992.
7. [美]惠特曼. 草叶集[M]. 上海：上海译文出版社,1991.
8. 徐志摩全集第 1 卷(散文)[M]. 天津：天津人民出版社,2005.
9. 徐志摩全集第 2 卷(散文)[M]. 天津：天津人民出版社,2005.
10. 徐志摩全集第 3 卷(散文)[M]. 天津：天津人民出版社,2005.
11. 徐志摩全集第 4 卷(诗歌)[M]. 天津：天津人民出版社,2005.
12. 徐志摩全集第 6 卷(书信)[M]. 天津：天津人民出版社,2005.
13. 李长之文集(1—10 卷)[M]. 石家庄：河北教育出版社,2006.
14. 李长之. 北欧文学[M]. 上海：商务印书馆,1944.
15. 李长之. 中国文学史略稿(第一卷、第二卷)[M]. 五十年代出版社,1955.
16. 李长之. 诗经试译[M]. 上海：上海古典文学出版社,1956.
17. 李长之. 司马迁之人格与风格[M]. 上海：三联书店,1984.
18. 郜元宝,李书. 李长之批评文集[M]. 珠海：珠海出版社,1998.
19. 李长之. 鲁迅批判[M]. 北京：北京出版社,2003.
20. 李长之,李辰冬. 李长之、李辰冬点评红楼梦[M]. 北京：团结出版社,2006.
21. 伍杰,王鸿雁. 李长之书评[M]. 石家庄：河北教育出版社,2006.
22. 李长之. 陶渊明论传[M]. 天津：天津人民出版社,2007.
23. 李长之. 道教徒的诗人李白及其痛苦[M]. 天津：天津人民出版社,2008.

24. 李长之. 李白传[M]. 天津：百花文艺出版社,2010.
25. 李长之. 韩愈传[M]. 北京：东方出版社,2010.
26. 李长之. 孔子传[M]. 北京：东方出版社,2010.
27. 李长之. 德国古典精神[M]. 北京：中国社会科学出版社,2010.
28. 李长之. 孔子的故事[M]. 北京：北京出版社,2011.
29. 李健吾. 李健吾批评文集[M]. 珠海：珠海出版社,1998.
30. 梁实秋. 梁实秋文集(第1卷)[M]. 厦门：鹭江出版社,2002.
31. 郁达夫. 郁达夫小说全集[M]. 北京：中国文联出版公司,1996.
32. 鲁迅. 鲁迅全集[M]. 北京：人民文学出版社,2005.
33. [德]诺瓦利斯. 夜颂中的革命和宗教：诺瓦利斯选集(卷一)[M]. 北京：华夏出版社,2007.
34. 沈从文. 沈从文全集(第27卷)(书信)[M]. 太原：北岳文艺出版社,2002.
35. 张昌山. 战国策派文存[M]. 昆明：云南人民出版社,2013.
36. 徐志摩. 爱眉小札[M]. 长春：北方妇女儿童出版社,2010.
37. 莫渝. 假如我是一片雪花：徐志摩情诗选[M]. 上海：三联书店,2004.
38. 徐志摩,陆小曼. 你在心上,便是天堂：徐志摩与陆小曼的爱情手札[M]. 北京：中国华侨出版社,2002.
39. 蔡登山. 谁数得清恒河的沙：徐志摩情书集[M]. 上海：三联书店,2004.
40. 重庆《大公报战国》副刊,1941年12月3日—1942年7月1日。
41. 《创造》季刊,1922年5月—1924年2月。
42. 《创造周报》,1923年5月13日—1924年5月。
43. 《战国策》半月刊,1941年12月—1942年7月。

二、相关研究论著

1. 创造社资料(上下册)[M]. 福州：福建人民出版社,1985.
2. 创造社论[M]. 上海：光华书局,1932.
3. 陈从周. 徐志摩：年谱与评述[M]. 上海：上海书店出版社,2008.
4. 陈国恩. 浪漫主义与20世纪中国文学[M]. 合肥：安徽教育出版社,2000.
5. 陈思和. 中国现代文论选[M]. 上海：上海教育出版社,2010.
6. 徐志摩书信集[M]. 郑州：河南教育出版社,1994.
7. 顾艳. 译界奇人：林纾传[M]. 北京：作家出版社,2016.
8. 耿传明. 轻逸与沉重之间："现代性"问题视野中的"新浪漫派"文学[M]. 天津：南开大学出版社,2004.
9. 郜元宝. 遗珠偶拾：中国现代文学史札记[M]. 北京：北京大学出版社,2010.

10. 黄曼君. 中国近百年文学理论批评史(1895—1990)[M]. 武汉：湖北教育出版社,1997.
11. 黄健. 京派文学批评研究[M]. 上海：三联书店,2002.
12. 梁刚. 理想人格的追寻：论批评家李长之[M]. 北京：北京大学出版社,2009.
13. 鲁迅研究资料[M]. 天津：天津人民出版社,1980.
14. 韩石山,伍渔. 徐志摩评说八十年[M]. 北京：文化艺术出版社,2008.
15. [美]金介甫. 沈从文传：凤凰之子[M]. 符家钦译,北京：光明日报出版社,2004.
16. 江沛. 战国策派思潮研究[M]. 天津：天津人民出版社,2001.
17. 姜涛. "新诗集"与中国新诗的发生[M]. 北京：北京大学出版社,2005.
18. [日]丸尾常喜. "人"与"鬼"的纠葛：鲁迅小说论析[M]. 北京：人民文学出版社,2005.
19. 国外鲁迅研究论集(1960—1981)[M]. 北京：北京大学出版社,1981.
20. 李枫. 诗人的神学：柯勒律治的浪漫主义思想[M]. 北京：社会科学文献出版社,2008.
21. 刘建杰. 中国现代六大批评家[M]. 合肥：安徽文艺出版社,1995.
22. 刘增杰,赵福生,杜运通. 中国现代文学思潮研究[M]. 郑州：河南大学出版社,1996.
23. [美]李欧梵. 铁屋中的呐喊[M]. 石家庄：河北教育出版社,2001.
24. [美]李欧梵. 中国现代作家的浪漫一代[M]. 北京：新星出版社,2005.
25. [美]李欧梵. 中国现代文学与现代性十讲[M]. 上海：复旦大学出版社,2005.
26. 龙泉明. 中国新诗流变论[M]. 北京：人民文学出版社,1999.
27. 刘润芳,罗宜家. 德国浪漫派与中国原生浪漫主义：德中浪漫诗歌的美学探索[M]. 北京：中国社会科学出版社,2009.
28. 罗伟文. 中国现代文论与德国古典美学[M]. 北京：中国社会科学出版社,2012.
29. 罗成琰. 现代中国的浪漫文学思潮[M]. 长沙：湖南教育出版社,1992.
30. 罗钢. 浪漫主义文艺思想研究[M]. 西安：陕西人民出版社,1986.
31. 刘小枫. 诗化哲学：德国浪漫美学传统[M]. 济南：山东文艺出版社,1986.
32. 刘小枫. 拣尽寒枝[M]. 北京：华夏出版社,2007.
33. 李晓疆. 徐志摩与《晨报副刊》：以 1920 年代两次社会大论战为例[D]. 河北师范大学硕士论文,2011.
34. 林贤治. 一个人的爱与死[M]. 上海：复旦大学出版社,2011.
35. 鲁迅研究年刊(1981)[M]. 西安：陕西人民出版社,1982.
36. 陆耀东. 徐志摩评传[M]. 重庆：重庆出版社,2001.
37. 李泽厚. 中国现代思想史论[M]. 北京：东方出版社,1987.
38. 齐宏伟. 鲁迅：幽暗意识与光明追求[M]. 南昌：江西人民出版社,2010.
39. 钱理群,温儒敏,吴福辉. 中国现代文学三十年[M]. 北京：北京大学出版社,1998.
40. 钱锺书. 七缀集[M]. 北京：生活 · 读书 · 新知三联书店,2002.
41. 舒衡哲. 中国启蒙运动：知识分子与五四遗产[M]. 北京：新星出版社,2007.

42. 邵盈午. 苏曼殊新传[M]. 北京：东方出版社,2012.
43. 孙郁. 被亵渎的鲁迅[M]. 贵阳：贵州人民出版社,2009.
44. 司马长风. 中国新文学史[M]. 香港：昭明出版社,1980.
45. 温儒敏. 中国现代文学批评史[M]. 北京：北京大学出版社,2007.
46. 许道明. 中国现代文学批评史新编[M]. 上海：复旦大学出版社,2002.
47. 王保生. 沈从文评传[M]. 重庆：重庆出版社,1995.
48. [美]王德威. 现代中国小说十讲[M]. 上海：复旦大学出版社,2003.
49. [美]王德威. 历史与怪兽：历史、暴力、叙事[M]. 台北：麦田出版社,2007.
50. 汪晖. 反抗绝望：鲁迅及其文学世界[M]. 石家庄：河北教育出版社,2000.
51. 汪晖,钱理群. 鲁迅研究的历史批判[M]. 石家庄：河北教育出版社,2001.
52. 温儒敏,丁晓萍. 时代之波：战国策派文化论著辑要[M]. 北京：中国广播电视出版社,1995.
53. 王自立,陈子善. 郁达夫研究资料[M]. 北京：知识产权出版社,2010.
54. 夏济安. 夏济安选集[M]. 台北：志文出版社,1974.
55. [美]夏志清. 中国现代小说史[M]. 上海：复旦大学出版社,2005.
56. 央北. 徐志摩诗传：当爱已成往事[M]. 长春：吉林出版集团有限责任公司,2012.
57. 杨春时. 中国现代文学思潮史[M]. 南京：南京大学出版社,2011.
58. [美]叶维廉. 中国诗学[M]. 北京：生活·读书·新知三联书店,1992.
59. [美]余英时. 文史传统与文化重建[M]. 北京：生活·读书·新知三联书店,2004.
60. [美]余英时. 重寻胡适历程：胡适生平与思想的再认识[M]. 桂林：广西师范大学出版社,2004.
61. 于天池,李书. 李长之和他的朋友们[M]. 台北：秀威资讯科技公司,2007.
62. 俞兆平. 浪漫主义在中国的四种范式[M]. 桂林：广西师范大学出版社,2011.
63. 俞兆平. 中国现代三大文学思潮新论[M]. 北京：人民文学出版社,2006.
64. 俞兆平. 写实与浪漫[M]. 上海：上海三联书店,2001.
65. 宗白华. 宗白华全集[M]. 合肥：安徽教育出版社,1996.
66. 朱光潜. 西方美学史[M]. 北京：人民文学出版社,1988.
67. 1913—1983 鲁迅研究学术论著资料汇编(一)[M]. 北京：中国文联出版公司,1985.
68. 1913—1983 鲁迅研究学术论著资料汇编(二)[M]. 北京：中国文联出版公司,1986.
69. 1913—1983 鲁迅研究学术论著资料汇编(三)[M]. 北京：中国文联出版公司,1987.
70. 郑伯奇. 忆创造社及其他[M]. 香港：生活·读书·新知三联书店,1982.
71. [美]周策纵. 五四运动史[M]. 长沙：岳麓书社,1999.
72. 张澄寰. 郭沫若论创作[M]. 上海：上海文艺出版社,1983.
73. 张大明. 西方文学思潮在现代中国的传播史[M]. 成都：四川教育出版社,2001.

74. 曾华鹏,范伯群. 郁达夫评传[M]. 南京:南京大学出版社,2012.
75. 赵家璧. 中国新文学大系[M]. 上海:上海文艺出版社,2003.
76. 钟离蒙,杨凤麟. 中国现代哲学史资料汇编(第三集第三册):战国策派法西斯主义批判[M]. 辽宁大学哲学系中国哲学研究室编,1982.
77. [日]竹内好. 近代的超克[M]. 北京:生活·读书·新知三联书店,2005.
78. 赵瑞蕻. 鲁迅《摩罗诗力说》注释今译解说[M]. 天津:天津人民出版社,1982.
79. 朱寿桐. 情绪:创造社的诗学宇宙[M]. 上海:上海文艺出版社,1991.
80. 朱寿桐. 中国现代浪漫主义文学史论[M]. 北京:文化艺术出版社,2002.
81. 周海波. 中国现代文学批评史论[M]. 上海:上海人民出版社,2002.
82. 张蕴艳. 李长之学术:心路历程[M]. 北京:北京大学出版社,2006.
83. 中国现代社会科学家传略(第三辑)[M]. 太原:山西人民出版社,1983.

三、相关研究文章

1. 陈晓明. 曲折与激变的道路:二十世纪中国文学理论与批评的历史变异[J]. 当代作家评论,2014(1).
2. 陈晓明. "对中国的执迷":放逐与皈依:评顾彬的《二十世纪中国文学史》[J]. 文艺研究,2009(5).
3. 陈太胜. 从李长之到梁宗岱:兼论中国新文化运动的第二期[J]. 文艺争鸣,2004(1).
4. 丁晓萍. 陈铨的"民族文学"理论与创作[J]. 上海交通大学学报(社科版),2002(3).
5. 邓利. 论李长之的文学批评[J]. 中国现代文学研究丛刊,2001(4).
6. 董娟. 李长之的文化复兴论[J]. 南昌教育学院学报,2012(8).
7. 方璧(茅盾笔名). 鲁迅论[J]. 小说月报,1927(11).
8. 冯奇. 现代性语境中的中国浪漫主义文艺运动[J]. 文学评论,2001(4).
9. 宫富. 民族想象与国家叙事:"战国策派"的文化思想与文学形态研究[D],浙江大学博士学位论文,2004.
10. 胡适. 我们走那条路? [J]. 新月,2(10).
11. 黄曼君. 鲁迅早期浪漫诗学现代化与民族化的双方选择特征[J]. 江汉论坛,1991(10).
12. 纪维周. 李长之为《鲁迅批判》遭罪[J]. 北京日报,2004. 08(2).
13. 李振声. 敬畏历史　尊重历史[J]. 读书,1995(7).
14. 刘宁. 李白是浪漫诗人吗?:反思中国20世纪对李白的浪漫主义解读[J]. 文学遗产,2008(3).
15. 刘正忠. 摩罗,志怪,民俗:鲁迅诗学的非理性视域[J]. 清华学报(台湾),2009,39(3).
16. 茅盾. "很明白的事"[J]. 太白(半月刊),1935,2(11).
17. 江守义. "感情的批评主义":论李长之的文艺批评[J]. 中国文学研究,2001(2).

18. 江守义. 李长之解放前的文化批评[J]. 安徽农业大学学报(社会科学版),2008(2).
19. 孔苏颜. 传记批评：李长之文化理想的诗性建构[J]. 济宁学院学报,2011(5).
20. 孔刘辉. “战国派”新论[J]. 抗日战争研究,2012(4).
21. 孔刘辉. 民族情怀与浪漫精神：陈铨戏剧论[J]. 戏剧》,2009(3).
22. 孔刘辉. 和而不同、殊途同归：沈从文与“战国派”的来龙去脉[J]. 学术探索,2010(5).
23. [荷兰]柯雷. 元文本：诗歌形象和诗人形象》[C]//柯雷. 精神与金钱时代的中国诗歌[M]. 北京：北京大学出版社,2017.
24. 江弱水. 浪漫派诗禽的孑遗：细读徐志摩的两首诗[J]. 浙江学刊,2003(6).
25. 罗成琰. 论现代中国文学中的浪漫思潮[J]. 中国现代文学研究丛刊,1989(4).
26. 刘海粟. 回忆老友徐志摩和陆小曼[J]. 文史精华,1998(2).
27. 刘宁. 李白是浪漫诗人吗?：反思中国 20 世纪对李白的浪漫主义解读[J]. 文学遗产,2008(3).
28. 刘月新,邹君. 理想人格建构的心路历程：论李长之人格论批评的价值追求[J]. 三峡大学学报(人文社会科学版),2010(4).
29. 刘月新,邹君. 论李长之文学批评的现代意义[J]. 文艺争鸣,2010(9).
30. 聂石樵. 怀念李长之先生[J]. 文史知识,2002(10).
31. 李修生. 忆长之老师[J]. 文史知识,2008(12).
32. 李书. 李长之年表[J]. 新文学史料,1979(3).
33. 李书. 相守在爸爸最后的日子里：忆我的爸爸李长之[J]. 新文学史料,2004(2).
34. 李扬. 沈从文与“战国策派”关系考辨[J]. 北京师范大学学报(社会科学版),2012(3).
35. [美]李欧梵. 引来的浪漫主义：重读郁达夫《沉沦》中的三篇小说[J]. 江苏大学学报(社会科学版),2006,8(1).
36. 刘坦茹,邢娟妮. 李长之对“五四”新文化运功的反思与重构[J]. 聊城大学学报(社会科学版),2010(4).
37. 罗伟文. 李长之的〈红楼梦批判〉与德国古典美学[J]. 红楼梦学刊,2013(1).
38. 罗先哲. 文学评论家李长之[J]. 文史春秋,2008(3).
39. 梁实秋. 现代中国文学之浪漫的趋势[J]. 晨报副刊(第一三六九——一三七二号),1926,3(25)—3(31).
40. 潘琪. 凝望远方的天空：李长之文学理论及批评当代启示初探[J]. 时代文学,2011(8).
41. 秦川. 评《重评陈铨抗战时期的文学创作》：兼论《野玫瑰》是宣传法西斯主义美化汉奸的特务文学[J]. 中国现代文学研究丛刊,1988(2).
42. 钱理群,秦家伦. 新中国预言诗人的歌唱：略论郭沫若的《女神》的思想特色与独特贡献[J]. 贵州文艺,1978(6).
43. 钱杏邨. 死去了的阿 Q 时代[J]. 太阳月刊,1928(3).

44. 宋钢.从《司马迁之人格与风格》看李长之文学批评的浪漫风格[J].内蒙古师大学报(哲学社会科学版),1993(4).

45. 苏春生.文化救亡与民族文学重构:“战国策派”民族主义文学思想论[J].文学评论,2009(6).

46. 沈从文.友情[J].新文学史料,1981(4).

47. 石砣.重评陈铨及其话剧《野玫瑰》:与文天行《重评陈铨抗战时期的文学创作》商榷[J].戏剧报,1987(11).

48. 沈卫威.寻找陈铨:从《学衡》走出的新文学家[J].徐州师范大学学报(哲学社会科学版),2005(4).

49. 施蛰存.滇云浦雨话从文[C]//巴金,黄永玉.长河不尽流:怀念沈从文先生[J].长沙:湖南文艺出版社,1989.

50. 散木.“天才”是如何陨落的:为李长之先生写照(上)[J].博览群书,2001(4).

51. 陶王逵.力人[J].战国策,1940(13).

52. [美]王敖.怎样给奔跑中的诗人们对表:关于诗歌史的问题与主义[C]//新诗评论.北京:北京大学出版社,2008.

53. 王彬彬.“新启蒙运动”与“左翼”思想在中国的传播[J].河北学刊,2009,29(4).

54. [美]王德威.“有情的历史:抒情传统与中国文学现代性[J].中国文哲研究集刊(台湾),2008(33).

55. 王东东.天真与世故:浪漫主义诗歌在中国的前世今生:从西川、王敖的争论谈起[J].诗探索,2012(1).

56. 王利红.试论近代欧洲民族主义及其史学的浪漫主义渊源:以德国为讨论中心[J].史学理论研究,2006(3).

57. 王孟图.中国现代浪漫主义文学的历史探源[D].福建师范大学博士学位论文,2013.

58. 王晓珏.文学、文物与博物馆:论沈从文一九四九年的转折[C]//王德威.中国现代小说的史与学[M].台北:联经出版社,2010.

59. 王向远.中国现代浪漫主义文学思潮与日本浪漫主义[J].中国文学研究,1997(10).

60. 王向远.“战国策派”和“日本浪漫派”[J].中国现代文学研究丛刊,1997(2).

61. 王学振.陈铨的“民族文学运动[J].重庆社会科学,2005(7).

62. 王学振.抗战文学语境中的战国策派文论[J].重庆社会科学,2005(10).

63. 王海涛.论李长之的现代文化建设构想[J].四川文理学院学报,2012(4).

64. 王青.中国现代印象批评研究[D].南京师范大学博士论文,2007.

65. 文学武.《鲁迅批判》与中国现代独立学术品格:写在李长之《鲁迅批判》出版70周年之际[J].文艺理论研究,2005(4).

66. 温儒敏.李长之的《鲁迅批判》及其传记批评[J].鲁迅研究月刊,1993(4).

67. 文天行. 重评陈铨抗战时期的文学创作[J]. 中国现代文学研究丛刊,1987(4).
68. 闻一多. 女神之时代精神[J]. 创造周报,1923,6(3).
69. 魏育邻. “现代的超克”的民族主义基调：对其产生背景及有关主要言论的考察[J]. 日本学刊,2010(2).
70. 徐育莉. 现代性与中国二十世纪浪漫主义文学思潮[D]. 厦门大学博士学位论文,2007.
71. 杨爱芹.《益世报》副刊与中国现代文学[D]. 山东师范大学博士论文,2007.
72. [美]奚密. 早期新诗的 Game-Changer：重评徐志摩[C]//新诗评论. 北京：北京大学出版社,2010.
73. 解志熙. 感时忧国有“狂论”：《战国策》派时期的沈从文及其杂文[J]. 现代中文学刊,2014(2).
74. 阎开振. 中国现代浪漫主义衰落原因探析[J]. 文艺理论与批评,2007(1).
75. 袁良骏. 为鲁迅一辩：与余英时先生商榷[J]. 鲁迅研究月刊,1995(9).
76. 于天池. 李长之笔名脞说[J]. 新文学史料,2002(1).
77. 于天池. 写在《李长之文集》出版之前：忆长之老师[J]. 新文学史料,2002(2).
78. 于天池. 论批评家李长之对中国古典文学的批评[J]. 中国典籍与文化,2002(1).
79. 于天池,李书. 李长之的编刊生涯[J]. 新文学史料,2003(1).
80. 于天池,李书.《红楼梦批判》和李长之对于《红楼梦》的研究[J]. 红楼梦学刊,2006(2).
81. 于天池,李书. 朱自清与李长之[J]. 文史知识,2007(10).
82. 于天池,李书. 李长之与宗白华[J]. 文史知识,2008(12).
83. 于天池,李书. 李长之与周作人[J]. 新文学史料,2011(1).
84. 于天池,李书. 尊前我自信香蘸：李长之与鲁迅[J]. 鲁迅研究月刊,2011(5).
85. 于天池,李书. 李长之与邓以蛰[J]. 文史知识,2011(7).
86. 于天池,李书. 李长之与梁实秋[J]. 新文史资料,2012(1).
87. [美]宇文所安. 什么是世界诗歌？[C]//新诗评论[M]. 北京：北京大学出版社,2006.
88. 俞兆平. 论鲁迅早期的浪漫主义美学观念[J]. 厦门大学学报(哲学社会科学版),2007(3).
89. 俞兆平. 中国现代文学中浪漫主义的历史反思[J]. 文学评论,1999(4).
90. 杨绍军. 曾昭抡先生在西南联大[J]. 学术探索,2011(6).
91. 张传敏. 中国现代文学走向左翼现实主义的内在逻辑：论新浪漫主义、自然主义与左翼现实主义的深层精神关联[J]. 文艺理论与批评,2004(6).
92. 张灏. 重访五四：论五四思想的两歧性[C]//余英时. 五四新论：既非文艺复兴,亦非启蒙运动[M]. 台北：联经出版社,1999.
93. 张静. 一个浪漫诗人的偶像效应：二三十年代中国诗人对雪莱婚恋的讨论与效仿[J]. 中国现代文学研究丛刊,2009(2).

94. 张廷国. 从浪漫主义向民族主义的转变：德国民族主义形成的原因[J]. 华中科技大学学报(社会科学版),2005(5).
95. 张勇. 前期创造社期刊与创造社“转向”研究[J]. 郭沫若学刊,2009(3).
96. 张蕴艳. 李长之的晚年悲剧[J]. 博览群书,2001(11).
97. Lovejoy A O. “On the Discrimination of Romanticism”. Robert F. Gleckner & Gerald Enscoe E. Romanticism: Point of View. Englewood Cliffs, N. J.: Prentice-Hall, Inc., 1962, p45-57.
98. Moy C. “Kuo Mo-jo and the Creation Society”. Papers on China, 1950, No. 4, pp131-139.
99. Hartman G. “Romanticism and Anti-Self-Consciousness”. Romanticism, Edited and Introduced by Cynthia Chase, New York: Longman, 1993.
100. Wang P. “Ren, Geren and Renmin: The Prehistory of the New Man and Guo Moruo's Conception of ‘the People’”. Front. Lit. Stud. China, 2012, No. 6, (1): 78-94.

四、西方作家理论研究成果

1. [美]哈罗德・布鲁姆,影响的焦虑[M]. 北京：生活・读书・新知三联书店,1989.
2. [美]哈罗德・布鲁姆,西方正典[M]. 南京：译林出版社,2005.
3. [古希腊]柏拉图. 文艺对话集[M]. 北京：人民文学出版社,1988.
4. [法]布尔迪厄. 文化资本与社会炼金术：布尔迪厄访谈录[M]. 上海：上海人民出版社版,1997.
5. [美]保罗・蒂利希. 基督教思想史：从其犹太和希腊发端到存在主义[M]. 北京：东方出版社,2008.
6. [丹麦]勃兰兑斯. 十九世纪文学主流(第二册・德国浪漫派)[M]. 北京：人民文学出版社,1980.
7. [法]茨维坦・托多洛夫. 批评的批评：教育小说[M]. 北京：生活・读书・新知三联书店,2002.
8. [法]菲利普・拉库-拉巴尔特,让-吕克・南希. 文学的绝对：德国浪漫派文学理论[M]. 南京：译林出版社,2012.
9. 梁志学. 费希特著作选集(第五卷)[M]. 北京：商务印书馆,2006.
10. [德]亨利希・海涅. 浪漫派[M]. 上海：上海人民出版社,2003.
11. [法]菲力浦・勒热讷. 自传契约[M]. 北京：生活・读书・新知三联书店,2001.
12. [德]黑格尔. 美学(第2卷)[M]. 北京：商务印书馆,1979.
13. [阿根廷]豪尔赫・路易斯・博尔赫斯. 博尔赫斯谈诗论艺[M]. 杭州：浙江文艺出版社,2005.
14. [英]华兹华斯.《抒情歌谣集》一八〇〇年版序言[C]//伍蠡甫. 西方文论选(下卷)[M]. 上海：上海译文出版社,1988.

15. [伊朗]拉明·贾汉贝格鲁伯林谈话录[M].南京：译林出版社,2002.
16. [美]雷·韦勒克,奥·沃伦.文学理论[M].上海：三联书店,1984.
17. [德]卡尔·施密特.政治的浪漫派[M].上海：上海人民出版社,2004.
18. [德]吕迪格尔·萨弗兰斯基.荣耀与丑闻：反思德国浪漫主义[M].上海：上海人民出版社,2014.
19. [美]M. H. 艾布拉姆斯.镜与灯：浪漫主义文论及批评传统[M].北京：北京大学出版社,1989.
20. [德]尼采.查拉图斯如是说[M].北京：文化艺术出版社,2003.
21. [美]欧文·白璧德.卢梭与浪漫主义[M].石家庄：河北教育出版社,2003.
22. [德]弗里德里希·施勒格尔.浪漫派风格：施勒格尔批评文集[M].北京：华夏出版社,2005.
23. [英]托·斯·艾略特.艾略特文学论文集[M].南昌：百花洲文艺出版社,1994.
24. [德]沃尔夫冈·伊瑟尔.阅读活动：审美反应理论[M].北京：中国社会科学出版社,1991.
25. [德]威廉·狄尔泰.诠释学的起源[C]//洪汉鼎.理解与解释：诠释学经典文选[M].北京：东方出版社,2001.
26. [德]威廉·狄尔泰.精神科学引论[M].北京：中国城市出版社,2002.
27. [德]威廉·狄尔泰.历史中的意义[M].北京：中国城市出版社,2002.
28. [德]威廉·狄尔泰.体验与诗[M].上海：三联书店,2003.
29. [德]威廉·狄尔泰.精神科学中历史世界的建构[M].北京：中国人民大学出版社,2010.
30. [德]席勒.美育书简[M].北京：中国文联出版公司,1984.
31. [法]夏尔·波德莱尔.浪漫派的艺术[M].南京：译林出版社,2012.
32. [美]雅克·巴尊.古典的,浪漫的,现代的[M].南京：江苏教育出版社,2005.
33. [英]以赛亚·伯林.浪漫主义的根源[M].南京：译林出版社,2011.
34. Schmitt C. Political Romanticism, Guy Oakes trans. Cambridge, Massachusetts: The MIT Press, 1986.
35. Chase C ed.. Romanticism. New York: Longman Publishing, 1993.
36. Roy D T. Kuo Mo-jo: The Early Years. Cambridge, MA: Harvard University Press, 1971.
37. Bloom H. The Visionary Company: A Reading of English Romantic Poetry. London: Faber& Faber, 1962.
38. Bloom H ed.. English Romantic Poetry. New York: Chelsea House, 2004.
39. Richards I A. Coleridge On Imagination. Bloomington: Indiana University Press, 1960.
40. Berlin I. The Roots of Romanticism. Henry Hardy eds., Princeton, New Jersey: Princeton

University Press, 1999.

41. Berlin I. The Proper Study of Mankind: An Anthology of Essays. New York: Farrar, Straus and Giroux, 1999.

42. Barzun J. Classic, Romantic, and Modern. Chicago & London: The University of Chicago Press, 1975.

43. McGann J J. The Romantic Ideology. Chicago & London: The University of Chicago Press, 1983.

44. Crevel M V. Chinese Poetry in Times of Mind, Mayhem, and Money. Leiden: Brill, 2008.

45. Abrams M H. The Mirror and the Lamp: Romantic Theory and the Critical Tradition. New York: Oxford University Press, 1953.

46. Löwy M& Sayre R. Romanticism aganist the Tide of Modernity. Catherine Porter trans., Durham: Duke University Press, 2001.

47. Frye N. A Study of Romanticism. Chicago: The University of Chicago Press, 1968.

48. Man P D. The Rhetoric of Romanticism. New York: Columbia University Press, 1984.

49. Gleckner R F & Enscoe G Eeds.. Romanticism: Points of View. Englewood Cliffs, N. J.: Prentice-Hall, Inc, 1962.

50. Pascal R. Design and Truth in Autobiography. Cambridge, Massachusetts: Harvard University Press, 1960.

51. Coleridge S T. Biographia Literaria: or Biographical sketches of my literary life and opinions. London: J. M. Dent & Sons Ltd, 1975.

52. Chen Xiaoming. From the May Fourth Movement to Communist Revolution: Guo Moruo and the Chinese Path to Communism. Albany, NY: State University of New York Press, 2007.

后　记

书稿完成之际,波士顿正下着三十年来最大的一场雪。回望雪地里来时的路,艰难,孤独,内心却澄明,坚定,一如这本书的成书过程。

最初做这个选题的时候,面临着一些质疑的声音,比如,李长之不够“热门”,浪漫主义不太“时髦”,在如今爱追逐新概念、新思潮的时代,似乎显得有些格格不入。以赛亚・伯林的《浪漫主义的根源》中说:“浪漫主义的重要性在于它是近代史上规模最大的一场运动,改变了西方世界的生活和思想……它是发生在西方意识领域里最伟大的一次转折。发生在十九、二十世纪历史进程中的其他转折都不及浪漫主义重要,而且它们都受到浪漫主义深刻的影响。”我便好奇,这样一场对西方世界影响深远的思潮,是如何在社会、文化、历史、思想背景并不相同的东方生根和发展的?带来了中国文学和文化的何种内部调整?它在当今是否还拥有生命力?带着这些疑问,我开始了相关的研究。

艾布拉姆斯是重估浪漫主义价值的先行者,此后,很多学者也参与进这项重估事业,从多方面、多角度研究浪漫主义的艺术魅力、潜在影响及局限、弊端等等,纠正了不少传统研究和接受视野中对浪漫主义的误解。我非常惊讶地发现,尽管在中国,浪漫主义研究从百年前就已开始,但是对新近浪漫主义理论研究著作的翻译是如此匮乏。在接触到近些年的相关研究原著后,我的学术视野得到了新的扩展,促使我重新审视中国的浪漫主义思潮。

2016年回国的时候,机场托运处看我带了满满两箱书,问我是否是“学者”。我回答说,我还只是一个读书的学生。如今,七八年光阴已成过往,我仍不敢说自己成为了一名“学者”。在研究的过程中,我时常为自己学术视野、原始资料和行文组织的受限而感到苦恼和无力。但至少在这条路上,我没有停下,还在继续做着一些事情。如果自己的努力能够提供一些新的材料和视角,启发一点新的看法,也就无愧于心了。

2024年冬于波士顿